TÚNELES

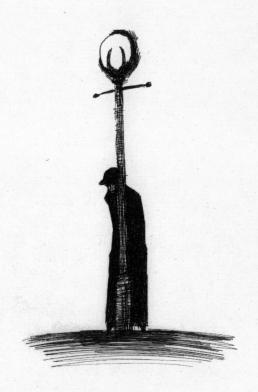

RODERICK GORDON & BRIAN WILLIAMS

BRIAN WILLIAMS pasó sus primeros años en un pueblo minero de Zambia, antes de que su familia regresara a Liverpool. Estudió bellas artes en la prestigiosa Slade School of Art y se dedicó a la pintura, a realizar instalaciones y al cine experimental. Más tarde trabajó en cine y televisión.

RODERICK GORDON nació y creció en Londres. Estudió biología en el University College, donde conoció al irrefrenable Brian Williams, un prometedor estudiante de arte. Años más tarde, después de que lo despidieran de su trabajo en la zona financiera de la ciudad, Roderick y Brian decidieron embarcarse en la aventura de escribir *Túneles*.

En la actualidad, Roderick vive en Norfolk, con su esposa y sus dos hijos. Brian vive en Londres.

Roderick Gordon – Brian Williams

Túneles

Traducción de Adolfo Muñoz

PUCK

Argentina - Chile - Colombia - España
Estados Unidos - México - Uruguay - Venezuela

Título original: *Tunnels*
Editor original: Chicken House
Traducción: Adolfo Muñoz

Original English language edition first published in 2007
under the title *TUNNELS* by The Chicken House,
2 Palmer Street, Frome, Somerset, BA11 1DS.

ISBN: 978-84-96886-03-2
Depósito legal: NA. 2.849 - 2007

Fotocomposición: Ediciones Urano, S.A.
Impreso por Rodesa S.A. – Polígono Industrial San Miguel
Parcelas E7-E8 – 31132 Villatuerta (Navarra)

Impreso en México - *Printed in Mexico*

Nota de la editorial inglesa

La primera edición de este libro corrió por cuenta de los propios autores, que emplearon todo su esfuerzo y esperanzas y todo su dinero en una maravillosa pieza brotada de su imaginación. Un día oí hablar de esta novela, ¡pero estaba completamente agotada! Cuando por fin conseguí un ejemplar, en la casa editorial empezamos a excavar más y más hondo en su misterioso mundo para ofrecerte una nueva y enriquecida aventura. ¡Así nació *TÚNELES*!

Siempre me gustó imaginar que existía un misterioso mundo subterráneo, tan cerca de nosotros que cualquiera podía cavar y encontrárselo, ¡pero nunca se me ocurrió que resultara tan extraño!

Barry Cunningham, editor

Dedicamos este libro a nuestras pacientes familias y a los amigos que nos han soportado durante nuestra prolongada obsesión; a Barry Cunningham e Imogen Cooper de The Chicken House por animarnos una y otra vez y no dejar que nos apartáramos del buen camino; a Peter Straus de Rogers, Coleridge & White por amparar a un par de tipos que se habían perdido bajo la lluvia; a Kate Egan y Stuart Webb, y a nuestro amigo Mike Parsons, que ha demostrado una valentía increíble.

A la memoria de
Elizabeth Oke Gordon (1837-1919)

Dudamos de lo que desconocemos.
Anónimo

PRIMERA PARTE

Abriendo la tierra

1

¡Clonk! El pico golpeó en la pared de tierra, echó chispas al pegar contra un escondido canto de sílex, atravesó la capa de arcilla y se detuvo en seco.

—¡Puede que lo hayamos encontrado, Will!

El doctor Burrows avanzó a gatas por la pendiente del túnel. Sudoroso y jadeando en aquel reducido espacio, empezó a excavar la tierra febrilmente, empañando el aire estancado con su aliento. A la luz de las lámparas de sus cascos con cada paletada de tierra conseguía ver un poco más del viejo encofrado de madera que había detrás, dejar al descubierto la astillada superficie y el veteado bajo la capa de pez.

—Pásame la palanca.

Will hurgó en la cartera, encontró la pequeña y gruesa herramienta de color azul, y se la entregó a su padre, que no apartaba la vista del revestimiento de madera que tenía ante él. El doctor Burrows introdujo con fuerza el extremo plano de la barra por entre dos tablas y soltó un gruñido cuando volcó sobre ella todo su peso para hundirla y conseguir punto de apoyo. Después empezó a mover la palanca hacia uno y otro lado. Las tablas crujieron contra sus engarces y se combaron hasta saltar con un chasquido que resonó en todo el túnel. Will retrocedió un poco cuando llegó hasta él una bocanada de aire cálido y húmedo del inquietante agujero que había abierto su padre.

Sin pérdida de tiempo, arrancaron otras dos tablas y dejaron a la vista una abertura por la que cabía un hombre. Guardaron silencio. Se miraron e intercambiaron una breve sonrisa de complicidad. Sus caras, iluminadas por las luces de sus respectivos cascos, se veían manchadas como si se hubieran puesto pinturas de guerra.

Volvieron a prestar atención al agujero, y se quedaron mirando con sorpresa las motas de polvo que parecían minúsculos diamantes que flotaban en el aire, formando en la negra abertura desconocidas constelaciones.

Con cautela, el doctor Burrows se asomó por el boquete, mientras Will se pegaba a su lado intentando atisbar algo. Los haces de luz de las lamparillas de sus cascos se internaron en el abismo e iluminaron una pared curva forrada de azulejos. Los rayos de luz, penetrando aún más allá, recorrieron viejos carteles cuyos bordes despegados de la pared se rizaban suavemente como zarcillos de algas que se adhieren al fondo del océano para resistir las poderosas corrientes. Will levantó un poco la cabeza, buscando algo a lo lejos con la vista y finalmente distinguió el borde de una señal esmaltada. El padre siguió la mirada del hijo hasta que los dos rayos de luz enfocaron el nombre:

—¡Highfield & Crossly North! ¡Es esto, Will! ¡Lo hemos encontrado! —Su voz emocionada retumbó en los confines húmedos y fríos de la estación de metro abandonada. Notaron en el rostro una leve corriente que recorría el andén y las vías, y que parecía provocada por algo que hubiera despertado aterrorizado ante la intrusión en aquella catacumba cerrada y olvidada durante tantos años.

Will pateó con fuerza los tablones que había en la base de la abertura, que desprendieron una lluvia de astillas y trozos de madera podrida, hasta que de repente las tablas cedieron. Pasó como pudo por el hueco, sin soltar la pala. Su padre lo siguió inmediatamente, y los pies de ambos hicieron crujir la sólida superficie del andén. Sus pasos retumbaban, y las lamparillas de sus cascos les iban abriendo un camino de luz en medio de la oscuridad.

Del techo colgaban montones de telarañas, y el doctor Burrows tuvo que soplar para quitarse una que le había cubierto la cara. Al mover la cabeza, el frontal de su casco iluminó a su hijo, que ofrecía una extraña estampa con la mata de pelo blanco, como paja decolorada por el sol, que sobresalía por debajo del casco lleno de abolladuras. Cuando parpadeaba en la oscuridad, el entusiasmo se reflejaba en el azul claro de sus ojos. La ropa de Will tenía el mismo color y textura que la arcilla. De cuello para abajo estaba tan lleno de barro que daba la impresión de que se trataba de una escultura a la que por un milagro se le hubiera infundido vida.

Su padre, el doctor Burrows, era un hombre delgado, del que no se podía decir que fuera ni alto ni bajo. Tenía la cara redonda, con unos penetrantes ojos castaños cuya mirada hacían más intensa aún los gruesos vidrios de sus gafas con montura dorada.

—¡Mira, Will, mira eso! —dijo iluminando con la lamparilla una señal que se encontraba encima de la abertura por la que acababan de pasar.

«SALIDA», se leía en grandes letras de color negro. Encendieron las linternas de mano, y sus haces de luz, combinados con los menos potentes de las lámparas de los cascos, atravesaron la oscuridad revelando la longitud total del andén. Colgaban raíces del techo, y las paredes estaban cubiertas de vegetación y había manchas verticales de cal sedimentada bajo las grietas por las que se había filtrado la humedad. Desde algún lugar distante, se oía correr agua.

—Menudo descubrimiento, ¿no te parece? —dijo su padre como felicitándose a sí mismo—. Piensa que nadie ha puesto los pies aquí abajo desde que se construyó en 1895 la nueva línea de Highfield.

Habían llegado al final del andén, y el doctor Burrows enfocaba en aquel momento la linterna hacia la boca del túnel del tren, que tenía al lado. Estaba tapada por un montón de escombros y tierra.

—Estará igual al otro lado… Sellarían ambas bocas —dijo.

Mientras caminaban por el andén, mirando los muros, podían distinguir azulejos de color crema agrietados. Cada tres metros aproximadamente había una lámpara de gas, y algunas conservaban incluso las pantallas de cristal.

—¡Papá, papá, mira aquí! —gritó Will—. ¿Has visto estos carteles? Aún se pueden leer. Parece que éste anuncia terrenos o algo así… Éste otro está bien: «El Circo Wilkinson… instalado en los prados comunales… 10 de febrero de 1895». Y hay una foto —dijo sin aliento a su padre, que se había acercado a él. El cartel había quedado a salvo del agua, y podían distinguirse los colores crudos de la lona roja, y enfrente de ella, de pie, un hombre de azul y con sombrero de copa—. ¡Y mira éste! —añadió Will—. «¿Demasiado gordo? ¡Ya no, con las píldoras de la esbeltez del doctor Gordon!» —El grueso trazo del dibujo mostraba a un hombre corpulento, con barba, que sostenía un pequeño tarro.

Siguieron caminando, bordeando una montaña de escombros que se derramaba por el andén desde uno de los corredores.

—Por ahí seguro que se pasaba al otro andén —le explicó el doctor Burrows a su hijo.

Se pararon a contemplar un banco de hierro fundido de estilo recargado.

—Nos quedaría bien en el jardín. Bastaría con lijarlo un poco y darle unas manos de pintura —murmuró el doctor mientras la linterna de Will alumbraba una puerta de madera oscura oculta en las sombras.

—Papá, ¿no había en tu plano una oficina o algo parecido? —preguntó, mirando la puerta.

—¿Una oficina? —repitió su padre buscando en los bolsillos hasta encontrar el papel que buscaba—. Déjame que eche un vistazo.

Will no esperó y empujó la puerta, que estaba atrancada. Olvidándose del plano, el doctor Burrows acudió en ayuda de su hijo, y trataron entre los dos de abrir la puerta empujando. Se combaba mucho, pero cedió bruscamente al tercer intento. Los dos cayeron al suelo, en el interior de la oficina, cubiertos por un montón de barro que les había caído encima de la cabeza y los hombros. Tosiendo, frotándose los ojos para quitarse el polvo, se abrieron camino entre cortinas de telarañas.

—¡Vaya! —exclamó Will en voz baja. En el centro de la pequeña oficina, podían distinguir un escritorio y una silla cubiertos de polvo. Con cuidado, el chico pasó por detrás de la silla y con la mano enguantada retiró la capa de telarañas de la pared para dejar al descubierto un plano grande y descolorido de la red del metro.

—Debía de ser el despacho del jefe de estación —comentó su padre, limpiando con el brazo el polvo de una parte del escritorio en la que había un papel secante y, sobre él, una mugrienta taza de té en su plato. Junto a ella, un pequeño objeto, descolorido por el tiempo, manchaba de verde la superficie del escritorio:

—¡Fascinante! Es un telégrafo de estación de exquisita factura... Yo diría que es de bronce.

Dos de las paredes estaban cubiertas de estanterías llenas de cajas de cartón muy deterioradas. Will eligió una caja al azar y se apresuró a dejarla sobre el escritorio temiendo que se le deshiciera en las manos. Levantó la deformada tapa y observó maravillado los fajos de billetes de tren viejos. Sacó uno de los fajos, pero la banda de goma se deshizo y los billetes se esparcieron por el escritorio.

—Están en blanco, aún no los habían impreso —comentó el doctor Burrows.

—Tienes razón —confirmó Will, sin dejar de sorprenderse por lo que sabía su padre mientras examinaba uno de los billetes.

Pero su padre no escuchaba. Estaba arrodillado, tirando de un objeto pesado que se hallaba en un estante inferior, envuelto en una tela podrida que se rompía al tocarla.

—Y aquí… —anunció el doctor Burrows, mientras Will se volvía a mirar el bulto, que parecía una vieja máquina de escribir con una larga palanca a un lado— tenemos un buen ejemplo de una antigua máquina de imprimir billetes. Un poco herrumbrosa, pero se puede limpiar.

—¿Para llevarla a un museo?

—No, para ponerla en mi colección —contestó su padre. Después de dudar un poco, su rostro adquirió una expresión de seriedad—. Mira, Will, no le vamos a decir nada a nadie sobre esto, ¿entendido?

—¿Qué?

Will se volvió, frunciendo ligeramente el ceño. Ninguno de los dos iba por ahí pregonando el hecho de que dedicaran su tiempo libre a aquellos sofisticados trabajos subterráneos y, por otro lado, tampoco a nadie le interesaría de verdad. Su pasión común por descubrir cosas enterradas era algo que no compartían con nadie más, algo que los aproximaba el uno al otro, un lazo que los unía.

Estaban de pie en la oficina. Las lamparillas de los cascos les iluminaban los rostros. Como su hijo permanecía en silencio, el doctor Burrows lo miró fijamente, y prosiguió:

—No te tengo que recordar lo que ocurrió el año pasado con la villa romana, ¿verdad? Apareció aquel eminente profesor, se apropió de la excavación y se llevó toda la gloria. Yo fui quien descubrió ese sitio, ¿y qué obtuve a cambio? Un diminuto reconocimiento sepultado en su triste ponencia.

—Sí, lo recuerdo —dijo Will, acordándose de la frustración de su padre y sus estallidos de furia.

—¿Y quieres que vuelva a pasar?

—Claro que no.

—Bien, esta vez no voy a convertirme en una nota a pie de

página. Prefiero que no lo sepa nadie. Esta vez no me lo robarán. ¿De acuerdo?

Will asintió con la cabeza, haciendo que la luz del casco subiera y bajara por la pared.

Su padre miró el reloj.

—Tendríamos que ir pensando en volver.

—Vale —respondió el muchacho de mala gana.

El doctor Burrows percibió el descontento de su hijo en el tono de su voz.

—No tenemos prisa. Podemos explorar el resto con calma mañana por la noche.

—Sí, ya lo sé —dijo Will con poco entusiasmo, yendo hacia la puerta.

Su padre le dio en el duro casco unas palmadas de afecto mientras salían de la oficina.

—Ha sido un gran hallazgo, Will, hay que reconocerlo. La compensación de todos estos meses de excavación, ¿no te parece?

Volvieron sobre sus pasos y, tras echar una última mirada al andén, se metieron por la abertura. Seis metros más allá, el túnel se ensanchaba de manera que podían caminar uno al lado del otro. Si bien el doctor Burrows se encorvaba ligeramente, el túnel era lo bastante elevado para que pudiera caminar erguido.

—Tenemos que doblar el número de cinchos y puntales —dijo el doctor Burrows, observando las tablas por encima de sus cabezas—. Porque en lugar de uno cada metro, como dijimos, hemos ido poniendo uno cada dos metros.

—Desde luego, papá —respondió Will, sin convencimiento.

—Y hay que sacar esta tierra de aquí —prosiguió su padre, pisando con la bota un montón de barro que había en el suelo del túnel—. Es la única manera de ganar un poco de espacio.

—Sí, claro —contestó Will distraído, sin ganas de hacer

nada al respecto. Con mucha frecuencia, la emoción que sentía por el descubrimiento le hacía olvidar las medidas de seguridad que su padre intentaba establecer. Lo que le apasionaba era excavar, y lo último que le apetecía era perder el tiempo en «labores del hogar», como las llamaba su progenitor. De todos modos, éste raramente le ayudaba a cavar, y sólo aparecía cuando tenía uno de sus presentimientos.

El doctor Burrows silbaba distraídamente mientras se demoraba para inspeccionar una torre de espuertas cuidadosamente apiladas y un montón de tablas. De camino a la salida, se detuvo varias veces más para comprobar los puntales de madera que había a cada lado. Los golpeaba con la palma de la mano, y al hacerlo su confuso silbido se elevaba hasta agudos imposibles.

Al final el túnel se volvía llano y se expandía en una amplia estancia en la que había una mesa de caballetes y dos butacas de aspecto lamentable. Descargaron sobre la mesa parte del equipo, antes de ascender por el último tramo del túnel que llevaba a la salida.

Justo cuando el reloj del ayuntamiento terminaba de dar las siete, en un rincón del aparcamiento de Temperance Square, se elevó un par de centímetros un lateral de una plancha de hierro corrugado. Esto ocurría a comienzos del otoño, y el sol se inclinaba sobre el horizonte cuando padre e hijo, después de comprobar que no había moros en la costa, retiraron la plancha para dejar al descubierto un gran hoyo con armazón de madera. Sacaron un poco más la cabeza para asegurarse bien de que no había nadie más en el aparcamiento, y salieron del hoyo. Tras tapar la entrada colocando la plancha en su sitio, Will esparció con el pie un poco de tierra para disimularla.

La brisa agitaba las vallas publicitarias que cercaban el aparcamiento, y un periódico daba vueltas por el suelo como una planta rodadora, esparciendo sus páginas. La luz del sol poniente dibujaba el contorno de las naves de almacenamiento circundantes y se reflejaba en la fachada de tejas rojas de un viejo edificio de viviendas de alquiler. Al salir de allí, padre e hijo parecían un par de buscadores de oro de vuelta a la ciudad después de visitar su mina en las colinas.

2

En la otra punta de Highfield, Terry Watkins (o «Tel Escombros», como lo llamaban sus compañeros de trabajo) se había puesto ya el pantalón del pijama y se lavaba los dientes ante el espejo del cuarto de baño. Se encontraba agotado. Quería acostarse y dormir de un tirón toda la noche, pero su mente seguía dándole vueltas a lo que había visto aquella tarde.

Había sido un día espantosamente duro y largo. Él y su equipo de demoliciones estaban derribando la antigua fábrica de albayalde para dejar sitio a un nuevo bloque de oficinas para no se sabía qué ministerio. Se moría por volver a casa, pero había prometido a su jefe que sacaría unas hileras de ladrillos del sótano para hacerse una idea sobre la extensión de los cimientos. Lo que menos se podía permitir la compañía era pasarse del plazo previsto, que era siempre el riesgo con aquellos edificios antiguos.

Alumbrado por el foco portátil, había golpeado con la maza para deshacer los ladrillos hechos a mano, que iban revelando su interior encarnado como animales descuartizados. Volvió a golpear, y los fragmentos saltaron al suelo del sótano cubierto de hollín. Lanzó una maldición por lo bien construido que estaba todo el maldito edificio.

Después de varios golpes más, esperó a que se asentara la nube de polvo de ladrillo que había levantado. Se sorprendió al ver que la zona de muro que le tenía ocupado sólo tenía el grosor de un ladrillo, y que donde deberían haber estado la segunda y la tercera capa, había una plancha de hierro colado. La golpeó un par de veces, y a cada golpe resonó con un rotundo sonido metálico. No cedería con facilidad. Respiró con esfuerzo mientras pulverizaba los ladrillos adheridos a la superficie metálica, para descubrir, con enorme sorpresa, que tenía bisagras, e incluso una especie de manilla.

Era una puerta.

Se detuvo jadeando por un momento, tratando de entender qué sentido tenía acceder a lo que debía ser una parte de los cimientos.

Y a continuación cometió el mayor error de su vida. Utilizó el destornillador para levantar la manilla, una argolla de hierro forjado que giró con un esfuerzo sorprendentemente leve. La puerta se abrió hacia dentro sólo con la ayuda de una de sus botas de trabajo, y golpeó contra la pared, al otro lado, haciendo un ruido que resonó durante una eternidad. Sacó la linterna y alumbró la impenetrable oscuridad de la estancia que había abierto. Comprobó que tenía al menos seis metros de largo, y que era de forma circular. Atravesó la puerta, dando un paso para pisar la superficie de piedra de la sala. Pero al segundo paso el suelo desapareció y su pie sólo encontró el vacío. ¡Iba a caerse! Se tambaleó en el mismo borde, agitando los brazos como aspas de un molino hasta que logró recuperar el equilibrio y apartarse. Cayó contra el marco de la puerta y se agarró a él, respirando hondo para calmar los nervios y maldiciéndose por su precipitación.

—Vamos, no pasa nada —se dijo en voz alta, dándose ánimos para obligarse a continuar.

Avanzó despacio y con prudencia, iluminando con la linterna, y comprobó que se hallaba ante un precipicio y que a sus pies había una impenetrable oscuridad. Se asomó para intentar ver el fondo, pero parecía que aquel agujero no tuviera final. Tenía ante él un enorme pozo de ladrillo. Y, al mirar hacia arriba, tampoco llegaba a ver el techo: los muros de ladrillo ascendían de manera sobrecogedora hasta perderse en la oscuridad, más allá del alcance de su pequeña linterna de bolsillo. De lo alto parecía venir una fuerte corriente de aire que le helaba el sudor de la nuca.

Dirigiendo el rayo de luz en todas direcciones, descubrió que había una escalera de más o menos medio metro de ancho, que nacía del borde de piedra y descendía adosada al canto del muro. Tanteó el primer peldaño para comprobar su solidez, y como vio que era firme, empezó a descender la escalera despacio y con prudencia, para no resbalar a causa de la fina capa de polvo, la paja y las ramitas que cubrían los escalones. Fue descendiendo más y más, circundando el perímetro del pozo, hasta que la luz que entraba por la puerta no fue más que un distante puntito en lo alto.

Por fin acabaron los peldaños de la escalera, y se encontró pisando un suelo de baldosas. Utilizando la linterna para mirar a su alrededor, vio muchas tuberías de color plomizo que subían serpenteando por los muros, como tubos de un órgano borracho. Siguió con la vista el recorrido de una de ellas y vio que al final se abría en forma de embudo, como si fuera un respiradero.

Pero lo que más le llamó la atención fue una puerta con una pequeña ventanilla de cristal. No cabía duda de que al otro lado había luz, y sólo encontró una explicación: que había ido a dar con el metro. No había otra posibilidad, sobre todo teniendo en cuenta el zumbido bajo y sordo que se oía, un zumbido producido indudablemente por máquinas, y la constante corriente de aire.

Se acercó muy despacio a la ventanilla, que era un redondel de grueso cristal manchado y con surcos hechos por el tiempo, y miró a través de ella. No podía creer lo que veían sus ojos.

A través de la ondulante superficie del cristal, pudo ver una escena que parecía sacada de una vieja y rayada película en blanco y negro: había una calle y una fila de edificios, y la gente pululaba a la luz de unas brillantes esferas de fuego que se movían lentamente. Eran seres de aspecto aterrador: fantasmas anémicos vestidos con atuendos antiguos.

No era un hombre especialmente religioso, pisaba la iglesia sólo en las bodas y en algún que otro funeral. Pero por un instante se preguntó si no habría llegado a algún anexo del infierno o a algún tipo de parque temático del purgatorio. Se apartó de la ventanilla para santiguarse al tiempo que murmuraba avemarías llenos de equivocaciones. Preso del pánico, retrocedió y subió la escalera corriendo. Ya arriba, cerró bien la puerta para evitar que saliera por allí ninguno de aquellos demonios. Atravesó corriendo el desierto edificio, y después de salir por la puerta principal, echó el candado. Mientras volvía a casa en el coche, anonadado, se preguntaba qué le diría por la mañana al jefe. Aunque lo había visto con sus propios ojos, no sabía que pensar y era incapaz de evitar repetir la escena en su mente una y otra vez.

Al llegar a casa no pudo evitar contárselo a su familia, porque tenía que hablar con alguien de lo que había visto. Su mujer, Aggy, y sus dos hijos adolescentes dieron por supuesto que había estado bebiendo y después de cenar se burlaron de él. Entre crueles carcajadas, hacían el gesto de empinar el codo para hacerlo callar. Pero él no podía dejar de hablar del tema, y Aggy terminó pidiéndole que se callara y dejara de contar tonterías sobre monstruos infernales de pelo blanco y bolas de fuego, y la dejara ver *Los Soprano*.

Así que estaba en el cuarto de baño, cepillándose los dientes y preguntándose si existiría el infierno, cuando oyó un grito. Era el chillido de su mujer, el que reservaba para cuando veía un ratón o una araña en el baño. Pero en vez de oír los dramáticos lamentos que habitualmente seguían a ese tipo de gritos, su mujer se calló en seco.

Instintivamente se dispararon todas sus alarmas, y se volvió temblando de miedo. Vio que las luces se apagaban y el mundo se ponía patas arriba, mientras él quedaba suspendido por los tobillos, boca abajo. Algo que era mucho más fuerte que él, algo a lo que resultaba completamente imposible resistirse, le sujetó los brazos y las piernas. Después envolvieron todo su cuerpo con un tejido grueso y lo colocaron en posición horizontal para sacarlo rodando, exactamente igual que hubieran hecho con una alfombra.

Gritar le resultó imposible, pues le habían tapado la boca y sólo a duras penas conseguía respirar. En cierto momento creyó oír la voz de uno de sus hijos, pero fue algo tan breve y apagado que no estaba seguro. Nunca, en toda su vida, se había sentido tan aterrorizado por su familia y por él mismo. Ni tan indefenso.

3

El Museo de Highfield era un trastero, un almacén para cosas que ya no servían y que se habían salvado de ir a parar al vertedero municipal. El edificio mismo era el del antiguo Ayuntamiento, que se había convertido en museo mediante la azarosa acumulación de vitrinas tan viejas como los artículos que albergaban.

El doctor Burrows depositó los sándwiches sobre una triste silla de dentista de un siglo atrás y, como solía hacer, utilizó de mesa una vitrina en la que se exponían cepillos de dientes de comienzos del siglo veinte. Desplegó sobre ella un ejemplar del periódico *The Times* y se puso a mordisquear un sándwich de salami con mayonesa, olvidándose aparentemente de los sucios instrumentos odontológicos que tenía debajo y que la gente del municipio había legado al museo en vez de tirarlos a la basura.

Las salas pequeñas que había en torno a la principal, en la que se hallaba sentado en aquel momento el doctor Burrows, estaban llenas de artículos similares destinados al basurero. El rincón llamado «La cocina de la abuela» mostraba una amplia colección de batidoras, deshuesadores de manzanas y coladores de té, todo bastante horrible. Un par de herrumbrosos rodillos victorianos eran los orgullosos vecinos de una lavadora eléctrica Fiel Doncella de la década de 1950, que llevaba mucho tiempo jubilada y que ahora repartía esquirlas de óxido con una generosidad equivalente a la voracidad con que en su tiempo había tragado detergente en polvo.

El reloj de pared era igual de fascinante por su mediocridad. Reconozcamos, sin embargo, que había un objeto que llamaba la atención: era un reloj victoriano con una escena pintada sobre cristal, que representaba un granjero y un caballo tirando del arado; pero desgraciadamente el cristal estaba roto, y el caballo había sufrido la importante pérdida de su cabeza.

A su alrededor había una colección cuidadosamente colocada de relojes de pared eléctricos y de cuerda de las décadas de 1940 y 1950, en descoloridos tonos pastel. No funcionaba ninguno de ellos porque el doctor Burrows aún no los había arreglado.

Highfield, uno de los más pequeños barrios de Londres, tenía un rico pasado: había empezado siendo un pequeño asentamiento romano y, en la historia más reciente, había vivido el esplendor de la Revolución Industrial. Sin embargo, muy poco de aquel importante pasado se había abierto un hueco en el pequeño museo; mientras que el barrio se había transformado en un desierto de habitaciones en alquiler, pequeños adosados y tiendas nada llamativas que no podían permitirse pagar la renta que costaba situarse más cerca del centro de Londres.

El doctor Burrows, que era el conservador del museo, era también su único empleado. Salvo los sábados, en los que se turnaba para gobernar el barco un grupo de jubilados. Y siempre tenía a su lado su maletín de cuero marrón que contenía unos cuantos periódicos, manuales a medio leer y novelas históricas. Porque era leyendo como pasaba los días, una actividad interrumpida por algún que otro sueñecito y alguna pipa ocasionalmente fumada en la clandestinidad del «cuarto de atrás», un almacén grande lleno hasta los topes de cajas de postales y retratos de familia olvidados que no se exhibirían nunca por falta de espacio.

Sentado entre los polvorientos artículos y las viejas vitrinas de caoba, con los pies en alto, el doctor Burrows se pasaba el día entero leyendo vorazmente, con el sonido de fondo de una emisora de radio que transmitía música clásica reproducida por el transistor que había donado al museo un benefactor.

Aparte de algún grupo de escolares desesperados porque les llovía el día de la excursión, el museo recibía muy pocas visitas, y después de haberlo visto una vez, era muy raro que volvieran.

Como tantas otras personas, el doctor Burrows desempeñaba un trabajo que al principio había sido tan sólo un recurso provisional, algo para ir tirando mientras encontraba un empleo más adecuado. Y no es que no tuviera un imponente currículum académico: a la licenciatura en historia le había seguido otra en arqueología, y ambas habían sido coronadas, por si acaso, con el doctorado. Pero con un niño a su cargo y pocas ofertas de trabajo en las universidades londinenses, había encontrado en el *Heraldo de Highfield* la oferta del trabajo en el museo, y había enviado su currículum pensando que más valía contar con algo, y enseguida. Sí, le habían ofrecido el trabajo de conservador del museo, y lo había aceptado con la intención de buscar otra ocupación más satisfactoria lo antes posible. Y como le ocurre a tanta otra gente, la seguridad de una nómina a fin de mes había obrado el milagro de que hubieran pasado doce años de su vida sin que se diera cuenta, y con ellos todas las intenciones de encontrar un empleo mejor.

Y ahí estaba él, con su doctorado en antigüedades griegas y con su americana de cheviot que lucía coderas dignas de un catedrático, observando cómo se depositaba el polvo sobre las vulgares piezas de la colección, y con el dolor de saber que el polvo se depositaba también sobre él mismo.

Al terminar el sándwich, el doctor Burrows hizo una bola con el grasiento papel y jugó a encestarla en una papelera de plástico naranja de la década de 1960 que se exhibía en «la cocina de la abuela». Falló el lanzamiento, la bola rebotó en el borde de la papelera y terminó en el suelo de parqué. Exhaló un leve suspiro de decepción y alcanzó el maletín. Revolvió en él hasta que encontró una barrita de chocolate. Era un placer que intentaba reservar para media tarde, por proporcionar un orden al transcurso del día. Pero se sentía particularmente triste aquel día y quería darse un caprichito, así que rasgó el papel en un santiamén y le arrancó a la barrita un buen bocado.

Justo entonces sonó el timbre de la entrada y Oscar Embers entró golpeteando el suelo con su par de bastones. El antiguo actor de teatro, que contaba ya ochenta años de edad, se había convertido en un apasionado del museo, y después de donar a los archivos varias fotos suyas dedicadas, se había apuntado en el turno para cuidarlo los sábados por la tarde.

Comprendiendo que el anciano venía a verle, el doctor Burrows trató de terminarse el chocolate que tenía en la boca, pero se dio cuenta de que no había tiempo suficiente para ello. Mientras masticaba como un loco, vio que el pensionista, que conservaba sus dotes intelectuales, avanzaba sin pausa. Meditó la posibilidad de huir a su despacho, pero incluso para eso era ya demasiado tarde. Permaneció sentado y trató de aparentar serenidad, sonriendo con los mofletes tan hinchados como los de un hámster.

—Muy buenas tardes, Roger —dijo Oscar con alegría mientras buscaba en el bolsillo del abrigo—. Vamos a ver, ¿dónde está lo que te traigo?

El doctor Burrows emitió un «mmm» con los labios cerrados mientras asentía con la cabeza, mostrando entusiasmo. Mientras Oscar buscaba algo en su bolsillo, logró tragar un trocito. Pero entonces el viejo levantó la vista mientras seguía lidiando con su abrigo, como si éste consiguiera defenderse. Por un segundo, hizo un alto en su búsqueda y echó un vistazo de miope a las vitrinas y las paredes.

—No veo los cordones que te traje la semana pasada. ¿No los vas a exponer? Ya sé que estaban un poco raídos por algunos sitios, pero tenían su interés. —Como no obtuvo respuesta, añadió—: ¿Así que no están por aquí?

Con un movimiento de cabeza, el doctor Burrows trató de indicar el almacén. Oscar hizo un gesto socarrón porque no había visto nunca al conservador callado tanto tiempo. Pero entonces se le alegró la cara al hallar lo que andaba buscando. Lo sacó lentamente del bolsillo y se lo mostró al conservador del museo en el hueco de la mano.

—Me lo dio la señora Tantrumi, ya sabes, la anciana que vive justo al final de High Street. Lo encontraron en el sótano cuando la Compañía del Gas hacía unas reparaciones. Estaba lleno de mugre, la verdad. Uno de los trabajadores lo pisó. Creo que deberíamos incluirlo en la colección.

Con los mofletes hinchados, el doctor Burrows se preparó para examinar otro reloj de arena no realmente antiguo, otra lata abollada, u otra plumilla vieja. Estaba pues desprevenido cuando, con el gesto de un mago que saca el conejo de la chistera, Oscar le mostró una esfera de suave brillo, sólo un poco más grande que una pelota de golf, dentro de una cajita de metal dorada pero deslucida.

—Es un hermoso ejemplar de… de eso que… —Se calló—. En fin, ¡la verdad es que no tengo ni idea de lo que es!

El doctor Burrows lo cogió con tanto entusiasmo que se olvidó por completo de que Oscar lo veía tragar su bocado de chocolate.

—¿Te duelen las muelas? —preguntó el anciano—. Yo también tenía la costumbre de rechinarlas cuando me dolían. Lo estarás pasando mal. Sólo te digo que estoy contento de haber dado el paso, y que me las quitaran todas de una vez. La dentadura postiza no es tan molesta, en serio, en cuanto te acostumbras a ella. —Y se llevó los dedos a la boca.

—No, mis muelas están bien —logró decir el doctor Burrows, tratando de evitar que el viejo se sacara la dentadura.

Con esfuerzo, tragó el resto de chocolate que le quedaba en la boca—. Sólo tengo carraspera —explicó, frotándose la garganta—. Necesito un poco de agua.

—¡Ah, eso tienes que mirártelo! Podría ser un síntoma de diabetes aguda. Cuando yo era muchacho, Roger —le brillaron los ojos al recordarlo—, los médicos diagnosticaban la diabetes analizando… —bajó la voz hasta convertirla en un susurro y dirigió la mirada hacia abajo— las aguas menores, si es que me entiendes… para ver si había demasiado azúcar.

—Sí, sí, lo sé —contestó el doctor Burrows maquinalmente, demasiado intrigado con aquella esfera brillante para prestar atención a las curiosidades médicas de Oscar—. Qué extraño. Así de pronto, por el trabajo con el metal me atrevería a decir que esto data del siglo diecinueve,… Y el cristal es antiguo, por supuesto soplado, pero no tengo ni idea de qué es lo que hay dentro. Tal vez sea algún material químico luminoso… ¿Lo has tenido esta mañana a la luz mucho tiempo, Embers?

—No, lo he guardado en el abrigo desde que me lo dio ayer la señora Tantrumi. Eso fue justo después del desayuno. Yo estaba dando mi paseo matutino, que viene de perlas para el movimiento intestinal…

—Me pregunto si podría ser radiactivo —le interrumpió Burrows bruscamente—. He leído que algunos minerales guardados en museos han sido examinados por si eran radiactivos. En Escocia descubrieron un montón de ejemplares impresionantes: cristales de uranio llenos de energía atómica, que tuvieron que guardar en una urna forrada de plomo. Demasiado peligroso para tenerlo a la vista del público.

—¡Espero que esto no sea peligroso! —exclamó Oscar dando un paso atrás—. Lo he llevado todo el tiempo pegado a mi cadera nueva, imagínate si ha derretido el…

—No, no creo que sea tan potente. Seguramente, aunque fuera radiactivo, no te habría hecho ningún daño, en tan sólo veinticuatro horas. —Miró fijamente el interior de la es-

fera—. Qué curioso, dentro hay un líquido que se mueve…
Parece como si hiciera remolinos, es como una tormenta…
—Se quedó callado y después negó con la cabeza—. No, tiene que ser el calor de mi mano lo que provoca ese comportamiento. Ya sabes: reacción térmica.

—Bueno, me alegro mucho de que te parezca interesante.
Le diré a la señora Tantrumi que lo quieres —dijo Oscar, retrocediendo otro paso.

—Pero será mejor que investiguemos un poco antes de exponerlo, sólo para estar seguros de que no es peligroso. Le escribiré unas líneas de agradecimiento a la señora Tantrumi en nombre del museo. —Buscó un bolígrafo en su bolsillo, pero no lo encontró—. Espera un segundo, Embers, mientras busco algo con que escribir.

Salió de la sala principal al pasillo, tropezando con una tabla vieja, extraída de la zona pantanosa el año anterior por algunos vecinos que estaban dispuestos a jurar que se trataba de una canoa prehistórica. Abrió una puerta que tenía la palabra «Conservador» grabada en el cristal esmerilado. El despacho estaba a oscuras, porque la única ventana que había estaba tapada por pilas de cajas. Mientras tanteaba en busca del interruptor de la luz, abrió un poco la mano que sujetaba la esfera y lo que vio le dejó anonadado: la luz que salía de ella había pasado del suave brillo que habían observado en la sala a una fluorescencia verdosa mucho más fuerte. Hubiera podido jurar incluso que la luz se hacía más intensa mientras la miraba, y que el líquido de su interior se agitaba con más fuerza.

—¡Qué curioso! ¿Hay alguna sustancia que se vuelva más brillante cuanto más oscuro es su entorno? —murmuró para sí—. ¡No, tengo que estar equivocado, eso no es posible! Seguramente lo único que sucede es que la luminosidad se nota más aquí.

Pero sí que se había vuelto más brillante. No necesitaba encender la luz para localizar su pluma, porque la esfera proporcionaba una maravillosa luz verde, casi tan intensa como la del sol. Al salir del despacho y volver a la sala principal con el libro de donaciones en la mano, levantó la esfera delante de él. Estaba claro que en cuanto saliera a la luz, el brillo del objeto tendría que volver a atenuarse.

Oscar estuvo a punto de decir algo, pero el doctor Burrows pasó de largo, cruzó la puerta de la entrada y salió a la calle. Oyó gritar al anciano «¡Que estoy aquí!» mientras la puerta se cerraba de un portazo tras él, pero Burrows estaba tan absorto observando la esfera que no le hizo caso. Al elevarla a la luz del día, vio que su luminosidad no se había extinguido en absoluto, y que el líquido de su interior se había oscurecido hasta adquirir una tonalidad gris mate. Y cuanto más tiempo pasaba con la esfera expuesta a la luz natural, más se oscurecía el líquido del interior. Finalmente se volvió casi negro y adquirió un aspecto aceitoso.

Sin apartar la esfera de delante de él, volvió a entrar, comprobando cómo el líquido volvía a agitarse en lo que parecía una pequeña tormenta y volvía a brillar de manera misteriosa. Oscar lo estaba esperando con expresión preocupada.

—Fascinante… fascinante…

—Creí que te había dado algo a la cabeza, amigo mío. Pensé que habías tenido que salir a respirar, con esas prisas que llevabas. No te mareas, ¿verdad?

—No, estoy perfectamente, Embers. Sólo salí a hacer una comprobación. Si eres tan amable, ¿me podrías dar la dirección de la señora Tantrumi?

—Claro que sí, me alegro de que la esfera te interese tanto… Y también te voy a dar el número de mi dentista para que te mire esas muelas.

4

Will descansaba sobre el manillar de su bicicleta a la entrada de un solar cercado por árboles y matorrales. Volvió a mirar el reloj y decidió que le concedería a Chester otros cinco minutos, pero no más. Estaba perdiendo un tiempo precioso.

El lugar era uno de esos terrenos olvidados que hay a las afueras de cualquier ciudad. En éste todavía no habían edificado, probablemente debido a la proximidad al vertedero municipal y a las montañas de basura que crecían y decrecían con deprimente regularidad. Conocido por el vecindario como «los Cuarenta Hoyos» debido a los numerosos agujeros que horadaban su superficie, algunos de hasta tres metros de profundidad, era el campo de batalla de las frecuentes peleas entre dos bandas adolescentes rivales, los Clan y los Click, cuyos miembros provenían de los barrios más desfavorecidos de Highfield.

Era también el lugar predilecto de algunos chicos que se reunían allí con sus bicis de pista y, cada vez más, con motos robadas. Estas últimas las llevaban allí y luego las quemaban, y sus restos carbonizados ensuciaban los bordes del solar. Los hierbajos se enredaban por entre las ruedas y cubrían el oxidado bloque de cilindros. Con menor frecuencia, los Cuarenta Hoyos era también el escenario de siniestras diversiones adolescentes como la caza de pájaros o de ranas; muy a menudo, estas criaturas eran lentamente torturadas hasta que morían y sus cuerpos eran luego empalados en medio de alegres ceremonias juveniles.

Al doblar la curva en dirección a los Cuarenta Hoyos, Chester distinguió un destello metálico. Era la brillante superficie de la pala que Will llevaba a la espalda, como un peón caminero samurai.

Sonrió y aceleró el paso, apretando contra el pecho su pala ordinaria de jardín, nada brillante. Lleno de entusiasmo, saludó con la mano a la solitaria y distante figura, que resultaba inconfundible con su piel sorprendentemente blanca, su gorra de béisbol y sus gafas de sol. Desde luego, el aspecto de Will era bastante raro. Llevaba su «uniforme de cavar», que consistía en una chaqueta de punto que le venía grande, con coderas de cuero, y unos viejos pantalones de pana a los que la fina pátina de barro seco incrustado había terminado proporcionando un color indefinido. Lo único que Will mantenía realmente limpio era su querida pala y la puntera de metal de sus botas de trabajo.

—¿Qué te ha pasado? —preguntó cuando Chester llegó junto a él. No le entraba en la cabeza que algo pudiera haberlo retrasado, porque no podía haber nada tan importante como lo que iban a hacer.

Era un acontecimiento importante en la vida de Will, ya que nunca había permitido que ningún chico de su clase (ni de ningún otro sitio, en realidad) viera uno de sus trabajos. Todavía no estaba seguro de que hubiera hecho bien, porque aún no conocía a Chester lo suficiente.

—Lo siento, tuve un pinchazo —se disculpó el muchacho, resoplando—. Tuve que llevar la bici a casa y venir corriendo… Un poco duro con este calor.

Will levantó la vista al sol y frunció el ceño. No le hacía ninguna gracia: a causa de la falta de pigmentación de su piel, incluso la escasa fuerza del sol en un día nublado podía producirle quemaduras. Debido a su albinismo, su pelo, que le salía por debajo de la gorra, era prácticamente blanco. Los ojos de color azul claro se le iban impacientes hacia el interior de los pozos.

—Vale, manos a la obra. Ya hemos perdido demasiado tiempo —dijo Will, cortante. Se subió a la bicicleta sin dirigir apenas una mirada a Chester, que empezó a correr tras él—. Vamos, por aquí —le urgió, porque se quedaba retrasado.

—¡Eh, yo creía que ya habíamos llegado! —le gritó Chester, intentando recuperar el aliento.

Chester Rawls, que era casi tan ancho como alto y fuerte como un buey, al que en la escuela llamaban el Cuboide o el Armario, tenía la misma edad que Will, pero evidentemente o se había beneficiado de una alimentación mejor, o su físico de levantador de pesas era producto de la herencia. Una de las pintadas menos ofensivas de los aseos del colegio proclamaba que su padre era un armario y su madre una mesa camilla.

Aunque resultaba chocante la creciente amistad entre Will y Chester, lo que los había acercado era exactamente lo mismo que los singularizaba en clase: la piel. Porque Chester tenía eccemas graves que le escocían y terminaban produciéndole excoriaciones en la piel. Esto se debía, le habían dicho con desesperanza, o a una alergia no identificable o a tensión nerviosa. Fuera cual fuera la causa, había soportado las burlas de sus compañeros, que llegaban a llamarlo «horrenda criatura con escamas» y «culo de serpiente», hasta que no pudo más y se defendió utilizando su fuerza física para acallar las burlas, con buenos resultados.

De manera similar, la palidez lechosa de Will lo separaba de los demás, y durante un tiempo había soportado la tortura de ser llamado «Escayola» y «Sorbete, el hombre de nieve». Más impetuoso que Chester, había perdido la calma una tarde de invierno en la que sus torturadores se le habían aparecido cuando iba a cavar. Por desgracia para ellos, Will había utilizado con buenos resultados su pala, y había tenido lugar una batalla sangrienta y desigual con el resultado de dientes caídos y una nariz rota.

Después de eso, tanto a Will como a Chester los dejaron en paz y los trataron con esa especie de respeto con que se trata a los perros rabiosos. Sin embargo, ambos chicos mantuvieron una cierta desconfianza hacia sus compañeros, pensando que si bajaban la guardia volvería a comenzar la persecución. De esa manera, aparte de que incluyeran a Chester en varios equipos deportivos del colegio en virtud de sus excepcionales características físicas, siguieron siendo unos excluidos, unos solitarios marginados. Sintiéndose a salvo en su compartido aislamiento, no hablaban con nadie y nadie hablaba con ellos.

Incluso habían pasado años antes de que se hablaran entre ellos, aunque se profesaban una mutua y secreta admiración por la manera en la que se defendían del abuso escolar. Sin darse cuenta, empezaron a acercarse el uno al otro y a pasar cada vez más rato juntos durante las horas de clase. Will había pasado tanto tiempo solo y sin amigos que se sentía entusiasmado teniendo un compañero, pero sabía que para que hubiera una auténtica amistad tendría que hacer partícipe a Chester, tarde o temprano, de su gran pasión: las excavaciones. Y ahora había llegado el momento.

Will circuló por entre montículos cubiertos de hierba, hoyos y montones de escombros dejados de manera furtiva y, al llegar al final, dio un frenazo. Desmontó y metió la bicicleta en un pequeño escondite bajo la carrocería de un coche abandonado, cuyo modelo resultaba irreconocible a causa del deterioro y de la rapiña a que estaba sometido.

—Ya estamos —anunció a Chester cuando éste lo alcanzó.

—¿Es aquí donde tenemos que cavar? —preguntó su amigo jadeando, mientras observaba el terreno a su alrededor.

—No. Échate atrás un poco —le pidió Will. Chester se alejó un par de pasos, mirándolo con desconcierto.

—¿Vamos a empezar uno nuevo?

Will no respondió. Se arrodilló y buscó palpando por entre la hierba. Encontró lo que buscaba: una cuerda con nudos. Se levantó, agarró la cuerda y tiró fuerte. Para sorpresa de Chester, se abrió una grieta en la tierra y se levantó una gruesa tabla de contrachapado marino, dejando al descubierto la oscura entrada que había debajo.

—¿Por qué tienes que esconderlo? —preguntó a Will.

—No puedo permitir que esos cerdos revuelvan en mi excavación, ¿no te parece? —dijo revelando cierto sentido de la posesión.

—No vamos a entrar ahí, ¿verdad? —preguntó Chester, dando un paso para mirar adentro.

Pero Will ya se había metido por la abertura y había empezado a bajar. Tras un par de metros de descenso, el agujero continuaba en ángulo recto.

—Tengo otro para ti —dijo desde dentro de la abertura, poniéndose un casco amarillo y encendiendo la lamparilla de minero que tenía en la parte frontal. La luz incidió sobre Chester, que vacilaba indeciso—. Bueno, ¿bajas o qué? —preguntó con irritación—. Fíate de mí, no hay ningún peligro.

—¿Estás seguro?

—Naturalmente —respondió Will, dándole una palmadas a un soporte que tenía a su lado y sonriendo para inspirar confianza a su amigo. Siguió sonriendo cuando, fuera de la vista de Chester, le cayó en la espalda una pequeña cantidad de tierra—. Esto es tan seguro como una casa. En serio.

—Bueno…

Una vez dentro, Chester se quedó demasiado sorprendido para poder hablar. De allí partía un túnel de dos metros de ancho y otro tanto de alto que se internaba en la oscuridad con una leve inclinación. Los lados estaban asegurados con viejos puntales de madera dispuestos a cortos intervalos. Parecía, pensó Chester, exactamente como aquellas minas de las antiguas películas de vaqueros que ponían en la tele los domingos por la tarde.

—¡Pero esto es genial! ¡Esto no lo has hecho tú solo, es imposible!

Will sonrió con satisfacción:

—Por supuesto que sí. Me he dedicado a ello desde el año pasado. Y aún no has visto ni la mitad. Ven por aquí.

Volvió a colocar la tabla de contrachapado, sellando la entrada del túnel. Con sentimientos encontrados, Chester vio desaparecer la última franja de cielo azul. Avanzaron por el pasaje subterráneo entre montones de tablas y puntales puestos desordenadamente a los lados.

—¡Aaah! —exclamó Chester en voz baja.

De repente, el túnel se expandió hasta convertirse en un espacio del tamaño de una sala, de la que se bifurcaban dos túneles en cada extremo. En el medio había una pila de espuertas, una mesa de caballetes y dos armarios viejos. El encofrado del techo estaba soportado por filas de oxidados puntales Stillson, que eran unas columnas de hierro extensibles.

—Hogar, dulce hogar —dijo Will.

—Esto es… una pasada —dijo Chester sin creer lo que veía. A continuación frunció el ceño—. Pero ¿de verdad que no corremos ningún peligro?

—Claro que no. Mi padre me enseñó a apuntalar. No es la primera vez que lo hago… —Will dudó, y se contuvo justo antes de mencionar la estación de tren que había descubierto con su padre. Chester lo observó con recelo para disimular el silencio en que se habían sumido. Will le había jurado a su padre que mantendría el secreto, y no podía faltar a esa promesa ni siquiera con Chester. Tomó aire ostensiblemente, antes de proseguir—: Es muy firme. Es preferible no abrir túneles bajo los edificios, porque eso requiere puntales más fuertes y mucha más planificación. Y tampoco es buena idea hacerlo donde hay agua o riachuelos subterráneos, porque pueden provocar derrumbes.

—No hay agua por aquí, ¿verdad? —se apresuró a preguntar Chester.

—Sólo ésta. —Will alcanzó una caja de cartón que había

en la mesa y le pasó a su amigo una botella de plástico—. ¿Nos sentamos un rato?

Se sentaron los dos en las viejas butacas, bebiendo a sorbos cada uno de su botella, mientras Chester contemplaba el techo y alargaba el cuello para atisbar por los dos ramales.

—Qué silencio, ¿verdad? —suspiró Will.

—Sí —contestó Chester—. Qué… eh… tranquilidad.

—No es sólo eso… Se está tan calentito y tan bien aquí abajo… Y el olor, ¿no te parece reconfortante? Mi padre dice que de aquí es de donde salimos todos, hace mucho tiempo. Los cavernícolas… Y por supuesto es donde terminaremos al final. Bajo tierra, quiero decir. Por eso nos resulta tan natural… Hogar, dulce hogar.

—Supongo —confirmó Chester, dubitativo.

—¿Sabes?, yo pensaba en que cuando compras una casa, posees también todo lo que hay debajo.

—¿Qué quieres decir?

—Tu casa está construida en una parcela de terreno, ¿vale? —explicó Will, pisando con fuerza el suelo de la caverna, para ser más expresivo—. Y todo lo que hay debajo de esa parcela, siguiendo hasta el centro de la tierra, también es tuyo. Naturalmente, cuanto más te acercas al centro del planeta, el «gajo», si quieres llamarlo así, se va haciendo más pequeño.

Chester asentía moviendo lentamente la cabeza, sin saber qué decir.

—Así que siempre me he imaginado que uno puede cavar y cavar en su tajada del mundo todos esos miles de kilómetros que no se usan, en lugar de sentarse en un edificio que está posado en la corteza terrestre —dijo Will fantaseando.

—Ya —replicó Chester, captando la idea—. Si uno se pone a cavar puede acabar teniendo un rascacielos, pero en sentido contrario. Como un pelo que no sale de la piel. —Involuntariamente, se rascó el eccema del antebrazo.

—Sí, eso es, exacto. No lo había visto desde ese punto de vista, está muy bien. El problema es que mi padre dice que realmente no eres propietario del terreno que está debajo. El Gobierno tiene derecho a construir líneas de metro y lo que quiera.

—¡Ah! —exclamó Chester, preguntándose por qué habían empezado a hablar del asunto.

Will se levantó de un salto.

—Venga, coge un pico, cuatro espuertas y una carretilla, y sígueme por aquí abajo. —Señaló uno de los oscuros túneles—. Tengo un pequeño problema con una roca.

Mientras tanto, en la superficie, el doctor Burrows volvía a casa con paso decidido. Le gustaba volver a casa caminando, porque podía pensar en sus cosas durante los dos kilómetros largos de recorrido, y además se ahorraba el billete del autobús.

A la puerta del puesto de prensa se detuvo, interrumpiendo bruscamente su caminar. Dudó un instante y luego giró noventa grados, y entró.

—¡Doctor Burrows! Ya me pensaba que no volveríamos a verlo —dijo el hombre que estaba tras el mostrador levantando la mirada del periódico que tenía desplegado ante él—. Creí que se habría ido a dar la vuelta al mundo en un crucero, o qué sé yo.

—Nada de eso —contestó el doctor Burrows, tratando de apartar los ojos de los Snickers, Mars, Walnut Whips y demás golosinas tentadoramente expuestas delante de él.

—Le hemos guardado lo suyo —dijo el de la tienda agachándose detrás del mostrador y sacando una pila de revistas—. Aquí las tiene: *Excavación*, la *Gaceta Arqueológica* y el *Mensual del Conservador*. Todo correcto, ¿no es así?

—Perfecto —respondió buscando la cartera—. ¡Ya veo que no se las ha llevado nadie!

—Créame que por aquí estos títulos no tienen una gran demanda —dijo el hombre mientras le cogía un billete de veinte libras—. Parece que ha estado excavando —comentó el tendero al verle las uñas sucias—. ¿En una mina de carbón?

—No —respondió Burrows observando la suciedad que tenía incrustada en las uñas—. En realidad, he estado haciendo un poco de bricolaje en el sótano de mi casa. ¡Menos mal que no me las muerdo!

Salió de la tienda con sus nuevas lecturas, intentando meterlas en el bolsillo lateral del maletín mientras empujaba la puerta. Seguía lidiando con las revistas cuando, al salir a la calle, al no mirar, tropezó con alguien que caminaba con mucha prisa. Ahogó un grito al separarse del hombre bajo pero de complexión muy recia con el que había chocado, a resultas de lo cual se le habían caído el maletín y las revistas. El otro, tan firme y potente como una locomotora, siguió su camino como si no hubiera advertido lo sucedido. Burrows tartamudeó tratando de llamarlo para pedirle disculpas, pero el hombre siguió con su paso decidido, colocándose bien las gafas de sol de nuevo y volviendo sólo ligeramente la cabeza para dirigirle un gesto despectivo.

El conservador del museo se quedó atónito: había chocado con uno de los «hombres de sombrero». En los últimos tiempos había empezado a notar que entre la población de Highfield había un tipo de personas que parecían… en fin, diferentes, pero sin llegar a ser demasiado llamativos. Como acostumbraba a mirar a la gente, tras analizar la situación, había llegado a la conclusión de que aquellas personas estaban relacionadas unas con otras de alguna manera. Lo que más le sorprendía era que, cuando sacaba el tema en alguna conversación, parecía que nadie más en la zona de Highfield se había fijado en aquellos hombres bastante peculiares, de rostro inclinado, que llevaban visera, sobretodo negro y gafas de sol muy gruesas.

Al chocar con aquel hombre y descolocarle ligeramente las gafas de sol de color negro azabache, había tenido por primera vez la ocasión de ver de cerca a uno de esos especímenes. Además de la cara extrañamente inclinada y el pelo ralo, tenía los ojos azules muy claros, casi blancos, y una piel pálida, transparente. Pero había algo más: aquel hombre olía de una manera peculiar, como a moho. Al doctor Burrows le recordó el olor de las maletas con ropa vieja que a veces dejaba en la escalera del museo algún benefactor anónimo.

Observó cómo bajaba con paso decidido por High Street y se alejaba hasta que ya no pudo distinguir ningún detalle. Entonces cruzó por la calle otro viandante, cortándole el campo visual. En ese instante, el «hombre de sombrero» desapareció. El doctor Burrows entrecerró los ojos, buscándolo, pero aunque las aceras no estaban llenas de gente, y por mucho que lo intentó, lo había perdido de vista de forma irremediable.

Pensó después que debería hacer el esfuerzo de seguir a aquel «hombre de sombrero» para ver adónde se dirigía. Pero, siendo una persona apacible, al doctor Burrows le desagradaba cualquier forma de confrontación, y razonó para sí que no era buena idea dado el talante hostil del individuo. De esa forma, abandonó todo propósito detectivesco. Además, cualquier otro día podía averiguar dónde vivía aquel hombre y quizá toda la familia de clones con sombrero. Cuando se sintiera un poco más intrépido.

Bajo tierra, Will y Chester se turnaban para bregar con la roca, que Will había identificado como un tipo de piedra arenisca. Se alegraba de haber reclutado a Chester para que le ayudara con la excavación, porque tenía maña con el trabajo. Admirado, observaba cómo manejaba el pico, golpeando con una fuerza inmensa y cómo, en cuanto conseguía abrir una grieta, sabía exactamente cuándo desprender la parte suelta, que luego Will se apresuraba a depositar en una espuerta.

—¿Un descanso? —sugirió al ver que Chester empezaba a cansarse—. Vamos a tomarnos un respiro.

Lo decía en un sentido muy literal, porque como la entrada estaba cerrada, enseguida faltaba el aire donde estaban, unos seis metros más allá de la habitación.

—Si sigo perforando este túnel mucho más —le comentó a Chester mientras ambos empujaban sendas carretillas—, tendré que abrir un respiradero vertical. Pero me fastidia perder el tiempo con esas cosas en vez de seguir avanzando.

Llegaron a la habitación y se sentaron en las butacas. El agua que bebieron les supo a gloria.

—¿Y qué hacemos con todo esto? —preguntó Chester, señalando las espuertas llenas que habían puesto sobre las carretillas.

—Lo subiremos a la superficie y lo tiraremos a la hondonada que hay al lado.

—¿Se puede hacer eso?

—Bueno, si alguien pregunta le diré que estoy cavando una trinchera para jugar a la guerra —contestó Will, y se le oyó tragar un sorbo de agua que había tomado de la botella—. ¿Qué les importa? Para la gente sólo somos unos niños zumbados con pala y caldero —añadió con desprecio.

—Les importaría si supieran lo que hay aquí. Esto no es lo que se espera que hagan los niños normales —dijo Chester mirando a su alrededor—. ¿Por qué te pasas aquí las horas, Will?

—Echa un vistazo a esto.

Levantó con cuidado una banasta de plástico que tenía al lado y se la puso en el regazo. Entonces empezó a sacar una serie de objetos, y se estiraba para ir colocándolos uno a uno sobre la mesa. Entre ellos había botellas antiguas de refresco que tenían una canica en el cuello y gran cantidad de botellas de medicamentos de diferentes tamaños y colores, todas las cuales tenían una hermosa pátina de vejez adquirida en los años pasados bajo tierra.

—Y mira esto —dijo con respeto al sacar una colección entera de tarros de paté de la época victoriana de diferentes tamaños, con tapas decorativas y nombres escritos con una letra antigua llena de rabitos que Chester no había visto nunca.

El chico mostró un interés genuino: cogía los tarros uno a uno y le hacía a Will preguntas sobre su antigüedad y el lugar en el que los había encontrado. Animado de esta manera, Will prosiguió poniendo sobre la mesa hasta el último hallazgo de sus excavaciones más recientes. Entonces se recostó en la butaca, observando detenidamente la reacción de su nuevo amigo.

—¿Y todo esto? —preguntó Chester examinando un pequeño montón de hierros oxidados que tocaba con el dedo.

—Clavos de cabeza piramidal. Probablemente del siglo dieciocho. Si los miras bien, verás que todos son diferentes, porque están hechos a mano por…

Pero el emocionado Chester había vuelto ya a la mesa, donde otra cosa le había llamado la atención.

—Esto es guay —dijo levantando y girando una botellita de perfume para que la luz pasara a través de sus maravillosos tonos malva y azul cobalto—. No me puedo creer que alguien lo tirara.

—Sí que es guay —confirmó Will—. Si quieres te la puedes quedar.

—¡No! —dijo Chester asombrado del ofrecimiento.

—Sí, quédatela, yo tengo otra igual en casa.

—Jo, es estupendo… ¡gracias! —Estaba mirando la botella con tanto entusiasmo que no vio la sonrisa de satisfacción de su amigo. Habitualmente Will se moría por enseñarle a su padre lo último que acababa de encontrar, pero esto era algo que estaba por encima de sus expectativas: alguien de su misma edad que se mostraba realmente interesado por el producto de su trabajo. Echó un vistazo a la mesa abarrotada de cosas y se sintió orgulloso. Ése era el sentido de su vida. Con mucha frecuencia se entretenía recordando el instante en que había encontrado alguna de aquellas piezas de historia desechadas. Para Will, el pasado era mucho más agradable que la cruda realidad del presente. Sonreía mientras volvía a colocar los objetos en la banasta.

—Todavía no he encontrado fósiles... nada realmente antiguo, pero uno nunca sabe dónde le sonreirá la suerte —dijo mirando con anhelo hacia los ramales del túnel—. ¡Ahí está la emoción!

5

El doctor Burrows iba silbando, balanceando el maletín al compás de sus pasos. Dobló la esquina exactamente a las seis y media de la tarde, en el instante preciso en que lo hacía cada día, y su casa apareció ante sus ojos. Era una de las muchas viviendas embutidas en Broadlands Avenue: cajas de ladrillo iguales, con espacio justo para una familia de cuatro personas. Lo único que la salvaba era que las casas de su lado de la avenida daban por detrás a los terrenos comunales, así que al menos tenían vistas a un gran espacio abierto, aunque sólo podían contemplarlas desde habitaciones en las que apenas se podía mover a sus anchas un ratón, no digamos un gato.

Mientras estaba en el recibidor ordenando los libros viejos y las revistas que llevaba en el maletín, su hijo no se encontraba a mucha distancia de allí. Corriendo en su bici como alma que lleva el diablo, Will entró en Broadlands Avenue. Su pala reflejaba el primer brillo rojizo de las farolas que acababan de encenderse. Zigzagueó con habilidad entre las líneas blancas del medio de la calzada y se ladeó peligrosamente para cruzar la verja abierta de su casa. El chirrido del los frenos aumentó antes de que la bicicleta se detuviera completamente en la cochera. Desmontó, le puso el candado a la bici, y entró en la casa.

Will era el tipo de chico que necesita espacio. En consecuencia, era difícil encontrarlo en casa, salvo a las horas de comer y de dormir, y trataba su hogar, igual que hacen muchos chavales de su edad, como si fuera más bien un hotel. El único problema que le daba su ansia de salir de casa era que, como no podía exponerse al sol, se veía obligado a meterse bajo tierra a la menor oportunidad. Y, desde luego, no es que eso le molestara.

—Hola, papá —saludó a su padre, que ya estaba instalado en la sala de estar en posición no muy elegante, sujetando todavía su maletín abierto mientras veía algo en la televisión. Sin la menor duda, su padre era la persona que ejercía mayor influencia en Will. Un simple comentario casual o una información proveniente de su padre podían hacer que el chico se embarcara en las más intensas y extremas «investigaciones», que a menudo implicaban cavar mucho y de manera absurda. El doctor Burrows siempre lograba estar presente en el momento culminante de cualquiera de las excavaciones de su hijo si sospechaba que se iba a encontrar algo de verdadero valor arqueológico, pero la mayor parte del tiempo prefería enterrar la nariz en los libros que guardaba en el sótano, que era su refugio. En él podía escapar de la vida familiar perdiéndose en la añoranza de los templos griegos y de los magníficos coliseos romanos.

—Ah, hola, Will —terminó respondiendo después de un rato, absorto como estaba en la televisión. El muchacho dirigió entonces la mirada hacia donde estaba sentada su madre, también hipnotizada por el programa.

—Hola, mamá —saludó, y se fue sin esperar respuesta.

La señora Burrows tenía los ojos pegados a un inesperado y peligroso giro que acababan de tomar los acontecimientos en la sala de *Urgencias*.

—Hola —respondió por fin, aunque su hijo ya se había ido de la sala.

Los padres de Will se habían conocido en la universidad, cuando ella era una vivaz estudiante de periodismo que se moría por hacer carrera en la televisión. Por desgracia, con el tiempo la televisión había pasado a llenar su vida de una manera completamente diferente. La veía con devoción casi fanática, y hacía malabarismos con sus dos videograbadoras cada vez que coincidían a la misma hora dos de sus programas favoritos, y tenía muchos.

De forma instantánea, solemos asociar una imagen a cada persona, una imagen que se nos viene inmediatamente a la cabeza cuando pensamos en ella, y la de la señora Burrows era sentada en su butaca favorita, con una fila de mandos a distancia ordenadamente colocados sobre el brazo del sillón, los pies descansando en un escabel, y casi tapada por las páginas de la programación de televisión arrancadas del periódico. Allí se quedaba un día tras otro, una semana tras otra, entre los montones de cintas de vídeo, y petrificada por la luz parpadeante de la pequeña pantalla, moviendo de vez en cuando una pierna para que los demás supieran que seguía viva.

La sala de estar, que era su dominio, estaba llena de muebles que habían visto días mejores: un surtido de sillas diferentes de madera ponían en la sala notas de morado y turquesa, un par de butacas desparejadas con fundas de color azul oscuro, descoloridas y flojas, y un sofá con los brazos raídos, cosas que ella y el doctor Burrows habían ido heredando con el paso de los años.

Como hacía cada noche, Will se fue a la cocina, o más exactamente al frigorífico. Abrió la puerta mientras hablaba, pero sin mirar a la otra persona que estaba en la cocina, pues no lo necesitaba para reconocer su presencia.

—Hola, hermanita. ¿Qué tenemos? Me muero de hambre.

—¡Ah, el regreso del hombre de barro! —respondió Rebecca—. Tenía la sensación de que ibas a aparecer ahora. —Cerró de un golpe la puerta de la nevera para impedir que su hermano mirara dentro y, antes de que él pudiera protestar, le puso en las manos el envoltorio—: Pollo agridulce con arroz y verduras. Daban dos por uno en el supermercado.

Will observó el paquete y, sin hacer ningún comentario, se lo devolvió.

—¿Cómo va la excavación? —preguntó la hermana, mientras el microondas hacía «¡tin!»

—Regular. Nos hemos encontrado una capa de piedra arenisca.

—¿Nos? —Rebecca le dirigió una mirada de extrañeza mientras sacaba el plato del microondas—. Has dicho «nos», Will. ¿Papá no estará excavando contigo durante las horas de trabajo, verdad?

—No, el que me echa una mano es Chester, un compañero de clase.

Rebecca acababa de colocar un segundo plato en el microondas, y casi se pilla los dedos al cerrarlo:

—¿De verdad le pediste a alguien que te ayudara? Bueno, eso es un comienzo. Creí que no le confiabas tus proyectos a nadie.

—Normalmente no lo hago, pero Chester es un tío majo —replicó Will, algo sorprendido por el interés de su hermana—. Ha sido de mucha ayuda.

—Creo que no sé mucho sobre él, salvo que lo llaman…

—Sé cómo lo llaman —la cortó Will en seco.

Rebecca tenía doce años, dos menos que Will, y no podía haber salido más diferente a él. Era delgada y apuntaba ya formas femeninas, en contraste con su hermano, que era bajo y fornido. Con su pelo moreno y su piel aceitunada, no tenía nada que temer del sol, ni siquiera en lo peor del verano, en tanto que la piel de Will podía enrojecer y quemarse en pocos minutos.

Siendo tan diferentes, no sólo en apariencia sino también en temperamento, su convivencia tenía algo de frágil tregua, y cada uno mostraba por las actividades del otro un interés muy escaso.

La familia no salía de excursión como la mayoría porque también los padres tenían gustos completamente diferentes. Will se iba de expedición con su padre, casi siempre a la costa sur, en especial a su lugar favorito, Lyme Regis, donde buscaban fósiles rastreando la playa en busca de desprendimientos recientes. Rebecca, por su parte, se organizaba sus propias salidas, que eran bastante regulares. A dónde iba y qué hacía, eso Will ni lo sabía ni le importaba. Y en las raras ocasiones en que la señora Burrows se aventuraba a salir de casa, simplemente recorría, con dificultad, las tiendas del West End de Londres o iba al cine a ver los estrenos de la cartelera. Esa noche, como la mayoría de las noches, los Burrows estuvieron sentados con la cena en el regazo, contemplando una comedia de la década de 1970 que ya habían repuesto muchas veces, pero con la cual el doctor Burrows disfrutaba bastante. Nadie decía nada durante la cena, salvo la madre, que de vez en cuando murmuraba: «Bien, eso está bien», frase que podía ser tanto un elogio de la comida de microondas como del final de la vieja comedia, pero nadie se molestaba en preguntarle a qué se refería.

Tras terminar de cenar a toda prisa, Will salió de la sala sin decir una palabra, dejó la bandeja en el fregadero y subió la escalera a saltos, aprisionando entre las manos una bolsa de tela llena de descubrimientos recientes. El doctor Burrows fue el siguiente en abandonar la sala y dirigirse a la cocina, en cuya mesa colocó la bandeja. Aunque no había terminado aún su cena, Rebecca siguió a su padre.

—Papá, hay que pagar un par de facturas. El talonario de cheques está en la mesa.

—¿Tenemos suficientes fondos en la cuenta? —preguntó él mientras garabateaba su firma en los cheques, sin preocuparse de mirar la cantidad.

—La semana pasada te dije que conseguí mejores condiciones con el seguro de la casa. Nos ahorramos unos peniques en la prima.

—Bueno… muy bien. Gracias —dijo su padre cogiendo la bandeja y volviéndose hacia el lavavajillas.

—No te preocupes, déjalo ahí —le dijo Rebecca, acercándose al lavavajillas con instinto protector. La semana anterior lo había sorprendido intentando programar su amado microondas por el procedimiento de apretar furiosamente todas las teclas en secuencias azarosas, como si tratara de desentrañar algún código secreto. Desde entonces, ella se aseguraba de desenchufar todos los electrodomésticos importantes.

Cuando el doctor Burrows salió de la cocina, Rebecca metió los cheques en sobres y se sentó para preparar la lista de la compra del día siguiente. A la tierna edad de doce años, ella era el motor que ponía en funcionamiento la casa de los Burrows. No sólo se encargaba de hacer la compra, sino también de organizar las comidas, supervisar a la mujer de la limpieza y hacer todo aquello de lo que, en cualquier otra casa, se encargan los padres.

Decir que Rebecca era meticulosa sería quedarse muy corto. En el tablero de la cocina colgaba una programación de todo lo que se necesitaba al menos en los siguientes quince días. En uno de los armarios de la cocina guardaba un archivo que contenía todas las facturas y documentos relativos a la economía familiar, cuidadosamente clasificados. Y la marcha de la casa sólo empezaba a fallar en las ocasiones en que la chica estaba ausente. Entonces los tres, el padre, la madre y Will tenían que subsistir con la comida que Rebecca les hubiera dejado en la nevera, sirviéndose cuando les apetecía como una manada de lobos hambrientos. Cuando regresaba a casa tras esas ausencias, Rebecca volvía a instaurar el orden perdido sin la menor queja, como si aceptara que su misión en la vida consistía en servir a los otros miembros de su familia.

Mientras en la sala de estar la señora Burrows cogía un mando para comenzar su maratón nocturna de culebrones y cotilleos, Rebecca recogía la cocina. Hacia las nueve en punto terminó la tarea y, sentándose ante la mitad de la mesa de la cocina que no estaba ocupada con los numerosos tarros vacíos de café que el doctor Burrows siempre decía que iba a utilizar, dio por concluidas las labores del hogar. Decidiendo que era hora de irse a dormir, cogió una pila de toallas limpias y subió la escalera con ellas bajo el brazo, pero al pasar por el cuarto de baño vio algo que la detuvo. Will estaba de rodillas en el suelo, admirando sus últimos hallazgos y limpiándoles la tierra con el cepillo de dientes de su padre.

—¡Mira esto! —dijo con orgullo, sujetando una pequeña bolsa de cuero raído que goteaba agua sucia por todas partes. Entonces abrió con mucho cuidado la frágil tapa y sacó una serie de pipas de arcilla—. Lo normal es encontrar sólo lo que no vale, cosas que tiran los granjeros. Pero mira esto: no hay ninguna rota, están tan perfectas como el día que las hicieron… Piénsalo: tantos años… desde el siglo dieciocho.

—Muy bonito —dijo Rebecca sin mostrar el más leve interés.

Echándose para atrás el pelo con un gesto de desdén, siguió su camino por el pasillo hasta el armario de las toallas y a continuación entró en su habitación y cerró la puerta con firmeza detrás de ella.

Will exhaló un suspiro y siguió examinando sus piezas varios minutos más, luego las recogió en la alfombrilla del baño, que estaba manchada de barro, y las transportó con cuidado a su habitación. Una vez allí, colocó las pipas y la bolsa de cuero aún goteante entre el resto de su tesoro, en las estanterías que cubrían completamente una pared de la habitación: era lo que llamaba su museo.

El dormitorio de Will daba a la parte trasera de la casa. Debían de ser las dos de la madrugada cuando lo despertó un ruido procedente del jardín.

—¿Una carretilla? —murmuró identificando de inmediato el sonido, al tiempo que abría los ojos—. ¿Una carretilla cargada?

Se levantó rápidamente de la cama y se acercó a la ventana. Allí, en el jardín, a la luz de la media luna, se distinguía una forma oscura que empujaba una carretilla. Se restregó los ojos para ver mejor.

«¡Papá!», se dijo al reconocer la figura de su padre y ver el brillo de la luna reflejado en sus lentes. Perplejo, Will observó cómo llegaba al final del jardín, pasaba por el hueco del seto y salía a los terrenos comunales. Allí, se perdió de vista tras unos árboles.

«Pero ¿qué se trae entre manos?», se preguntó. Su padre siempre tenía horarios de sueño extraños a causa de sus frecuentes cabezadas en el museo, pero aquella actividad no era habitual en él. Recordó que aquel mismo año le había ayudado a cavar para bajar el suelo del sótano casi un metro y después le ayudó a construir un nuevo suelo de cemento. Más o menos un mes más tarde, su padre había tenido la brillante idea de volver a cavar para abrir una salida directa del sótano al jardín y cerrarla con una nueva puerta, pues, por alguna razón, había decidido que necesitaba otra vía de acceso al que era su refugio en el sótano de la casa.

Por lo que sabía Will, el trabajo había concluido ahí, pero su padre era impredecible. Sintió una punzada de resquemor: ¿en qué andaba metido que tuviera que guardar tan en secreto? Y ¿por qué no le había pedido ayuda?

Aún adormecido y distraído con pensamientos relativos a sus propios proyectos subterráneos, Will dejó de pensar en las cosas de su padre por el momento y volvió a la cama.

6

Al día siguiente, después de clase, Will y Chester reanudaron el trabajo en la excavación. Con la carretilla llena de espuertas vacías, Will volvía de tirar la tierra y avanzaba hacia el final del túnel, donde Chester arrancaba la capa de piedra.

—¿Qué tal va eso? —preguntó.

—Igual de difícil, no te quepa la menor duda —respondió Chester secándose el sudor de la frente con la sucia manga de la camisa. Al hacerlo, se ensució la cara.

—Espera, déjame ver. Tú tómate un descanso.

—Vale.

Will encendió la lamparilla del casco para iluminar la roca. La punta del pico dibujaba al azar los sutiles marrones y amarillos de los distintos estratos. Lanzó un profundo suspiro.

—Creo que mejor paramos y pensamos qué vamos a hacer. ¡No sirve de nada pegar cabezazos contra un muro de piedra! Vamos a beber algo.

—¡Buena idea! —agradeció Chester.

Se fueron a la sala, donde Will le pasó a su amigo una botella de agua.

—Me alegra mucho que quieras seguir cavando. Engancha, ¿a que sí? —le preguntó a su compinche.

Chester, que miraba distraído el fondo de la sala, le miró a los ojos.

—Bueno, sí y no. Te dije que te ayudaría a perforar la roca, pero no estoy seguro. Anoche me dolían mucho los brazos.

—Te acostumbrarás. Además, parece que hubieras nacido para cavar.

—¿Eso piensas? ¿De verdad? —preguntó sonriendo.

—No me cabe la menor duda. ¡Podrías llegar a ser casi tan bueno como yo, algún día!

Chester le lanzó al brazo un puñetazo afectuoso. Se rieron, pero en cuanto dejaron de reír, Will adoptó una expresión seria.

—¿Qué pasa? —preguntó Chester.

—Vamos a tener que pensar qué hacemos. El espesor de la veta de arenisca quizá no nos permita perforarla. —Will entrelazó los dedos y puso las manos encima de la cabeza, en un gesto heredado de su padre—. ¿Qué te parecería… pasar por debajo?

—¿Por debajo? ¿No será descender demasiado?

—No, ya he cavado otras veces más hondo.

—¿Cuándo?

—Dos de mis túneles han sido mucho más profundos que éste —dijo Will, evadiendo la pregunta—. ¿Te das cuenta? Si pasamos por debajo, la piedra arenisca nos sirve de techo porque es muy sólida. Lo más probable es que no necesitemos ni apuntalar.

—¿No harán falta puntales? —preguntó Chester.

—Será completamente seguro.

—¿Y si no lo es? ¿Y si se derrumba con nosotros debajo? —Chester parecía bastante incómodo.

—No te preocupes. ¡Vamos, manos a la obra!

Will ya había tomado una decisión y se dirigía al tajo cuando Chester volvió a llamarlo:

—¡Eh!, ¿por qué nos dejamos los riñones en esto…? Quiero decir, ¿hay algo indicado en algún plano? ¿Cuál es el propósito?

A Will le desconcertó la pregunta, y pasaron varios segundos antes de que pudiera responder:

—No, no hay nada señalado en el Servicio Oficial de Cartografía ni en los mapas de mi padre —admitió. Respiró hondo y se volvió a Chester—: Cavar es el propósito.

—¿Así que tú piensas que hay algo ahí enterrado? —se apresuró a preguntar Chester—. ¿Como las cosas de aquel vertedero antiguo del que hablabas?

Will negó con la cabeza:

—No. Por supuesto que las cosas que se encuentran están muy bien, pero esto es mucho más importante. —E hizo un desmesurado gesto con la mano abierta.

—¿El qué?

—¡Todo esto! —Will paseó la mirada por las paredes del túnel, y después por el techo que tenían encima—. ¿No lo notas? Con cada palada, es como si viajáramos atrás en el tiempo. —Se detuvo, sonriendo—. Estamos donde no ha estado nadie durante siglos… o tal vez nunca.

—¿Así que no tienes ni idea de lo que hay ahí? —preguntó Chester.

—Absolutamente ni idea, pero no voy a rendirme por un cachito de piedra —contestó con decisión.

Chester seguía pasmado.

—Es sólo que… pensaba que si no estamos buscando nada en particular, ¿por qué no cavamos en el otro ramal?

Will volvió a negar con la cabeza, pero no ofreció más explicación.

—Pero sería mucho más fácil —dijo Chester, cuya voz adquiría una nota de exasperación, como si supiera que no iba a obtener de su amigo ninguna respuesta sensata—. ¿Por qué no?

—Un presentimiento —respondió Will con sequedad, y empezó a andar antes de que Chester dijera algo más. Se limitó a encogerse de hombros con el pico en la mano.

—Está loco. Y yo tengo que estarlo también, de remate. ¿Qué demonios hago aquí? —musitó Chester—. Podía estar en casita, justo ahora, con la PlayStation, calentito y seco. —Se

miró la ropa empapada y llena de barro—. ¡Loco de remate!
—repitió varias veces.

Para el doctor Burrows, el día había sido igual que casi todos.
Estaba repantigado en la silla de dentista con un periódico
doblado sobre el regazo, a punto de echarse la siesta de la tarde, cuando se abrió de golpe la puerta del museo. Joe Carruthers, antiguo comandante del ejército de Su Graciosa
Majestad, entró con paso decidido y buscó por la sala hasta
encontrar al arqueólogo amodorrado y con la cabeza reclina-
da en la silla.

—¡Toque de diana, Burrows! —gritó, disfrutando la manera en que respondía el conservador del museo, levantando
la cabeza como impelido por un resorte. Veterano de la Segunda Guerra Mundial, Joe Carruthers no había abandonado su brusquedad ni su modales militares. El doctor Burrows
le había puesto el apodo poco amable de «Joe Higochumbo»
por su llamativa nariz, roja y protuberante, que tal vez fuera
resultado de una herida de guerra o, como suponía Burrows,
del excesivo consumo de ginebra. Tenía unos bríos sorprendentes para una persona de setenta y tantos años, y la costumbre de gritar. En aquellos momentos, era la última persona a la que el doctor deseaba ver.

—A galope, Burrows. Necesito que vengas en misión de reconocimiento, si puedes salir un segundo. Por supuesto que
puedes, ya veo que no te agobia el trabajo aquí, ¿eh?

—No, lo siento, Carruthers, no puedo dejar el museo sin
nadie. Al fin y al cabo, estoy de servicio —respondió con
desgana, abandonando a la fuerza su idea de echar una ca-
bezada.

Joe Carruthers siguió hablándole a gritos desde el otro extremo de la sala:

—¡Vamos, hombre! Se trata de una misión especial, ya sabes. Quiero tener tu opinión. Mi hija y su nuevo maridito se

han comprado una casa pegando a High Street. Están haciendo obras en la cocina y han encontrado algo… algo extraño.

—¿Extraño en qué sentido? —preguntó el doctor Burrows, aún molesto por la intrusión.

—Un extraño agujero en el suelo.

—¿No es más lógico que se lo comenten a los albañiles?

—No se trata de eso, amigo. No van por ahí los tiros.

—¿No? —preguntó con curiosidad repentina.

—Es mejor que vengas a echar un vistazo, amigo. Tú te conoces la historia de los alrededores al dedillo, por eso pensé inmediatamente en ti. «Es el mejor hombre para esta misión», le dije a mi Penny. «Ese tipo realmente sabe de lo que habla», eso le dije.

Al doctor Burrows le gustó la idea de ser considerado el experto en historia local, así que se puso en pie e, imbuido de su propia importancia, se colocó la chaqueta. Tras cerrar el museo, mantuvo el veloz paso de Higochumbo por High Street, y pronto doblaron por Jekyll Street. Higochumbo sólo habló una vez, cuando doblaron otra esquina para entrar en la plaza Martineau:

—Esos perros… La gente no debería dejarlos sueltos —refunfuñó mientras entrecerraba los ojos ante unos papeles que el viento llevaba por los aires—. Tienen obligación de llevarlos con correa.

Entonces llegaron a la casa:

El número 23 era un adosado idéntico a todos los demás que formaban los cuatro lados de la plaza, construidos en ladrillo con las características típicas del estilo georgiano temprano. Aunque las casas eran muy estrechas y sólo tenían un cachito de jardín en la parte de atrás, al doctor Burrows le habían gustado en las ocasiones en que había pasado por allí, y le agradó tener la oportunidad de entrar en una.

Higochumbo golpeó en la original puerta georgiana de cuatro cuarterones con fuerza suficiente como para derribarla. El doctor Burrows se estremecía con cada golpe. Una mujer joven abrió la puerta, y su rostro se alegró al ver a su padre.

—Hola, papá. Así que lograste que viniera. —Se volvió hacia la visita con una sonrisa de persona tímida—. Venga a la cocina. Tenemos bastante jaleo, pero prepararé un té —dijo cerrando la puerta.

El doctor Burrows siguió a Higochumbo, que pisaba sin miedo las sábanas que había extendidas para que no se manchara el suelo del oscuro pasillo. El papel de las paredes estaba medio arrancado. Llegados a la cocina, la hija de Higochumbo se volvió hacia el doctor Burrows:

—Disculpe, qué maleducada, no me he presentado. Me llamo Penny Hanson. Creo que nos hemos visto alguna vez.

Enfatizó con orgullo su nuevo apellido, tomado de su esposo. Siguió un instante de embarazo en el que Burrows se quedó tan desconcertado por el comentario de la mujer que ella se puso colorada y se apresuró a murmurar algo sobre el té. Indiferente a su azoramiento, él empezó a inspeccionar la cocina. La habían vaciado y habían quitado la capa de yeso para dejar los ladrillos a la vista, y habían instalado un fregadero nuevo con módulos de armario de cocina a medio terminar a lo largo de una de las paredes.

—Nos pareció buena idea suprimir la chimenea y ganar espacio para poner una barra para desayunar —dijo Penny señalando la pared de enfrente, la que tenía los armarios nuevos—. El arquitecto nos dijo que sólo necesitábamos un soporte en el techo. —Señaló un agujero enorme en el que se podía ver que habían metido una nueva viga de metal—. Pero cuando los albañiles estaban tirando el enladrillado, la pared se derrumbó y encontraron esto. He llamado al arquitecto, pero no ha venido todavía.

Un montón de ladrillos manchados de hollín indicaba dónde había estado el muro de detrás de la chimenea. Al abrirse, el muro había dejado al descubierto un espacio, semejante a las cámaras secretas que había en algunos palacios para ocultar a los curas católicos en tiempos de Isabel I.

«Qué cosa tan extraña. ¿Un segundo tiro?», pensó Burrows, y casi de inmediato pronunció una serie de noes mientras negaba con la cabeza. Se acercó y miró hacia abajo. En el suelo había un respiradero de medio metro de ancho por uno de largo.

Pisando los ladrillos sueltos, se puso en cuclillas al borde de la abertura y se asomó.

—Ah… ¿tenéis una linterna a mano? —preguntó. Penny fue a buscar una. El doctor Burrows la cogió y la encendió apuntando hacia abajo por la abertura—. Revestimiento de ladrillo de comienzos del siglo diecinueve, me atrevería a decir. Parece que es de la misma época que la casa —murmuró para sí, mientras Higochumbo y su hija lo miraban con expectación—. Pero ¿para qué demonios lo hicieron? —añadió. Lo más extraño era que, al inclinarse más para mirar hacia abajo, no podía ver el fondo—. ¿Habéis averiguado la profundidad que tiene? —preguntó a Penny, enderezándose.

—¿Con qué? —se limitó a preguntar la mujer.

—¿Puedo coger esto? —Sujetó medio ladrillo roto de la pila de escombros de la chimenea. Ella asintió con la cabeza, y él volvió al agujero y se dispuso a dejarlo caer dentro—. Ahora escuchad —les dijo al soltarlo por el respiradero. Lo oyeron golpear contra las paredes al caer, con un ruido que se fue haciendo más sutil hasta que al doctor Burrows, que estaba arrodillado al borde de la abertura, sólo le llegaban débiles ecos.

—¿Ya ha…? —preguntó Penny.

—¡Shhh! —la hizo callar con pocos miramientos, dándole un susto al levantar la mano. Después de un rato, levantó la cabeza y miró a Higochumbo y a Penny frunciendo el ceño—. No lo he oído tocar fondo —comentó—, pero parecía que seguía cayendo por los siglos de los siglos. ¿Cómo… puede ser tan profundo?

Entonces, sin preocuparse de la suciedad, se tendió en el suelo y metió cabeza y hombros por el agujero, lo más adentro que pudo, alumbrando la oscuridad que tenía debajo con la linterna que sostenía con su brazo extendido. De pronto tuvo frío y empezó a husmear.

—¡No puede ser!

—¿El qué, Burrows? —preguntó Higochumbo—. ¿Has averiguado algo?

—Tal vez me equivoque, pero juraría que sube una corriente de aire —dijo sacando la cabeza del agujero—. El motivo no acierto a comprenderlo, a menos que todo el conjunto de viviendas fuera construido con algún tipo de ventilación entre cada casa. Pero que me aspen si entiendo por qué tendrían que hacerlo. Lo más curioso es que el conducto… —Se dio la vuelta para ponerse boca arriba, y apuntó la linterna hacia lo alto, por encima del espacio abierto—, parece seguir hacia arriba, justo detrás de la chimenea normal. Me imagino que también sale al tejado, como parte del cañón de la chimenea.

Lo que el doctor Burrows no les dijo (no se atrevió, porque habría parecido demasiado descabellado) era que además había percibido aquella peculiar sensación de humedad y el mismo olor a moho que había notado el día anterior en High Street al chocar con el «hombre de sombrero».

En el túnel, por fin, Will y Chester hacían progresos. Estaban cavando por debajo de la roca de piedra arenisca cuando el pico de Will dio contra algo sólido.

—¡Maldita sea!, ¡no me digas que la roca continúa también por aquí debajo! —gritó exasperado. Chester dejó caer la carretilla y llegó corriendo desde la sala.

—¿Qué pasa? —preguntó, sorprendido del arrebato de su amigo.

—¡Mierda, mierda, mierda! —gritaba Will, picando violentamente contra el obstáculo.

—¿Qué ocurre? —repitió Chester. Estaba sorprendido porque nunca había visto a Will perder la calma de aquella manera. Parecía endemoniado.

Will picó aún más fuerte, a un ritmo febril, porque se había quedado anonadado al ver el aspecto de la roca. Chester tuvo que dar un paso atrás para evitar que le golpeara con el pico o ser alcanzado por la tierra y las piedras que arrancaba con tal fuerza que salían despedidas. De repente, Will se paró y se quedó un momento en silencio. Después, tirando a un lado el pico, se dejó caer de rodillas para limpiar frenéticamente con las manos algo que tenía delante.

—¡Bueno, mira esto!

—¿El qué?

—Puedes verlo por ti mismo —dijo Will sin resuello.

Chester avanzó a gatas y vio lo que tenía tan alterado a su amigo. En el punto en que Will había quitado la tierra aparecían varias filas de una pared de ladrillo visibles bajo la capa de piedra arenisca, y ya había arrancado algunos de los primeros ladrillos.

—¿Y qué pasa si es una cloaca o un túnel del metro, o algo parecido? ¿Estás seguro de que no pasa nada por estar haciendo esto? —preguntó Chester con angustia—. Podría ser parte de un depósito de agua. ¡No me gusta!

—Cálmate. En los mapas no aparece nada por aquí cerca. Estamos en el borde de la ciudad antigua, ¿de acuerdo?

—De acuerdo —dijo Chester dudando, sin saber a dónde quería llegar su amigo con ese razonamiento.

—Bien, por aquí no se debe de haber construido nada en los últimos cien o ciento cincuenta años. Así que es improbable que nos encontremos un túnel del metro, ni siquiera una línea abandonada. He estudiado con mi padre todos los mapas antiguos. Tal vez pudiera ser una cloaca, pero si te fijas en la curvatura del ladrillo al encontrar la roca de arenisca, estaríamos arriba, cerca de la bóveda. Podría ser el sótano de una casa antigua, o quizá parte de los cimientos, pero me pregunto cómo iban a construir debajo de la roca. Es muy extraño.

Chester retrocedió un par de pasos y no dijo nada, así que Will volvió al trabajo por unos minutos y después se detuvo, consciente de que su amigo seguía tras él, nervioso. Se volvió y exhaló un suspiro de resignación:

—Mira, Chester. Si eso te hace feliz, lo dejaremos aquí por hoy, y esta noche lo consultaré con mi padre. A ver qué piensa él.

—Sí, Will, prefiero que lo consultes con él. Ya sabes, por si acaso.

El doctor Burrows se despidió de Higochumbo y de su hija prometiéndoles que averiguaría en los archivos locales lo que pudiera sobre la casa y su arquitectura. Miró el reloj e hizo una mueca. Sabía que no estaba bien dejar el museo tanto tiempo cerrado, pero quería comprobar algo antes de volver. Dio varias vueltas a la plaza, examinando las casas de los cuatro lados. La plaza había sido construida al mismo tiempo que las casas, que eran todas iguales. Pero lo que le interesaba era la posibilidad de que todas tuvieran aquellos misteriosos conductos.

Cruzó la calzada, atravesó una verja y entró en la parte central de la plaza, que tenía un área pavimentada bordeada de arriates de rosales poco cuidados. Desde allí tenía mejor vista de los tejados, y empezó a señalar con el dedo mientras contaba los sombreretes que había en cada uno.

—No salen las cuentas —dijo frunciendo el ceño—. Qué curioso.

Se volvió, salió de la plaza y, recorriendo el camino de regreso al museo, llegó justo a tiempo de cerrar hasta el día siguiente.

7

A altas horas de la noche, Rebecca observaba desde una ventana del piso superior a una oscura silueta que merodeaba en la acera, delante de la casa de los Burrows. La silueta, cuyos rasgos ocultaba una sudadera con capucha y una gorra de béisbol, miraba furtivamente hacia un lado y otro de la calle, y al hacerlo tenía más aspecto de zorro que de ser humano. Tras comprobar que nadie lo veía, se acercó a las bolsas de la basura y, cogiendo la más grande, la rasgó para abrir un agujero en ella y hurgar con las dos manos en su contenido.

—¿Crees de verdad que soy tan tonta? —susurró Rebecca, empañando con el aliento el cristal de la ventana de su dormitorio. No estaba en absoluto preocupada, porque siguiendo los consejos contra el robo de datos personales en el área de Highfield, destruía siempre meticulosamente todas las cartas oficiales, las tarjetas de crédito o las notificaciones del banco: cualquier cosa que contuviera información sobre los miembros de la familia.

En su impaciencia por encontrar algo, el hombre esparcía la basura de la bolsa. Latas vacías, envoltorios de alimentos y una serie de botellas quedaron desparramados por el césped. Cogió un puñado de papeles y se los acercó a la cara, dándoles vuelta en la mano mientras trataba de escrutarlos a la escasa luz de las farolas.

—¡Venga! —retó al que revolvía en la basura—, ¡a ver qué es lo que encuentras!

Quitando con la mano la grasa y los posos de café de un trozo de papel, lo orientó para verlo mejor a la luz. Rebecca observó cómo leía la carta febrilmente y sonrió cuando él, comprendiendo que no le servía para nada, tensó el brazo en un gesto de disgusto y lo tiró.

Rebecca ya había tenido suficiente. Estaba inclinada sobre el alféizar, pero se incorporó para descorrer las cortinas. El hombre percibió la acción y levantó los ojos. La vio y se detuvo. A continuación se volvió a girar para comprobar que no había nadie en ninguno de los dos sentidos de la calle, y se marchó arrastrando los pies y volviéndose a mirar a Rebecca como desafiándola a que llamara a la policía.

Furiosa, Rebecca apretó su pequeño puño, sabiendo que le tocaría a ella recogerlo todo por la mañana. ¡Otra tarea tediosa que añadir a la lista! Corrió las cortinas, se separó de la ventana y salió del dormitorio al pasillo. Se detuvo a escuchar: se oían diversos ronquidos entrecortados. Giró sobre sus pies, calzados con zapatillas, y se colocó frente a la puerta del dormitorio principal, reconociendo al instante aquel sonido familiar: su madre dormía. En la calma de la noche, aguzó el oído hasta que consiguió distinguir la lenta respiración nasal de su padre. A continuación ladeó la cabeza hacia el dormitorio de Will, y volvió a escuchar hasta que logró percibir el ritmo peculiar de su respiración, que era rápida y superficial.

—Sí —musitó con un brusco y exultante movimiento de cabeza. Todo el mundo dormía profundamente. La idea le agradó. Era pues su momento, el momento en que tenía la casa para ella y podía hacer lo que quisiera. Un momento de calma antes de que despertaran todos y volviera a dominar el caos. Se estiró y avanzó unos pasos muy sigilosamente, hasta que llegó a la puerta del dormitorio de Will y pudo atisbar el interior.

Nada se movía. Como un fantasma que revoloteara por el dormitorio, se acercó al lado de su cama. Se quedó allí, de pie, mirándolo. Dormía boca arriba, con los brazos abiertos descuidadamente por encima de su cabeza. A la débil luz de la luna, que se filtraba por las cortinas medio corridas, examinó su cara. Se acercó un paso más para colocarse justo encima de él.

«Hay que ver cómo duerme, sin nada que le preocupe», pensó, y se inclinó aún más sobre la cama. Al hacerlo, descubrió que tenía una débil mancha bajo la nariz. Examinó centímetro a centímetro a su hermano dormido hasta llegar a sus manos. «¡Barro!» Estaban cubiertas de barro. ¡No se había preocupado de lavarse antes de ir a la cama!, y lo que resultaba aún más asqueroso: ¡debía de haberse metido el dedo en la nariz entre sueños! «Qué cerdo», se dijo entre dientes, muy bajo, pero fue suficiente para que su hermano oyera algo, porque extendió los brazos y flexionó los dedos. Tranquilo e inconsciente de la presencia de su hermana, hizo con la garganta un ruido grave, como de satisfacción, y retorció un poco su cuerpo para cambiar ligeramente de postura.

—Eres un desperdicio de espacio —susurró ella después, y se volvió a mirar la ropa sucia que había tirado al suelo. La recogió y salió del dormitorio, en dirección a la cesta de mimbre donde dejaban la ropa para lavar, que estaba en un rincón del pasillo. Mientras comprobaba que no hubiera nada en los bolsillos conforme echaba la ropa en la cesta, encontró en los vaqueros un trozo de papel, que desarrugó pero no pudo leer en aquella oscuridad.

«No será nada seguramente», pensó metiéndoselo en la bata. Al sacar la mano del bolsillo, se pilló una uña en la guata. Se mordió el borde partido y caminó hacia el dormitorio principal. Una vez dentro, se aseguró de que pisaba sólo en los sitios exactos en los que las baldosas que había bajo la vieja y desgastada alfombra de pelo largo no crujirían delatando su presencia. Estuvo observando a sus padres exactamente de la misma manera que había observado a Will, como si intentara desentrañar sus pensamientos. Al cabo de unos minutos, Rebecca había visto todo lo que quería ver. Cogió la jarra de la mesita de noche y la olió.

«Otra vez su infusión relajante, con unas gotas de coñac.» De puntillas, con la jarra en la mano, salió del dormitorio y bajó a la cocina, abriéndose paso sin grandes dificultades en la oscuridad. Dejó la jarra en el fregadero y salió de la cocina para volver al recibidor. Allí se quedó quieta una vez más, ladeando ligeramente la cabeza y cerrando los ojos para afinar el oído.

«Está todo tan tranquilo… —pensó—. Así debería ser siempre.» Permaneció allí sin moverse, como en trance. Luego aspiró lentamente por la nariz para llenarse los pulmones, mantuvo el aire durante unos segundos, y lo fue soltando por la boca.

Se oyó una tos amortiguada, procedente del piso superior. Con disgusto, Rebecca dirigió la mirada a la escalera. Habían turbado su paz. Habían roto el hilo de sus pensamientos.

—¡Estoy tan cansada de todo esto! —dijo con amargura.

Sin hacer ruido, se acercó a la puerta de la calle, quitó la cadena de seguridad, y luego se dirigió a la sala de estar. Las cortinas estaban completamente abiertas y le proporcionaban una clara vista del jardín trasero, en el que la luz de la luna, que se desplazaba lentamente, iba iluminando trozos de vegetación. Sus ojos no se apartaron ni un instante de aquella vista mientras se sentaba en la butaca de su madre y se recostaba para seguir contemplando el jardín y el seto que lo separaba de los terrenos comunales. Y allí permaneció hasta la madrugada, disfrutando de la soledad de la noche y abrigada con el sudario de una oscuridad como de chocolate. Observando.

8

Al día siguiente, el doctor Burrows se encontraba en el museo, ordenando la vitrina de los botones que había debajo de la ventana. Estaba inclinado sobre el expositor, y su trabajo en aquel momento consistía en añadir a las hileras irregulares de botones de plástico, madreperla y esmalte que constituían la colección, unos nuevos botones de bronce reverdecido procedentes de diversos regimientos del ejército. Se le agotaba la paciencia, porque las presillas que tenían los botones en la parte de atrás les impedían reposar horizontalmente sobre el tablero recubierto con un tapete; daba igual lo mucho que apretara.

Resopló de pura frustración. En ese momento oyó en la calle la bocina de un coche y levantó la vista involuntariamente. Con el rabillo del ojo, vio a un hombre que caminaba por la acera de enfrente.

Llevaba visera, sobretodo largo y gafas oscuras, aunque el día estaba nublado y sólo había breves ratos de sol. Podía ser el mismo hombre con el que había chocado el día anterior al salir del puesto de prensa, pero no estaba seguro porque todos eran muy parecidos.

¿Qué era lo que le intrigaba tanto de aquellas personas? El doctor Burrows tenía la sensación de que había algo de especial en ellos, algo decididamente extraño, fuera de lugar. Era como si hubieran salido de otro tiempo, tal vez de la época georgiana[1], dado el estilo de su indumentaria. A él le parecían un fragmento de historia viva, como aquellas noticias que había leído sobre los pescadores de Asia que habían encontrado celacantos en las redes, o algo incluso más importante... como el descubrimiento del eslabón perdido en la evolución humana. Aquéllas eran las cosas con las que soñaba y que le distraían de su vida rutinaria y monótona.

El doctor Burrows no era hombre capaz de dominar sus obsesiones, y ésta lo dominaba por completo. Tenía que haber una explicación racional al fenómeno del «hombre de sombrero», y estaba decidido a encontrarla.

—Bien —decidió en aquel instante—, ésta es una ocasión tan buena como cualquier otra.

Dejó la caja con los botones, atravesó el museo corriendo, salió por la puerta de entrada, y la cerró tras él. Una vez en la calle, localizó al hombre y, manteniendo una considerable distancia, lo siguió por High Street. Fue detrás de él, respetando su paso, mientras abandonaba High Street, se metía por Disraeli y cruzaba la calle para tomar la primera a la derecha, que era Gladstone Street, nada más pasar el antiguo convento. Se encontraba a unos veinte metros detrás de él cuando el hombre se detuvo de pronto y se volvió para mirarlo.

El doctor Burrows se estremeció al ver el cielo reflejado en las gafas del hombre y, consciente de que el juego había terminado, se dio media vuelta para mirar en sentido contrario.

Sin saber qué hacer, se agachó para atarse un imaginario lazo en sus zapatos sin cordones. Sin levantarse, alzó la vista furtivamente para mirar por encima del hombro, pero el hombre al que perseguía acababa de desaparecer.

Recorriendo azaroso la calle con los ojos, se puso a caminar deprisa, y echó a correr al acercarse al punto en que había visto por última vez a su presa. Al llegar, descubrió que

1. Época de la historia británica que comprende los reinados de Jorge I, Jorge II, Jorge III y Jorge IV, y va desde 1714 hasta 1830. *(N. del T.)*

había un angosto pasaje entre dos pequeñas casas de benefi-
cencia. Le sorprendió no haberse dado cuenta nunca de la
existencia de aquel pasaje en las ocasiones en que había pasado por allí. Se accedía a él atravesando un arco, y después
transcurría como un estrecho túnel que salía a los patios traseros de las casas, y seguía entre ellos un trozo, ya a cielo
abierto. El doctor Burrows escudriñó el pasaje, pero la falta
de luz impedía ver gran cosa. Después del tramo que estaba a
oscuras, sí se podía ver algo al final. Era un muro donde acababa al pasaje: se trataba pues de un callejón sin salida.

Volviendo a examinar la calle, movió la cabeza de un lado
a otro sin comprender: no conseguía encontrar ningún otro
lugar por el que aquel desconocido pudiera haberse metido
para desaparecer tan de repente, así que respiró hondo y se
internó por el pasaje. Caminó con cautela, temiendo que el
hombre de sombrero pudiera estar oculto y al acecho en algún portal. Cuando sus ojos se adaptaron a la oscuridad, pudo
ver que el suelo estaba lleno de cajas de cartón mojadas y botellas de leche, la mayoría rotas.

Sintió un gran alivio cuando salió a la luz. Se detuvo a examinar el lugar. El callejón estaba formado por dos setos, y
terminaba al final en el muro de una fábrica de tres pisos. El
viejo edificio no tenía ventanas hasta el piso superior y, evidentemente, nadie podía haber escapado por él.

Así que ¿dónde demonios había ido ese hombre?, se preguntó al volverse para observar el callejón con la calle al fondo, por la que en ese momento pasó un coche. A su derecha,
el seto tenía un enrejado de un metro de alto por el que era
casi imposible que alguien saltara. El otro seto no contaba
con tal estorbo, así que atisbó a través de él hacia el otro
lado. Lo que vio fue una especie de jardín descuidado y seco,
con arbustos marchitos y una explanada de barro donde debería haber césped. El conjunto estaba lleno de platos de
plástico esparcidos por todas partes, que contenían agua en-
negrecida.

Desanimado, se quedó mirando aquel baldío privado, y estaba a punto de olvidarlo todo cuando cambió repentinamente de idea: tiró su maletín por encima del seto, y con bastante torpeza trepó por él y se dejó caer al otro lado. Pero la altura era mayor de lo que esperaba y cayó mal, sentado sobre el lodazal. Trató de levantarse, pero le resbalaron los zapatos y volvió a caerse de culo. Paró la caída con la mano abierta sobre uno de los platos, que volcó y salpicó su contenido sobre el brazo y el cuello del infortunado doctor.

Echó pestes en voz baja, se sacudió lo mejor que pudo, y volvió a ponerse en pie, tambaleándose como un borracho hasta que recuperó el equilibrio.

—¡Maldita sea! —dijo entre dientes al oír abrirse detrás de él una puerta.

—¡Eh! ¿Quién está ahí? ¿Qué sucede? —dijo una voz temerosa.

Se giró para encontrarse con una anciana que estaba a menos de dos metros de distancia, acompañada por tres gatos que se hallaban alrededor de sus pies y que lo observaban con felina indiferencia. A juzgar por la manera en que movía la cabeza de un lado a otro, la vista de la anciana no debía de ser muy buena. Tenía el pelo blanco, ralo, y llevaba una bata estampada. El doctor Burrows supuso que tendría más de ochenta años.

—Hola, señora... Me llamo Roger Burrows, encantado de conocerla —dijo, incapaz de pensar en nada para explicar cómo ni por qué había llegado hasta allí.

La expresión del rostro de la anciana se transformó repentinamente:

—¡Doctor Burrows, qué amable de su parte venir por aquí! ¡Qué agradable sorpresa!

Se quedó sorprendido y muy confuso.

—Sí... bueno... Pasaba por aquí...

—Es usted un hombre encantador. Algo que no se ve a menudo hoy día. Le agradezco mucho su visita.

—No hay de qué —respondió él dudando—. La verdad es que el placer es mío.

—Me encuentro un poco sola, con la única compañía de mis gatitos. ¿Le apetece una taza de té? El agua está lista.

No sabía qué hacer. Al verla, había pensado que tendría que intentar volver a saltar el seto. Una acogida tan amable y hospitalaria era lo último que podía haber esperado. Sin encontrar palabras, se limitó a asentir con la cabeza y avanzó unos pasos, pisando el borde de otro de los platos de plástico, que le salpicó el contenido en la pierna. Se inclinó para quitarse del calcetín un viscoso pegote de alga.

—¡Uy, tiene que tener cuidado, doctor Burrows! —explicó la anciana—. Los pongo para los pájaros. —Al volverse, el séquito de gatos se apresuró a entrar en la cocina delante de ella—. ¿Con leche y azúcar?

—Sí, gracias —respondió él desde la puerta de la cocina, mientras ella cogía de la estantería una tetera de porcelana—. Perdone que haya aparecido así, sin previo aviso —dijo tratando de llenar el silencio—. Es usted muy amable.

—No, usted sí que es amable. Soy yo la que está agradecida.

—¿De verdad? —tartamudeó Burrows, tratando por todos los medios de averiguar quién era la anciana.

—Sí, por esa carta tan amable. Yo ya no tengo tan buena vista como antes, pero me la leyó el señor Embers.

De pronto todo encajó y el doctor Burrows suspiró aliviado, viendo disiparse las nieblas de la confusión.

—¡La esfera de luz! Realmente, se trata de un objeto fascinante, señora Tantrumi.

—¿Ah, sí?

—El señor Embers le dijo probablemente que yo quería mandarla a examinar.

—Me parece bien —respondió ella—. Porque podría tratarse de un aparato de espionaje.

—Quién sabe —corroboró el doctor Burrows, intentando

no sonreír—. Señora Tantrumi, el motivo por el que he venido… —Ella ladeaba la cabeza y removía el té, mientras aguardaba impaciente que él continuara—. El motivo es que esperaba que usted me pudiera mostrar el lugar en el que la encontró.

—No, señor, no fui yo… fueron los del gas. ¿Galletas de mantequilla o de crema? —preguntó, ofreciéndole las galletas de una lata abollada.

—Eh… de mantequilla, si es tan amable. ¿Dice que la encontraron los del gas?

—Sí, en el sótano.

—¿Aquí abajo? —preguntó, observando una puerta que estaba abierta al final de un breve tramo de escalera—. ¿Le importa si echo un vistazo? —preguntó guardándose la galleta en el bolsillo mientras empezaba a sortear los escalones de ladrillo mohoso.

En cuanto traspasó la puerta pudo ver que el sótano estaba dividido en dos habitaciones. La primera estaba vacía, salvo por algunos platos que contenían comida para gatos extremadamente renegrida y seca, y algunos restos de escombros esparcidos por el suelo. Pasó a la segunda habitación, que estaba debajo de la fachada de la casa. Era muy parecida a la primera, salvo que la luz era más tenue y contenía algunos muebles. Sus ojos recorrieron la habitación y hallaron en un rincón un piano vertical que parecía que se fuera a deshacer de lo podrido que estaba, y metido en un oscuro recoveco, un viejo armario con la luna rota. Abrió una de las puertas y se quedó de piedra.

Aspiró varias veces, reconociendo el mismo olor a moho que había percibido al tropezar con el hombre de sombrero y más recientemente en el agujero de la casa de Penny Hanson. Cuando sus ojos se habituaron a la oscuridad, pudo distinguir dentro del armario varios sobretodos de un color que parecía negro, y un surtido de viseras y otro tipo de sombreros apilados en un compartimento, a un lado.

Resultaba curioso que al tacto las cosas del interior del armario no estuvieran cubiertas de polvo como todo lo demás que había alrededor. Además, cuando lo separó de la pared para comprobar que no había nada detrás, vio que se hallaba en sorprendente buen estado. Al no ver nada detrás, volvió a fijarse en el interior. Descubrió un pequeño cajón bajo el compartimento de los sombreros. Lo abrió: contenía cinco o seis gafas. Cogió unas y descolgó un sobretodo de la percha. Luego volvió al jardín.

—¡Señora Tantrumi! —llamó desde el fondo de la escalera. Ella se acercó a la puerta de la cocina balanceándose como un pato—. ¿Sabe que hay cosas dentro del armario?

—¿De verdad?

—Sí. Sobretodos y gafas de sol. ¿Son de usted?

—No, yo ahí no bajo nunca. El suelo está en muy mal estado. ¿Quiere subirlas para que pueda verlas?

Subió con las gafas y el sobretodo hasta la puerta de la cocina, y ella alargó la mano y pasó los dedos por el material de la prenda como si acariciara la cabeza de un gato desconocido. Con su tacto duro, como de cera, el sobretodo le resultó extraño. El corte era antiguo, e incluía una esclavina hecha de un material más recio, una especie de capa muy corta, que cubría los hombros y la parte superior de la espalda.

—No creo que lo haya visto nunca. Lo dejaría allí mi marido, que en paz descanse —dijo con desdén, y regresó a la cocina.

El doctor Burrows examinó las gafas de sol. Consistían en dos piezas de cristal grueso, casi opaco, completamente plano, parecido al de las gafas de soldador, con unos curiosos resortes en cada patilla que tenían la evidente finalidad de mantenerlas bien sujetas a la cabeza, aunque ésta fuera demasiado pequeña. Estaba desconcertado: ¿qué motivo podían tener aquellas extrañas personas para guardar sus pertenencias dentro de un armario olvidado en aquel sótano vacío?

—¿Suele venir alguien por aquí, señora Tantrumi? —le preguntó mientras ella empezaba a servir el té con mano muy temblorosa, pegando la tetera al borde de la taza y golpeando contra ella con tal fuerza que el doctor Burrows temió que la sacara del plato.

El golpeteo dejó de sonar y ella lo miró sin entender.

—No sé a qué se refiere —dijo, como si el doctor Burrows hubiera sugerido un comportamiento inmoral.

—Es que he visto a unos tipos bastante raros por esta parte de la ciudad, que llevan siempre sobretodo y gafas de sol como éstos… —aclaró ante la inquietud de la anciana.

—Espero que no sean esos delincuentes de los que hablan tanto. Ya no me siento segura, aunque mi amigo Oscar es muy amable. Me viene a ver muchas tardes. Ya ve, no tengo a nadie por aquí, a nadie de mi familia. Mi hijo se ha ido a América, ¿sabe? Es muy bueno. La empresa para la que trabaja lo mandó a él y a su mujer…

—¿Así que no ha visto personas vestidas con sobretodos como éste? ¿Ni hombres con el pelo blanco?

—La verdad, señor, es que no sé de qué me habla. —Le dirigió una mirada inquisidora y siguió sirviendo el té—. Venga a sentarse.

—Los dejaré donde estaban —dijo él, volviendo al sótano.

Antes de subir, no pudo evitar echar un rápido vistazo al piano. Levantó la tapa y pulsó algunas teclas que emitieron sonidos sordos y metálicos o tañidos completamente desafinados. Intentó separarlo de la pared, pero como crujió y amenazó con desmoronarse, tuvo que desistir.

Luego caminó por ambas habitaciones del sótano pisando fuerte en el suelo, esperando encontrar alguna trampilla. Hizo lo mismo en el jardín, caminando por la explanada con cuidado de no pisar los platos de plástico, todo bajo la atenta vigilancia de los gatos de la señora Tantrumi.

Al otro lado de la ciudad, Chester y Will habían vuelto al túnel de los Cuarenta Hoyos.

—Entonces, ¿qué ha dicho tu padre? ¿Qué piensa que hemos encontrado? —preguntó Chester mientras Will utilizaba una maza y un cincel para soltar el mortero que había entre los ladrillos de la misteriosa obra.

—Volvimos a mirar los mapas y no vimos nada. —Estaba mintiendo, porque su padre no había subido del sótano antes de que él se fuera a la cama, y había salido de casa por la mañana antes de que Will se levantara—. Ni cañerías ni cloacas ni nada de ese tipo —siguió, intentando tranquilizar a Chester—. La pared es muy sólida, esto lo hicieron para que durara. —Ya había quitado dos capas de ladrillo, pero aún no había llegado al otro lado—. Pero mira, por si acaso yo estoy equivocado y sale algo a borbotones, quédate en el lado de allá de la sala. Desde allí, la corriente te llevaría hasta la salida —dijo Will, redoblando sus esfuerzos con la maza y el cincel.

—¿Qué? —se apresuró a preguntar Chester—. ¿Que una corriente… me llevará…? No me gusta la pinta que tiene esto. Me voy. —Y se volvió para irse, pero luego se detuvo como dudando, tomó una decisión y comenzó a caminar hacia la sala, sin dejar de rezongar.

Will simplemente se encogió de hombros. Era imposible que se detuviera ante la oportunidad de sacar a la luz algún fantástico misterio, algo tan importante que dejaría a su padre pasmado, porque lo habría descubierto sin su ayuda. Nadie podía detenerlo, ni siquiera Chester. Empezó inmediatamente a picar alrededor de otro ladrillo, rompiendo la parte de mortero que lo rodeaba.

Sin previo aviso, parte del mortero se resquebrajó y un trozo salió disparado por entre sus manos enguantadas e impactó en la pared de detrás. Will dejó caer las herramientas y se desplomó en el suelo, asombrado. Después, moviendo la cabeza a los lados, se recobró y reemprendió la tarea de extraer el ladrillo, que le llevó sólo unos segundos.

—¡Eh, Chester!

—¿Qué? —gritó éste con brusquedad desde la sala—. ¿Qué ha pasado?

—¡No hay agua! —le respondió Will, y su voz resonó de manera extraña—. ¡Ven a ver!

A regañadientes, Chester se acercó. Vio que Will había atravesado el muro y metía la cabeza por la pequeña brecha que había abierto. Estaba olfateando el aire.

—Definitivamente, no es ninguna cañería de aguas residuales, pero estaba bajo presión —explicó Will.

—¿Y no puede ser un conducto del gas?

—No, no huele a gas y además los conductos de gas nunca son de ladrillo. A juzgar por la resonancia que hay, debe de ser un espacio muy grande. —La impaciencia se reflejó en su rostro—. Ya sabía yo que había algo. Ve a la sala y tráeme una vela y la barra de hierro, ¿quieres?

Cuando Chester volvió, Will encendió la vela a bastante distancia del agujero y la fue acercando despacio por delante de él, sin quitar la vista de la llama mientras lo hacía.

—¿Para qué haces eso? —preguntó Chester, que lo miraba intrigado.

—Si hay gas, se notará que cambia la manera de arder —respondió Will con naturalidad—. Hacían lo mismo al entrar en las pirámides. —No hubo cambio en la titilante llama al aproximarla a la abertura, y Will terminó dejando la vela justo delante de ella—. Parece que no hay nada que temer —dijo al apagar la llama de un soplo y coger la barra de hierro que Chester había apoyado contra la pared. Colocó la barra de tres metros frente al agujero y la fue introduciendo por él, hasta que sólo sobresalía un trocito de entre los ladrillos.

—No tropieza con nada; lo que hay ahí es muy grande —dijo Will con emoción, soltando un grito que acompañaba al esfuerzo de mover la barra para comprobar la amplitud del espacio abierto—. Pero creo que ahora toca lo que podría ser el suelo. En fin, vamos a ensanchar el agujero un poco más.

Trabajaron conjuntamente y, en un instante, quitaron ladrillos suficientes para que Will pudiera deslizarse por el agujero de cabeza. Lo hizo y cayó al suelo con un gemido ahogado.

—Will, ¿estás bien?

—Sí, sólo que hay un poco de altura —contestó—. Es mejor que metas primero los pies, y yo te guiaré.

Chester pasó con esfuerzo, pues era más ancho que Will. Una vez dentro, los dos empezaron a mirar a su alrededor.

Era una cámara octogonal, cada uno de cuyos lados trazaba un arco que ascendía hasta un punto central que se encontraba a unos seis metros por encima de sus cabezas. En el vértice había lo que parecía una rosa labrada en piedra. Los dos muchachos movían el haz de luz de las linternas sobrecogidos, observando los ornamentos góticos tallados en los muros de ladrillo. También el suelo estaba todo pavimentado con ladrillos.

—¡Impresionante! —susurró Chester—. ¿Quién podía esperarse algo así?

—Parece la cripta de una iglesia, ¿verdad? —comentó Will—. Pero lo más extraño es que…

—¿Sí? —dijo Chester enfocando a Will con la linterna.

—Que está completamente seco. Y el aire también se nota seco. No estoy seguro…

—¿Has visto, Will? —le interrumpió Chester, pasando la linterna por el suelo y después por la pared que tenía más cerca—. Hay algo escrito en los ladrillos… ¡en todos!

Will se volvió de inmediato para examinar la pared más próxima, leyendo la elaborada caligrafía gótica grabada en la superficie de cada ladrillo:

—Tienes razón. Son nombres: James Hobart, Andrew Kellogg, William Butts, John Cooper…

—Simon Jennings, Daniel Lethbridge, Silas Samuels, Abe Winterbotham, Caryll Pickering… Debe de haber miles —comentó Chester.

Will sacó la maza del cinto y empezó a golpear en las paredes, escuchando el sonido para saber si había algún hueco o pasadizo. Había golpeado metódicamente y sin resultado en dos de las ocho paredes cuando se detuvo de pronto, en apariencia sin razón alguna. Se dio una palmada en la frente y tragó saliva con esfuerzo.

—¿Lo has notado? —le preguntó a su amigo.

—Sí, se me han destapado los oídos —confirmó Chester, metiéndose el dedo de una mano, enfundada en su guante, en uno de los oídos—, igual que cuando un avión despega.

Se quedaron los dos en silencio, como esperando que ocurriera algo. Entonces sintieron un temblor, un tono inaudible, algo que se parecía a una nota baja emitida por un órgano, una vibración que parecía proceder de sus propios cráneos.

—Creo que deberíamos salir. —Chester miró a su amigo con expresión asustada, tragando saliva ya no por causa de sus oídos, sino por las náuseas que sentía.

Por una vez, Will estuvo de acuerdo. Soltó un rápido «Sí», parpadeando a medida que aparecían puntos en su campo de visión.

Salieron trepando en la mitad de tiempo que les había costado bajar, siguieron hasta las butacas de la sala de la caverna principal y se dejaron caer en ellas. Aunque no se habían dicho nada, las inexplicables sensaciones que habían experimentado habían cesado casi de inmediato al abandonar la cámara.

—¿Qué nos ha pasado? —preguntó Chester, abriendo la boca para mover la mandíbula de un lado a otro y apretando la palma de las manos contra los oídos.

—No lo sé —contestó Will—. Le pediré a mi padre que venga a ver. A lo mejor él tiene una explicación. Puede que tenga que ver con la presión atmosférica.

—¿Piensas que es la cripta de una antigua iglesia desaparecida… con todos esos nombres?

—Pudiera ser —respondió Will, absorto en sus pensamientos—. Pero los artesanos y canteros que la construyeron trabajaron meticulosamente, no dejaron ni recortes ni escombros detrás, y con el mismo cuidado la sellaron. ¿Para qué demonios se tomarían tantas molestias?

—Es verdad, no lo había pensado.

—No había medio de entrar ni de salir. No pude hallar rastro de pasadizos, ni uno. Una cámara aislada, con nombres. ¿Se trata de una especie de monumento? —reflexionó Will, completamente perplejo, antes de concluir—: Pero ¿qué demonios hemos encontrado?

9

Sabiendo que Rebecca era implacable y que no merecía la pena provocar su ira, y menos a la hora de comer, Will se sacudió la suciedad y se limpió el barro de las botas antes de entrar en casa. Tiró la mochila al suelo, y las herramientas que había dentro no habían terminado de chocar unas con otras, cuando se quedó helado del asombro.

Tenía ante él una escena muy rara: la puerta de la sala de estar estaba cerrada y Rebecca permanecía agachada ante ella, con el oído puesto en la cerradura. Hizo un gesto de disgusto en cuanto vió a Will.

—¿Qué…? —Pero su hermana no lo dejó continuar, pues, levantándose rápidamente, lo hizo callar llevándose un dedo a los labios. Cogió a su desconcertado hermano por el brazo y lo obligó a entrar en la cocina—. ¿Qué pasa? —preguntó Will, indignado pero sin levantar la voz.

Era todo muy extraño, desde luego. Había pillado a Rebecca, la señorita perfecta, escuchando a escondidas a sus padres, algo que nunca se hubiera esperado de ella.

Pero había otra cosa aún más sorprendente: la puerta de la sala de estar, que estaba cerrada. Will volvió la cabeza para comprobarlo de nuevo, sin poder creer lo que veían sus ojos.

—Hasta donde me alcanza la memoria, esa puerta siempre ha estado abierta y trabada con una cuña —comentó—. Ya sabes cómo odia ella…

—¡Se están peleando! —explicó Rebecca con solemnidad.

—¿Que se están qué? ¿Por qué?

—No estoy segura. Lo primero que oí fue a mamá gritándole que cerrara la puerta, y estaba intentando enterarme de más cuando has llegado.

—Pero tienes que haber oído algo.

Rebecca no le respondió de inmediato.

—Vamos —la apremió él—. ¿Qué has oído?

—Bueno —comenzó lentamente—, ella le gritaba que era un puñetero fracasado… y que tenía que dejar de perder el tiempo con cosas que no eran más que basura.

—¿Qué más?

—No pude oír el resto, pero estaban los dos muy enfadados. Se estaban diciendo de todo. ¡Tiene que tratarse de algo muy importante, porque ella se está perdiendo la serie *Vecinos*!

Will abrió el frigorífico y contempló un yogur distraídamente antes de volver a dejarlo en su sitio.

—¿Qué puede haber pasado? No recuerdo que se hayan peleado de esta forma nunca.

Justo en ese momento se abrió de par en par la puerta de la sala, haciéndoles dar un respingo, y el doctor Burrows salió en estampida y se fue derecho hacia el sótano, con la cara roja y los ojos desorbitados. Buscó la llave, rezongando algo incomprensible, hasta que abrió la puerta y luego la cerró tras él con gran estruendo.

Will y Rebecca seguían mirando por la ranura de la puerta de la cocina cuando oyeron gritar a la señora Burrows.

—¡No vales para nada, pedazo de fósil! ¡Lo que es por mí, te puedes quedar ahí abajo y pudrirte, reliquia arqueológica! —gritó a pleno pulmón, cerrando la puerta de la sala con un golpe que podría haber tirado la casa abajo.

—Tiene que haber levantado la pintura de la pared —comentó Will con frialdad. Rebecca estaba tan preocupada por lo que sucedía que no le oyó.

—¡Qué rabia, Dios mío! Tengo que hablar con él sobre algo que he encontrado hoy, es muy importante —rezongó.

Esta vez, ella sí le oyó:

—¡De eso ya puedes olvidarte! Mi consejo es que los dejemos en paz hasta que todo se olvide. —Levantó la barbilla en un gesto algo engreído—. Si es que se olvida. En fin, la comida está lista. Sírvete tú mismo. Puedes ponértelo todo si quieres, porque no creo que nadie aparte de ti tenga ganas de cenar.

Sin decir nada más, Rebecca se dio la vuelta y salió de la cocina. Will paseó la mirada desde el hueco de la puerta por el que ella había salido hasta el horno, y se encogió de hombros.

Engulló dos raciones y media de una comida «lista para el horno», y subió al piso de arriba de la casa, que se hallaba sumida en un asombroso silencio. Ni siquiera distinguía el acostumbrado ruido de la televisión mientras, sentado en la cama, limpiaba meticulosamente su pala con un trapo hasta que su brillo se reflejó en el techo del dormitorio. Entonces se inclinó para dejarla en el suelo suavemente, apagó la luz de la mesita de noche y se sumergió bajo el edredón.

10

Will se despertó bostezando perezosamente. Contemplaba la habitación adormilado hasta que cayó en la cuenta de la luz que entraba por el borde de las cortinas. Se sentó bruscamente, comprendiendo que algo no iba bien. Faltaba el habitual alboroto matutino en la casa. Miró el despertador. Se había quedado dormido. Los acontecimientos de la noche anterior lo habían alterado hasta el punto de que se le había olvidado poner el despertador.

Encontró algunas prendas de su uniforme relativamente limpias en el fondo del armario. Se las puso a toda prisa y se fue al cuarto de baño a lavarse los dientes. Al salir del baño vio que la puerta del dormitorio de Rebecca estaba abierta y se paró un momento a escuchar. Ya había aprendido a no entrar de sopetón. El dormitorio era su santuario, y se había enfadado varias veces con él por entrar sin llamar. Como no oyó señales de vida, decidió entrar a mirar. Estaba tan pulcro como siempre: la cama hecha primorosamente y la ropa de andar por casa preparada para cuando volviera del colegio, todo limpio y ordenado. Vio el pequeño despertador negro en la mesita. «¿Por qué no me habrá llamado?», pensó.

Luego vio que la puerta del dormitorio de sus padres estaba entornada, y no pudo resistirse a asomar la cabeza por el hueco. La cama estaba sin deshacer. Aquello no era normal.

¿Dónde estaban? Will pensó en la discusión que habían tenido sus padres la noche anterior, cuya gravedad no había comprendido hasta aquel momento. En contra de la impresión que solía dar, Will tenía un lado sensible: no es que no le importara lo que les ocurría a los demás, era tan sólo que le resultaba difícil expresar sus emociones, y prefería ocultar sus sentimientos detrás de una displicente chulería ante las cosas de su familia, o con una máscara de total indiferencia ante lo que atañía a otras personas. Se trataba de un mecanismo de defensa desarrollado con los años para soportar las pullas que provocaba su aspecto físico: *nunca muestres tus sentimientos, nunca contestes a sus provocaciones, nunca les des esa satisfacción.* Aunque no pensaba mucho en ello, Will era consciente de que su vida familiar era muy extraña, por decirlo con suavidad. Los cuatro miembros de la familia eran tan diferentes como si los hubiera juntado el azar, tan diferentes como cuatro extraños que comparten un compartimento de tren. De algún modo, la amalgama tenía sentido. Cada cual sabía cuál era su sitio, y el resultado final, si no completamente satisfactorio, tenía su propio y peculiar equilibrio. Pero ahora todo amenazaba con venirse abajo. Al menos Will tenía esa sensación aquella mañana.

En medio del pasillo del piso superior, volvió a escuchar el inquietante silencio, paseando la mirada de una puerta a otra. Aquello era grave.

«Tenía que ocurrir precisamente ahora, justo cuando había descubierto algo tan sorprendente», pensó. Quería hablar con su padre, contarle lo del túnel de los Pozos y la extraña cámara con la que se habían encontrado Chester y él. Porque sin su aprobación, sin su frase «Bien hecho, Will» y sin su sonrisa paternal, todo aquello no valía nada.

Mientras bajaba las escaleras, tenía la extraña sensación de ser un intruso en su propia casa. Vio la puerta de la sala de estar. Seguía cerrada. Su madre debía de haber dormido allí, pensó al entrar en la cocina. En la mesa sólo había un cuenco. Como en su fondo quedaban unos copos de arroz, Will supo que su hermana había desayunado antes de salir para el colegio. Pero el hecho de que no lo hubiera lavado al terminar, y la ausencia tanto en la mesa como en el fregadero del cuenco de copos de maíz y de la taza de té de su padre, le parecieron alarmantes.

Aquella imagen congelada de la actividad cotidiana encerraba la clave de un misterio, como esas pequeñas pistas en la escena del crimen que, examinadas correctamente, proporcionaban la explicación de lo ocurrido.

Pero la cosa no funcionaba. No conseguía encontrar ninguna respuesta, y sabía que debía cumplir sus deberes cotidianos.

«Esto es como un mal sueño —murmuró mientras echaba apresuradamente los cereales de trigo en un cuenco—. Tocado y hundido», añadió masticando con desánimo.

11

Chester estaba apoltronado en una de las dos desvencijadas butacas del túnel de los Cuarenta Hoyos. Con las yemas de los dedos formó otra bolita de arcilla y la añadió al montón que tenía en la mesa, a su lado. Sin mucho interés, empezó a ensayar puntería tirándolas, una tras otra, al cuello de una botella de plástico vacía que había situado en precario equilibrio en el borde de una carretilla cercana.

Will se estaba retrasando mucho, y mientras Chester lanzaba las bolitas se preguntaba qué sería lo que lo había entretenido. De por sí, este retraso no era motivo de preocupación, pero es que se moría de impaciencia por explicarle a su amigo lo que había descubierto al llegar a la excavación.

Cuando por fin apareció Will, lo hizo bajando a paso de tortuga por la rampa de la entrada del túnel, con la pala al hombro y la cabeza gacha.

—Hola, Will —le saludó Chester con alegría, tirando a la orgullosa botella el puñado de bolas que le quedaban, todas a la vez.

Pero como era de suponer, todas erraron el blanco, y Chester se mostró decepcionado antes de volverse hacia su amigo en espera de respuesta. Pero Will sólo emitió un gruñido, y cuando levantó la vista, a Chester le sorprendió la tristeza que había en sus ojos.

Había notado los dos últimos días que a Will le pasaba algo raro. En el colegio lo había estado evitando; y en las pocas ocasiones en las que habían hablado se había mostrado poco comunicativo.

Se hizo un incómodo silencio en la sala hasta que Chester, incapaz de soportarlo más, soltó:

—Hay un obstáculo…

—Mi padre no está —lo cortó Will.

—¿Qué?

—Se encerró en el sótano, pero ahora pensamos que se ha ido.

De repente Chester comprendió con claridad por qué su amigo se había comportado de manera tan rara los últimos días. Abrió la boca y volvió a cerrarla, porque no se le ocurrió nada que decir. Como si estuviera agotado, Will se dejó caer en la butaca más cercana.

—¿Cuándo ha ocurrido? —preguntó Chester, incómodo.

—Hace un par de días… tuvo una pelea con mi madre.

—¿Y ella qué piensa?

—¡Nada! Desde que él se fue, no ha abierto la boca —respondió Will.

Chester miró el ramal del túnel que salía de la sala y después a Will, que frotaba pensativo una mancha de barro seco que había en el mango de la pala. Chester respiró hondo y dijo dubitativo:

—Lo siento, pero… hay algo más que debes saber.

—¿Qué es? —preguntó con tranquilidad.

—El túnel está taponado.

—¿Qué? —preguntó Will.

Fue como si despertara de repente. Saltó de la butaca y corrió a la boca del ramal. En efecto, la entrada de la curiosa cámara de ladrillo era infranqueable. Es más, del pasaje de seis metros sólo quedaba la mitad.

—No me lo puedo creer. —Con la sensación de no poder hacer nada, Will observaba la sólida barrera de tierra y piedra que llegaba hasta el techo del túnel. Comprobó los puntales que tenía delante, tirando de ellos con ambas manos y golpeando su base con la puntera de acero de sus botas de trabajo.

—Éstos están perfectamente —dijo, y se agachó para palpar en varios sitios la tierra que tapaba el túnel. Cogió algo de tierra en el hueco de la mano y la examinó mientras Chester lo miraba, admirado por el modo en que su amigo investigaba el suceso.

—Qué raro.

—¿El qué? —preguntó Chester.

Will se llevó la tierra a la nariz y aspiró profundamente. Después, cogiendo un pellizco, tiró el resto. Lo amasó lentamente con las yemas de los dedos durante unos segundos y se volvió a Chester con el ceño fruncido.

—¿Qué pasa, Will?

—Los puntales de esa parte del túnel estaban perfectamente asentados. Los volví a comprobar antes de que nos fuéramos el último día. Y no ha llovido recientemente, ¿verdad?

—No, creo que no —contestó Chester.

—No, y al tacto esta tierra no parece estar lo bastante húmeda para provocar un desplome... No hay más humedad de la normal. Pero lo más raro es todo esto. —Se agachó, escogió una piedrecita del montón y se la tiró a Chester, que la cogió al vuelo y la observó sin entender a qué se refería Will.

—Me temo que no comprendo. ¿Qué tiene de especial esta piedra?

—Que es caliza. La tierra que bloquea el paso tiene trozos de tierra caliza. Toca la superficie. Es como tiza, algo que no se parece en absoluto al tacto de la arenisca. La arenisca está compuesta de partículas apelmazadas.

—¿De partículas apelmazadas?

—Sí, es mucho más granulosa. Espera, déjame que me asegure del todo —dijo Will cogiendo la navaja. Sacó la hoja principal y la usó para rayar la superficie limpia de otro trozo de piedra mientras seguía hablando—. ¿Ves?, las dos son rocas sedimentarias, y se parecen mucho. A veces es difícil notar la diferencia. La prueba que puedes hacer es echar una gota de ácido en ella. El ácido en la piedra caliza hace burbujas. Otra posibilidad es mirarla con lupa para ver los granos de cuarzo más gruesos que sólo están en la arenisca. Pero, con diferencia, el mejor método para diferenciarlas es éste. Manos a la obra —anunció Will cogiendo un trocito de la piedra que había tomado como ejemplo de la hoja de la navaja y, ante la sorpresa de Chester se lo llevó a la boca. Entonces empezó a mordisquearlo con los incisivos.

—¿Qué haces, Will?

—Mmm —contestó éste sin dejar de masticar—. Sí, estoy seguro de que es caliza. Mira, se transforma en una pasta suave. Si fuera arenisca, resultaría crujiente y haría ruido al morderla.

A Chester le dio dentera oír el sonido procedente de la boca de su amigo.

—¿Es en serio? ¿No te dejará los dientes hechos polvo?

—Todavía no —respondió Will sonriendo. Volvió a meterse el trozo en la boca y lo masticó un poco más—. Definitivamente, es caliza —decretó, escupiéndola—. ¿Quieres un poco?

—No, gracias, no tengo hambre —contestó Chester sin dudar un segundo—. Pero te lo agradezco de todos modos.

Will señaló con la palma de la mano hacia el techo, por encima de la barrera.

—Me cuesta creer que haya habido un depósito, una bolsa aislada de caliza, en algún punto cercano. Conozco bastante bien la geología de esta zona.

—¿Qué quieres decir? —preguntó Chester poniendo cara de extrañeza—. ¿Que ha bajado alguien y ha traído todo esto para tapar el túnel?

—Sí… no… No lo sé —contestó Will, pisando con frustración el borde del enorme montón de tierra—. Lo único que sé es que hay algo muy raro en todo esto.

—¿Puede haber sido alguna de las bandas? ¿El Clan? —sugirió Chester, y después—: ¿O tal vez los del Click?

—No, no es probable —negó Will, volviéndose para observar el tramo de túnel que había detrás—. Hubieran dejado otras señales de su presencia. ¿Y por qué iban a taponar precisamente aquí? Ya sabes cómo son esos tipos: habrían hecho estropicios por todas partes. No, no tiene sentido —dijo desconcertado.

—No —admitió Chester.

—Pero quienquiera que haya sido, lo que está claro es que no quiere que volvamos a entrar ahí, ¿verdad? —concluyó Will.

Rebecca estaba en la cocina haciendo los deberes cuando Will regresó a casa. Mientras dejaba la pala en el paragüero y colgaba el casco amarillo en el perchero, su hermana se asomó por la puerta.

—Has vuelto pronto.

—Sí, hemos tenido un problema en uno de los túneles y no tenía mucho sentido ponerse a cavar —explicó mientras se dejaba caer con desánimo sobre la silla que estaba en el lado opuesto de la mesa.

—¿No habéis cavado? —preguntó Rebecca con burlona preocupación—. ¡Las cosas tienen que estar peor de lo que yo pensaba!

—Una parte del techo se ha desplomado.

—Vaya… —dijo sin interés.

—No entiendo lo que ha ocurrido. No puede ser una filtración, y lo más raro es que la tierra que se desprendió… —Se calló al ver que Rebecca se levantaba de la mesa y se ponía a fregar, sin escuchar una palabra de lo que él decía. Eso no le preocupó mucho, porque estaba acostumbrado a que lo ignoraran. Fatigado, descansó un momento la cabeza en las manos, pero la levantó de pronto al pensar en algo.

—No crees que esté ahí abajo y tenga algún problema, ¿verdad?

—¿Quién? —preguntó Rebecca enjuagando una cazuela.

—Papá. Como no ha hecho ningún ruido, hemos dado por hecho que se ha marchado, pero podría seguir en el sótano. Si no ha comido en dos días, puede haber sufrido un colapso. —Will se levantó de la silla—. Voy a echar un vistazo —dijo con decisión mientras Rebecca le daba la espalda.

—No puedes hacer eso. Ni mucho menos —dijo volviéndose para mirarlo—. Sabes que no nos deja bajar si no está él.

—Voy a buscar la copia de la llave.

Diciendo esto, Will salió de la cocina apresuradamente dejando a Rebecca de pie junto al fregadero, abriendo y cerrando los puños en sus guantes de goma amarillos. Reapareció unos segundos después:

—Bueno, ¿vienes o no?

Rebecca no hizo ademán de seguirlo, sino que miró por la ventana como reflexionando.

—¡Vamos! —ordenó y un atisbo de ira tiñó de rojo sus mejillas.

—Está bien… lo que tú digas —aceptó Rebecca, despertando de su ensimismamiento. Se quitó los guantes de un tirón y los dejó colocados muy cuidadosamente en el escurridero, al lado de la pila.

Fueron a la puerta del sótano y la abrieron con mucho sigilo para que no les oyera su madre. En realidad, no tenían de qué preocuparse, pues en ese momento llegaba desde el interior de la sala de estar el ruido espeso y precipitado de una descarga de ametralladora.

Will encendió la luz, y bajaron por la escalera de roble barnizado que él había ayudado a colocar. En cuanto pisaron el suelo de hormigón, tanto uno como otro se pusieron a mirar a su alrededor, en silencio. No había ni rastro de la presencia de su padre. El sótano estaba lleno de pertenencias suyas, pero nada era muy diferente de como lo había visto Will la última vez. La amplia biblioteca de su padre ocupaba dos de las paredes, y en la tercera, los estantes albergaban sus hallazgos personales, que incluían una lámpara de ferroviario, la máquina para imprimir billetes de la estación abandonada y una gran cantidad de cabezas de arcilla primitivas, de rasgos toscos, colocadas cuidadosamente. Contra la cuarta pared había una mesa de trabajo en la que estaba el ordenador, con una barra de chocolate delante, a medio terminar.

Al observar la escena, lo único que a Will le pareció fuera de lugar era una carretilla llena de tierra y piedras pequeñas junto a la puerta que daba al jardín.

—Me pregunto qué hace esto aquí —dijo. Rebecca se encogió de hombros—. Es curioso. Un día lo vi sacar una carga como ésta al terreno comunal.

—¿Cuándo fue eso? —preguntó Rebecca, frunciendo el ceño en señal de concentración.

—Hará un par de semanas… en medio de la noche. A lo mejor la trajo para analizarla o algo así.

Se acercó a la carretilla, tomó en la mano un poco de la tierra suelta y la examinó de cerca, moviéndola con el índice. Después se la llevó a la nariz y la olió aspirando intensamente.

—Alto contenido en arcilla —dijo, y hundió las manos en la tierra, levantando dos grandes puñados que apretó y luego dejó que cayeran en forma de polvo. Se volvió a Rebecca con expresión de desconcierto.

—¿Y…? —preguntó ella con impaciencia.

—Me pregunto de dónde procede. Es…

—¿Qué más te da? Lo que está claro es que papá no está aquí, y nada de esto nos ayudará a encontrarlo —dijo Rebecca con una vehemencia tan innecesaria que Will se quedó sin habla—. Vamos, arriba —le apremió. Sin esperar la respuesta de su hermano, subió pisando con fuerza en los peldaños, dejándolo solo en el sótano.

—¡Mujeres! —murmuró Will, repitiendo una opinión que su padre manifestaba a menudo—. Con ellas no hay quien se aclare.

En especial, Rebecca había sido siempre un misterio para Will. No sabía si todo lo que hacía lo hacía por un mero antojo, o si había realmente algo mucho más profundo y más complejo dentro de su cabeza bien peinada, algo que no podía ni siquiera empezar a comprender. En cualquier caso, no servía de nada pensar en ello precisamente entonces, cuando había cosas más importantes de las que ocuparse.

Soltó un bufido de desprecio y se frotó las manos para limpiarse la tierra. Después se quedó inmóvil en el centro del sótano hasta que empezó preguntarse cosas. Se acercó a la mesa y hojeó los papeles que había en ella: artículos sobre Highfield fotocopiados, fotografías en tono sepia desvaído de casas antiguas, y trozos de mapas rotos. Uno de ellos le llamó la atención porque tenía algunos comentarios escritos a lápiz. Reconoció la letra de trazos delgados e inseguros de su padre:

«La plaza Martineau… ¿la clave? ¿Ventilación para qué?», leyó Will, frunciendo el ceño al repasar la red de líneas que su padre había trazado a lápiz a través de las casas a cada lado de la plaza.

—Mi padre andaba detrás de algo, pero ¿de qué? —se preguntó en voz alta.

Mirando bajo la mesa, encontró el maletín de su progenitor y vació en el suelo el contenido, que eran principalmente revistas y periódicos. En un bolsillo lateral del maletín encontró unas monedas metidas en una pequeña bolsa de papel marrón y un puñado de envoltorios de chocolate vacíos. Después, en cuclillas, empezó a mirar entre las cajas de archivo que guardaba debajo de la mesa. Fue sacando el contenido de cada una de ellas y observándolo por encima.

Sus pesquisas fueron interrumpidas por la insistencia de su hermana en que fuera a cenar antes de que la cena se le enfriara. Pero antes de subir se entretuvo en mirar las prendas que estaban colgadas en la puerta de atrás. Faltaban el casco y el mono de su padre.

Cuando se dirigía a la cocina, oyó una algarabía de aplausos y risas que llegaba de la sala de estar.

Ambos hermanos comieron en silencio hasta que Will levantó la vista para mirar a Rebecca. Ella tenía el tenedor en una mano y un lápiz en la otra y hacía los deberes de matemáticas.

—Rebecca, ¿has visto el casco de papá o su mono? —le preguntó.

—No, los tiene siempre en el sótano. ¿Por qué?

—Pues no están —respondió Will.

—A lo mejor se los dejó en alguna excavación.

—¿Otra excavación? No, me lo habría dicho. Además, ¿cuándo habría podido ir? Está siempre aquí o en el museo. No ha ido a ningún otro sitio, ¿a que no? Me lo habría dicho… —La voz de Will se fue apagando mientras Rebecca lo miraba con atención.

—Conozco esa mirada. Estás pensando algo más, ¿no? —le preguntó, recelosa.

—No, no es nada —contestó él—. En serio.

12

Al día siguiente Will se despertó temprano, y como no quería pensar en la desaparición de su padre, se puso la ropa de trabajo y bajó la escalera corriendo, con la intención de tomar un desayuno rápido y tal vez conseguir que Chester lo ayudara a abrir el ramal de los Cuarenta Hoyos. Rebecca andaba ya en la cocina, y por la manera que tuvo de atraparlo en cuanto él entró por la puerta, era evidente que lo estaba esperando.

—Tenemos que hacer algo respecto a papá —dijo mientras Will la miraba algo asustado—. Mamá no va a mover un dedo porque ella ha sido la causante.

Él sólo deseaba salir de casa. Necesitaba desesperadamente olvidarse de aquel problema. Desde la noche de la pelea entre sus padres, Rebecca y él habían seguido asistiendo a clase como de costumbre. Lo único que había cambiado era que comían en la cocina, sin su madre. Ella salía a hurtadillas para servirse lo que hubiera en la nevera y, como es de suponer, comía delante de la televisión. Aquellas incursiones eran bastante evidentes, puesto que las empanadas y trozos de queso desaparecían junto con barras enteras de pan y tarrinas de margarina.

Se la habían encontrado un par de veces en el recibidor, cuando se dirigía al baño arrastrando los pies, en camisón y zapatillas, con la parte de atrás doblada y pisada. Pero en estos encuentros, Will y Rebecca sólo recibían un leve movimiento de cabeza en señal de reconocimiento.

—He tomado una decisión: voy a llamar a la policía —dijo Rebecca delante del fregadero.

—¿Crees que es lo que debemos hacer? ¿No sería mejor esperar un poco? —preguntó. Sabía que la situación no tenía buena pinta, pero no se sentía capaz de dar el paso—. ¿Dónde piensas que puede haber ido?

—Sé tanto como tú —respondió Rebecca con brusquedad.

—Ayer me pasé por el museo y estaba cerrado.

Aunque llevaba días sin abrir, no había llamado nadie para quejarse.

—Tal vez ha decidido que está harto y quiere romper… con todo —sugirió Rebecca.

—Pero ¿por qué?

—La gente no para de desaparecer. ¿Quién sabe por qué? —Rebecca alzó sus delgados hombros—. Pero ahora tenemos que hacernos cargo de la situación —dijo con decisión—, y tenemos que explicarle a mamá lo que vamos a hacer.

—De acuerdo —asintió Will a regañadientes. Al pasar por el recibidor, miró su pala con anhelo. Hubiera dado lo que fuera por salir de casa y meterse en algún lugar en el que las cosas resultaran comprensibles.

Rebecca llamó a la puerta de la sala de estar, y entraron los dos. Parecía como si su madre no los viera. Su mirada no se apartó ni un instante de la pantalla de la televisión.

Se quedaron allí parados, sin saber qué hacer, hasta que Rebecca se acercó a la butaca de su madre, cogió el mando a distancia y apagó la tele.

Los ojos de la señora Burrows siguieron sin apartarse de la pantalla, en la que ya no había nada. Will vio en ella el reflejo de los tres: tres pequeñas figuras aprisionadas entre los bordes del negro rectángulo. Respiró hondo, diciéndose que él era el que tenía que hacerse cargo de la situación, no su hermana como siempre.

—Mamá —dijo, nervioso—. Mamá, papá no aparece por ningún lado, y… ya han pasado cuatro días.

—Creemos que habría que llamar a la policía… —dijo Rebecca, y se apresuró a añadir—: A menos que tú sepas dónde está.

Los ojos de la señora Burrows se dirigieron de la pantalla a los aparatos de vídeo que había debajo, pero era evidente que no estaban mirando nada y que su expresión era de una espantosa tristeza. De repente, parecía un ser completamente indefenso. Will hubiera querido preguntarle qué iba mal, qué había sucedido, pero no fue capaz.

—Sí —replicó con suavidad la madre—. Si queréis. —Y eso fue todo. Se quedó callada, con los ojos caídos, y sus dos hijos salieron de la sala.

Por primera vez, Will comprendió todo lo que implicaba la desaparición de su padre. ¿Qué iba a ser de ellos sin él? Se encontraban en un serio problema. Los tres. Y en especial su madre.

Rebecca llamó a la comisaría local, y varias horas después llegaron dos policías, un hombre y una mujer, ambos de uniforme. Will los hizo pasar.

—¿Está Rebecca Burrows? —preguntó el hombre a Will, echando un vistazo al interior de la casa, mientras se quitaba el quepis. A continuación sacó un pequeño cuaderno del bolsillo de la camisa y lo abrió con un movimiento de muñeca. Justo en ese momento, por la radio que llevaba en la solapa se oyeron sonidos ininteligibles, y el agente le dio a un botón para desconectarla—. Disculpa.

La mujer se dirigió a Rebecca:

—¿Has llamado tú? —La niña asintió, y la mujer policía le dirigió una sonrisa alentadora—. Dijiste que tu madre estaba aquí. ¿Podríamos hablar con ella?

—Está ahí —dijo Rebecca, conduciéndolos a la sala de estar y dando unos golpecitos a la puerta—. ¡Mamá! —llamó con suavidad, abriéndoles la puerta a los policías y haciéndose a un lado para dejarlos pasar. Will intentó seguirlos, pero el policía se volvió hacia él:

—¿Sabes una cosa, chaval? No sé qué daría por una taza de café.

Y cuando el policía le cerró la puerta, Will se volvió a Rebecca con mirada expectante.

—Vale, yo lo haré —dijo ella con irritación, y se fue a prepararlo.

Esperando en la cocina, podían oír el sonsonete bajo y monótono de la conversación que los adultos mantenían detrás de la puerta, hasta que, una eternidad y varias tazas de café más tarde, salió el policía, solo. Entró y dejó la taza y el plato en la mesa, junto a ellos.

—Voy a echar un vistazo por la casa —explicó—. Por si descubro alguna pista —añadió guiñándoles un ojo; y antes de que pudieran reaccionar, ya estaba subiendo al piso superior.

Se quedaron allí sentados, mirando al techo, en el que sonaba el ruido amortiguado de las pisadas, que iban de una habitación a otra.

—¿Qué se cree que va a encontrar? —preguntó Will.

Oyeron cómo volvía a bajar y se paseaba por el piso en que estaban ellos, hasta que se asomó de nuevo por la puerta de la cocina. Dirigió a Will una mirada fija e inquisidora.

—Habrá un sótano, ¿eh, chaval?

Will acompañó al policía al sótano y se quedó junto a la puerta mientras el hombre lo recorría con la mirada. Se interesó especialmente por la colección del doctor Burrows.

—Vaya cosas más raras que tiene tu padre. Supongo que tendréis el resguardo de compra de todo esto —dijo cogiendo una de las polvorientas cabezas de arcilla. Al ver la expresión asustada de Will, prosiguió—: Sólo estaba bromeando. Ya sé que trabaja en el museo local, ¿no?

El chico asintió con la cabeza.

—Estuve allí una vez… de excursión con el colegio, creo.

—Observó la tierra que había en la carretilla—. ¿Y eso qué pinta ahí?

—No lo sé. Podría ser de alguna excavación que haya estado haciendo mi padre. Normalmente excavamos juntos.

—¿Excavación? —preguntó, y Will asintió con la cabeza—. Creo que deberíamos echar un vistazo afuera —anunció el policía, entrecerrando los ojos para penetrarlo con la mirada y adoptando de repente una actitud severa.

En el jardín, Will lo observó rastrear sistemáticamente los arriates. Después estuvo observando el césped, agachándose cada poco para examinar los trozos sin hierba en que el gato del vecino solía hacer sus necesidades, echando a perder el césped. Empleó un rato en observar el terreno comunal por encima de la destartalada valla. Después volvió a entrar en la casa. Will lo siguió y tan pronto como estuvieron dentro, el policía le puso la mano en el hombro.

—Dime, chaval, ¿habéis estado cavando por ahí últimamente? —le preguntó en voz baja, pensando que tal vez hubiera algún oscuro secreto que Will estuviera ansioso de compartir con él.

El chico se limitó a negar con la cabeza, y pasaron al recibidor, donde los ojos del policía encontraron la brillante pala metida en el paragüero. Al darse cuenta, Will intentó ponerse delante para taparla.

—¿Estás completamente seguro de que tú u otros miembros de tu familia no habéis estado cavando en el jardín? —volvió a preguntarle el policía, mirándolo con recelo.

—No, yo no, desde hace años —contestó Will—. Cuando era niño, hice algunos pozos en el terreno comunal, pero mi padre no me dejó seguir porque decía que se podía caer alguien dentro.

—¿En el terreno comunal? ¿Agujeros grandes?

—Bastante grandes. Pero no encontré gran cosa allí.

El policía lo miró de manera extraña y escribió algo en el cuaderno.

—¿Gran cosa de qué? —preguntó frunciendo el ceño y sin lograr comprender.

—Botellas y cosas viejas.

En ese momento, la mujer policía salió de la sala de estar y se reunió con su compañero junto a la puerta de la entrada.

—¿Todo bien? —le preguntó el hombre, volviendo a meterse el cuaderno en el bolsillo. Le dirigió a Will una última y penetrante mirada.

—He tomado nota de todo —contestó la mujer antes de volverse a Will y su hermana—. Mirad, estoy convencida de que no hay nada de que preocuparse. Pero por rutina haremos unas indagaciones sobre vuestro padre. Si os enteráis de algo o queréis hablar con nosotros de lo que sea, podéis localizarnos en este número. —Le entregó a Rebecca una tarjeta—. En muchos casos como éste, la persona simplemente vuelve, porque sólo necesitaba escapar, disponer de algún tiempo para meditar. —Les dirigió una mirada de ánimo, y después añadió—: O tranquilizarse.

—¿Tranquilizarse por qué? —se atrevió a preguntar Rebecca—. ¿Por qué tendría necesidad de tranquilizarse nuestro padre?

Los policías se miraron algo sorprendidos y después volvieron a dirigirse a ella:

—Bueno, después de la discusión que tuvo con vuestra madre… —comentó la policía. Will esperaba que siguiera, que explicara en qué había consistido la discusión, pero ella se volvió a su compañero y le dijo—: Creo que debemos irnos.

—¡Ridículo! —exclamó Rebecca con rabia en cuanto se cerró la puerta—. Está claro que no tienen ni idea de dónde está ni de qué hacer. ¡Qué imbéciles!

13

—¿Will? ¿Eres tú? —preguntó Chester, protegiéndose los ojos del sol mientras su amigo salía de la puerta de la cocina al frondoso jardín trasero de la familia Rawls. Había pasado aquella mañana de domingo matando moscas y avispas con una vieja raqueta de bádminton, insectos que con el calor del mediodía se atontaban y se volvían blancos fáciles. Tenía un aspecto cómico con sus chancletas y su gorra, el *short* que acentuaba su desmedido tamaño, y los hombros enrojecidos por el sol.

Will llevaba las manos metidas en los bolsillos traseros de los vaqueros, y parecía preocupado.

—Necesito que alguien me eche una mano —dijo, mirando hacia atrás para asegurarse de que los padres de Chester no podían oírle.

—Hombre, ¿de qué se trata? —preguntó su amigo sacudiendo los restos de una mosca grande de las desgastadas cuerdas de la raqueta.

—Quiero echar un vistazo por el museo esta noche —explicó Will—. Examinar las cosas de mi padre. —Chester dejó de prestar atención a todo lo demás—. Quiero ver si encuentro alguna pista… en su despacho —prosiguió.

—¿Quieres forzar la entrada? —preguntó Chester en voz baja—. Yo no…

Will le interrumpió:

—Tengo las llaves. —Sacando la mano del bolsillo, se las enseñó a su amigo—. Sólo pretendo echar un vistazo rápido y necesito a alguien que me guarde las espaldas.

Se había preparado para ir solo pero, al pensarlo mejor, le pareció natural pedir ayuda a su amigo. Era el único a quien podía recurrir, dado que su padre ya no estaba. Juntos habían trabajado muy bien en el túnel de los Cuarenta Hoyos, como un verdadero equipo; y, además, Chester parecía sinceramente preocupado por la suerte que hubiera podido correr su padre.

Dejando la raqueta a un lado, el muchacho meditó un instante, mirando la casa y volviendo a mirar a Will.

—De acuerdo —dijo—, pero preferiría que no nos pillaran.

Will sonrió. Estaba muy bien eso de tener un verdadero amigo, alguien en quien confiar, aparte de su familia, por primera vez en su vida.

Cuando oscureció, los dos muchachos subieron a hurtadillas la escalera del museo. Will abrió la puerta con la llave, y entraron rápidamente. En el interior sólo había la luz necesaria para poder moverse por entre las sombras zigzagueantes que proyectaba el débil resplandor de la luna y el neón amarillo de las farolas.

—Sígueme —le susurró Will a Chester.

Y, agachados, cruzaron la sala principal hacia el pasillo, ocultándose entre las vitrinas y haciendo muecas cada vez que sus zapatillas de deporte chirriaban en el suelo de parqué.

—Cuidado con el...

—¡Ay! —gritó Chester al tropezar con un madero que estaba en el suelo, a la entrada del corredor, y caer despatarrado—. ¿Qué demonios hace eso ahí? —preguntó malhumorado, frotándose la espinilla.

—Vamos —le instó Will.

Casi al final del pasillo estaba el despacho del doctor Burrows.

—Aquí podemos encender las linternas, pero con cuidado de no enfocarlas hacia arriba.

—¿Qué es lo que buscamos? —susurró Chester.

—Aún no lo sé. Primero vamos a registrar la mesa —dijo Will en voz muy baja.

Mientras Chester enfocaba con la linterna, Will hojeaba pilas enteras de papeles y documentos. No era tarea fácil, porque el doctor Burrows era tan desorganizado en el trabajo como en casa, y dejaba los papeles por toda la mesa, agrupados en montones arbitrarios. La pantalla del ordenador estaba tapada por notas adhesivas que llenaban de rizos toda su superficie. Al buscar, Will se fijaba sobre todo en cualquier hoja suelta que estuviera escrita con la casi ilegible letra de su padre. Pero terminaron de examinar todos los papeles sin encontrar nada interesante, así que cada uno se puso a abrir los cajones de su extremo de la mesa.

—¡Vaya, mira esto! —Chester sacó de entre un montón de latas de tabaco lo que parecía la patita disecada de un perro engarzada a una varita de ébano.

Will se limitó a dirigirle una mirada severa, y siguió con lo que estaba haciendo.

—¡Aquí hay algo! —dijo Chester con emoción al examinar el cajón del medio. Will ni siquiera se molestó en apartar la mirada de sus papeles, creyendo que sería otra tontería—. Eh, mira, tiene una etiqueta con algo escrito. —Se lo pasó a Will. Era un librito con tapas veteadas de color morado y marrón, una pegatina delante que decía «Ex Libris» con trazos de una letra ornamentada, y el dibujo de un búho con enormes gafas redondas.

—«Dietario» —leyó Will—. No cabe duda de que es la letra de mi padre. —Abrió la tapa—. ¡Estupendo! Parece una especie de diario de algún tipo. —Pasó las hojas en abanico—. Hay muchas páginas escritas. —Metiéndolo en la bolsa, preguntó—: ¿Hay más?

Buscaron apresuradamente entre los demás cajones, y

como no encontraron nada más, decidieron que era el momento de irse. Will cerró la puerta principal con la llave, y los dos muchachos se fueron hacia los Cuarenta Hoyos, porque estaba cerca y sabían que allí no los molestaría nadie.

Recorrieron las calles con sigilo, escondiéndose tras los coches cada vez que aparecía alguien. Estaban emocionados con su ilegal intrusión en el museo, y apenas podían aguantar las ganas de leer el diario que habían encontrado en uno de los cajones. Llegaron a los Cuarenta Hoyos, bajaron hasta la sala, encendieron la luz de inspección, y se pusieron cómodos en las butacas. Will empezó a estudiar minuciosamente las páginas.

—La primera anotación es de poco después de que descubriéramos la estación del metro perdida —dijo, levantando la vista para mirar a Chester.

—¿Qué estación de metro?

Pero Will estaba demasiado absorto en el diario para ponerse a dar explicaciones. Leyó lentamente frases inconclusas, afanándose en descifrar la escritura de su padre:

«Últimamente, he llegado a notar la existencia en Highfield de un grupo pequeño y… ex… extraño de intrusos que van y vienen mezclados entre la población general. Se trata de un grupo de personas con una apariencia física que los hace diferentes. De dónde vienen o qué es lo que pretenden, no lo sé aún, pero a partir de mi limitada observación, he llegado a la conclusión de que las cosas no son lo que parecen. Dado su número (¿5+?)… y la homogeneidad de su aspecto (¿racial?)…, sospecho que pueden vivir juntos, o al menos…»

Dejó de leer mientras observaba el resto de la página.

—No consigo entender lo demás —dijo levantando la vista hacia Chester—. Aquí hay algo —comentó volviendo la página—. Esto está más claro: «Hoy ha llegado a mis manos, por intermedio del señor Embers, un artefacto sorprendente y desconcertante. Podría muy bien tener algo que ver con esas personas, aunque esto tengo todavía que… corroborarlo. El artefacto es una pequeña esfera guardada en una caja de algún tipo de metal que, en el momento en que escribo esto, no he conseguido aún identificar. La esfera desprende una luz de intensidad variable, dependiendo de la iluminación de su entorno. Lo que me sorprende más es que la relación es directamente inversa: cuanto más oscuro es el entorno, más potente es la luz que desprende. Esto desafía todas las leyes de la física y la química que yo conozco».

Will le mostró la página a Chester para que viera el bosquejo que había realizado su padre.

—¿Has visto la esfera? —preguntó Chester.

—No, no me ha dejado —contestó Will, pensativo. Volvió la página, y siguió leyendo—: «Hoy he tenido ocasión de… examinar de cerca, aunque brevemente, a uno de esos hombres pálidos».

—¿Pálidos? ¿Quiere decir sin color? —preguntó Chester.

—Supongo —respondió Will, antes de leer la descripción que hacía su padre del hombre misterioso.

Después seguía el episodio con Higochumbo y el inexplicable conducto de la casa de la hija de éste, y los pensamientos y observaciones que hacía su padre a propósito de la plaza Martineau. Había una gran cantidad de páginas dedicadas a elucubrar sobre la probable estructura de las casas adosadas que circundaban la plaza. Will las pasó hasta que llegó a una fotocopia grapada al diario. Provenía de un libro.

—En la parte de arriba pone *Historia de Highfield,* y parece que trata de alguien llamado sir Gabriel Martineau —explicó Will, y leyó—: «Nacido en 1673, era hijo y heredero de un próspero tintorero de Highfield. En 1699 heredó la empresa de su padre, llamada Martineau, Long & Company, y la expandió considerablemente, añadiendo dos locales más al original, situado en Heath Street. Fue conocido por ser un inventor entusiasta y una autoridad en los campos de la química, la física y la ingeniería. Ciertos historiadores, aun sin poner en entredicho la atribución a Robert Hooke (1635-1703) de la invención de la moderna bomba de aire, consideran que creó su primer prototipo basándose en dibujos de Martineau.

»En 1710, durante un periodo de intenso desempleo, Martineau, un hombre profundamente religioso que era conocido por su paternal y filantrópica manera de tratar a sus empleados, comenzó a emplear un número importante de obreros para edificar viviendas para los trabajadores de sus fábricas, y diseñó y supervisó personalmente la construcción de la plaza Martineau, que todavía existe hoy día, y de las casas Grayston, que fueron destruidas por los bombardeos alemanes de 1940-1941. Martineau no tardó en convertirse en el mayor empresario del distrito de Highfield, y se rumoreaba que "los hombres de Martineau" (como se les llamaba) pasaban el tiempo cavando una gran red de túneles, aunque hoy día no queda constancia de tales obras.

»En 1718, a la edad de treinta y dos años, la mujer de Martineau contrajo la tuberculosis y murió. Él encontró consuelo en una oscura secta religiosa, y a partir de entonces y durante el resto de su vida, se le vio en público muy raramente. Su morada, la Casa Martineau, que se alzaba en el límite de la ciudad vieja de Highfield, fue destruida en 1733 por un incendio en el que se cree que perecieron Martineau y sus dos hijas.

Abajo, el doctor Burrows había escrito:

«¿Por qué no hay rastro hoy día de esos túneles? ¿Para qué los mandó hacer? No he podido encontrar ninguna referencia a ellos en los archivos del Ayuntamiento ni en los del distrito, ni en ningún otro lugar. ¿Por qué, por qué, por qué?»

Después, en letras burdas y muy grandes, garabateadas en azul con tal fogosidad que hasta habían rasgado el papel en algún punto, se leía: «¿REALIDAD O FICCIÓN?»

Will se volvió a Chester con cara de extrañeza:

—Es increíble. ¿Habías oído hablar alguna vez de ese Martineau? —Su amigo negó con la cabeza—. Qué raro —comentó Will releyendo lentamente la fotocopia—. Mi padre nunca me mencionó nada de esto, ni una vez. ¿Por qué tenía que ocultármelo?

Se mordió el labio, pasando de la exasperación a una honda preocupación. Después, tan de repente como si alguien le hubiera pegado un puñetazo en las costillas, levantó la cabeza.

—¿Qué pasa? —preguntó Chester.

—Mi padre se traía entre manos algo que no quería que nadie le quitara. Ya le había pasado una vez. ¡Eso es! —gritó Will, recordando aquella ocasión en que un profesor de la Universidad de Londres había abusado de su autoridad y le había robado a su padre el descubrimiento de la villa romana.

Chester iba a preguntarle a Will de qué estaba hablando cuando éste se puso a pasar las páginas del diario hacia delante.

—Más cosas sobre esos hombres pálidos —dijo Will, continuando hasta que llegó a una parte del cuaderno donde sólo quedaban trozos de papel de la parte del lomo del diario de las hojas que faltaban.

—¡Están arrancadas!

Hojeó algunas páginas más hasta la última anotación. Chester lo vio dudar.

—Mira la fecha.

—¿Dónde? —preguntó Chester acercando la cara.

—Es del miércoles pasado… El día que tuvo la discusión con mi madre —dijo Will en voz alta, y luego respiró hondo y leyó en voz alta—: «Esta noche será el gran momento. He encontrado un camino para entrar. Si es lo que pienso que es, mi hipótesis, con todo lo peregrina que pueda parecer, resultará correcta. ¡Tal vez la tenga ante mí! Mi oportunidad, la oportunidad de pasar a la historia. Debo seguir mi instinto. Tengo que bajar. Tengo que llegar».

—No comprendo —dijo Chester.

Will levantó la mano para pedirle a su amigo que se callara, y prosiguió:

—«Podría resultar peligroso, pero tengo que hacerlo. Tengo que demostrarles (¡y si mi teoría es correcta, quedará bien demostrado!) que no soy sólo el triste responsable de ese museo.»

Y luego Will leyó la frase final, que estaba subrayada varias veces:

¡Me recordarán!

—¡Vaya! —exclamó, recostándose en la húmeda butaca—. ¡Es increíble!

—Sí —confirmó Chester con poco entusiasmo. Empezaba a pensar que tal vez el padre de Will no estuviera del todo cuerdo. Aquello se parecía mucho a las divagaciones de un desesperado que comprende que está perdiendo la partida de la vida.

—¿Qué se traía entre manos? ¿Qué teoría es ésa que menciona? —preguntó Will, volviendo a las hojas arrancadas—. Apuesto a que era aquí donde lo explicaba. No quería que nadie le robara las ideas —se estaba entusiasmando.

—Sí, pero ¿dónde crees que ha ido? —preguntó Chester—. ¿Qué crees que quería decir con lo de «tengo que llegar»?

Esta pregunta desinfló a Will. Miró a su amigo sin comprender.

—Bueno —admitió tras una pausa—, hay dos cosas que no puedo comprender. La primera es que yo lo vi ocupado en algo en casa a altas horas de la noche. Unas dos semanas antes de que desapareciera. Supongo que estaba cavando en el terreno comunal… pero no encaja.

—¿Por qué?

—Bueno, cuando lo vi, estoy seguro de que transportaba una carretilla de tierra de la casa al terreno comunal, no al revés. Y la segunda cosa es que no aparecen por ningún lado ni su mono ni su casco.

14

—¡Eh, Copito de Nieve, me han dicho que tu viejo se ha dado el piro! —le gritó a Will una voz en cuanto entró en el aula.

Se hizo de inmediato el silencio mientras todos se volvían a mirar a Will, quien, apretando los dientes, se sentó en su pupitre y empezó a sacar los libros de la bolsa.

Speed, un chaval delgado y muy gamberro con el pelo negro grasiento, era el autoproclamado jefe de una banda de personajes más o menos igual de desagradables que se hacían llamar los Grises.

Se les solía ver juntos, como un enjambre de moscas, detrás del aparcamiento de las bicis, donde se escondían para fumar en cuanto se daba la vuelta el profesor de guardia. El nombre les venía de las nubes de sucio humo que flotaban encima de sus cabezas cada vez que se juntaban, mientras tosían tratando de acabar de fumar antes de que los descubrieran.

Llevaban todos el uniforme del colegio con parecido desaliño: el nudo de la corbata demasiado grande, el jersey raído, y la camisa arrugada a medio meter en el pantalón, que les iba demasiado holgado. Tenían la apariencia de una banda de huérfanos desnutridos a los que hubieran sacado del canal y puesto a secar al sol. En el colegio, insultaban y ridiculizaban a cualquiera que tuviera la mala suerte de tropezarse con ellos.

Una de sus especialidades más desagradables consistía en rodear a algún alumno desprevenido y, como una manada de hienas, obligarle a ir al centro del patio de recreo, donde lo provocaban hasta que perdía el control. Will había tenido la desgracia de presenciar uno de aquellos acosos, cuando un alumno de séptimo curso, rodeado por Speed y su banda, se había visto obligado a cantar varias veces a voz en grito una canción de cuna. Y como el chaval, petrificado de miedo, tartamudeaba y al final terminaba abriendo y cerrando la boca sin conseguir articular sonido, Speed le pegaba en las costillas para obligarle a cantar claro y fuerte. Un montón de espectadores se reía tímidamente y se daban codazos entre ellos, sin conseguir ocultar del todo el alivio que sentían de no ser ellos los elegidos. Will no había llegado a olvidar cómo se ahogaba el chaval con las palabras mientras sollozaba.

Y en aquel momento, era él quien atraía la atención no solicitada de Speed.

—No se le puede echar en cara, ¿a que no? ¡Seguramente ya no te aguantaba más! —dijo Speed para ponerlo en ridículo.

Obstinadamente inclinado sobre su mesa, Will hacía todo lo que podía para fingir que buscaba una determinada página en su libro de texto.

—¡No soportaba más al monstruito de su hijo! —gritó Speed de ese modo horriblemente gutural, pero todavía algo chillón en que sólo puede gritar alguien a quien le está cambiando la voz.

A Will le hervía la sangre. El corazón le palpitaba y la cara le ardía. Temía que estas señales estuvieran traicionando sus sentimientos. Mientras seguía con los ojos fijos en la página incomprensible que tenía ante él, experimentó, durante una fracción de segundo, la sensación de la culpa y la duda de sí mismo. Podía ser que Speed tuviera razón. Podía ser que fuera culpa suya… que tuviera parte de culpa en la huida de su padre.

Pero casi de inmediato rechazó la idea. Fuera cual fuera el motivo de su desaparición, su padre no se había marchado. Era algo más serio… espantosamente serio.

—¡Y menos a la majareta de tu madre! —vociferó aún más fuerte Speed. Will oyó que la respuesta a esta frase eran gritos ahogados y algunas risitas a su alrededor, en una clase que por lo demás guardaba absoluto silencio. Aquella reacción significaba que ya todos habían oído hablar de su madre.

Agarró con tal fuerza el libro de texto que las tapas empezaron a doblarse. Siguió sin levantar la vista, pero movió la cabeza de un lado a otro. Aquello sólo podía terminar de una manera… No quería pelearse, pero aquel rastrero estaba llegando demasiado lejos. Era cuestión de orgullo.

—¡Eh, don Masblanconosepuede, a usted le hablo! ¿Te has quedado sin padre, sí o no? ¿Eres o no eres un bas…?

¡Hasta ahí podía soportar! Will se levantó repentinamente, y al hacerlo impulsó sin querer la silla, que primero retrocedió arañando el suelo, y terminó volcando. Speed y él se miraron fijamente a los ojos. Aquél se había levantado también de su pupitre, con la cara crispada en una mueca de malvado placer, comprendiendo que sus burlas habían dado por fin en la diana. Al mismo tiempo, tres de los Grises, que estaban sentados tras su líder, saltaron de sus sillas con la alegría de una manada de lobos.

—¿Ya ha tenido bastante la barrita de chocolate blanco? —preguntó Speed con desprecio, acercándose a Will por entre los pupitres con aire arrogante, seguido por su risueño séquito. Al llegar ante Will, Speed se paró, con los puños apretados. Aunque Will hubiera querido retroceder, sabía que no debía hacerlo.

Speed acercó más la cara, hasta ponerla a unos centímetros nada más de la de Will, y luego dobló la espalda como un mal boxeador.

—Bueno… ¿tienes ya bastante o todavía no? —preguntó, dándole a Will un golpecito en el pecho con el dedo cada vez que pronunciaba una palabra.

—Déjale en paz. Ya estamos hartos de ti. —La imponente mole de Chester se dejó ver colocándose detrás de Will.

Speed lo miró con desagrado y se volvió de nuevo a Will.

Consciente de que toda la clase lo observaba y de que se esperaba que él hiciera el siguiente movimiento, a Speed sólo se le ocurrió mascullar algún desprecio entre dientes. Según le pareció a todo el mundo, aquél era un intento bastante pobre de salvar su orgullo. Dos de los suyos lo abandonaron, volviéndose con disimulo a su pupitre, dejando solo al más bajito, que aunque era bajo y delgado y parecía un niño pequeño, brincaba de un pie a otro claramente dispuesto a pelear.

—Y bien, ¿qué vas a hacer ahora que sólo tienes a un enanito para defenderte? —le preguntó Chester a Speed, sonriendo con frialdad.

Por suerte, el profesor entró en ese mismo instante y, comprendiendo lo que ocurría, carraspeó estentóreamente para hacerles saber que se hallaba en el aula. Eso no sirvió para poner paz entre Will, Chester y Speed, así que tuvo que acercarse y mandarles que se sentaran.

Will y Chester se fueron a su sitio, dejando a Speed de pie, con su esbirro detrás. El profesor los miró amenazador, y ellos regresaron a su pupitre. Will se recostó contra el respaldo de su asiento y sonrió a Chester. Era un auténtico amigo.

Ese día, al volver a casa, Will entró silenciosamente, procurando que su hermana no se enterara de que había llegado. Antes de abrir la puerta del sótano, se detuvo en el recibidor a escuchar. Oyó la melodía de una canción, *You are my sunshine*[2]. La cantaba Rebecca mientras hacía las labores de casa, en el piso de arriba. Bajó rápidamente al sótano y abrió la puerta que daba al jardín, donde Chester lo estaba esperando.

2. *Tú eres para mí la luz del sol. (N. del T.)*

—¿Estás seguro de que no pasa nada porque yo esté aquí? —preguntó—. Parece un poco… incorrecto.

—Pues claro que no, no seas bobo —insistió Will—. Vamos a ver lo que podemos encontrar.

Revisaron todo lo que había en los estantes, y luego las cajas archivadoras que ya había empezado a examinar Will con anterioridad. Sus esfuerzos no rindieron ningún fruto.

—Bueno, esto es una pérdida de tiempo —concluyó Will con desánimo.

—Oye, ¿de dónde crees que viene la tierra? —preguntó Chester, acercándose a la carretilla para observarla más de cerca.

—Ni idea. Supongo que podríamos echar un vistazo por el terreno comunal. Para ver si estaba haciendo algo allí.

—Es un buen cachito de terreno —comentó Chester con poco entusiasmo—. Pero ¿por qué tenía que transportar la tierra hasta aquí?

—No lo sé —contestó Will mientras estudiaba la estantería de libros por última vez. Arrugó el ceño al notar algo en el lateral de uno de los módulos—: Espera un momento, esto es extraño —dijo mientras Chester se alejaba.

—¿El qué?

—Mira, aquí hay un enchufe conectado, pero no veo adónde va el cable. —Encendió el interruptor de la toma de la pared, y observaron a su alrededor, pero no parecía haber producido ningún efecto.

—¿Para qué será? —preguntó Chester.

—Lo que te puedo asegurar es que no es ninguna luz del jardín.

—¿Cómo lo sabes?

—Porque no tenemos ninguna luz en el jardín —contestó Will yendo al otro extremo de la estantería, atisbando en el oscuro rincón entre los dos módulos, y después retrocediendo para examinar la estantería, pensativo—. Qué raro, por este lado parece que no vuelve a salir.

Cogió la escalera de mano que estaba junto a la puerta que daba al jardín, la puso delante de la estantería y subió unos peldaños para inspeccionar la parte de arriba del mueble.

—Tampoco se ve por aquí —dijo—. No tiene sentido. —Se disponía a bajar cuando se paró y pasó la mano por la cubierta superior.

—¿Ves algo? —preguntó Chester.

—Polvo de ladrillo —contestó Will. Saltó de la escalera al suelo, e inmediatamente intentó separar la estantería de la pared.

—Cede un poco. Vamos, ayúdame.

—Será que no está bien fijada —sugirió Chester.

—¿Que no está bien fijada? —respondió Will con indignación—. ¡Yo ayudé a ponerla!

Tiraron los dos con toda su fuerza, pero aunque por detrás se abrió una pequeña ranura, los estantes parecían muy bien asegurados en la parte superior.

—Déjame que compruebe una cosa —dijo Will volviendo a subir a la escalera—. Parece que hay una punta suelta en ese soporte. —Tiró de él, lo sacó, y lo dejó caer al suelo de hormigón, a los pies de Chester—. Utilizamos tornillos para fijar la estantería a la pared, no clavos —le explicó a Chester, mirándolo desconcertado.

Will bajó de la escalera de un salto, y volvieron a tirar los dos juntos del módulo. Esta vez, chirriando, se abrió de un lado, revelando que por el otro estaba sujeto con bisagras.

—¡Mira para qué servía el cable! —exclamó Will, mientras ambos contemplaban el tosco agujero abierto en la parte inferior de la pared. Habían extraído los ladrillos para abrir un agujero de aproximadamente un metro cuadrado. Dentro podía distinguirse un pasadizo iluminado por una variopinta combinación de viejos tubos fluorescentes que brillaban a lo largo de él.

—¡Vaya! —exclamó Chester, boquiabierto, sin poder disimular su sorpresa—. ¡Un pasadizo secreto!

119

Will le sonrió.

—Vamos a comprobarlo. —Antes de que Chester tuviera tiempo de decir nada, se metió por el pasadizo y siguió a gatas, avanzando muy aprisa—. Aquí hay una curva —dijo. Su voz llegó amortiguada hasta donde estaba Chester.

Bajo la mirada de éste, Will dobló la esquina y después, muy despacio, regresó al punto en que Chester podía verlo. Se sentó y volvió la cabeza hacia su amigo, con el desconsuelo reflejado en su rostro, a la luz de los tubos.

—¿Qué pasa?

—El túnel está taponado. Ha habido un derrumbe —explicó Will.

Lentamente, regresó a gatas y después salió por el agujero de la pared. Se enderezó y se quitó la chaqueta del uniforme que llevaba puesto, dejándola caer a su lado. Sólo entonces notó la expresión de tristeza de su amigo.

—¿Qué pasa?

—El derrumbe... No pensarás que tu padre está debajo, ¿no? —preguntó Chester en un susurro, sin poder reprimir un estremecimiento al imaginarse aquella horrible posibilidad—. Podría haber sido... aplastado —añadió en tono inquietante.

Will apartó la mirada y meditó un instante.

—En fin, sólo hay un medio de averiguarlo.

—¿No deberíamos decírselo a alguien? —dijo Chester tartamudeando, pues estaba desconcertado ante la aparente frialdad de su amigo.

Pero Will no escuchaba. Tenía los ojos entornados, con una mirada de preocupación que significaba que su mente se encontraba lejos de allí, ideando un plan de acción.

—¿Sabes? La tierra que tapa el pasadizo es exactamente la misma que la del túnel de los Cuarenta Hoyos. No comprendo nada. También hay trozos de caliza —dijo aflojándose la corbata del uniforme, sacándosela por la cabeza y tirándola al suelo, junto a la arrugada chaqueta—. Es demasiada coincidencia. —Se acercó a la boca del pasadizo y se inclinó para mirar—. ¿Y has visto los puntales? —dijo pasando la mano por uno que estaba a su alcance—. No fue un accidente. Alguien les ha dado golpes a diestro y siniestro y luego ha tirado de ellos a propósito.

Chester se aproximó al lugar donde estaba su amigo, en la boca del pasadizo, y observó los puntales, que tenían unas muescas profundas. Eran cortes casi completos, como realizados con un hacha.

—Dios mío, tienes razón —dijo.

Will se arremangó.

—Pues empecemos ya. No encontraremos un momento mejor.

Se metió en el pasadizo, arrastrando tras él una espuerta que había encontrado a su entrada. Chester echó un vistazo a su uniforme del colegio. Abrió la boca para decir algo, pero lo pensó mejor. Entonces se quitó la chaqueta y la colocó cuidadosamente en el respaldo de una silla.

15

—¡Vamos! —apremiaba Will, agachado tras la sombra que proyectaba el seto que bordeaba el terreno comunal, al fondo del jardín.

Chester lanzó un gruñido al empujar la sobrecargada carretilla, y después serpenteó con dificultad entre árboles y arbustos. Al llegar a campo abierto, viró a la derecha en dirección a la hondonada que estaban utilizando para verter la tierra. Entonces, al ver los montículos de tierra suelta y los montones de piedras que ya estaban allí depositados, Will comprendió que su padre había estado usando aquella hondonada para lo mismo que ellos.

Vigiló que no pasara nadie por allí mientras Chester vaciaba la carretilla. Éste emprendió el camino de vuelta a la casa y Will se quedó rezagado para empujar hacia abajo cualquier piedra grande o terrón de tierra que sobresaliera.

Después de eso, Will alcanzó a Chester. Al volver por el camino trillado que llevaba al jardín, la rueda de la vieja carretilla chirrió como si protestara por los incontables viajes que la estaban obligando a hacer. El ruido rompió la tranquilidad de la templada noche de verano. Los dos amigos se quedaron quietos, mirando a su alrededor para comprobar que el ruido no había atraído la atención del vecindario.

Recuperando el aliento, Chester se inclinó hacia delante

con las manos en las rodillas, mientras Will se agachaba para examinar la quejumbrosa rueda.

—Tenemos que volver a engrasar esta maldita carretilla.

—¿De verdad? ¡No me digas! —respondió Chester con sarcasmo.

—Creo que será mejor que la llevemos levantada —contestó Will fríamente, poniéndose de pie.

—¿Tengo que hacerlo? —se quejó Chester.

—Vamos, te echo una mano —dijo Will agarrando por delante.

La llevaron en el aire el trozo que faltaba, echando maldiciones en voz baja, pero manteniendo un estricto silencio al cruzar el jardín trasero de la casa. Luego, al bajar por la pequeña rampa por la que se accedía al sótano, pisaron sigilosamente, para no descubrir su presencia.

—Ahora me toca picar a mí, creo —gimió Will mientras ambos se dejaban caer reventados en el suelo de hormigón. Chester no respondió—. ¿Estás bien? —le preguntó.

Su amigo asintió como grogui. Después miró el reloj entornando los ojos:

—Ya debería irme a casa.

—Supongo que sí —dijo Will, mientras Chester se ponía lentamente en pie y recogía sus cosas. No lo dijo, pero se sintió aliviado por que decidiera dar la jornada por concluida. Estaban muy cansados después de cavar y sacar la tierra durante tanto rato y se dio cuenta de que Chester casi no se tenía en pie.

—¿Mañana a la misma hora? —preguntó Will en voz baja, flexionando los dedos y estirando un hombro en un intento de reducir la rigidez.

—Sí —respondió su amigo, saliendo del sótano por la puerta del jardín, arrastrando los pies y sin tan siquiera mirar a Will.

Continuaron con aquel ritual cada tarde, a la salida del colegio. Will le abría a Chester la puerta del jardín con mucho cuidado, sin hacer ruido. Se cambiaban de ropa y se ponían a trabajar dos o tres horas sin parar. La excavación era especialmente lenta y tortuosa, no sólo por el limitado espacio que había en el túnel y por el hecho de que no podían permitirse que los oyeran en el piso de arriba, sino también porque sólo podían deshacerse de la tierra en el terreno comunal al abrigo de la noche. Al final de cada jornada de trabajo, después de que Chester se hubiera marchado, Will tenía que asegurar en su lugar el módulo de estantes y barrer el suelo.

Aquel día tenía una tarea adicional: mientras engrasaba el eje de la rueda de la carretilla, se preguntaba, no por primera vez, cuánto faltaría para llegar al final del túnel y si habría algo allí. Le preocupaba que estuvieran agotando los materiales. Sin la ayuda de su padre, que habitualmente le surtía de ellos, se veía obligado a coger todos los puntales que podía de los Cuarenta Hoyos, así que a medida que avanzaba el túnel debajo de casa, el otro se volvía más y más débil.

Después, mientras cenaba, encorvado sobre la mesa de la cocina, un plato que ya estaba frío, como otras veces, apareció Rebecca por la puerta, como salida de la nada. A Will le dio un susto, y tragó con dificultad.

—¡Mira cómo estás! Tienes el uniforme hecho una guarrada. ¿Esperas que me ponga a lavarlo otra vez? —preguntó cruzando los brazos en un gesto agresivo.

—No —contestó él, evitando mirarla.

—Will, ¿qué te traes entre manos? —preguntó ella.

—No sé qué quieres decir —respondió él, obligándose a tragar otro bocado.

—Algo haces a escondidas después de clase, ¿no?

Will se encogió de hombros, haciendo como que examinaba la seca loncha de carne que tenía en la punta del tenedor.

—Sé que te traes algo entre manos porque he visto a ese buey por el jardín.

—¿Qué buey?

—Vamos, Chester y tú estáis excavando algún túnel por aquí cerca, ¿a que sí?

—Tienes razón —admitió Will. Terminó su bocado y, tomando aire, intentó mentir con toda la convicción de que era capaz—. Pasado el vertedero.

—¡Lo sabía! —anunció Rebecca, triunfante—. ¿Cómo puedes ponerte a hacer otro de tus agujeros en un momento como éste?

—Yo también echo de menos a papá, entérate —dijo metiéndose en la boca un trozo de patata asada fría—. Lo que pasa es que no quiero pasarme el día deprimido y compadeciéndome… como mamá.

Rebecca lo miró con ojos airados y recelosos antes de darse la vuelta y salir de la cocina. Will se acabó la cena seca y fría, masticando lentamente cada bocado mientras miraba al vacío, rumiando los acontecimientos del último mes.

Más tarde, en su dormitorio, sacó un mapa geológico de Highfield y señaló el punto en que pensaba que estaba la casa y la dirección que calculaba que llevaba el túnel de su padre desde el sótano, además de la plaza Martineau y la casa de la señora Tantrumi. Will examinó el mapa durante mucho tiempo, como si fuera un rompecabezas que tuviera que hacer encajar, antes de quitarlo de encima de la cama para echarse él. Al cabo de unos minutos concilió un sueño pesado e intermitente por el que pululaban los siniestros seres que describía su padre en el diario.

En el sueño él iba vestido con el uniforme del colegio, pero éste estaba cubierto de barro y roto por los codos y las rodillas. Había perdido los zapatos y los calcetines, y caminaba descalzo por una calle larga y desierta de casitas adosadas que le resultaba familiar, pero que no lograba identificar. Levantó la vista al cielo cubierto de nubes de un gris amarillento y sin forma, mientras jugaba con los jirones de las mangas del uniforme. No sabía si llegaba tarde al colegio o a la cena, pero estaba seguro de que llegaba tarde a algún sitio en el que tenía que hacer algo de vital importancia.

Se mantenía en el centro de la calle, sintiendo miedo de las casas que había a ambos lados, que le parecían terribles y oscuras. No brillaba ninguna luz tras las polvorientas ventanas, ni salía humo de las elevadas y retorcidas chimeneas.

Se sentía perdido y solo. Y entonces, en la distancia, vio que alguien cruzaba la calle. Supo inmediatamente que se trataba de su padre, y el corazón le dio un vuelco de alegría. Le hizo señas con la mano, pero se detuvo al presentir que los edificios lo observaban. Había en ellos una inquietante maldad, como si albergaran una fuerza malévola contenida, pero preparada para saltar contra él.

El miedo que sentía llegó a un punto tan insoportable que echó a correr hacia su padre. Trató de llamarlo, pero su voz le salía tan débil que no se oía, como si el aire mismo engullera sus palabras en cuanto surgían de los labios.

Ahora corría lo más rápido que podía. A cada zancada la calle se volvía más estrecha, de manera que las casas de ambos lados se acercaban a él. Y podía distinguir con toda claridad que había unas sombras que lo acechaban amenazadoramente desde los oscuros portales y que salían a la calle a su paso.

Aterrorizado, tropezaba y resbalaba en los adoquines mientras las sombras lo seguían en tal cantidad que, unidas en un solo manto oscuro, ya no se podían distinguir unas de otras. Alargaban los dedos como volutas de humo negro que hubieran cobrado vida, y lo aferraban mientras él trataba de evitarlas. Pero las sombras lo habían apresado y lo retenían con sus garras de tinta hasta que consiguieron inmovilizarlo. Atisbando a su padre en la distancia, Will exhaló un grito sin sonido. El manto negro se plegó sobre él. Se sintió ingrávido, y le pareció que caía por un pozo. Golpeó en el fondo con tal fuerza que se quedó sin aire en los pulmones. Tratando de respirar, se dio la vuelta en el suelo y vio por primera vez el severo y reprobatorio rostro de sus perseguidores.

Abrió la boca, pero antes de que él pudiera comprender lo que sucedía, se la llenaron de tierra. Notó el sabor de aquel bocado de tierra que le oprimía la lengua, y cuyas piedrecitas le rayaban los dientes. No podía respirar: ¡lo estaban enterrando vivo!

Ahogándose por las arcadas, despertó.

Tenía la boca seca y el cuerpo cubierto de un sudor frío. Se incorporó en la cama y, aún aterrorizado, buscó a tientas la lámpara de la mesita de noche. Con un *clic*, su reconfortante luz amarilla inundó el dormitorio restableciendo la normalidad. Miró la hora en el despertador. Aún era noche profunda. Se dejó caer sobre la almohada, mirando el techo y respirando con dificultad, mientras su cuerpo seguía temblando. Tenía tan vivo en la mente el recuerdo de la tierra taponándole la garganta como si hubiera ocurrido de verdad. Y mientras estaba allí tendido, recuperando la normalidad de la respiración, lo invadió la idea de la pérdida de su padre, con una fuerza con la que nunca la había sentido. Por mucho que lo intentara, no podía desprenderse de aquella sensación de vacío. Terminó por renunciar al sueño: prefirió observar cómo la luz del alba iba manchando poco a poco el borde de las cortinas antes de introducirse a hurtadillas en el dormitorio.

16

Pasaron varias semanas hasta que un inspector de policía fue a visitar a la señora Burrows a propósito de la desaparición de su marido. Llevaba un impermeable azul oscuro encima del traje gris claro, y se presentó a Will y Rebecca con corrección, pero con un poco de brusquedad, pidiendo ver a su madre. Lo hicieron pasar a la sala de estar donde ella lo esperaba sentada. Al abrirse la puerta, ahogaron un gemido, creyendo que se habían equivocado de habitación. La televisión, aquella llama eterna que ardía en su rincón, estaba apagada, muda y oscura. Y lo que era aún más sorprendente: la sala estaba increíblemente ordenada y limpia.

Durante el tiempo en que su madre había llevado vida de ermitaña, ni Will ni Rebecca habían puesto un pie en la sala, tanto uno como otro habían imaginado que la habitación se habría ido convirtiendo en una especie de pocilga, repleta por todas partes de restos de comida, envoltorios vacíos y tazas y platos sucios. Pero no podían estar más equivocados. Estaba inmaculada, y aún era más inesperado el aspecto que tenía su madre. En lugar de su triste atuendo de teleadicta, consistente en una bata y un par de zapatillas, se había puesto uno de sus mejores vestidos de verano, se había peinado y hasta se había aplicado un poco de maquillaje.

Will la miró sin dar crédito a sus ojos, preguntándose qué sería lo que había producido semejante transformación repentina. Sólo pudo pensar que ella se imaginaría que representaba un papel en una de las series de misterio que adoraba, pero aun así la escena que tenía ante él seguía siendo inexplicable.

—Mamá, éste es… éste es… —masculló.

—El inspector Beatty —le ayudó su hermana.

—Tenga la amabilidad de pasar —dijo la señora Burrows, levantándose de la butaca con una amable sonrisa.

—Gracias, señora Burrows… Sé que es un momento difícil.

—No, para nada —respondió ella sonriendo—. Rebecca, ¿querrías poner la tetera al fuego y prepararnos a todos una taza de té?

—Muy amable, señora, muchas gracias —dijo el inspector en el centro de la sala, dudando dónde ponerse.

—Por favor. —La señora Burrows señaló el sofá—. Por favor, póngase cómodo.

—Will, échame una mano —dijo Rebecca, cogiendo a su hermano por el brazo y tratando de arrastrarlo hacia la puerta. No se movió, pues se había quedado paralizado al ver a su madre convertida en la mujer que no había sido desde hacía años.

—Eh… sí… sí… —dijo al fin.

—¿Lo toma con azúcar? —preguntó Rebecca al inspector, tirando todavía del brazo de Will.

—No, pero sí con un poco de leche, gracias —contestó él.

—Bien, con leche y sin azúcar. Mamá, ¿dos sacarinas?

La madre asintió con la cabeza, dirigiéndole una sonrisa a ella y luego a su hermano, como si su desconcierto la divirtiera.

—¿Y nos pondrás unas galletas de crema, Will?

Éste salió de su trance, se volvió y acompañó a Rebecca a la cocina, aún con la boca abierta y negando con la cabeza para expresar que no podía creer lo que había visto.

Mientras Will y Rebecca estaban en la cocina, el inspector habló con su madre con voz queda. Le explicó que habían hecho todo lo que habían podido para localizar a su marido y que, dado que no habían encontrado ni rastro de él por los alrededores, iban a pasar a la siguiente fase de la investigación. Esto implicaría hacer circular la fotografía del doctor Burrows, y también hacerla acudir a la comisaría para mantener con ella «conversaciones más largas», en palabras del inspector. También querían hablar con cualquiera que hubiera mantenido contacto con el doctor Burrows justo antes de su desaparición.

—Ahora quisiera hacerle algunas preguntas, si le parece bien. Empezaremos por el trabajo de su marido —dijo el inspector, mirando a la puerta y preguntándose cuándo llegaría el té—. ¿Mencionaba a alguien en especial en el museo?

—No —respondió ella.

—Quiero decir, ¿hay alguien a quien pudiera haber confiado…?

—¿El lugar al que iba a irse? —la señora Burrows completó la frase por él, y después se rió con frialdad—. Me temo que por ese camino no llegará a ninguna parte.

El inspector se irguió en el sofá, desconcertado por la respuesta de la señora Burrows. Ella aclaró:

—Es el único empleado del museo, no hay nadie más con él. Podría usted interrogar a los vejetes que van por allí, pero no se sorprenda si su memoria ya no es lo que era.

—¿No? —dijo el inspector, escribiendo en su cuaderno mientras asomaba una sonrisa a las comisuras de su boca.

—No, la mayor parte tiene ochenta años. ¿Y para qué, si puedo preguntarlo, va a interrogarnos a mí y a los niños? Ya le dije al policía todo lo que sé. ¿No deberían enviar una orden de búsqueda a todas las unidades?

—¿Una orden de búsqueda a todas las unidades? —repitió el inspector sonriendo—. Eso pasa en las películas. Nosotros simplemente transmitimos una emergencia por radio.

—Y supongo que mi marido no es una emergencia…

En aquel momento apareció Rebecca con el té, y en la sala se hizo el silencio mientras dejaba la bandeja en la mesa de centro y repartía las tazas. Will también había entrado en la sala, llevando una fuente con galletas, y como el inspector no parecía tener nada en contra de que se quedaran, los dos se sentaron. El silencio se hizo más incómodo. La madre miró al policía, que a su vez miraba la taza de té.

—Creo que podemos continuar, señora Burrows. ¿Podríamos volver al tema de su marido? —preguntó.

—Creo que eso es lo que nos importa a todos nosotros, no sé si a usted —contestó ella lacónicamente.

—Señora, tiene usted que comprender que algunas personas no… —empezó el inspector—, no quieren ser encontradas. Quieren desaparecer porque la vida y sus agobios han llegado a sobrepasarles.

—¿A sobrepasarles? —repitió ella con furia.

—Sí, tenemos que tener presente esa posibilidad.

—¿Mi marido agobiado? ¿Agobiado por qué? El problema que tenía mi marido es que no tenía nada que lo agobiara ni el empuje suficiente para agobiarse.

—Señora Bu… —El inspector intentó meter baza, mirando indefenso e implorante a Will y Rebecca, que movían la cabeza de un lado para otro, paseando la mirada de él a su madre y de su madre a él, como espectadores de un partido de tenis especialmente reñido.

—No piense que no sé que la mayor parte de los asesinatos se cometen dentro de la familia —proclamó la madre.

—Señora…

—Por eso quiere interrogarnos en la comisaría, ¿no? Para averiguar si lo hicimos nosotros.

—Señora —volvió a empezar el inspector en voz baja—, nadie ha sugerido que se haya cometido un asesinato. ¿Le parece que volvamos a empezar, para ver si esta vez podemos hacerlo con buen pie? —propuso, tratando valerosamente de recuperar el control de la situación.

—Lo siento, sé que sólo trata de hacer su trabajo —dijo la señora Burrows con voz más tranquila, y dio un sorbo al té.

El inspector asintió con la cabeza, dando gracias por el final del ataque, y respiró hondo echando una ojeada al cuaderno.

—Sé que es desagradable pensar en ello —dijo—, pero ¿tiene enemigos su marido? ¿Quizá de algún negocio?

Como contestación a esto y para sorpresa de Will, su madre echó atrás la cabeza y se rió a carcajadas. El inspector murmuró algo referente a interpretar aquella respuesta como un «no», mientras garabateaba en su pequeño cuaderno negro. Parecía haber recuperado parte de su aplomo.

—Lo siento, pero tengo que hacerle estas preguntas —observó el hombre mirando directamente a la señora Burrows—: ¿Ha tenido alguna vez conocimiento de que bebiera en exceso o tomara drogas?

Ella volvió a soltar otra carcajada.

—¿Él? ¡Usted bromea!

—Muy bien. Entonces, ¿qué hacía en su tiempo libre? —preguntó en tono de oficinista, intentando hacer todo lo posible para terminar cuanto antes mejor—. ¿Tenía aficiones?

Rebecca dirigió inmediatamente la mirada a Will.

—Hacía excavaciones… excavaciones arqueológicas —respondió la señora Burrows.

—Ah, ya. —El inspector se volvió hacia Will—. Tengo entendido que tú le ayudabas, ¿no, chaval? —Él asintió—. ¿Y dónde hacíais esas excavaciones?

Will se aclaró la garganta, miró a su madre y después al inspector, que estaba esperando una respuesta con la pluma en la mano.

—Bueno, por todos lados, realmente —dijo—. Por los límites de la ciudad de Highfield, en vertederos y sitios así.

—Creí que eran cosas más serias —comentó el inspector.

—Eran cosas serias —afirmó Will—. En una ocasión encontramos el emplazamiento de una villa romana. Pero la mayor parte de las veces sólo buscábamos cosas de los siglos dieciocho y diecinueve.

—¿Eran muy extensos…? Quiero decir, ¿eran muy hondos esos agujeros que cavabais?

—Sólo eran hoyos —dijo Will evadiendo la pregunta, deseando que el inspector no siguiera insistiendo por ahí.

—¿Estabais excavando en algún sitio en el momento de la desaparición?

—No —respondió Will, muy consciente de la mirada asesina de Rebecca.

—¿Estás seguro de que él no estaba investigando algo, tal vez sin decírtelo?

—No lo creo.

—Bien —dijo el inspector cerrando el cuaderno—. Por el momento, con esto basta.

Al día siguiente, Chester y Will no perdieron el tiempo a la salida de clase. Vieron a Speed y a uno de sus fieles, Bloggsy, que merodeaban a poca distancia, al otro lado de la verja. Speed los vigilaba apoyado contra la reja y con las manos en los bolsillos, mientras Bloggsy, un pequeño espécimen repugnante con pelo crespo color zanahoria que otorgaba a su cabeza la apariencia de un cojín reventado, se lo pasaba bomba tirando piedrecitas que sacaba de los bolsillos de su trenca a todas las chicas que pasaban cerca. Esto provocaba chillidos e insultos que le hacían reírse con un deleite demoníaco.

—Me parece que busca la revancha —comentó Will observando en la distancia a Speed, que le devolvió la mirada hasta que vio a Chester. Entonces les dió la espalda con desprecio, murmurando algo en voz muy baja a Bloggsy, que se limitó a dirigirles una mirada socarrona y soltar una áspera carcajada.

—Qué par de capullos —masculló Chester mientras salían, con el propósito de volver por el atajo.

Dejando el colegio tras ellos, una obra de cristal y ladrillo amarillo propia de suburbios de crecimiento rápido y descontrolado, cruzaron la carretera y se metieron por las casas de protección oficial. Levantadas en la década de 1970, se las conocía como Ciudad Canuto por motivos que no es preciso explicar. Los apretados edificios que formaban el conjunto se hallaban en un constante estado de deterioro, con muchos pisos vacíos o quemados. Esto, en sí mismo, no era motivo de vacilación para los chicos, pero el problema con aquel camino estaba en que atravesaba el territorio de los Click, al lado de los cuales, los de la banda de Speed parecían hermanitas de la caridad.

Cuando atravesaban el conjunto uno al lado del otro, con los débiles rayos del sol haciendo brillar los trozos de cristal que había sobre el asfalto y las alcantarillas, Will aflojó el paso casi imperceptiblemente, pero lo bastante para que lo notara Chester.

—¿Qué pasa?

—No lo sé —dijo Will, observando la carretera de un lado a otro y mirando con aprensión cierta bocacalle al pasar por ella.

—Venga, dímelo —pidió Chester, mirando rápidamente a su alrededor—. La verdad es que no me gustaría tener aquí un encuentro desagradable.

—No es nada, sólo un presentimiento —insistió Will.

—Speed te tiene obsesionado, ¿no? —replicó Chester con una sonrisa. Sin embargo, apretó el paso, obligando a Will a que hiciera lo mismo.

Al dejar atrás las viviendas de protección oficial, aminoraron el paso. Llegaron muy pronto al comienzo de High Street, que estaba señalado por el museo. Como hacía cada tarde, Will miró al interior con la vana esperanza de ver las luces encendidas, de que la puerta estuviera abierta y su padre se encontrara dentro, trabajando. Su máximo anhelo era que todo volviera a la normalidad. Pero de nuevo el museo estaba cerrado y las ventanas permanecían oscuras e inhóspitas. Evidentemente, el Ayuntamiento había decidido que por el momento era más barato cerrar el museo que buscar un sustituto temporal al doctor Burrows.

Will levantó la vista al cielo. Unas nubes oscuras se acercaban al sol y empezaban a ocultarlo.

—Vamos a tener buena noche —dijo recuperando el ánimo—. Como estará oscuro, no tendremos que esperar para sacar la carretilla.

Chester había empezado a comentar lo rápido que iría todo si no tuvieran que hacerlo a escondidas y con tanto misterio, cuando Will murmuró algo.

—No lo he pillado, Will.

—He dicho que no mires ahora, pero que creo que alguien nos está siguiendo.

—¿Qué...? —contestó Chester y, sin poder contenerse, miró atrás.

—¡Chester, pareces tonto! —soltó Will.

Estaba claro: a unos veinte metros por detrás de ellos, caminaba un hombre bajo y fornido que llevaba sombrero de fieltro, gafas de sol y un sobretodo oscuro y amplio que le llegaba casi a los tobillos. Caminaba en su misma dirección, aunque era difícil saber con seguridad si los estaba mirando.

—¡Mierda! —susurró Chester—. Creo que tienes razón. Es como esos tipos sobre los que escribía tu padre en el diario.

A pesar de haberle pedido antes a su amigo que no mirara al hombre, él mismo no pudo evitar hacerlo en aquel instante.

—¿Un «hombre de sombrero»? —preguntó Will, sintiendo una mezcla de miedo y asombro.

—Pero no nos está siguiendo, ¿o sí? —preguntó Chester—. ¿Por qué iba a hacerlo?

—Caminemos más despacio, a ver qué hace él —sugirió Will.

Al reducir el paso, el hombre misterioso hizo lo mismo.

—Bien —dijo Will—, ¿qué tal si ahora cruzamos la calle?

De nuevo, el hombre hizo lo mismo que ellos; y cuando volvieron a apretar el paso, él hizo otro tanto para mantener con ellos la misma distancia.

—Ya no cabe ninguna duda de que nos sigue —dijo Chester, y en su voz se notó por primera vez la huella del pánico—. Pero ¿por qué? ¿Qué es lo que pretende? Esto no me gusta. Creo que deberíamos coger la próxima calle a la derecha y echar a correr.

—No lo sé —respondió Will, pensando—. Tal vez deberíamos plantarle cara.

—¿Estás de broma? A tu padre se lo ha tragado la tierra poco después de ver a estos tipos, y por lo que sabemos, este mismo hombre podría ser el responsable. Podría formar parte de la banda. Te digo que pongamos pies en polvorosa y avisemos a la policía. O que le pidamos ayuda a alguien.

Se quedaron un momento en silencio, mirando a su alrededor.

—No, tengo una idea mejor. ¿Qué te parece si le damos vuelta a la tortilla? Vamos a atraparlo —dijo Will—. Si nos separamos, sólo podrá seguir a uno de nosotros, y cuando lo haga, el otro irá por detrás de él y…

—¿Y qué?

—Que hacemos una pinza: lo sorprendemos por detrás y lo atrapamos. —Will se sentía más seguro conforme el plan de acción tomaba forma en su mente.

—Podría ser peligroso, por lo que sabemos es como un armario. ¿Y con qué lo vamos a atrapar? ¿Con nuestras mochilas del cole?

—Venga, nosotros somos dos y él sólo uno —dijo Will cuando empezaban a verse las tiendas de High Street—. Yo le distraigo mientras tú te lanzas sobre él y lo sujetas. Puedes hacerlo, ¿no?

—¡Ah, estupendo, muchas gracias! —respondió Chester negando con la cabeza—. Ese tipo es enorme: me hará picadillo.

Will miró a su amigo a los ojos y sonrió con picardía:

—Vale, vale —dijo Chester con un suspiro—. ¡Hay que ver! —añadió mientras echaba un rápido vistazo hacia atrás y se disponía a cruzar la calle.

—¡Cambio de planes, Chester! —dijo de pronto Will—. Creo que son ellos los que nos van a atrapar a nosotros.

—¿Ellos? —dijo casi sin voz, volviendo al lado de su amigo—. ¿Qué quieres decir? —preguntó siguiendo la mirada de Will hasta un punto situado calle arriba.

Unos veinte pasos por delante estaba otro de aquellos hombres. Era casi idéntico al primero, salvo que éste lucía una visera caída sobre la frente que casi no dejaba ver las gafas de sol. También llevaba un sobretodo largo y voluminoso que agitaba el viento. A Will no le cabía ninguna duda de que los dos hombres iban a por ellos.

Al llegar a la altura de la primera tienda de High Street, se pararon y miraron a su alrededor. En la otra acera charlaban dos ancianas, tirando de sus carritos de mimbre, cuyas ruedas chirriaban al avanzar. Una de ellas arrastraba además un obstinado terrier engalanado con su abriguito de tela escocesa. Aparte de ellas, sólo había unas pocas personas más.

Tanto uno como otro estaban sopesando la posibilidad de gritar pidiendo socorro o de parar un coche en caso de que pasara alguno, cuando el hombre que tenían delante se dirigió de repente hacia ellos. Al acercarse los dos hombres, comprendieron que las opciones se les agotaban rápidamente.

—Esto es demasiado raro, estamos perdidos… Pero ¿quiénes son esos tipos? —dijo Chester, atropellándose al hablar mientras miraba por encima del hombro al sujeto del sombrero de fieltro. Al avanzar hacia ellos, el ruido sordo de sus botas en la acera sonaba como un mazo—. ¿Alguna idea? —le preguntó desesperado a su amigo.

—Mira, salimos corriendo hacia el de la gorra, hacemos como que vamos a tirar por la derecha, nos escabullimos por la izquierda, y nos metemos en Clarke's. ¿Entendido? —dijo

Will sin resuello, mientras el hombre de la visera se acercaba más y más.

Chester no entendió en absoluto lo que le proponía, pero en las circunstancias en las que se encontraban, estaba dispuesto a aceptar lo que fuera.

Clarke Bros era la tienda principal de alimentación de High Street. Estaba a cargo de dos hermanos a los que los vecinos llamaban Júnior y Mediano. La tienda tenía un toldo de rayas alegres y unos tenderetes de fruta y verdura primorosamente colocados a cada lado de la entrada. En aquella hora de la tarde en la que el sol empezaba a ocultarse, la luz que se reflejaba en el escaparate de la tienda resultaba acogedora y tan atrayente como la de un faro. El hombre de la visera recibía el resplandor del escaparate, y con su corpulencia casi taponaba la acera de lado a lado.

—¡Ahora! —gritó Will, y se lanzaron a la calzada.

Los dos hombres se abalanzaron tras ellos para atraparlos. Los muchachos corrían por el asfalto a toda velocidad, y las mochilas les iban rebotando en las espaldas. Pero los dos hombres corrían más rápido de lo que Will o Chester se habían imaginado, y el plan se les echó a perder, convertido en una caótica persecución en la que los chavales intentaban cambiar de dirección y esquivar a los hombres, que eran recios y pesados, y éstos a su vez trataban de atraparlos extendiendo sus enormes brazos.

Cuando uno de ellos lo agarró por el pescuezo, Will soltó un grito. A continuación, más por accidente que por propia voluntad, Chester chocó contra el hombre. Con el impacto se le cayeron las gafas de sol, que dejaron al descubierto unas pupilas que brillaban con un resplandor demoníaco, como dos perlas negras bajo el ala del sombrero. Will aprovechó el desconcierto del hombre para escapar, repeliéndolo con ambas manos. Al hacerlo, el cuello de la chaqueta se le rasgó completamente. El hombre, distraído momentáneamente por el impacto de Chester, lanzó un gruñido tratando de cogerlo con el brazo. Soltando los restos del cuello de la chaqueta con los que se había quedado en la mano, arremetió con la intención de atraparlo.

Chester, aterrorizado, agachando la cabeza y sacando los hombros, y Will, medio cayéndose y medio dando vueltas como un derviche ebrio, consiguieron llegar a la puerta de Clarke's. Detrás de ellos iba el hombre del sombrero de fieltro, tambaleándose, que hizo un último intentó de atraparlos, pero al final desapareció.

El impulso de la carrera de Will y Chester hizo que ambos pasaran por la puerta a la vez, apretados entre las jambas, mientras la campanilla que anunciaba la entrada de los clientes se agitaba como un danzarín enloquecido.

Terminaron hechos un ovillo en el suelo de la tienda. Chester, comprendiendo lo que había que hacer, se giró y cerró la puerta de un golpe, manteniéndola cerrada con ambos pies.

—¡Chicos, chicos, chicos! —gritó Clarke Júnior, tambaleándose peligrosamente en lo alto de una escalera a la que se había subido para colocar sobre el estante una serie de figuritas de paja—. Pero ¿qué significa este jaleo? ¿Tan nerviosos os ponen mis frutas exóticas?

—Eh… no exactamente —explicó Will tratando de recuperar el aliento mientras se levantaba del suelo e intentaba comportarse con naturalidad pese a que Chester estaba haciendo algo un tanto inexplicable: mantener la puerta cerrada con toda la fuerza de su hombro.

En ese momento, Clarke Mediano se alzó de detrás del mostrador como un periscopio humano.

—¿Qué follón es éste? —preguntó con las manos llenas de papeles y recibos.

—Nada que deba preocuparte —le respondió Clarke Júnior con una sonrisa. No te distraigas de tu trabajo. Sólo es un par de granujas en busca de alguna fruta bastante especial, me imagino.

—Pues espero que no sean naranjitas chinas porque se nos han acabado —comentó con voz adusta el señor Clarke Mediano, volviendo a sus asuntos tras el mostrador.

—Entonces puede que busquen naranjitas chinas —dijo Clarke Júnior con su voz cantarina y riéndose, a lo que Mediano respondió desde su puesto con un gruñido—. No os preocupéis por él. Siempre se pone nervioso cuando se ocupa de la contabilidad. «Papel, papel por todas partes, y ni una gota de tinta para escribir» —declamó Clarke Júnior, adoptando una pose teatral ante una audiencia imaginaria.

Los hermanos Clarke eran toda una institución local. Habían heredado el negocio de su padre, y éste del suyo, y a juzgar por lo que se decía, puede que cuando llegaron los romanos a Inglaterra se hubieran encontrado ya un Clarke en el negocio, dedicado a vender nabos y cualesquiera otras verduras que estuvieran de moda en aquel entonces. Clarke Júnior andaba por los cuarenta años, y tenía un carácter extravagante y una debilidad por las chaquetas de colores chillones que encargaba a un sastre del vecindario. Las rayas de un deslumbrante amarillo limón, rosa amoratado o azul pastel se desplazaban a saltos entre mesas de tomates sensatamente rojos y el verde rematadamente serio de las coles. Con su contagiosa alegría y su repertorio aparentemente inacabable de ocurrencias y juegos de palabras, era el favorito de las señoras del barrio, tanto de las jóvenes como de las viejas, y sin embargo seguía soltero.

Clarke Mediano, que era el hermano mayor, no podía ser más distinto a él. Tradicionalista acérrimo, observaba con severidad la exuberancia de la que hacía gala su hermano en actitudes e indumentaria, e insistía en llevar el hábito clásico de los tenderos, sobrio y dignificado por el tiempo: la vieja bata que habían llevado sus antepasados. Era tan limpio y ordenado que daba grima. Parecía que su ropa hubiera sido planchada después de puesta, tal era la rigidez de su bata marrón, su camisa blanca y su corbata negra. Llevaba los zapatos tan brillantes, y el pelo, cortado tan corto como el de un recluta, estaba tan disciplinado y brillante como una copa de cristal.

Los dos hermanos, en el interior verde umbrío de la tienda, eran como una oruga y una mariposa atrapados en una vaina. Y con sus constantes peleas, el frívolo bromista y su estirado hermano parecían una atracción de circo constantemente ensayada para una representación que nunca tenía lugar.

—¿Tienes miedo de que los clientes entren en masa y acaben con mis maravillosas grosellas? —preguntó Clarke Júnior imitando el acento galés y sonriendo a Chester que, todavía apoyado contra la puerta, no hizo ningún esfuerzo por responder, como si la situación lo hubiera enmudecido—. ¡Ah, un tipo duro de los que no hablan! —comentó ceceando mientras bajaba la escalera a saltitos y se acercaba a Will haciendo una floritura con la mano—. Eres el joven Burrows, ¿verdad? —dijo, y adoptó una expresión repentinamente seria—. Lamento lo de tu padre. Te hemos tenido presente en nuestros pensamientos y nuestras oraciones —dijo posando con suavidad la mano derecha sobre el corazón—. ¿Cómo lo lleva tu madre? ¿Y esa encantadora hermana tuya…?

—Bien, bien, las dos están bien —respondió Will sin prestar mucha atención.

—Es una habitual de la tienda, ya sabes. Una buena cliente.

—Sí —repuso Will demasiado deprisa, porque intentaba prestar atención a Clarke Júnior y, al mismo tiempo, mirar la puerta contra la que Chester seguía apoyado como si su vida dependiera de ello.

—Una cliente muy buena —corroboró el invisible Clarke Mediano desde detrás del mostrador, y un crujido de papeles acompañó sus palabras.

Clarke Júnior asintió y sonrió:

—Por supuestito. Y ahora tened la amabilidad de aguardarme aquí mientras os traigo una cosita para tu madre y tu hermana.

Antes de que Will pudiera pronunciar palabra, Clarke Júnior había girado sobre sus talones y con pasos de claqué había puesto rumbo a la trastienda. Will aprovechó la ocasión para mirar por el escaparate en busca de sus perseguidores, y retrocedió de la sorpresa.

—¡Siguen ahí!

Los dos hombres estaban en la acera, uno enfrente de cada escaparate, mirando hacia dentro por encima de los tenderetes de fruta y verdura. Fuera, ya había oscurecido completamente y, a la luz que salía de la tienda, la cara les brillaba como un fantasmal globo blanco. Todavía llevaban puestas las impenetrables gafas de sol, y Will pudo fijarse en sus extraños tocados y en el brillo de cera de sus angulosos sobretodos, con aquellas raras esclavinas que les cubrían los hombros. El rostro inclinado, de grandes facciones, y la boca apretada parecían inflexibles y brutales.

Chester dijo con voz queda pero tensa:

—Vamos a pedirles que llamen a la policía.

E hizo un gesto con la cabeza hacia el mostrador, donde se oía refunfuñar a Clarke Mediano mientras hacía sonar con tal fuerza la grapadora que parecía un martillo neumático.

Justo entonces, Clarke Júnior volvía como una mariposa, llevando una cesta llena con impresionantes muestras de fruta y un lazo rosa en el asa. Se la ofreció a Will con ambas manos en un gesto digno de un tenor de ópera.

—Para tu madre y tu hermana y, por supuesto, para ti, muchacho. Un regalito de mí y del viejales que está ahí, en señal de nuestro apoyo en los duros momentos por los que estáis pasando.

—Mejor ser un viejales que un presuntuoso —dijo la voz apagada de Clarke Mediano.

Señalando a los escaparates, Will se dispuso a explicar algo sobre los misteriosos hombres.

—Ha pasado el peligro —dijo Chester en voz alta.

—¿De qué se trata, muchacho? —preguntó Clarke Júnior,

mirándolo. El chico se había incorporado y, situado enfrente de uno de los escaparates, repasaba la calle de una punta a otra.

—¿Qué es ese peligro que ha pasado? —saltó Clarke Mediano, como un muelle.

—¡A tus papeles! —ordenó Clarke Júnior con voz de maestra enfadada, pero su hermano siguió mirando por encima del mostrador.

—Eh… sólo son unos chavales —mintió Will—. Nos perseguían.

—Los niños siempre serán niños —dijo Clarke Júnior con una risita tonta—. Por favor, transmítele mis recuerdos a tu hermana, la señorita Rebecca. Tiene tan buen ojo para el género de calidad… Es una joven con talento.

—Se los daré —dijo Will, asintiendo y obligándose a sonreír—. Muchas gracias por esto, señor Clarke.

—No es nada.

—Esperamos que tu padre vuelva pronto —dijo Clarke Mediano con pesar—. No os preocupéis: estas cosas suceden de vez en cuando.

—Sí… es como lo de ese chaval, Gregson… Qué terrible —dijo Clarke Júnior con una mirada de complicidad y un suspiro—. Y el año pasado fue la familia Watkins. —Al decirlo, parecía como si los estuviera viendo, en un punto situado entre los calabacines y los pepinos—. Qué buena gente. Nadie les ha visto el pelo desde que…

—No tiene nada que ver, nada que ver… —interrumpió con brusquedad Clarke Mediano, antes de toser—. No creo que sea el momento de acordarse de eso, Júnior. No creo que sea muy reconfortante para el chico, dada la situación.

Pero Júnior no escuchaba. Estaba en vena y no iba a parar. Con los brazos cruzados y la cabeza inclinada, había adquirido el aspecto de una de las viejas con las que cotilleaba habitualmente.

—Porque cuando entró la policía, eso era como lo del *Ma-*

rie Celeste[3]. Las camas deshechas, los uniformes del colegio de los niños preparados para el día siguiente, pero ellos no aparecieron por ningún lado, ninguno de ellos. La señora Watkins había dejado encargado medio kilo de judías verdes, si no recuerdo mal, y un par de sandías. Pero no aparecieron por ningún lado.

—¿Qué… las sandías? —preguntó Clarke Mediano muy serio.

—No, tontorrón: la familia —explicó Clarke Júnior poniendo los ojos en blanco.

En el silencio que siguió, los ojos de Will iban de Clarke Júnior a Clarke Mediano, que dirigía a su apenado hermano una mirada asesina. Empezaba a sentirse como Alicia al traspasar el espejo.

—Bueno, no os entretengo más —proclamó Clarke Júnior dirigiendo a Will una última y larga mirada de conmiseración, y volvió a su escalera con un delicado meneo y cantando:

—Remolacha para mí, *mon petit chou…*

Clarke Mediano volvió a sumergirse tras el mostrador y recomenzó el sonido de los papeles, acompañado del runrún de una vieja máquina sumadora. Con cautela, Will y Chester abrieron a medias la puerta de la tienda y observaron asustados la calle.

—¿Ves algo? —preguntó Chester.

Will salió a la acera.

—Nada —contestó—. Ni rastro de ellos.

—Tendríamos que haber llamado a la policía.

—¿Para contarles qué? —preguntó Will—. ¿Que nos han perseguido dos tipos raros que llevaban gafas de sol y sombreros absurdos, y que de repente desaparecieron?

—Sí, exactamente eso —repuso Chester con irritación—. ¿Quién sabe qué pretenden? —De pronto, levantó la vista al

---

3. Barco estadounidense que apareció en la costa de Portugal en 1872, sin nadie a bordo. *(N. del T.)*

recuperar un pensamiento anterior—: ¿Y si se llevaron ellos a tu padre?

—Olvídalo, eso no lo sabemos.

—Pero la policía...

—¿De verdad quieres pasar por todo eso cuando tenemos trabajo que hacer? —le interrumpió Will con brusquedad, vigilando High Street en un sentido y otro y sintiéndose más a gusto porque había más gente en la calle. Al menos podrían pedir ayuda si los dos hombres volvieran a aparecer—. La policía pensaría que no somos más que dos niños impertinentes. No sería lo mismo si tuviéramos testigos.

—Tal vez —aceptó Chester de mala gana, mientras se dirigían a casa de los Burrows—. No andan escasos de chiflados por aquí, eso está claro —dijo volviéndose a mirar la tienda de los Clarke.

—De cualquier manera, el peligro ha pasado. Se han ido, y si volvieran, nos encontrarían prevenidos —dijo Will con confianza.

Cosa curiosa, el incidente no lo había disuadido en absoluto. Más bien todo lo contrario. Aquello le confirmaba que su padre andaba metido en algo y que él iba por el buen camino. Aunque no se lo mencionó a Chester, estaba más decidido que nunca a proseguir excavando en el túnel y sus investigaciones.

Will cogió unas uvas de la llamativa cesta, y la cinta rosa, cuyo lazo se había deshecho, se agitaba tras él con la brisa. Chester parecía haber olvidado sus recelos y observaba la cesta con expectación, su mano preparada para atacar.

—¿Te vas a rajar, o sigues ayudándome? —le preguntó Will con voz burlona, alejando la cesta.

—Vale, lo que tú quieras. Pero anda, pásame un plátano —contestó con una sonrisa.

17

—Está claro que alguien lo hizo a propósito —comentó Will poniéndose de cuclillas al lado de Chester sobre un montón de escombros, en las estrecheras del fondo del túnel.

Habían recuperado ya unos diez metros de túnel, que había empezado a descender con una inclinación muy pronunciada, y padecían una preocupante escasez de madera. Will había confiado en que pudieran aprovechar algunos de los puntales y tablas originales del mismo túnel. Pero los desconcertaba encontrar tan poca cosa, y que ese poco estuviera en tan mal estado que no se podía reutilizar.

Ya habían dispuesto de todo el material del túnel de los Cuarenta Hoyos, que era posible aprovechar sin provocar el colapso de la excavación entera, incluidos los puntales extensibles. Will dio unas palmadas en la superficie que estaban picando, observándola con el ceño fruncido.

—No lo puedo entender.

—¿Qué crees que ocurrió? ¿Que tu padre lo derribó tras él? —preguntó Chester, mientras miraban el tapón de tierra y piedra sólidamente compactada que aún les quedaba por despejar.

—¿Que bloqueara la salida? No, eso no tiene sentido. Y aunque lo hubiera hecho, ¿por qué no encontramos puntales ni riostras? No, todo esto es absurdo —dijo Will, e inclinándose hacia el suelo, cogió un puñado de piedrecitas—. Casi todo esto es puro relleno. Ha sido traído aquí desde otra parte. Justo lo mismo que nos pasó en los Cuarenta Hoyos.

—Pero ¿por qué tomarse la molestia de hacer tal cosa cuando se puede provocar simplemente un derrumbe? —preguntó Chester, perplejo.

—Porque si lo hicieran así podrían abrir grietas debajo de las casas y de los jardines.

—¡Ah, ya! —aceptó Chester.

Estaban agotados los dos. El último trozo había sido especialmente duro, lleno de piedras grandes que incluso a Chester le resultaban difíciles de levantar a pulso para meterlas en la carretilla.

—Espero que la cosa no se eternice —comentó con un suspiro—. Estoy empezando a hartarme.

—A mí me lo vas a contar… —Will descansó la cabeza en las manos, con la vista perdida en el muro frontal del túnel—. ¿Te das cuenta, verdad, de que al final de esto podría no haber absolutamente nada?

Chester lo miró, pero estaba demasiado cansado para responder. Así que se quedaron allí sentados, en silencio, sumidos en sus pensamientos. Después de un rato, fue Will el que habló:

—¿En qué pensaba mi padre cuando hacía todo esto sin decirnos nada? ¡Especialmente, sin decirme nada a mí! ¿Por qué lo hacía?

—Tendría alguna buena razón —sugirió Chester.

—Pero tanto secretismo… Hasta llevaba un diario a escondidas. No lo entiendo. En mi familia no nos escondemos unos a otros las cosas… las cosas importantes… ¿Por qué no me dijo nada de lo que se traía entre manos?

—Bueno, tú tenías el túnel de los Cuarenta Hoyos —repuso Chester.

—Pero mi padre estaba al corriente. Aunque tienes algo de razón: nunca me preocupé por contárselo a mi madre, porque no le interesa. Es verdad, no somos exactamente una… —Will dudó, buscando la palabra apropiada—, una familia perfecta, pero antes, aunque cada uno fuera por su camino, los demás sabían por dónde iba. Ahora todo se ha ido al carajo.

Chester se quitó frotando un poco de tierra que tenía pegada al oído. Miró a Will pensativo.

—Mi madre piensa que la gente no debería tener secretos. Dice que los secretos al final siempre se escapan por algún sitio, y en cuanto lo hacen, ya no causan más que problemas. Dice que un secreto es como una mentira. Por lo menos eso es lo que le dice a mi padre.

—Y ahora yo hago lo mismo con mi madre y con Rebecca —dijo Will agachando la cabeza.

Después de que Chester se fuera, Will abandonó el sótano y se dirigió directamente a la cocina, como hacía siempre. Rebecca estaba sentada a la mesa, abriendo el correo. Él notó al instante que acababa de desaparecer la reserva de tarros de café vacíos que durante meses había ocupado la mitad de la mesa.

—¿Qué has hecho con ellos? —preguntó mirando a su alrededor—. ¿Con los tarros de papá?

Rebecca lo ignoró deliberadamente, escrutando el matasellos de un sobre.

—Los has tirado, ¿no? ¿Cómo has podido hacerlo?

Ella lo miró un momento como si fuera un mosquito pesado al que uno no se molesta en aplastar, y siguió con el correo.

—Me muero de hambre. ¿No hay nada que comer? —dijo, pensando que no era muy prudente enfadarse con ella por aquel asunto, y menos justo antes de la cena. Al pasar a su lado camino del frigorífico, se detuvo a examinar algo que había en el lateral.

—¿Qué es eso? —Se trataba de un paquete cuidadosamente envuelto en papel de estraza—. Está dirigido a papá. Creo que deberíamos abrirlo —dijo sin dudar un instante, y cogió un cuchillo para la mantequilla que reposaba sobre un plato en el fregadero. Cortó el papel de estraza, abrió con interés la caja de cartón que iba dentro y después rasgó el envoltorio de plástico de burbujas y descubrió la esfera luminosa, que brillaba al surgir de la oscuridad en la que había reposado.

La levantó ante él, con el rostro iluminado tanto por la emoción como por la menguante luz que emanaba de la esfera. Se trataba del objeto sobre el que había leído en el diario de su padre. Rebecca había abandonado la factura del teléfono y se acababa de levantar. Miraba la esfera fijamente.

—También hay una carta —dijo Will, alcanzando la caja de cartón.

—Déjamela ver —dijo Rebecca, dirigiendo la mano a la caja.

Pero él dio un paso atrás, sujetando la esfera en una mano mientras sacudía con la otra la carta para desplegarla. Rebecca bajó la mano y volvió a sentarse, observando detenidamente la cara de su hermano mientras éste, apoyándose en la encimera, junto al fregadero, empezaba a leer la carta en voz alta. Era del Departamento de Física del University College.

«Querido Roger:

»Nos ha encantado recibir noticias tuyas después de todos estos años. Tu nombre nos ha traído recuerdos del tiempo que pasamos juntos en la universidad. Nos alegra también ponernos al día sobre tus cosas. A Steph y a mí nos encantaría verte cuando te parezca.

»Vamos al grano. Perdona que haya tardado tanto en responder, pero no quería hacerlo sin tener antes todos los resultados sobre el asunto que nos concierne. Lo que hemos descubierto nos ha dejado realmente boquiabiertos.

»Respetando tus deseos, no hemos abierto ni penetrado el cristal que recubre la esfera, así que todos nuestros análisis han sido de naturaleza no invasiva.

»En cuanto a la radiactividad, los análisis no han registrado emisiones, así que, al menos en ese punto, puedo tranquilizar tus inquietudes.

»Un compañero especializado en metales ha cogido una muestra micróscopica de la base de la caja y la ha sometido a una espectrometría de masas. Coincide en tu apreciación de que es de la época georgiana. Piensa que el metal de la caja es "oro de Pinchbeck", una aleación de cobre y zinc inventada por Christopher Pinchbeck (1670-1732). El oro de Pinchbeck fue usado como sustituto del oro y producido sólo durante un corto periodo de tiempo, porque parece ser que la fórmula de esta aleación se perdió con la muerte de Edward, el hijo del inventor. También me dijo que los ejemplos auténticos de este material son raros, y que es difícil encontrar un experto que pueda identificarlo con total seguridad. Por desgracia, no he podido emplear la prueba del carbono 14 para confirmar la datación. Tal vez si nos la vuelves a dejar…

»Especialmente interesante es el hecho de que los rayos X revelaran que en el centro de la esfera hay una pequeña partícula suelta que sin embargo no altera su posición cuando se la mueve vigorosamente. Lo menos que se puede decir de este hecho es que resulta desconcertante.

»Aparte de esto, la inspección física confirma tu idea de que dentro de la esfera hay dos líquidos de distinta densidad. Las turbulencias que notaste en estos dos líquidos no están motivadas por variaciones de temperatura, interna ni externa, sino que son incuestionablemente una fotorreacción. ¡Sólo parece que la afecte la falta de luz! Aquí está el problema: los del Departamento de Química no han visto nunca nada parecido. Tuve que luchar a brazo partido para conseguir que me la devolvieran porque querían partirla a toda costa. Eso sí, en condiciones controladas y sometiéndola a exhaustivos análisis.

»Sometieron la esfera a una espectroscopia cuando estaba en su momento más brillante. Y lo que averiguaron es que, en su máxima intensidad, las emisiones se mantienen dentro del espectro visible. Diciéndolo en términos inteligibles para cualquiera: la luz que desprende no es muy diferente de la luz diurna, y muestra un nivel de rayos ultravioleta dentro de los niveles de seguridad aceptables. Los "líquidos" parecen tener como base predominante el helio y la plata. No podemos ir más allá mientras no nos permitas abrirla.

»Una hipótesis es que la partícula sólida que se halla en el centro pueda estar actuando como catalizador de una reacción que es desencadenada por la ausencia de luz. Pero por el momento no podemos decir cómo ocurre eso, ni imaginarnos reacciones semejantes susceptibles de durar un periodo de tiempo tan prolongado, suponiendo que la esfera realmente date de la época georgiana. Recordemos que el helio no fue descubierto hasta 1895, lo que no casa con la fecha estimada para la caja de metal.

»En resumidas cuentas, lo que aquí tenemos es un auténtico rompecabezas. A todos nos encantaría que nos visitaras para mantener un encuentro con gente de distintas facultades en el que pudiéramos diseñar un programa para posteriores análisis. Hasta puede que alguien de nuestro equipo quiera dejarse caer por Highfield para tomar unas notas sobre el entorno.

»Esperando tu respuesta, te saluda afectuosamente,

»Tom
»Profesor Thomas Dee

Will dejó la carta en la mesa y miró a Rebecca. Examinó la esfera por un momento. Después se acercó al interruptor y, cerrando la puerta de la cocina, apagó la luz. Los dos hermanos comprobaron cómo la esfera se iluminaba pasando en unos segundos de una luminiscencia verdusca y apagada a algo que se parecía bastante a la luz diurna.

—¡Vaya! —exclamó asombrado—. Y tienen razón: ni siquiera se calienta.

—Tú ya sabías algo de esto, ¿verdad? Para mí eres como un libro abierto —dijo Rebecca mirándolo fijamente a la cara, que estaba iluminada por la extraña luz.

En vez de responder, Will encendió la luz, dejando cerrada la puerta. Vieron cómo la esfera volvía a oscurecerse.

—Dijiste que nadie estaba haciendo nada para encontrar a papá —comentó por fin el chico.

—¿Y?

—Chester y yo hemos querido hacer algo y… en fin, hemos llevado a cabo nuestras propias pesquisas.

—Lo imaginaba —dijo en voz alta Rebecca—. ¿Y qué habéis averiguado?

—¡Shh! —la acalló Will mirando hacia la puerta cerrada—. No quiero molestar a mamá con nada de esto. Creo que lo último que le conviene es albergar esperanzas. ¿Estás de acuerdo?

—De acuerdo —respondió la chica.

—Pues bien: hemos encontrado un libro en el que papá apuntaba cosas… una especie de diario —explicó Will con voz pausada.

—Sí, ¿y…?

Sentados a la mesa de la cocina, Will le fue contando lo que había leído en el diario, y también el encuentro con los extraños hombres pálidos, junto a la tienda de los Clarke. Lo único que no le contó fue lo del túnel bajo la casa, ya que ese secretito carecía de importancia.

18

Lo lograron una semana después: muertos de sed a causa del calor que hacía en el fondo del túnel, con los músculos agarrotados y agotados por el inacabable ciclo de excavar y sacar la tierra del túnel, estaban a punto de dar la jornada por concluida, cuando al golpear Will con el pico contra una piedra grande, ésta cayó hacia el otro lado. Acababa de abrirse ante ellos un agujero tan oscuro como la boca de un lobo.

Sus ojos quedaron atrapados en el agujero, por el que salía una brisa con olor a moho que les daba en los rostros sucios y fatigados. El instinto le decía a Chester que retrocediera y escapara, como si la abertura pudiera succionarlo. Ninguno de los dos dijo una palabra. No hubo grandes alegrías ni gritos de euforia cuando atisbaron en la impenetrable oscuridad, rodeados por la calma mortuoria de la tierra.

Fue Chester el que rompió el embrujo:

—Casi que me voy a merendar.

Sin podérselo creer, Will se volvió para mirarlo. Entonces distinguió en su rostro el esbozo de una sonrisilla. Embargado por la sensación de alivio y de triunfo, Will estalló en una incontenible carcajada. Cogió un terrón de tierra y se lo tiró a su sonriente amigo, que se agachó para esquivarlo. Tocado con su casco amarillo, Chester se reía entre dientes.

—Tú... tú... —dijo Will, buscando la palabra apropiada.

—¿Yo qué? —preguntó sonriendo abiertamente—. Venga, vamos a echar un vistazo —dijo, asomándose con Will por el agujero.

Will dirigió la linterna al otro lado de la apertura.

—Es una gruta… No se ve mucho… debe de ser muy grande. Creo que distingo estalactitas y estalagmitas —dijo, y se calló—. ¡Escucha!

—¿Qué es? —susurró Chester.

—Yo diría que agua. Creo que oigo agua goteando. —Se volvió hacia éste.

—Bromeas —respondió su amigo, con preocupación.

—No, no bromeo. Podría ser una corriente del Neolítico…

—Vamos, déjame ver —pidió Chester, cogiéndole la linterna a Will.

Por muy tentador que resultara, decidieron posponer cualquier excavación para el día siguiente, en que se encontrarían descansados y mejor preparados. Chester se fue a su casa. Estaba mortalmente cansado, pero le llenaba de entusiasmo que el trabajo hubiera rendido por fin su fruto. Indudablemente, ambos necesitaban dormir y, cosa infrecuente, Will estuvo pensando incluso en darse un baño mientras colocaba los estantes en su posición. Barrió el suelo como de costumbre, y subió por la escalera como un sonámbulo.

Al pasar por delante de la puerta de Rebecca, ella lo llamó. Él hizo una mueca y se quedó tan quieto como una estatua.

—Will, sé que estás ahí.

Él suspiró y abrió la puerta. Rebecca estaba acostada en la cama, leyendo un libro.

—¿Qué pasa? —preguntó Will observando el dormitorio. Nunca dejaba de asombrarle la limpieza y orden exasperantes que había siempre en él.

—Mamá ha dicho que quería hablar con nosotros.

—¿Cuándo?

—Dijo que en cuanto llegaras.

—¡No! ¿Tiene que ser ahora?

Al entrar en el salón, vieron a su madre colocada en su posición habitual. Sentada en la butaca como una marioneta olvidada, respondió a las toses con las que Rebecca le hacía ver que estaban allí levantando su cabeza adormilada.

—¡Ah… bien! —dijo adoptando una posición más normal y tirando al suelo, al hacerlo, un par de mandos a distancia—. ¡Mierda! —exclamó.

Will y Rebecca se sentaron en el sofá mientras su madre hurgaba febrilmente entre el montón de cintas de vídeo que tenía a los pies de su butaca. Al final encontró los mandos y volvió a ponerlos en su sitio preciso en el brazo de la butaca. Del esfuerzo, la cara se le puso colorada y se despeinó. A continuación, se aclaró la garganta y empezó a hablar:

—Creo que ha llegado el momento de afrontar la posibilidad de que vuestro padre no vuelva, lo que significa que tenemos que tomar algunas decisiones cruciales. —Se interrumpió para mirar algo en la televisión: una modelo que llevaba un vestido de noche con lentejuelas descubría una enorme «V» en el panel del concurso, en el que ya se veían varias letras más. La señora Burrows murmuró para sí «El hombre invisible» y volvió a mirar a Will y Rebecca—. El salario de vuestro padre dejó de llegar hace unas semanas y, según me ha dicho Rebecca, ya no nos queda nada.

Will se volvió a su hermana, que se limitó a confirmar con un gesto de cabeza lo que decía su madre, mientras ésta proseguía:

—Se han agotado todos nuestros ahorros, y tenemos la hipoteca y otros gastos fijos. No podemos seguir llevando este tren de vida. Tenemos que adaptarnos a lo que tenemos.

—¿Adaptarnos a lo que tenemos? —preguntó Rebecca.

—Eso me temo —dijo la madre con frialdad—. Por un tiempo no tendremos ingresos, así que tendremos que prescindir de lo que podamos, vender lo que se pueda, incluida la casa.

—¿Qué? —dijo Rebecca.

—Y vosotros tendréis que ocuparos de ello. Yo estaré fuera un tiempo. Me han aconsejado que pase una temporada en un… bueno, una especie de hospital. Un lugar donde podré descansar para volver a ponerme en forma.

Al oír aquello, Will levantó las cejas, preguntándose a qué forma se referiría su madre, porque en su forma actual llevaba desde que él podía recordar. La madre prosiguió:

—Así que mientras yo estoy allí, vosotros tendréis que quedaros con vuestra tía Jean. Ya ha aceptado hacerse cargo de vosotros.

Will y Rebecca se miraron. Por la mente de Will pasó una avalancha de imágenes: el bloque de apartamentos en que vivía su tía Jean, con los espacios públicos repletos de bolsas de basura y pañales desechables, y los ascensores cubiertos de pintadas y con olor a orina; y en las calles, coches quemados, el incesante ruido de las motos de los pandilleros y los camellos, y los lamentables grupos de borrachos tirados en los bancos, peleándose y tragando latas enteras de alcohol de quemar.

—¡De ninguna manera! —rugió de repente como si despertara de una pesadilla, sobresaltando a su hermana y haciendo que su madre se irguiera de repente, y volviera a tirar los mandos a distancia.

—¡Maldita sea! —dijo la mujer, estirando el cuello para buscar dónde habían caído.

—No voy a vivir allí. No podría soportarlo ni un segundo. ¿Y el colegio? ¿Y mis amigos? —preguntó Will.

—¿Qué amigos? —preguntó su madre fastidiada.

—No puedes pedirnos que vayamos allí, mamá —le apoyó Rebecca—. Ese sitio es horrible, apesta: es una pocilga.

—Y la tía Jean también apesta —añadió Will.

—Bueno, pero yo no puedo hacer nada. Necesito descansar. El médico me ha dicho que estoy muy estresada, así que no hay nada que discutir. Venderemos la casa y os quedaréis con la tía Jean hasta que…

—¿Hasta que…? ¿Hasta que empieces a trabajar? —preguntó Will.

Su madre lo miró.

—Esto no me conviene. El médico me aconsejó evitar enfrentamientos. La conversación se ha acabado —dijo de pronto, y volvió a su posición habitual.

Fuera, en el recibidor, Will se sentó en el peldaño inferior de la escalera, aturdido, mientras Rebecca se quedaba de pie, con los brazos cruzados, apoyada contra la pared.

—Bueno, todo se acaba —comentó—. Al menos me voy la semana que viene…

—No, no, no… ¡No te puedes ir ahora! —le gritó Will, levantando la mano—. ¡No con todo lo que está pasando!

—No, puede que tengas razón —dijo ella negando con la cabeza.

Se sumieron en un silencio. Después de un rato, Will se incorporó con decisión.

—Pero sé lo que tengo que hacer.

—¿Qué?

—Darme un baño.

—Sí. Lo necesitas —comentó Rebecca, viéndole subir la escalera con pasos cansinos.

19

—Cerillas.

—Ajá.

—Velas.

—Sí.

—Navaja multiusos suiza.

—Sí.

—Linterna de repuesto.

—Sí.

—Cuerdas.

—Sí.

—Tiza y soga.

—Sí.

—Brújula.

—Eh… ajá.

—Pilas de repuesto para la luz del casco.

—Ajá.

—Cámara y cuaderno.

—Sí, están.

—Lápices.

—Ajá.

—Agua y bocadillos.

—Aj… Calculas que será una excursión bastante larga, ¿no? —comentó Chester observando las dimensiones del paquete recubierto de papel de plata.

Estaban en el sótano de la casa de los Burrows, haciendo una comprobación de última hora para la que utilizaban una lista que Will había preparado aquel mismo día en la clase de economía doméstica.

Después de tachar uno a uno todos los puntos de la lista, lo guardaron todo en las mochilas. Will cerró la suya y se la echó a la espalda.

—Bueno, pues en marcha —dijo con mirada de determinación y alcanzando su querida pala.

Tiró hacia él de los estantes. Una vez dentro del túnel, los volvió a colocar en su sitio y aseguró la entrada por medio de un pasador que había colocado previamente. A continuación, Will avanzó con rapidez a cuatro patas para adelantar a Chester.

—Eh, espérame —le pidió éste, desconcertado por el ímpetu de su amigo.

Al llegar al final del túnel, quitaron las piedras que quedaban, que fueron tragadas por las tinieblas, haciendo un ruido sordo. Chester estaba a punto de decir algo cuando Will se adelantó:

—Lo sé, lo sé; piensas que estamos a punto de ahogarnos en aguas fecales o algo así. —Miró detenidamente a través de la abertura—. Asómate, desde aquí se puede ver dónde caen las piedras. Sobresalen del agua, así que no puede cubrirte por encima del tobillo.

Dicho esto, se volvió y se dispuso a atravesar de espaldas el agujero. Se detuvo en el borde y sonrió a Chester, luego se perdió de vista, dejando a su amigo sobrecogido hasta que se oyó un fuerte chapoteo: Will tenía los pies en el agua. La caída hasta allí era de unos dos metros.

—¡Eh, estupendo! —dijo Will mientras Chester lo seguía con dificultad. Su voz retumbó de manera inquietante en la caverna, que tenía unos siete metros de altura y al menos treinta de largo. Por lo que podía ver, parecía tener forma de medialuna, con una gran parte del suelo sumergida. El punto por el que habían entrado estaba próximo a uno de los cuernos de la luna, pero sólo podían ver hasta donde les permitía la curva de la pared.

Saliendo del agua, recorrieron con las linternas el espacio durante unos segundos, pero cuando enfocaron el lado más próximo a ellos se quedaron inmediatamente paralizados. Will mantuvo firme la linterna, con la que enfocaba las intrincadas filas de estalactitas y estalagmitas de variados tamaños, que iban desde el grosor de un lápiz al del tronco de un árbol joven. Las estalactitas eran como lanzas que apuntaban al suelo, desde donde se les enfrentaban las estalagmitas. Algunas de las estalactitas se habían encontrado con su estalagmita correspondiente para formar auténticas columnas. El suelo estaba cubierto por ondeantes costras superpuestas de calcita.

—Es una gruta —dijo Will en voz baja, alargando la mano para palpar la superficie de una columna blanca como la leche, casi traslúcida—. ¿No es hermosa? Parece el glaseado de una tarta.

—A mí me parecen más bien mocos congelados —susurró Chester, tocando también una columna, como si no pudiera creer lo que veía. Retiró la mano y se frotó los dedos con una expresión de disgusto. Will se rió, haciendo ruido al golpear con el pulpejo de la mano contra una estalactita.

—Parece increíble que sea realmente roca, ¿no?

—Y toda la gruta está hecha de lo mismo —comentó Chester, volviéndose para mirar más allá de la pared. Tembló ligeramente porque el aire era fresco, y arrugó la nariz. Toda la gruta olía a humedad y a cerrado, un olor nada agradable, pero a Will le olía al dulce aroma del triunfo. Siempre había soñado con encontrar algo importante, pero aquella gruta sobrepasaba todas sus expectativas. Estaba tan eufórico como si se hubiera emborrachado.

—¡Sí! —dijo dando manotazos al aire en señal de triunfo. En aquel momento, allí en la gruta, se sentía el gran aventurero que siempre había soñado ser, como Howard Carter en la cámara mortuoria de Tutankamón. Miraba a todos lados intentando verlo todo a la vez—. ¿Sabes?, probablemente han hecho falta miles de años para que se forme todo esto… —balbuceó Will, dando un paso atrás y parándose al notar que su pie se había enganchado en algo. Se agachó un poco para ver qué era: se trataba de un pequeño objeto que sobresalía de la suave superficie caliza. Oscuro y escamoso, su color invadía la pálida blancura de su entorno. Intentó liberar el pie, pero los dedos se le resbalaban. Aquello no cedía ni un milímetro.

—Alumbra aquí, Chester. Parece un tornillo oxidado o algo así. Pero es imposible.

—Eh… tal vez te interese ver esto… —respondió su amigo con voz temblorosa.

En el centro de la gruta, de la parte más profunda de la turbia charca, se alzaban los restos de una gran máquina. Las linternas de los chicos descubrieron filas de grandes ruedas dentadas de color marrón rojizo, que se mantenían unidas dentro de los restos de un desvencijado armazón de hierro fundido, tan alto que lo tocaban algunas de las estalactitas que bajaban del techo. Parecía como si hubieran destripado y dejado morir una locomotora.

—¿Qué diablos es? —preguntó Chester mientras Will se quedaba callado a su lado, examinando la escena.

—No tengo ni la más remota idea —respondió Will—. Y hay hierro a montones por todas partes. ¡Mira!

Fue recorriendo con la linterna la orilla del agua, hasta donde podía llegar la luz. Su primera impresión fue que algún mineral veteaba la orilla de la charca, pero al observar más detenidamente vio que estaba llena de tornillos como el que acababa de encontrar, todos dotados de gruesas cabezas hexagonales. Además, había ejes e incontables piezas de fundición, pequeñas e irregulares. El óxido rojo de aquellos hierros se mezclaba con manchas más oscuras, como de tinta, que Will supuso que serían de aceite.

Mientras permanecían allí, en silencio, asombrados, examinando aquel inapreciable tesoro escondido, distinguieron un débil sonido de raspado.

—¿Has oído eso? —susurró Chester mientras dirigían las luces en dirección al sonido. Will se internó un poco más en la caverna, pisando con cuidado en el suelo irregular, ahora invisible bajo la superficie del agua.

—¿Qué sería? —preguntó Chester casi sin voz.

—¡Silencio! —lo detuvo Will, y ambos escucharon, mirando a su alrededor.

Un repentino movimiento y un chapoteo los asustó. Después, una cosa blanca y delgada saltó del agua y corrió por una de las vigas de metal y luego se detuvo en lo alto de una enorme rueda dentada. Era una rata grande, con la piel inmaculadamente blanca y brillante y grandes orejas de color rosa encendido. Se pasó una pata por el hocico y sacudió la cabeza esparciendo por el aire una infinidad de gotitas de agua. A continuación se irguió sobre las patas traseras, olfateando y moviendo los bigotes a la luz de las antorchas.

—¡Mira, no tiene ojos! —susurró Will, emocionado.

En respuesta, Chester se estremeció. Estaba claro: donde deberían haber estado los ojos, no había más que piel blanca y brillante, sin tan siquiera una leve muesca.

—¡Puaj, es repugnante! —exclamó Chester, dando un paso atrás.

—Evolución adaptativa —contestó Will.

—¡Me da igual lo que sea!

El animal movió la cabeza en dirección a la voz de Chester. Después, de repente, escapó zambulléndose en el agua y nadando hasta la orilla opuesta.

—¡Estupendo! Seguramente va a buscar a sus amigas —dijo el muchacho—. Seguro que vienen a montones dentro de un momento.

Will se rió.

—¡No era más que una cochina rata!

—No era una rata normal. ¿Habías oído hablar alguna vez de ratas sin ojos?

—Vamos, señorita, ¿no recuerda la canción de *Los ratoncitos ciegos*? —dijo Will con una sardónica sonrisa mientras comenzaban a recorrer la curvada orilla, alumbrando con las linternas los rincones y grietas de las paredes y el techo. Chester caminaba con miedo entre las rocas y los desechos de hierro, mirando cada poco tras él por si llegaba el imaginario ejército de ratas sin ojos.

—¡Dios, odio este sitio! —gruñó.

Al acercarse a la oscuridad en el extremo de la gruta, Will aceleró el paso. Chester hizo lo mismo, decidido a no quedarse atrás.

—¡Esto es demasiado! —Will se paró en seco y Chester chocó contra él—. ¡Mira eso, no te lo vas a creer!

Había una puerta empotrada en la roca. La linterna de Will alumbró su superficie llena de arañazos. Parecía antigua pero recia, y estaba llena de remaches redondeados que eran como mitades de pelotas de golf espaciadas por el marco. A un lado de la puerta, había tres grandes picaportes. Alargó una mano para tocarla.

—¡Eh, no! —gritó Chester, con miedo.

Pero Will no le hizo caso y golpeó ligeramente en la puerta con los nudillos.

—Es de metal —dijo, pasando la palma de la mano por la superficie; era brillante, negra y rugosa, como melaza.

—¿Qué? No estarás pensando en entrar, ¿verdad?

Will se volvió hacia él con la mano todavía en la puerta.

—Éste es el único camino que puede haber tomado mi padre. ¡Por supuesto que pienso entrar!

Diciendo esto, se acercó más, agarró el picaporte superior e intentó accionarlo. Pero no fue posible. Le pasó la linterna a Chester y volvió a intentarlo con las dos manos, empujando hacia abajo con todo su peso. Tampoco se movió.

—Prueba hacia arriba —sugirió Chester, resignado.

Will volvió a intentarlo, esta vez empujando hacia arriba. El picaporte crujió un poco al principio y luego, para su sorpresa, giró sin problemas hasta que encontró su sitio en lo que Will supuso que era la posición de abierto. A continuación hizo lo mismo con los otros dos picaportes y luego retrocedió. Recuperando la linterna, colocó una mano en el centro de la puerta con la intención de abrirla empujando.

—En fin: vamos allá —le dijo a Chester, que por una vez no se opuso.

SEGUNDA PARTE

La Colonia

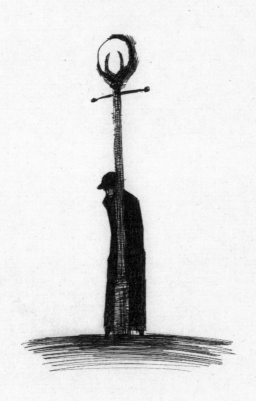

20

Chirriando, la puerta se abrió. Will y Chester se quedaron inmóviles. La adrenalina les corría por las venas mientras enfocaban las linternas hacia el oscuro espacio que tenían ante ellos. Estaban preparados para darse la vuelta de inmediato y echar a correr, pero como no vieron ni oyeron nada, se decidieron a atravesar la puerta. Lo hicieron sin respirar, mientras los latidos de sus corazones retumbaban en sus oídos.

Las linternas recorrieron desordenadamente el interior. Se hallaban en una cámara casi cilíndrica de no más de diez metros de largo, con pronunciadas ondulaciones en sentido longitudinal. Delante de ellos había otra puerta, idéntica a la que acababan de atravesar, excepto que tenía una especie de ventanilla con un pequeño cristal que había perdido su transparencia bordeado por un marco con remaches.

—Es algo parecido a una cámara estanca —observó Will adentrándose en ella. Sus pasos resonaban en el suelo de hierro—. ¡Muévete! —le dijo innecesariamente a Chester, que había traspasado la puerta tras él y, sin que se lo pidiera, la estaba cerrando y volviendo a bajar los picaportes.

—Será mejor que lo dejemos todo como lo encontramos —explicó Chester—, por si acaso.

Tras intentar, sin conseguirlo, vislumbrar algo a través del opaco cristal de la ventanilla, Will levantó los tres picaportes

de la segunda puerta y la abrió hacia fuera. Se oyó un pequeño silbido, como cuando el aire se escapa de un neumático.
Chester le dirigió a Will una mirada inquisitiva a la que éste
no hizo caso al internarse en la pequeña cámara contigua. De
unos tres metros cuadrados, sus paredes eran como las del
casco de un viejo barco, formadas por planchas de metal oxidado unidas por soldaduras muy visibles.

—Aquí hay un número —observó Chester al cerrar los picaportes de la segunda puerta. Amarillento y deteriorado por
los años, había un gran número cinco pintado en la puerta,
debajo de la oscura ventanilla.

Mientras avanzaban con cautela, las luces alumbraban los
primeros detalles de algo que tenían delante: era un enrejado de barras de metal entrelazadas que iba del suelo al techo
y cerraba completamente el paso. La linterna de Will proyec-
tó sombras entrecortadas contra las superficies del otro lado
mientras presionaba el enrejado con la mano. Era muy recio.
Guardó la linterna y, agarrándose al herrumbroso metal, se
acercó todo lo que pudo.

—Veo las paredes y creo que puedo distinguir el techo,
pero… —dijo torciendo el cuello—, pero el suelo está…

—Muy abajo —terminó Chester. Acercó la cara lo más que
pudo al enrejado para ver mejor, y el casco rozaba con él.

—Te aseguro que en los planos de la ciudad no hay nada
que se parezca ni remotamente a esto. ¡No te creas que se me
habría pasado por alto una cosa así! —aseguró Will, como
para despejar cualquier duda que él mismo pudiera albergar.

—¡Espera, Will! ¡Mira los cables! —dijo Chester subiendo
la voz al ver a través del enrejado unos cables gruesos y oscuros—. ¡Es el hueco de un ascensor! —añadió con entusiasmo,
animado de pronto al comprobar que, en vez de inexplicable
y amenazador, lo que acababan de encontrar era algo reconocible y familiar. Por primera vez desde que dejaron la rela-
tiva normalidad del sótano de la casa de los Burrows, Chester
sintió algo parecido a la seguridad, e imaginó que el hueco

descendería a algo tan ordinario y simple como un túnel del metro. Hasta se atrevió a pensar que eso podía implicar el fin de su mal preparada expedición.

Al mirar a su derecha localizó un picaporte y, tirando de él, deslizó una puerta que chirrió desagradablemente al desplazarse sobre su raíl. Tras descorrerla del todo, dispusieron de una vista despejada del oscuro hueco. La lamparilla de los cascos recorrió con su luz, de arriba abajo, el trayecto de los sólidos cables llenos de grasa que se hundían en la abismal oscuridad.

—Hiela la sangre, ¿verdad? —dijo Chester temblando, agarrándose fuerte al borde de la vieja puerta del ascensor mientras la vista se perdía en la vertiginosa profundidad. Will apartó la mirada del hueco y empezó a buscar por la cámara de hierro que había a sus espaldas. Como suponía, encontró a su lado, en la pared, un pequeño panel de madera oscura que tenía en el centro un botón de bronce sin brillo

—¡Sí! —gritó emocionado, y sin decirle a Chester una palabra apretó el botón, que tenía un tacto grasiento.

No ocurrió nada.

Volvió a intentarlo.

Y tampoco esta vez ocurrió nada.

—Chester, cierra la puerta, ¡ciérrala! —gritó, incapaz de contener la emoción.

Su amigo la corrió, y Will volvió a apretar el botón. Se escuchó una vibración lejana, desde las profundidades retumbó un chasquido, y entonces los cables se tensaron y empezaron a moverse, mientras un potente aullido procedente del motor, que no debía encontrarse muy lejos de ellos, recorría el hueco. Oyeron después el sonido del ascensor que se aproximaba.

—Apuesto a que es el acceso a una estación del metro —dijo Chester volviéndose hacia Will, con una expresión de impaciencia en la cara.

Will arrugó el ceño, molesto.

—Imposible. Te he dicho que aquí no hay nada de eso. Esto es otra cosa.

La alegría de Chester desapareció al instante, y con pesar volvió a acercarse con Will a la puerta del ascensor. Pegaron la cabeza contra la verja para que la lamparilla de los cascos iluminara el hueco.

—Si no sabemos lo que es… —dijo Chester—, todavía estamos a tiempo de volver.

—Venga, no podemos abandonar, y menos ahora.

Durante un par de minutos escucharon el sonido del ascensor que se acercaba, hasta que habló Chester:

—¿Y si está subiendo alguien en él, qué? —dijo separándose de la puerta lleno de miedo.

Pero Will se mantuvo firme.

—Espera, aún no puedo ver… está demasiado oscuro. ¡Ya! ¡Ahora lo veo, ahora! ¡Es como el montacargas de una mina!

Observando con atención el montacargas mientras subía lenta y pesadamente, Will se dio cuenta de que se podía ver a través de la reja que formaba su techo. Se volvió a Chester.

—Tranquilízate: no hay nadie dentro.

—No pensaba realmente que lo hubiera —contestó su amigo a la defensiva.

—¡Ya ya, gallina gigante!

Cerciorándose por sí mismo de que iba vacío, Chester negó con la cabeza y suspiró de alivio mientras el ascensor alcanzaba el nivel en el que se encontraban. Se detuvo con una estruendosa sacudida, y Will, sin perder el tiempo, abrió la puerta y entró en él. Después se volvió hacia Chester, que, en el mismo borde, dudaba, muy incómodo.

—No sé, Will, no me parece fiable —dijo repasando el interior del ascensor con la mirada. Tenía las paredes de reja y el suelo de acero muy rayado. El conjunto estaba cubierto con polvo y mugre de varios años.

—¡Vamos, Chester, éste es nuestro gran día! —Ni por un segundo pensó Will que existiera otra posibilidad que la de

bajar. Si el descubrimiento de la gruta lo había puesto eufórico, aquello sobrepasaba todas sus expectativas—. ¡Vamos a
ser famosos! —dijo riéndose.

—Sí, claro, como si lo estuviera viendo: «¡Dos muertos en
accidente de ascensor!» —contestó Chester con aire tacitur-
no, extendiendo las manos para señalar los grandes titulares
de un periódico imaginario—. No parece nada seguro, probablemente no se ha utilizado desde hace años.

Sin un instante de duda, Will dio un par de saltos, y sus botas retumbaron en el suelo de metal. Chester observó con horror el movimiento del ascensor y el ruido que hacía.

—Ya ves que es tan seguro como una casa —dijo Will riéndose de él y, posando la mano en la palanca que había dentro
del ascensor, miró a Chester a los ojos—: ¿Qué haces, vienes
conmigo o te vuelves a pelear con la rata?

Con eso fue suficiente: Chester entró inmediatamente en
el ascensor. Will corrió la puerta tras él y tiró de la palanca hacia abajo. El ascensor volvió a dar otra sacudida, y empezó a
descender.

A través del enrejado, que se interrumpía con frecuencia en
las oscuras bocas de niveles inferiores, veían pasar hacia arriba
la superficie de la roca, que se transformaba lentamente en
sombras marrones, negras, grises, ocres y amarillas. Entre ellas
corría un aire húmedo. En cierto punto, Chester alumbró con
su luz hacia arriba, a través de la reja, el hueco y los cables, que
parecían dos rayos láser sucios desvaneciéndose en la distancia.

—¿Hasta dónde calculas que llega? —preguntó.

—¿Cómo voy a saberlo? —contestó Will con brusquedad.

El caso es que pasaron casi cinco minutos antes de que el
ascensor se detuviera por fin con un golpe tan violento que
les hizo rebotar contra las paredes.

—A lo mejor tenía que haber soltado la palanca un poco
antes —comentó Will disculpándose.

Chester lo miró sin comprender, como si ya no le importara nada, y después los dos se quedaron allí de pie, mientras

las luces que llevaban arrojaban siluetas gigantescas en forma de rombos desde el ascensor a los muros.

—Allá vamos otra vez —dijo Chester suspirando mientras descorría la puerta. Will estaba tan impaciente que se le adelantó y entró en una nueva cámara forrada de metal, y la atravesó apresuradamente para llegar hasta la puerta que había al otro lado.

—Es igual que la de arriba —comentó Will mientras levantaba los tres picaportes laterales. La diferencia estaba en el número que tenía pintado la puerta: el de aquélla era un gran cero.

Vacilando, penetraron unos pasos en la sala cilíndrica. Las botas retumbaron en el ondulante suelo de metal y las linternas iluminaron otra puerta enfrente de ellos.

—Sólo tenemos un camino —dijo Will, avanzando hacia ella con paso decidido.

—Todo esto es como de un submarino —murmuró Chester para sí—. Es como la cámara estanca que tienen los sumergibles.

Poniéndose de puntillas, Will se asomó por la ventanilla de la puerta, pero tampoco pudo distinguir nada del otro lado. Y cuando intentó traspasar el cristal con la luz de la linterna, la grasa y las rayas del viejo cristal reflejaron la luz, de forma que la ventanilla se volvió aún más opaca que antes.

—No sirve de nada —se dijo.

Le pasó a Chester la linterna y giró los tres picaportes. A continuación empujó la puerta.

—¡Está atascada! —gruñó. Volvió a intentarlo sin conseguirlo—. ¿Me ayudas, Chester?

Éste sumó su esfuerzo al de Will y, apoyando el hombro contra la puerta, empujaron con toda su fuerza entre los dos. Se abrió de golpe, provocando una sacudida y una intensa corriente de aire. Penetraron en lo desconocido tambaleándose. Las botas pisaron adoquines mientras ambos amigos recuperaban el paso y se enderezaban. Ante ellos tenían una escena que supieron con toda seguridad que no olvidarían nunca mientras vivieran.

¡Era una calle!

Se encontraban ante un espacio enorme, casi tan ancho como una autopista, que se curvaba y perdía en la distancia tanto a derecha como a izquierda. Y mirando al otro lado de la calle, vieron que estaba iluminada por una fila de elevadas farolas. Pero lo que realmente les dejó sin aliento fue ver lo que había tras las farolas, al otro lado de la caverna. En una sucesión que se extendía hasta donde alcanzaba la vista, en uno y otro sentido, ¡había casas!

Como en trance, Will y Chester se internaron unos pasos en aquella aparición. Al hacerlo, la puerta se cerró detrás de ellos dando un portazo tan fuerte que los dos se volvieron.

—¿La habrá cerrado el viento? —preguntó Chester a su amigo, desconcertado.

Como respuesta, Will se encogió de hombros. Notaba claramente en el rostro una suave corriente. Levantó la cabeza y olfateó, distinguiendo el olor a cerrado que había en el aire. Chester enfocó la linterna hacia la puerta y después la dirigió hacia arriba, iluminando los enormes bloques de piedra que formaban el muro. Fue levantando poco a poco la linterna, y los ojos siguieron el círculo de luz mientras penetraba en la oscuridad. El muro se inclinaba hasta encontrarse con el muro del lado opuesto, como en la bóveda de una enorme catedral.

—¿Qué es todo esto, Will? ¿Qué lugar es éste? —preguntó Chester, agarrando a su amigo por el brazo.

—No lo sé. Nunca en mi vida había oído hablar de nada parecido —contestó Will, mirando la enorme calle con los ojos desorbitados—. Es realmente increíble.

—¿Qué hacemos ahora?

—Creo que deberíamos… deberíamos echar un vistazo, ¿no? Es tan increíble —repetía Will maravillado. Intentó ordenar sus pensamientos, porque estaba aturdido con el arrebato embriagador del descubrimiento y el ansia irresistible de verlo y explorarlo todo—. Hay que documentarlo —murmuró mientras sacaba la cámara y empezaba a tomar fotografías.

—¡Will, no! ¡El flash!

—¡Ah, lo siento! —Dejó caer la cámara, que llevaba sujeta al cuello—. Me he dejado llevar un poco. —Sin decir nada, cruzó entonces hacia las casas con paso decidido. Chester siguió a su compañero, algo agachado y rezongando en voz baja mientras miraba a todas partes en busca de alguna señal de vida.

Los edificios parecían esculpidos en el propio muro, como fósiles arquitectónicos a medio excavar. Los tejados se fundían con el muro de detrás, que se arqueaba suavemente y, donde uno hubiera esperado que salieran las chimeneas, había una intrincada red de conductos de ladrillo que brotaban de los tejados, corrían por el muro y desaparecían en lo alto, como columnas de humo petrificadas.

Mientras llegaban a la acera, el único sonido aparte de sus pisadas era un suave zumbido que parecía proceder del mismo suelo. Se detuvieron un momento para examinar una farola.

—Es como la…

—Sí —interrumpió Will, tocando sin darse cuenta el bolsillo donde llevaba la esfera luminiscente de su padre, cuidadosamente envuelta en un pañuelo. La esfera de la farola era una versión mucho más grande del mismo objeto, casi del tamaño de un balón de fútbol. Estaba sujeta por cuatro garras sobre un fuste de hierro colado. Como lunas epilépticas, dos polillas daban erráticas vueltas a su alrededor, batiendo las alas sin dibujo contra la superficie del cristal.

Will se puso rígido y, echando la cabeza para atrás de forma no muy diferente a como lo había hecho la rata sobre la rueda dentada, olfateó el aire.

—¿Qué pasa? —preguntó Chester con inquietud—. ¿Algún otro problema?

—No, es sólo que me pareció oler algo… Era un olor acre, como a amoniaco… ¿No lo has notado?

—No —respondió Chester aspirando varias veces—. Espero que no sea venenoso.

—Bueno, fuera lo que fuera, ya ha pasado. Y estamos bien, ¿no?

—Supongo. ¿Crees que vivirá alguien aquí? —preguntó Chester levantando la vista hacia las ventanas de los edificios.

Se fijaron entonces en la casa que tenían más cerca. Silenciosa e inquietante, parecía desafiarlos a que se acercaran.

—No lo sé.

—Si no vive nadie, ¿qué pinta aquí todo esto?

—Sólo hay una manera de averiguarlo —dijo Will mientras se aproximaban con cautela a la casa. Era sencilla y elegante, construida en mampostería de piedra arenisca, de estilo casi georgiano. Se podían distinguir unas cortinas muy recargadas de bordados detrás de cada una de las dos ventanas de doce cuarterones que flanqueaban la puerta, que estaba pintada de verde intenso y tenía una aldaba y una campanilla con tirador, de bronce muy pulido.

—Ciento sesenta y siete —leyó Will con asombro, después de alumbrar los números que había encima de la aldaba.

—¿Qué lugar es éste? —murmuraba Chester para sí mientras Will distinguía un destello en la abertura de las cortinas. El destello titiló, como si procediera del fuego de una chimenea.

—¡Shhh! —dijo mientras se acercaba con sigilo y se agachaba bajo la ventana, antes de levantar lentamente la cabeza por encima del alféizar y atisbar con un ojo a través de la pequeña abertura. Se quedó en silencio, sobrecogido, con la boca abierta: en la chimenea ardía una hoguera. Encima de la chimenea, había una repisa sobre la que se veían varios adornos de cristal. Y a la luz de la lumbre, se podían distinguir unas sillas, un sofá, y paredes cubiertas de cuadros enmarcados de diversos tamaños.

175

—Vamos, ¿qué ves? —preguntó Chester, nervioso, sin dejar de mirar hacia atrás a la calle vacía, mientras Will aplastaba la cara contra el sucio cristal.

—¡No te lo vas a creer! —contestó, haciéndose a un lado para que su amigo lo viera por sí mismo. Impaciente, Chester pegó la nariz contra el cristal.

—¡Vaya! ¡Es una habitación normal y corriente! —dijo volviéndose hacia Will, y entonces comprobó que su amigo ya se había ido de su lado y se dirigía a la fachada de la casa. Se detuvo al llegar a la esquina del edificio.

—¡Eh, espérame! —susurró Chester, aterrorizado ante la posibilidad de quedarse atrás.

Entre aquel edificio y el siguiente había un pequeño callejón que llegaba hasta el muro. Will asomó la cabeza por la esquina y, en cuanto se aseguró de que no había nadie, hizo una seña a Chester para dirigirse a la siguiente casa.

—Ésta tiene el número ciento sesenta y seis —dijo Will al examinar la puerta de entrada, que era casi idéntica a la de la casa anterior. Se acercó de puntillas a la ventana, pero no consiguió ver nada, pues las oscuras cortinas se lo impedían.

—¿Qué hay ahí? —preguntó Chester.

Will se llevó un dedo a los labios y regresó hasta la altura de la puerta. Al observarla de cerca, una idea le pasó por la mente. Aguzó la vista. Intuyendo lo que iba a hacer, Chester se acercó para detenerlo, balbuceando:

—¡No, Will!

Pero era demasiado tarde. Casi sin tocarla, la puerta se abrió hacia dentro. Se miraron, y los dos empezaron a entrar, muy despacio, sintiendo al mismo tiempo punzadas de emoción y miedo.

El recibidor era espacioso y cálido, y apreciaron una mezcla de olores: de comida, de humo de la chimenea, de ser humano… Todo parecía dispuesto como en cualquier casa normal: de mitad del pasillo salía una escalera ancha con barras de bronce para sujetar la alfombra entre peldaño y peldaño.

Había un zócalo de madera encerada que llegaba hasta una barandilla, a partir de la cual la pared estaba recubierta de papel pintado de franjas verdes, unas claras y otras oscuras. Había retratos colgados de las paredes, con marcos de oro viejo, que representaban a personas de aspecto robusto con grandes hombros y la cara pálida. Chester estaba contemplando uno de ellos cuando le vino a la mente un horrible pensamiento:

—Son exactamente como los hombres que nos persiguieron —dijo—. ¡Genial!, estamos en una casa que pertenece a uno de esos locos, ¿no? ¡Estamos en una cochina ciudad de chiflados! —añadió al comprender todo el horror de la situación.

—¡Escucha! —susurró Will. Chester se quedó clavado en el sitio mientras orientaba el oído en dirección a la escalera, pero no oyó nada, sólo un silencio opresivo—. Creí que había oído… no… —Se acercó a la puerta que estaba a su izquierda, abierta, y asomó la cabeza con prudencia para mirar—. ¡Esto es alucinante! —No se resistió a entrar. Y por una vez, a Chester también lo dominó el deseo de averiguar más.

Un alegre fuego crepitaba en la chimenea. En las paredes había pequeños cuadros y siluetas con marco de oro. Uno de esos cuadros le llamó a Will la atención de manera especial: *Casa Martineau,* indicaba la inscripción de la parte inferior del marco. Era una pequeña pintura al óleo de un edificio señorial rodeado de prados suavemente ondulantes.

Junto a la chimenea había sillas tapizadas en tela de color rojo oscuro, con un brillo semejante al de la seda. En un rincón había una mesa de comedor, y en el otro un instrumento musical que Will reconoció como un clavicordio. Además de la luz de la chimenea, la sala estaba iluminada por dos esferas del tamaño de pelotas de tenis que colgaban del techo dentro de elaboradas jaulitas de oro de Pinchbeck.

Todo ello le recordó a Will aquella ocasión en que su padre lo había llevado a un museo a ver una exposición titulada «La vida de antaño». Mirando a su alrededor, le parecía que la sala en la que se encontraban no habría estado fuera de lugar en aquella exposición.

Chester se acercó con sigilo a la mesa de comedor, en la que había dos sencillas tazas de fina porcelana blanca puestas sobre su plato.

—Tienen algo dentro —comentó sorprendido—. ¡Parece té!

Dudando, tocó la porcelana de una de aquellas tazas y miró a Will aún más sorprendido.

—Todavía está caliente. ¿Qué pasa aquí? ¿Dónde están?

—No lo sé —contestó Will—. Esto es como… como… —Se miraron el uno al otro atónitos—. Si quieres que te diga la verdad, no tengo ni idea de qué es esto —admitió.

—Simplemente, salgamos de aquí —propuso Chester, y ambos se dirigieron a la puerta apresuradamente. Al salir de nuevo a la calle, Chester, que iba detrás, chocó contra Will, que se había parado en seco.

—¿Por qué corremos? —preguntó éste.

—Eh… bueno… —balbuceó Chester, turbado, haciendo esfuerzos por poner en palabras sus temores. Permanecieron indecisos un rato bajo el sublime resplandor de una de las farolas. Después, consternado, Chester se dio cuenta de que su amigo contemplaba con atención la curva que hacía la calle en la distancia.

—Vamos, Will. Sólo quiero volver a casa.

Chester tuvo un estremecimiento al volver a mirar hacia la casa, y en especial a las ventanas del piso superior, pues tenía la seguridad de que había alguien tras ellas.

—Este lugar me pone los pelos de punta.

—Todavía no regresemos —contestó Will sin tan siquiera mirar a su amigo—. Sigamos un poco por la calle. A ver adónde conduce. Después nos vamos. Te lo prometo, ¿vale? —dijo mientras empezaba a caminar con paso decidido.

Chester vaciló por un momento antes de optar por seguir a su amigo, contemplando con anhelo la puerta de metal por la que habían llegado. Pero soltando un gruñido de resignación siguió a Will. Muchas casas tenían luz en las ventanas, pero no parecía haber señal alguna de la presencia de sus moradores. Al llegar a la última casa de la hilera, allí donde la calle se curvaba a la izquierda, Will se detuvo un momento sopesando si sería mejor seguir o dejarlo por aquel día. De pura desesperación, Chester empezó a quejarse, clamando que era ya era suficiente y era la hora de volver. Y justo entonces oyeron tras ellos un ruido que comenzó como un crujir de hojas, pero aumentó rápidamente de intensidad hasta convertirse en una algarabía constituida por sonidos secos y disonantes.

—¿Qué demonios…? —gritó Will.

Una bandada de pájaros, del tamaño de gorriones, levantó el vuelo desde un tejado y se lanzó hacia ellos como proyectiles vivientes. Instintivamente, los dos chicos se agacharon, levantando los brazos para protegerse la cara mientras los pájaros, que eran de un color blanco inmaculado, daban vueltas a su alrededor con un movimiento sincronizado.

Will empezó a reírse.

—¡Pájaros! ¡No son más que pájaros! —dijo dando manotazos a la malévola bandada, pero sin llegar a golpear a ninguno.

Chester bajó los brazos y empezó a reírse también, algo nervioso, mientras los pájaros pasaban entre ellos como flechas. Entonces, tan rápido como habían aparecido, los pájaros ascendieron y desaparecieron por la curva del túnel. Will se enderezó y dio unos pasos en pos de ellos, tambaleándose, pero de repente se quedó inmóvil.

—¡Tiendas! —anunció asustado.

—¿Queeé? —respondió Chester.

No había duda: siguiendo la calle había una hilera de tiendas con los escaparates salientes. Sin decir nada, los dos se dirigieron hacia ellas.

—Esto no puede ser —murmuraba Chester mientras llegaban a la primera tienda, con escaparates de cristal soplado que curvaban la imagen de los artículos expuestos como lentes defectuosas.

—«Confecciones Jacobson» —leyó en el letrero de la tienda, antes de contemplar los rollos de tela expuestos en el fantasmagórico interior de luz verdusca.

—Una tienda de comestibles —anunció Will en cuanto reanudaron el paso.

—Y esto es una especie de ferretería —observó Chester.

Will levantó la vista hacia la bóveda de la caverna.

—¿Sabes qué? Calculo que debemos de estar más o menos debajo de High Street.

Siguieron andando mirando los escaparates, embebiéndose de la novedad de aquellas tiendas antiguas, llevados por una despreocupada curiosidad hasta que llegaron a un punto en que el túnel se dividía en tres. El del centro parecía descender hacia las profundidades con una fuerte pendiente.

—Bueno, ya está —dijo Chester con resolución—. Ahora nos volvemos. No estoy dispuesto a seguir. —De manera imperiosa, su instinto le pedía que dieran media vuelta.

—De acuerdo —aceptó Will—, pero…

Iba a bajar de la acera a la calzada pavimentada con adoquines, cuando oyeron un estrépito como de hierro golpeando contra piedra. A la velocidad del rayo, echando chispas las herraduras, resoplando fuerte y tirando de un siniestro coche negro, pasaron cuatro caballos blancos que lo obligaron a apartarse. Para cuando Will quiso reaccionar, sus pies perdieron contacto con la calzada, porque algo lo levantaba a él y a Chester en el aire agarrándolos del pescuezo.

Un hombre los sujetaba a ambos con sus manos nudosas, haciéndolos oscilar.

—¡Intrusos! —gritó el desconocido con voz áspera y feroz al subirlos hasta la altura de su rostro para examinarlos con cara de asco. Will intentó sacar la pala para golpearle con ella, pero el hombre se la arrancó. Llevaba un casco ridículamente pequeño y uniforme azul oscuro de un paño basto que raspaba. Junto a una fila de botones sin brillo, Will vio una estrella de cinco puntas de un material dorado anaranjado, prendida en la chaqueta. Su enorme y amenazante captor era evidentemente una especie de policía.

—¡Socorro! —intentó decirle Chester a su amigo, sin que la voz saliera para pronunciar sonido alguno, mientras el policía los zarandeaba asiéndolos como una grúa.

—¡Os estábamos esperando! —bramó el hombre.

—¿Qué? —preguntó Will sin comprender.

—Tu padre nos dijo que no tardarías en venir.

—¿Mi padre? ¿Dónde está mi padre? ¿Qué le han hecho? ¡Bájeme! —Will intentó desprenderse agitándose y tratando de alcanzarle con los pies.

—No te sirve de nada moverte así. —Lo levantó aún más alto y lo olió. Encogió la nariz con desagrado—. ¡Seres de la Superficie! ¡Qué asco!

Will le respondió con el mismo gesto:

—Usted tampoco huele bien.

El policía le dirigió una mirada de intenso desprecio. Luego levantó a Chester para olerlo también. Desesperado, el chico intentó darle un cabezazo. El hombre apartó la cara, pero no antes de que Chester, con un potente movimiento del brazo, le pegara en el casco, que se le cayó al suelo exponiendo su pálido cuero cabelludo, que estaba apenas cubierto por unos mechones de pelo blanco y ralo. El agente lo zarandeó por el cuello y luego, con un horrible gruñido, hizo chocar la cabeza de uno contra la del otro. Aunque los cascos les protegieron de cualquier daño, quedaron tan asustados con aquella ferocidad que abandonaron toda resistencia.

—¡Suficiente! —gritó el hombre, y los pasmados muchachos oyeron un coro de risas glaciales que venía de detrás del policía. Entonces vieron por primera vez a los otros hombres que los miraban con ojos pálidos y severos—. ¿Os creéis con derecho a bajar aquí y entrar en nuestras casas? —gruñó el agente mientras se los llevaba arrastrando hacia el camino del centro, el que descendía.

—¡A la cárcel con los dos! —bramó alguien detrás de ellos.

Sin muchas contemplaciones, el agente los arrastró por las calles, que se iban llenando de gente que salía a la puerta y de los callejones para observar embobados a la desgraciada pareja de forasteros. Avanzando a rastras y a trompicones, cada vez que perdían el paso el enorme policía los ponía en pie tirando salvajemente de ellos. Parecía que en parte estaba actuando para la galería, haciendo alarde de la manera como manejaba la situación.

Aterrorizados, Will y Chester miraban a su alrededor con desesperación, buscando una oportunidad para huir, o tal vez que alguien acudiera a salvarlos. Pero era fácil comprender que no tenían ninguna posibilidad. Se iban hundiendo más en las profundidades de la tierra, y no podían hacer nada para evitarlo.

Antes de que se dieran cuenta, doblaron una curva, y el túnel se abrió. Se quedaron mudos ante la vertiginosa confusión de puentes, acueductos y pasarelas que se entrecruzaban por encima de un entramado de calles y callejuelas adoquinadas, bordeadas de edificios.

Arrastrados por el policía a una velocidad imposible de seguir, la multitud se apiñaba para verlos, y sus rostros anchos revelaban curiosidad sin dejar de resultar imperturbables. Pero no todos los rostros eran como los de su captor o los de los hombres que los habían perseguido en Highfield, con la piel pálida y los ojos descoloridos. Si no hubiera sido por su anticuado atuendo, algunos habrían parecido completamente normales y podrían haber pasado desapercibidos en cualquier calle.

—¡Socorro, socorro! —gritaba Chester sin esperanza, volviendo a hacer esfuerzos para soltarse del policía. Pero Will casi no se daba cuenta. Le había llamado la atención un individuo alto y delgado que estaba situado junto a una farola, cuyo duro rostro surgía de un cuello blanco y un gabán largo y oscuro que reflejaba la luz como si fuera de piel curtida. Sobresalía de manera asombrosa entre la gente baja y rechoncha que tenía a su alrededor, y tenía los hombros curvados. Todo su ser emanaba maldad, y sus ojos oscuros no se apartaron de los de Will, que se estremeció de terror.

—Me parece que nos hemos metido en un problema de verdad, Chester —dijo incapaz de dejar de mirar al siniestro individuo, cuyos labios se retorcían en una sardónica sonrisa.

21

Subieron tropezando y resbalando por la estrecha escalinata que llevaba a la puerta de un edificio de una sola planta que estaba rodeado por otros de aspecto anodino que parecían fábricas u oficinas. Una vez dentro, el policía hizo que se pararan en seco y, haciéndoles girar, les arrebató las mochilas de la espalda y los empujó contra un banco de roble, cuya resbaladiza superficie presentaba muescas irregulares producto del deslizamiento, año tras año, de cuerpos de malhechores. Will y Chester ahogaron un grito cuando su espalda pegó contra la pared. Se quedaron sin respiración del golpe.

—¡No os mováis! —bramó el policía colocándose entre ellos y la entrada.

Alargando un poco el cuello, Will pudo ver que el agente salía por las puertas parcialmente acristaladas a la calle, donde se había congregado una multitud de personas. Se empujaban unos a otros intentando distinguir algo. Al ver a Will, algunos gritaban enfurecidos y agitaban el puño. Se echó para atrás a toda prisa y miró a Chester, pero éste, completamente aterrorizado, tenía la vista clavada en el suelo.

Will vio junto a la puerta un tablero de anuncios, en el que estaban pinchados un gran número de papeles con el borde negro. La mayor parte de las letras eran demasiado pequeñas para leerlas desde donde él estaba, y sólo pudo adivinar algunos encabezamientos escritos a mano y que contenían palabras como «Orden» o «Edicto», seguidas por un número.

Las paredes de la comisaría tenían un zócalo pintado de negro, por encima del cual eran de color hueso, con manchas de suciedad y con la pintura desprendida a trozos. El techo era de un amarillo nicotina bastante desagradable, con profundas grietas que corrían en todas direcciones, como el mapa de carreteras de un país desconocido. En una pared había un cuadro de un edificio de aspecto severo, con rendijas por ventanas y enormes barrotes en la entrada principal. Will sólo pudo distinguir las palabras «Prisión de Newgate», que estaban escritas debajo.

En la habitación había un largo mostrador, sobre el que el policía había dejado las mochilas de los dos chicos y la pala de Will, y tras el cual había una especie de oficina, con tres mesas rodeadas por un bosque de estrechos armarios archivadores. Aquella oficina principal daba a otras más pequeñas, desde una de las cuales llegaba el rápido traqueteo de lo que podía ser una máquina de escribir.

Justo en el momento en que Will estaba observando el rincón más alejado de la sala, en el que había una gran profusión de tubos de bronce que ascendían por las paredes como los vástagos de una antigua vid, se oyó un silbido que terminó en un fuerte golpe. El ruido resultó tan inesperado que Chester se incorporó, sacado de su letárgica pesadumbre, y abrió los ojos como un conejillo asustado.

Otro agente salió de una sala lateral y se dirigió hacia los tubos de bronce. Una vez allí, observó la información que le transmitía un panel lleno de esferas de aspecto antiguo, del que salían unos alambres en espiral que iban hasta una caja de madera. A continuación abrió la trampilla de uno de los tubos y sacó un cilindro en forma de bala del tamaño de un rodillo de amasar. Desenroscando la tapa que tenía en un extremo, extrajo un rollo de papel que crujió cuando él lo alisó para leerlo.

—¡Styx de camino! —dijo con voz brusca, yendo hacia el mostrador con paso decidido y abriendo un libro grande de registros, sin mirar ni por un instante a los chicos. También él llevaba prendida en la chaqueta una estrella de cinco puntas de color oro anaranjado. Aunque se parecía mucho al otro agente, era más joven y su cabeza estaba cubierta de pelo blanco cortado a lo militar.

—Chester —susurró Will. Como su amigo no reaccionó, se estiró para zarandearlo ligeramente. De pronto, recibió un golpe de porra en los nudillos.

—¡Absténgase! —bramó el policía que estaba junto a ellos.

—¡Ay! —Will se levantó del banco de un salto, apretando los puños—. ¡Gordo…! —gritó, temblando de rabia, pero intentando contenerse.

Chester alargó la mano y lo sujetó por el brazo.

—¡Will, estate quieto!

Furioso, él se sacudió la mano de Chester y miró fijamente a los fríos ojos del policía.

—¡Quiero saber por qué se nos retiene! —exigió.

Durante un angustioso momento pensaron que el agente iba a estallar, porque su rostro había adquirido un color rojo amoratado. Pero empezó reírse con una risa que se fue haciendo más y más chirriante, al tiempo que agitaba los hombros. Will miró de soslayo a Chester, que observaba asustado al policía.

—¡Basta! —La voz del agente que estaba tras el mostrador restalló como un látigo al tiempo que levantaba la vista del libro de registros. Miró al policía que se estaba riendo, y se le congeló la risa.

—¡Tú! —dijo el agente, fulminando a Will con la mirada—, ¡siéntate! —Su voz estaba imbuida de tal autoridad que, sin dudar un segundo, Will volvió a sentarse junto a Chester—. Yo… —prosiguió el hombre sacando pecho—, yo soy el primer agente. Ya conocéis al segundo agente. —Señaló con la cabeza al policía que estaba entre ellos. Después bajó la vista al rollo de papel que había llegado por el tubo—. Aquí se os acusa de entrada ilegal en el Barrio, conculcando el artículo doce, punto dos, de la Ley —leyó con voz monocorde.

—Pero... —protestó Will con voz mansa.

El primer agente lo ignoró y siguió leyendo:

—Además, habéis entrado sin permiso en una propiedad con la intención de robar, acto contrario al artículo seis, punto seis —añadió en el mismo tono inexpresivo—. ¿Entendéis los cargos? —preguntó.

Will y Chester se miraron confusos, y Will estaba a punto de responder cuando el primer agente le cortó:

—Pero ¿qué tenemos aquí? —dijo abriendo las mochilas y vaciando su contenido sobre el mostrador. Cogió los bocadillos envueltos en papel de plata que había preparado Will y, sin molestarse en abrirlos, se limitó a olfatearlos—. ¡Ah, cerdo! —comentó con un destello de sonrisa. Y por la manera en que se relamió y lo dejó a un lado, Will supo que no volvería a ver sus bocadillos.

Luego el primer agente centró su atención en los demás artículos, examinándolos metódicamente. Se entretuvo con la brújula, pero le impresionó más la navaja suiza, de la que fue sacando elemento por elemento, y accionó las tijeritas con sus gruesos dedos antes de dejarla. Con una mano hizo rodar sobre el mostrador uno de los ovillos de cuerda, mientras con la otra desplegaba el viejo mapa geológico que había sacado de la mochila de Will, dándole un somero vistazo. Finalmente, se inclinó sobre el mapa y lo olió, arrugando la cara en un gesto de desagrado, antes de pasar a la cámara de fotos.

—¡Mmm! —murmuró pensativo, sosteniéndola con sus dedos, gruesos como plátanos, para estudiarla desde distintos ángulos.

—Es mía —dijo Will.

El primer agente lo ignoró por completo y, depositando la cámara en el mostrador, cogió una pluma y la mojó en un tintero. Con la pluma sobre una página del libro de registros, se aclaró la garganta.

—¡Nombre! —gritó mirando a Chester.

—Eh… Chester… Chester Rawls —tartamudeó el muchacho.

El primer agente escribió en el libro. El único sonido de la sala era el rasgueo de la pluma sobre el papel, y Will se sintió de pronto completamente indefenso, con la sensación de que el registro en el libro estaba poniendo en funcionamiento en aquel preciso instante un proceso irreversible cuyos mecanismos estaban por encima de su entendimiento.

—¿Y tú? —le preguntó a Will bruscamente.

—Él me dijo que mi padre estaba aquí —replicó Will con valentía, apuntando con el dedo hacia el segundo agente—. ¿Dónde está? ¡Quiero verlo ahora!

El primer agente miró a su colega y después de nuevo a Will:

—No vas a ver a nadie si no haces lo que se te manda. —Volvió a mirar al segundo agente haciendo un gesto de disgusto. El subordinado apartó la mirada y se movió inquieto—. ¡Nombre!

—Will Burrows —respondió el chico lentamente.

El primer agente cogió el rollo de papel y volvió a consultarlo.

—Ése no es el nombre que tengo aquí —dijo, moviendo la cabeza hacia los lados y mirando luego fijamente a los ojos de acero de Will.

—Eso me da igual. Conozco mi nombre.

Durante el silencio ensordecedor que siguió, el primer agente continuó mirando a Will. Después cerró el libro de un sonoro golpe que levantó una nube de polvo del mostrador.

—¡Llevadlos al calabozo! —bramó enfurecido.

Los hicieron ponerse en pie, y al pasar por una gran puerta de roble que estaba al final del área de recepción, oyeron otro silbido prolongado terminado en un golpe seco como el de antes, que anunciaba la llegada de otro mensaje por el sistema de tubos.

El pasillo que llevaba al calabozo tenía unos diez metros de largo y estaba pobremente iluminado por una sola esfera situada al final, bajo la cual había un pequeño escritorio de madera y una silla. En el lado derecho había una pared sin puertas ni ventanas, pero en el izquierdo cuatro puertas de hierro mate interrumpían el muro de sólido ladrillo. A los dos chicos los empujaron hasta la última puerta, que tenía marcado un cuatro en números romanos.

El segundo agente abrió la cerradura con sus llaves, y la puerta giró sin hacer ruido en sus goznes bien engrasados. Se hizo a un lado para dejarles pasar. Dirigiéndoles una mirada, señaló la celda con la cabeza, y como ellos vacilaban en el umbral, perdió la paciencia, los empujó con sus enormes manos, y cerró de un portazo.

En el interior de la celda, el sonido metálico de la puerta retumbó en los muros de manera asfixiante, y sintieron una increíble angustia al oír la llave girando en la cerradura.

Palparon las paredes para hacerse una idea de cómo era la celda húmeda y oscura en que los habían metido. Chester volcó un cubo que hizo ruido al caer. Descubrieron que la celda tenía un metro de ancho. Adosado a la pared opuesta a la de la puerta, había un poyo cubierto con una plancha de plomo. Se sentaron en él sin decirse una palabra. Palparon la superficie, que era fría y húmeda, mientras los ojos se iban acostumbrando a la única luz que había en el calabozo, el leve resplandor que entraba por una ventanilla de observación que había en la puerta.

Finalmente, Chester rompió el silencio después de olfatear de forma muy audible:

—Por Dios, ¿qué olor es ése?

—No estoy seguro —respondió Will, husmeando a su vez—. ¿Sudor? ¿Vómitos? —Volvió a olfatear y pronunció, como un entendido—: Ácido fénico y… —Una vez más, trató de identificar el olor, y añadió—: ¿No es azufre?

—¿Eh? —murmuró su amigo.

—¡No, repollo! ¡Repollo hervido!

—Me da igual lo que sea: es vomitivo —dijo Chester haciendo una mueca—. Este lugar es asqueroso. —Se volvió hacia su amigo en la oscuridad—. ¿Cómo vamos a salir de aquí, Will?

Éste subió los pies al borde del poyo y descansó la barbilla en las rodillas. Después se rascó la pantorrilla, pero no dijo nada. Estaba furioso consigo mismo y no quería que su amigo se diera cuenta de lo que sentía. Seguramente Chester, con su prudencia y sus continuas advertencias, había tenido razón todo el tiempo. En la oscuridad, apretó los dientes y los puños. «¡Imbécil, imbécil, imbécil!», se reprochó. Habían actuado como un par de inexpertos. Se había dejado llevar por sus impulsos todo el tiempo. Y ahora, ¿cómo iba a encontrar a su padre?

—Tengo una sensación espantosa —continuó Chester con desolación, con la mirada clavada en el suelo—. La sensación de que no vamos a volver a casa nunca.

—Mira, Chester, no te pongas así. Encontramos la manera de entrar y encontraremos la manera de salir —dijo aparentando confianza en un esfuerzo por animar a su amigo, aunque en el fondo se sentía muy pesimista sobre la situación en que se hallaban.

Ninguno de los dos mostró muchas ganas de hablar. A partir de entonces, en la celda sólo se escuchó una continua vibración que llegaba de fuera, y el caminar errático de insectos a los que no podían ver.

Will se despertó dando un respingo, como si le faltara el aire. Se sorprendió al constatar que había conseguido dormitar medio sentado sobre la superficie de plomo del poyo. ¿Cuánto tiempo habría dormido? Forzando la vista, escudriñó en la oscuridad casi total. Chester estaba de pie, apoyado contra el muro, mirando con ojos desorbitados la puerta del calabozo. El miedo que le embargaba casi se palpaba. De manera automática siguió la mirada de su amigo hacia la ventanilla de observación. En ella se recortaba la cara de expresión maliciosa del segundo agente, pero debido a su voluminosa cabeza, sólo resultaban visibles los ojos y la nariz.

Oyó el tintineo de las llaves al penetrar en la cerradura, notó que el policía entrecerraba los ojos para aguzar la vista, y a continuación vio abrirse la puerta y aparecer la silueta del agente, como una monstruosa imagen de cómic.

—¡Tú! —le gritó a Will—, ¡sal!

—¿Por qué? ¿Para qué?

—¡Vamos! —bramó el hombre.

—¿Will? —preguntó Chester con inquietud.

—No te preocupes, todo irá bien —dijo con voz débil al tiempo que se levantaba con las piernas entumecidas por la humedad. Las estiró mientras salía con dificultad del calabozo al pasillo. A continuación, sin que se lo pidieran, se dirigió a la puerta que daba a la sala de recepción.

—¡Quieto! —gritó el segundo agente mientras volvía a cerrar la puerta.

Después, agarrando a Will por el brazo con tal fuerza que le hacía daño, lo sacó de la zona de calabozos y lo llevó por una sucesión de sórdidos pasillos en cuyas paredes encaladas y desnudos suelos de piedra retumbaban sus pisadas. Al final doblaron una esquina y se encontraron con una escalera que llevaba a un corredor sin salida. Olía a humedad y a moho, como un sótano abandonado.

Una luz brillante salía de una puerta abierta en mitad del pasillo. Conforme se acercaban a esa puerta Will se sentía más aterrorizado. Por supuesto, su escolta le dio un empujón para hacerlo entrar en la sala resplandeciente, y después le hizo detenerse de golpe. Deslumbrado por la intensidad de la luz, el chico cerró los ojos casi del todo para tratar de distinguir algo de lo que había a su alrededor.

La sala estaba vacía salvo por una extraña silla y una mesa de metal, detrás de la cual había dos personas altas y delgadas de pie, con el cuerpo inclinado una hacia la otra de modo que casi se tocaban las cabezas. Hablaban en susurros apresurados y cómplices. Will se esforzó por entender lo que decían, pero no podía reconocer la lengua en la que hablaban, salpicada por una inquietante serie de sonidos agudos y chirriantes. Por mucho que lo intentó, no consiguió entender ni una sola palabra.

Así pues, con el brazo firmemente sujetado por el agente, aguardó de pie, con el estómago hecho un nudo a causa de los nervios, mientras se acostumbraba a la luz. De vez en cuando, los dos hombres altos lo miraban fugazmente, pero Will no se atrevió a decir una palabra en presencia de aquella nueva y siniestra autoridad.

Iban vestidos iguales, con cuellos inmaculadamente blancos y tan amplios que les cubrían los hombros del rígido y largo gabán de cuero que crujía al menor movimiento que hacían. El color de leche de sus rostros descarnados sólo conseguía destacar los ojos negro azabache. El pelo, afeitado por encima de las sienes, era negro brillante, y el contraste con el cuero cabelludo era tan grande que daba la impresión de que iban tocados con solideos.

De pronto dejaron lo que estaban haciendo y se volvieron hacia Will.

—Estos caballeros son styx —le dijo el segundo agente—. Tienes que responder a todo lo que te pregunten.

—La silla —indicó el styx de la derecha, mirando a Will fijamente con sus ojos negros. Con una mano de dedos muy largos, apuntaba a la extraña silla situada entre la mesa y Will. Dominado por un sentimiento de aprensión, el chico no protestó cuando el agente le hizo sentarse. Desde el respaldo de la silla se elevaba una barra de metal ajustable. En la parte superior tenía una abrazadera acolchada que servía para sujetar firmemente la cabeza del ocupante. El agente ajustó la altura de la barra y después apretó la abrazadera contra las sienes de Will. Éste intentó volver la cabeza para mirar al agente, pero la abrazadera no se lo permitía. Mientras el policía seguía asegurándolo a la silla, Will comprendió que no tenía más remedio que mirar directamente a los styx, que estaban colocados tras la mesa como curas avarientos.

El agente se inclinó. Con el rabillo del ojo, Will lo vio sacar algo de debajo de la silla. A continuación oyó el sonido de unas viejas correas de cuero y de unas grandes hebillas: le estaban atando cada muñeca al muslo correspondiente.

—¿Por qué me atan? —se atrevió a preguntar Will.

—Para protegerte —dijo el agente mientras, agachándose, procedía a pasar más correas en torno a sus piernas, justo por debajo de las rodillas, asegurándolas a las patas de la silla. Después aseguró de manera similar los dos tobillos, apretando tanto que le dolían y le obligaban a retorcerse de incomodidad. Se dio cuenta de que eso agradaba a los styx. A continuación utilizó una correa de unos diez centímetros de ancho para sujetarle los brazos y el pecho al respaldo de la silla. Finalmente, el agente se levantó y esperó hasta que uno de los styx le hizo un gesto afirmativo con la cabeza, y dejó la sala cerrando la puerta detrás de sí.

A solas con ellos, aterrorizado como un animal al que los faros del coche impiden reaccionar, Will observó en silencio cómo uno de los styx sacaba una lámpara de aspecto extraño y la ponía en el centro de la mesa, enfocada hacia él. Tenía una base gruesa y un brazo corto y curvo coronado con una pantalla cónica muy abierta. En su centro había algo que se parecía a una bombilla de color morado oscuro. A Will le recordó una vieja lámpara de rayos ultravioleta que había visto en el museo de su padre. Junto a ella había una pequeña caja negra con discos e interruptores, y enchufaron en ella la lámpara por medio de un retorcido cable marrón. El pálido dedo del styx pulsó uno de los interruptores y la caja empezó a emitir un suave zumbido, que parecía una canción que la caja se cantaba a sí misma.

Un styx se separó de la mesa unos pasos mientras el otro seguía inclinado sobre la lámpara, manipulando los controles que tenía tras la pantalla. Haciendo un sonoro *clic*, la bombilla adquirió por un instante una tonalidad oscura de color naranja antes de volver a apagarse.

—¿Me van a hacer una foto? —preguntó Will en un mediocre intento de recurrir al humor, tratando de dominar la voz para que no se le notara el miedo. Sin prestarle ninguna atención, el styx hizo girar uno de los discos de la caja negra, como si quisiera sintonizar una emisora de radio.

Will sintió miedo al darse cuenta de que en las cuencas oculares empezaba a notar una desagradable presión que iba en aumento. Para aliviar la extraña tensión de las sienes, abrió la boca como si bostezara en silencio. La sala empezó a oscurecerse, como si el aparato se tragara toda la luz. Creyendo que se volvía ciego, Will parpadeó varias veces y abrió los ojos cuanto pudo.

Podía distinguir tan sólo, con enorme dificultad, las siluetas de los dos styx recortadas por la escasa luz que reflejaba la pared que tenían a su espalda.

Cobró conciencia de un incesante sonido como de palpitaciones, pero no sabía de dónde provenía. A medida que ganaban intensidad las palpitaciones, empezaba a sentir en la cabeza algo realmente extraño, como si vibraran dentro de ella cada nervio y cada hueso: era como tener un avión volando justo por encima. Aquella resonancia parecía originada por una bola de mil puntas en el centro del cerebro. Entonces comenzó a sentir verdadero pánico, pero al no poder mover un músculo, tampoco podía hacer nada para resistirse.

Conforme el styx manejaba los discos, la bola parecía desplazarse, descendiendo poco a poco por su cuerpo hacia el pecho y luego rodeando el corazón, suprimiéndole la respiración y haciéndole toser sin querer. Después se fue moviendo dentro y fuera de su cuerpo, deteniéndose en ocasiones a corta distancia. Era como si algo vivo entrara dentro de él en busca de alguna cosa. Volvió a desplazarse, y flotó medio dentro, medio fuera de su cuerpo, en las inmediaciones de la nuca.

—¿Qué ocurre? —preguntó Will, intentando conservar algo de valor, pero no hubo ninguna respuesta por parte de aquellas figuras cada vez más oscurecidas—. No me dan miedo con todo esto, ¿saben?

Siguieron en silencio. Él cerró los ojos por un segundo, pero cuando volvió a abrirlos, se dio cuenta de que ni siquiera podía distinguir las siluetas de los styx, que estaban ya inmersos en una total oscuridad. Forcejeó con sus ataduras.

—¿Te molesta la falta de luz? —preguntó el styx a la izquierda de él.

—No, ¿por qué me iba a molestar?

—¿Cómo te llamas? —Las palabras se clavaron en la cabeza de Will como un cuchillo surgido en la oscuridad.

—Ya lo he dicho: Will. Will Burrows.

—¡Tu verdadero nombre! —Will hizo un gesto de dolor causado por la voz del styx. Era como si cada palabra descargara en sus sienes una sacudida eléctrica.

—No sé lo que quiere decir —respondió apretando los dientes.

La bola de energía empezó a bordear el cráneo. El zumbido se hacía más intenso y las palpitaciones lo envolvían en una atmósfera tensa.

—¿Estás con el hombre llamado Burrows?

La cabeza le daba vueltas, y las ondas de dolor le sacudían todo el cuerpo. Sus pies y manos eran atravesados por agujas. Aquella horrible sensación fue envolviendo poco a poco todo su cuerpo.

—¡Es mi padre! —gritó.

—¿Con qué propósito has venido aquí? —La voz se aproximaba.

—¿Qué le han hecho? —preguntó Will con voz entrecortada por la emoción, tragándose el flujo de saliva que le afloraba a la boca. Pensó que se iba a marear de un momento a otro.

—¿Dónde está tu madre? —En aquel momento la voz, contenida pero firme, parecía surgir de la bola que tenía dentro de la cabeza. Era como si los dos styx hubieran penetrado en su cráneo y buscaran febrilmente en su mente, como atracadores que revuelven por los cajones para encontrar algo de valor.

—¿Cuál es tu propósito? —repitieron.

Will intentó otra vez forcejear con sus ataduras, pero comprendió que su cuerpo ya no le obedecía. De hecho, era como si hubiera quedado reducido a una cabeza que flotaba perdida en un velo de oscuridad, y ya ni siquiera sabía dónde estaba el techo y dónde el suelo.

—¿Nombre? ¿Propósito? —Las preguntas regresaban más apremiantes y frecuentes mientras Will sentía que la escasa energía que le quedaba lo iba abandonando. Después aquella voz incesante se hizo más débil, como si él se alejara de ella. Le gritaban las palabras desde una gran distancia, pero cada una de esas palabras, cuando finalmente llegaba hasta él, despedía pequeñas chispas de luz en los bordes de su campo de visión, que flotaban y vibraban hasta que la oscuridad que lo rodeaba se convirtió en un hervidero de puntos blancos, tan brillantes e intensos que le hacían daño en los ojos. Ásperos susurros pasaban por encima de él, sin cesar. La sala giraba y se hundía. De nuevo sintió náuseas, y la cabeza le estallaba. Todo era blanco, nada más que blanco: un blanco cegador que se le metía dentro del cráneo para reventárselo.

—Me mareo. Por favor… Voy a… Creo que voy a perder el… Por favor…

Y la luz del blanco espacio entró quemándolo por dentro. Sintió que se volvía más y más pequeño, hasta que fue sólo una mota en el enorme vacío de blancura. Después la luz empezó a apagarse y la sensación de fuego fue aflojando hasta que todo se quedó a oscuras y en silencio, como si el universo entero se hubiera extinguido.

Cuando volvió en sí, el segundo agente lo llevaba bajo el brazo y estaba dando vuelta a la llave del calabozo. Se sentía débil y temblaba. Tenía la pechera llena de vómitos, y la boca seca, con un sabor agrio y metálico que le producía arcadas. Sentía punzadas de dolor en la cabeza, y al intentar levantar los ojos, se dio cuenta de que su campo de visión se había reducido. No podía dejar de gemir mientras se abría la puerta.

—Ya no estás tan gallito, ¿eh? —dijo el agente soltándole el brazo. Intentó caminar, pero las piernas no lo sostenían—. ¡Cómo cambias después de conocer por primera vez la Luz Oscura! —dijo con desprecio.

Tras dar un par de pasos, las piernas le fallaron y cayó de rodillas al suelo. Chester se acercó presuroso, horrorizado por el estado en el que se hallaba su amigo.

—¡Will!, ¡Will!, ¿qué te han hecho? —Muy nervioso, le ayudó a sentarse en el poyo—. Has tardado horas.

—Sólo es cansancio… —logró murmurar él, y se desplomó sobre el poyo haciéndose un ovillo, y agradeciendo la sensación de frescor en su cabeza dolorida del revestimiento de plomo. Cerró los ojos. Sólo quería dormir, pero aún estaba mareado y seguía sintiendo náuseas.

—¡Tú! —gritó el agente. Chester se puso en pie de un salto y se volvió hacia el hombre, que le hacía señas con su grueso índice—. Tu turno.

Chester miró a Will, que yacía inconsciente.

—¡No…!

—¡Ahora mismo! —ordenó el agente—. Que no te lo tenga que repetir.

A regañadientes, el chico salió al pasillo. Tras cerrar la puerta, el policía lo agarró del brazo y se lo llevó.

—¿Qué quiere decir «Luz Oscura»? —dijo Chester, con mirada asustada.

—Nada más que unas preguntitas —sonrió el agente—. No tienes de qué preocuparte.

—Pero yo no tengo nada que responder…

A Will lo despertó el sonido de una trampilla que abrían en la base de la puerta.

—La comida —anunció con frialdad una voz.

Se moría de hambre. Se incorporó apoyándose en un brazo, con el cuerpo débil y tan dolorido como si hubiera cogido la gripe. Al intentar moverlos, cada hueso y cada músculo se resentían.

—¡Dios mío! —gimió al acordarse repentinamente de Chester. Con la trampilla de la comida abierta, había en el calabozo más luz de la usual, y al mirar a su alrededor descubrió en el suelo, a los pies del poyo, a su amigo, que yacía en posición fetal. Su respiración era débil, y su rostro estaba pálido y febril.

Will se puso en pie tambaleándose, y con dificultad cogió las bandejas y las dejó sobre el poyo. Inspeccionó brevemente el contenido. Había dos cuencos con algo dentro, y dos tazas de lata abolladas que contenían un líquido. Ninguna de las cosas tenía aspecto apetitoso, pero al menos estaban calientes y no olían del todo mal.

—¿Chester? —preguntó inclinándose sobre su amigo. Se sintió culpable: él, y sólo él, era responsable de todo lo que les estaba sucediendo. Movió a Chester por el hombro con suavidad—. ¡Eh!, ¿estás bien?

—¿Qué… qué…? —gimió su amigo intentando levantar la cabeza. Will vio que tenía sangre, que le había corrido por la mejilla, y ya estaba seca.

—La comida, Chester. Vamos, te sentirás mejor cuando hayas comido algo.

Le ayudó a sentarse, haciendo que apoyara la espalda en la pared. Se mojó la manga en el líquido de una de las tazas, y empezó a limpiar con ella la sangre de su cara.

—¡Déjame en paz! —lo rechazó Chester con debilidad, intentando apartarlo.

—Ya veo que estás mejor. Vamos, come algo —dijo Will, entregándole uno de los cuencos, pero el chico lo apartó inmediatamente.

—No tengo hambre. Me siento fatal.

—Por lo menos bebe un poco de esto. Creo que debe de ser algún tipo de infusión. —Le pasó la bebida a Chester, que cogió la taza caliente con las dos manos—. ¿Qué te preguntaron? —murmuró Will con la boca llena de papilla gris.

—De todo. Nombre, dirección, tu nombre… todas esas cosas. De la mayor parte no me acuerdo. Creo que me desmayé… Creí de verdad que me iba a morir —dijo con voz apagada y la mirada perdida.

Will se rió. Por extraño que pueda parecer, su propio sufrimiento se aliviaba un poco al oír las quejas de su amigo.

—¿Qué es lo que te hace tanta gracia? —preguntó Chester, ofendido—. Yo no encuentro la diversión por ningún lado.

—No —respondió Will sonriendo—. Lo sé. Perdona. Prueba un poco de esto. Está realmente bueno.

Chester se estremeció de disgusto ante aquella masa gris. Sin embargo, cogió la cuchara y la metió en el cuenco, receloso al principio. Entonces lo olió.

—No huele del todo mal —dijo intentando convencerse a sí mismo.

—Intenta tragar un poco, venga —dijo Will, volviendo a llenarse la boca. Sentía que recuperaba las fuerzas con cada bocado—. Yo no dejo de pensar que les dije algo de mi madre y de Rebecca, pero no sé si lo soñé. —Tragó, y a continuación se quedó callado varios segundos, masticando mientras algo empezaba a reconcomerlo—. Sólo espero no haberlas metido en problemas a ellas también. —Tomó otro bocado y, sin dejar de masticar, continuó hablando mientras recordaba otra cosa—. Y el diario de mi padre… No dejo de ver en mi mente, más claro que ninguna otra cosa, los largos dedos blancos de esos tipos abriéndolo y pasando las hojas una a una. Pero es imposible que eso haya ocurrido, ¿no? Se me mezcla todo. ¿Y tú, qué me cuentas?

Chester se desplazó un poco.

—No lo sé. Puede que haya mencionado el sótano de tu casa... y a tu familia... A tu madre... a Rebecca... Sí, puede que les haya hablado de todo eso, pero, Dios mío, no lo sé realmente... Es todo demasiado confuso. No distingo lo que dije de lo que pensé. —Dejó la taza y se cogió la cabeza con las manos, mientras Will se inclinaba hacia atrás, mirando el techo.

—Me pregunto qué hora será —dijo suspirando— allá arriba.

Durante lo que debió de ser la semana siguiente, hubo más interrogatorios de los styx, y la Luz Oscura les produjo los mismos espantosos efectos secundarios: agotamiento, ofuscada incertidumbre sobre lo que habían dicho o no a sus torturadores, y un espantoso mareo.

Pero llegó el día en el que los dejaron en paz. Aunque no podían tener la certeza, estaban convencidos de que los styx ya debían de haberles sacado todo lo que querían, y concibieron la esperanza de que aquellas horribles sesiones hubieran acabado para siempre.

Fueron transcurriendo las horas, los dos muchachos dormían de manera irregular, las comidas llegaban cada tanto, y ellos pasaban el tiempo caminando por el calabozo cuando se sentían lo bastante fuertes, descansando en el poyo, e incluso, ocasionalmente, acercándose a la puerta a gritar, sin que sirviera de nada. Con aquella penumbra constante, que era igual a todas horas, perdían toda sensación del transcurso del tiempo, de la sucesión de días y noches.

Fuera del calabozo se desarrollaban sinuosos procesos: sin que ellos lo supieran, investigaciones, encuentros, charlas y discusiones, todo en el chirriante lenguaje secreto de los styx. Estaban decidiendo su suerte.

Ignorantes de ello, los chicos hacían todo lo que podían por mantener alta la moral. En susurros, hablaban largo y tendido sobre cómo podrían escapar, sobre si Rebecca conseguiría al final atar los cabos de su desaparición y conduciría a la policía al túnel del sótano. ¡Cómo se arrepentían de no haber dejado siquiera una nota! O tal vez los salvara su padre. ¿Sería posible que los sacara de allí?

¿En qué día de la semana se encontraban? Pero había otra cosa más importante: como no se habían lavado en aquel tiempo, la ropa que llevaban tenía que oler a rayos, y si era así, ¿por qué no lo notaban?

Mantenían un debate particularmente animado en torno a quiénes serían aquellas personas y de dónde habrían llegado, cuando la trampilla de la ventana de observación se abrió y asomó por ella la cara del segundo agente. En el acto callaron mientras abría la puerta y aparecía, en el resplandor del pasillo, aquella figura ya familiar pero nefasta. ¿A quién de los dos le tocaría aquella vez?

—¡Visitas!

Se miraron uno al otro sin creérselo.

—¿Visitas? ¿Tenemos visitas? —preguntó Chester.

El agente negó con su enorme cabeza, y miró a Will.

—Tú.

—¿Y Ches…?

—Tú, vamos. ¡Ahora mismo! —gritó el agente.

—No te preocupes, Chester, no me marcharé sin ti —le dijo a su amigo con seguridad, mientras éste se sentaba con una sonrisa apenada y asentía con la cabeza.

Will se levantó del poyo y salió del calabozo arrastrando los pies. Chester se quedó mirando cómo se cerraba la puerta. Al volver a encontrarse solo, se miró las manos, llenas de asperezas y suciedad incrustada, y sintió la añoranza del hogar, con todas sus comodidades. Sintió la punzada cada vez más intensa de la frustración y la desesperanza, y se le llenaron los ojos de lágrimas amargas. No, no lloraría, no les daría esa satisfacción. Ya se las apañaría Will para encontrar una solución, y cuando lo hiciera lo hallaría dispuesto.

—¡Vamos, idiota! —se recriminó a sí mismo en voz baja, secándose las lágrimas con la manga de la camisa—. ¡Agáchate y haz veinte! —dijo imitando la voz del entrenador de fútbol mientras se tendía boca abajo y empezaba a hacer veinte flexiones, contando mientras las hacía.

A Will lo hicieron pasar a una sala de paredes encaladas, suelo pulido y varias sillas colocadas en torno a una mesa grande de roble. Había dos personas sentadas detrás de la mesa, aunque no las podía ver bien porque, debido a la oscuridad del calabozo, su vista aún no se había adaptado a la luz. Se frotó los ojos y miró al frente. Tenía la camisa sucia y, lo peor de todo, salpicada de vómitos viejos y resecos. Intentó arrancar la costra de vómito con la mano antes de que le llamara la atención una curiosa trampilla o ventana que había en la pared de la izquierda. La superficie del cristal, si es que era cristal, era de un peculiar tono negro azulado. Y aquella superficie mate y manchada no parecía reflejar ninguna luz de las esferas que había en la sala.

Por alguna razón, no lograba apartar los ojos de ese sitio de la pared. De repente le pareció reconocer algo. Lo invadió una sensación nueva y al mismo tiempo conocida: la impresión de que ellos se encontraban detrás, de que estaban espiando. Y cuanto más miraba a la ventana, más parecía su oscuridad apoderarse de él, exactamente igual que ocurría con la Luz Oscura.

Sintió un repentino espasmo en la cabeza. Se tambaleó hacia delante como si estuviera a punto de desmayarse, y tanteó con la mano izquierda hasta encontrar el respaldo de la silla. Al percatarse, el agente lo agarró por el otro brazo y le ayudó a sentarse de cara a los dos desconocidos.

Will respiró hondo varias veces y se le pasó el mareo. Levantó la vista al oír toser a alguien. Frente a él estaba sentado un hombre grande, y a su lado, un poco más atrás, un jovencito. El hombre era como los otros que había visto. De hecho, se parecía al segundo agente, salvo que iba vestido de civil. Miró a Will fijamente con un desprecio apenas disimulado. Pero él se encontraba demasiado mal para que eso le preocupara, y le devolvió una mirada aturdida.

Después, cuando el más joven se acercó más a la mesa arrastrando la silla, Will se fijó en él. Le miraba con asombro. Tenía una expresión franca y amable, y le pareció que era el primer rostro afable que veía desde que lo habían arrestado. Will calculó que el joven debía de tener un par de años menos que él. Tenía el pelo casi blanco, muy corto, y unos ojos de color azul claro llenos de picardía. Al verlo curvar la boca en una sonrisa, pensó que le resultaba vagamente familiar. Trató desesperadamente de acordarse dónde podía haberlo visto, pero seguía demasiado aturdido para pensar. Aguzó la vista y volvió a intentar recordar de qué le sonaba su cara, pero no lo logró. Era como si estuviera inmerso en una piscina de agua oscura e intentara encontrar algo sin ver, sólo con las manos. La cabeza le daba vueltas, cerró los ojos, y los mantuvo cerrados. Oyó que el hombre carraspeaba.

—Soy el señor Jerome —dijo en un tono plano y mecánico. En su voz se apreciaba con claridad que se sentía disgustado y muy contrariado en aquella situación—: Éste es mi hijo…

—Cal —dijo el muchacho.

—Caleb —se apresuró a corregir el padre.

Hubo un silencio largo e incómodo, pero Will no abrió los ojos. Se sentía protegido y seguro con ellos cerrados. La situación le resultaba extrañamente reconfortante.

Jerome miró irritado al segundo agente.

—Esto es inútil —gruñó—. Es una pérdida de tiempo.

El policía se inclinó hacia delante y sacudió a Will por el hombro.

—Siéntate bien y compórtate con tu familia. Muestra respeto.

Will abrió los ojos de repente. Se dio la vuelta en la silla para mirar al agente con sorpresa.

—¿Qué?

—He dicho que te comportes —dijo dirigiéndole a Jerome un gesto afirmativo— con tu familia; sí, señor.

Will se volvió a girar, esta vez para mirar al hombre y al niño.

—¿De qué está hablando?

El señor Jerome se encogió de hombros y bajó la mirada. El chico puso mala cara, mirándolo tan pronto a él como al segundo agente y a su padre, como si no acabara de comprender lo que sucedía.

—¡Chester tiene razón, aquí abajo están todos locos! —exclamó Will, y se estremeció al ver avanzar hacia él al segundo agente con la mano levantada. Pero entonces intervino el niño:

—¿No te acuerdas de esto? —dijo, buscando en el fondo de una vieja bolsa de lona que tenía en el regazo. Todos los ojos estaban puestos en él cuando finalmente sacó un pequeño objeto y lo puso sobre la mesa, delante de Will. Era un juguete de madera tallada, una especie de ratón. La pintura blanca de la cara se le había ido a trozos, y su abriguito de caballero estaba desgastado, pero los ojos le brillaban de manera curiosa. Cal miró a Will con expectación.

—La abuela me dijo que era tu favorito —prosiguió al ver que Will no reaccionaba—. Cuando te fuiste, me lo dieron a mí.

—¿Qué estás…? —preguntó Will, perplejo—. ¿Cuando me fui dónde?

—¿No recuerdas nada? —preguntó Cal. Le dirigió una mirada a su padre, que estaba con los brazos cruzados.

Will cogió el juguete para mirarlo más de cerca. Al inclinarlo hacia atrás vio que se le cerraban los ojos, y un pequeño mecanismo en la cabeza no dejaba pasar la luz. Comprendió que debía de tener dentro de la cabeza una diminuta esfera luminosa que irradiaba luz a través de las cuencas de cristal que formaban los ojos del ratón.

—Así está dormido —explicó Cal, y luego añadió—: Tenías este juguete en tu cama.

Will lo dejó caer abruptamente en la mesa, como si le hubiera mordido.

—¿De qué me estás hablando? —le espetó al niño.

Hubo un instante de desconcierto general, seguido por otro enervante silencio, roto tan sólo por el tarareo ensimismado del segundo agente. Cal abrió la boca para decir algo, pero no encontró las palabras. Will se quedó observando el ratón de juguete hasta que Cal lo quitó de la mesa y volvió a guardarlo. Entonces, mirando a Will frunció el ceño.

—Te llamas Seth —dijo, casi con resentimiento—. Y eres mi hermano.

—¡Ja! —le soltó Will a Cal en la cara, riéndose. Y después, recordando con amargura el trato que le habían dado los styx, negó con la cabeza y se dirigió a él sin ninguna simpatía—: Sí, vale, lo que tú digas. —Estaba harto de aquella farsa. Conocía a su familia, y no eran aquellos graciosos que tenía delante.

—Es cierto. Tu madre era mi madre. Ella intentó escaparse con los dos. A ti te llevó a la Superficie, y a mí me dejó con papá y la abuela.

Will puso los ojos en blanco y se giró para mirar al segundo agente.

—Muy inteligente. Es un buen truco, pero no voy a picar.

El tipo frunció los labios, pero no dijo nada.

—Te recogió una familia de Seres de la Superficie… —explicó Cal levantando la voz.

—¡Claro, pero no voy a ser recogido aquí abajo por una familia de majaretas! —contestó Will molesto, empezando a ponerse nervioso.

—No pierdas el tiempo, Caleb —dijo el señor Jerome poniéndole una mano en el hombro. Pero el niño se la quitó de encima y prosiguió, aunque su voz se entrecortaba a causa de la frustración.

—¡Ellos no son tu verdadera familia, tu familia somos nosotros! Eres de nuestra sangre.

Will miró al hombre, cuyo rostro enrojecido no expresaba otra cosa que odio. Después volvió a mirar a Cal que, con desánimo, se había dejado caer sobre el respaldo de su silla con la cabeza gacha. Pero no se dejó impresionar. Era una broma de pésimo gusto.

«¿Piensan realmente que soy tan tonto para tragarme algo así?», se preguntó.

Abotonándose el sobretodo, el señor Jerome se apresuró a levantarse.

—Así no vamos a ninguna parte —sentenció.

Pero Cal, levantándose al mismo tiempo que su padre, comentó en voz baja:

—La abuela siempre dijo que volverías.

—No tengo abuelos. ¡Están muertos! —gritó Will, levantándose de la silla de un salto, airado y con los ojos empañados.

Salió corriendo hacia la ventana de cristal de la pared y pegó la cara contra la superficie.

—¡Muy listos! —gritó al cristal—. ¡Casi me lo trago!

En un intento por vislumbrar algo al otro lado del cristal, hizo pantalla con las manos para que la luz de la sala no le diera en los ojos, pero no vio nada más que una total oscuridad. El segundo agente lo agarró del brazo y tiró del él. Will no se resistió. Por el momento, se había quedado sin fuerzas para seguir peleando.

22

Rebecca estaba tumbada sobre la cama, mirando al techo. Acababa de darse un baño caliente, se había puesto la bata de color amarillo limón, y se había colocado la toalla en el pelo, en forma de turbante. En la radio que tenía al lado de la cama había sintonizado una emisora que transmitía música clásica, y la chica escuchaba una melodía, que tarareaba suavemente, mientras meditaba sobre todo lo ocurrido durante los tres últimos días.

Todo había empezado cuando la despertaron a altas horas de la noche llamando al timbre y aporreando la puerta de la casa. Tuvo que levantarse e ir a abrir porque su madre, con las potentes pastillas para dormir que le habían prescrito últimamente, no estaba para el mundo: no habría podido despertarla ni una banda de trompetistas borrachos.

Al abrir la puerta casi la tira al suelo el padre de Chester, que irrumpió en el recibidor y la bombardeó a preguntas.

—¿Está aquí mi hijo? Todavía no ha llegado a casa. Hemos intentado llamarle al móvil, pero no lo coge. —Tenía la cara lívida, y llevaba un impermeable beige arrugado y con el cuello torcido, como si se lo hubiera puesto a toda prisa—. Pensamos que igual había decidido quedarse a dormir. Está aquí, ¿no?

—Yo no… —alcanzó a responder ella cuando, al mirar en la cocina, se dio cuenta de que el plato con la cena que le había dejado a Will estaba entero.

—Dijo que estaba ayudando a Will en un trabajo, pero… ¿está aquí? ¿Dónde está tu hermano? ¿Puedes decirle que quiero hablar con él, por favor?

El señor Rawls hablaba atropelladamente al tiempo que echaba nerviosas miradas al recibidor y a la escalera. Dejándolo solo con sus inquietudes, Rebecca subió corriendo al dormitorio de Will. No se preocupó por llamar: sospechaba ya lo que iba a encontrarse. Abrió la puerta y encendió la luz. Ni su hermano se encontraba allí, ni la cama había sido deshecha. Volvió a apagar la luz y cerró la puerta tras ella. Bajó en busca del padre de Chester.

—No, ni rastro de él —explicó—. Me parece que estuvo aquí por la noche. Pero no sé dónde pueden haber ido. Tal vez…

Al oír aquello, el señor Rawls empezó a hablar de manera casi incoherente, farfullando algo sobre mirar en los sitios a los que solía ir y sobre avisar a la policía mientras salía a la calle, dejando la puerta abierta.

Rebecca se quedó en el recibidor, mordiéndose el labio. Se reprochaba no haber estado más atenta. Con todo su secretismo y aquellos tejemanejes compartidos con su nuevo amigo del alma, era evidente que en las últimas semanas Will se había traído algo entre manos. Pero ¿qué era?

Llamó a la puerta de la sala de estar y, al no obtener respuesta, entró. La sala estaba a oscuras y olía a cerrado. Se oía un ronquido regular, uniforme.

—Mamá —llamó ella con amable insistencia.

—¿Eeerg?

—Mamá —dijo más fuerte, sacudiéndola por el hombro.

—¿Gué? ¿Nooo…¿Qué pasa?

—Vamos, mamá, despierta: es importante.

—¡Noooo! —respondió una voz obstinada y soñolienta.

—¡Despierta! ¡Will ha desaparecido! —dijo Rebecca imperiosamente.

—Déjame… en paz —gruñó su madre en medio de un bostezo, moviendo el brazo para alejar a Rebecca.

—¿Sabes dónde ha ido? Y Chester…

—¡Ay, veeete! —chilló su madre, volviéndose de lado en la butaca y tirando de la vieja manta de viaje para taparse hasta la cabeza. El ronquido poco profundo empezó a oírse de nuevo a medida que regresaba a su estado de hibernación. De pie y observando aquella masa informe, Rebecca lanzó un suspiro de indignación.

Fue a sentarse a la cocina. Con el número del inspector en la mano y el teléfono inalámbrico posado en la mesa, delante de ella, estuvo un rato pensando qué hacer. Hasta la madrugada no se atrevió a llamar, y como escuchó el contestador, dejó un mensaje. Mientras aguardaba la respuesta, subió a su habitación e intentó leer un libro.

La policía apareció exactamente a las 7.06. A partir de entonces, los acontecimientos se desarrollaron como por cuenta propia. La casa se llenó de policías de uniforme que revolvieron todas las habitaciones, husmeando por todos los armarios y cajones. Con las manos enfundadas en guantes de goma, empezaron por el dormitorio de Will y siguieron con el resto de la casa, terminando en el sótano, pero no debieron de encontrar gran cosa de interés. Casi le hizo gracia cuando los vio sacar las prendas de Will de la cesta de la ropa sucia en el pasillo del piso de arriba, y meterlas una por una en bolsas de plástico antes de llevárselas. Se preguntó qué tipo de información podrían extraer de sus calzoncillos sucios.

Al principio, Rebecca hizo como que se dedicaba a ordenar el desorden que los policías dejaban tras ellos, utilizando en realidad esa actividad como excusa para andar por la casa pillando lo que podía de las diversas conversaciones que tenían lugar. Más tarde, como vio que nadie parecía darse cuenta de su presencia, abandonó cualquier disimulo y sencillamente se dedicó a ir a donde le parecía, pasando la mayor parte del tiempo en el recibidor, junto a la puerta de la sala de estar en la que el inspector y una detective interrogaban a su madre. Por lo que pudo oír, ésta parecía tan pronto indiferente como trastornada por la noticia, y el interrogatorio no arrojó ni la más leve luz sobre el lugar en el que podía encontrarse Will en aquellos momentos.

Finalmente los policías que registraban la casa salieron por la puerta principal y estuvieron un rato fumando y hablando entre ellos. Poco después salieron también de la sala de estar el inspector y la detective, y Rebecca los siguió hasta la puerta de entrada. Mientras el inspector bajaba por el sendero hasta la fila de coches aparcados, consiguió oír algunas de sus palabras:

—A ésa le falta un tornillo —le comentó a su colega.

—Qué triste —respondió la detective.

—¿Sabes…? —continuó el inspector, deteniéndose para mirar atrás, a la casa—, perder a un miembro de la familia es mala suerte… —Su colega asentía con la cabeza—, pero perder a dos es descaradamente sospechoso —continuó el inspector—. Condenadamente sospechoso, para mi corto entender.

La detective volvió a asentir, con una lúgubre sonrisa en los labios.

—Será mejor que miremos detenidamente el terreno comunal, para salir de dudas —le oyó decir Rebecca justo antes de que se alejaran demasiado para seguir entendiendo lo que decían.

Al día siguiente, la policía envió un coche a buscarlas, e interrogaron durante varias horas a la señora Burrows mientras hacían esperar a Rebecca en otra sala, en compañía de una mujer de la Asistencia Social.

Ahora, tres días después, la mente de Rebecca volvía a repasar la cadena de acontecimientos. Cerrando los ojos recordaba las caras de póquer de los policías y los comentarios que había oído.

—¡No puede ser! —dijo mirando el reloj. Se levantó de la cama, se quitó la toalla de la cabeza, y se vistió rápidamente.

Abajo, su madre estaba instalada en su butaca, vestida y hecha un ovillo bajo la manta de viaje, que la envolvía como una crisálida de tela escocesa. La única luz que había en la sala provenía de un programa de la Universidad a Distancia, con el sonido apagado. El resplandor azul intermitente que proyectaba la pantalla de la tele hacían saltar y esconderse las sombras, dando la impresión de que los muebles y otros objetos de la habitación cobraban vida. Estaba profundamente dormida cuando la despertó un ruido en la sala. Era un susurro profundo, como si un viento fuerte se filtrara por entre las ramas de los árboles del jardín.

Abrió un poco los ojos. En el rincón más alejado de la sala, junto a las cortinas a medio correr de la cristalera, había una cosa grande y oscura. Por un momento se preguntó si estaría soñando, mientras la sombra se desplazaba y cambiaba la luz de la televisión. Tenía que averiguar qué era. Se preguntó si sería un intruso. Y en ese caso, ¿qué iba a hacer ella? ¿Fingir que seguía dormida? ¿Quedarse completamente quieta para que el intruso no la molestara?

Contuvo la respiración, intentando contener también su creciente terror. Los segundos parecían horas, mientras la cosa permanecía fija. Pensó que tal vez fuera tan sólo una sombra inocente. Una broma que le gastaban la luz y su febril imaginación. Expulsó el aire de los pulmones y abrió todo lo que pudo los ojos.

De pronto se oyó un ruido que parecía el que haría un perro olfateando y, para espanto suyo, la sombra se dividió en dos partes distintas de aspecto fantasmal que se abalanzaron sobre ella a una velocidad cegadora. Al tiempo que todo se tambaleaba ante ella por efecto del terror, una voz interior le decía con serenidad y absoluta convicción: «No son fantasmas». En una fracción de segundo, tuvo encima de ella las figuras. Intentó chillar, pero de su boca no salió sonido alguno.

Le taparon la cara con algo áspero que olía a humedad, a ropa podrida. A continuación sintió el golpe de una mano fuerte, y se retorció de dolor, intentando respirar, hasta que, como un niño recién nacido, recuperó el aliento y soltó un grito de espanto. No tuvo fuerzas suficientes para evitar que la levantaran de la butaca y la sacaran al recibidor en volandas. Gimiendo como un alma en pena, tensando y sacudiendo el cuerpo, vislumbró otra figura que se acercaba desde la puerta del sótano y otra cosa con olor a moho le cerró la boca, ahogando sus gritos. ¿Quiénes eran? ¿Qué buscaban? Después le vino a la mente una idea espantosa: ¡la televisión y los aparatos de vídeo, era eso! ¡Por eso habían asaltado la casa! Pero no era posible tamaña injusticia: eso era excesivo, era algo que se encontraba por encima de todas las demás cosas que había tenido que soportar. Se puso como una furia.

Sacó fuerzas de donde no las había, de pura desesperación. Liberó una pierna y empezó a dar patadas para rechazar a los asaltantes. Esto provocó un revuelo entre ellos para volver a inmovilizarla, pero ella siguió dando patadas y retorciéndose como una loca. Vio que la cara de uno de los atacantes estaba a su alcance: aprovechó la oportunidad y se lanzó contra él, mordiéndole la nariz con todas sus fuerzas. Agarrándolo de esa manera, la madre de Will empezó a sacudir la cabeza, como un perro que tiene una rata entre los dientes.

Se oyó un gemido espeluznante, y por un segundo los captores aflojaron un poco la presa. Para la señora Burrows fue suficiente. Sus pies entraron en contacto con el suelo y echó los brazos para atrás como un esquiador que desciende la colina. Lanzando un grito, se zafó de sus atacantes a toda velocidad y se refugió en la cocina, mientras los otros se quedaban allí, con la manta de viaje en las manos, como si fuera la cola de una lagartija que ha conseguido huir.

Y en menos de un segundo, volvió a salir de la cocina, abalanzándose contra las tres enormes figuras. Echaba sapos y culebras.

En lo alto de la escalera, Rebecca estaba perfectamente situada para observar todo lo que ocurría. Veía destellos metálicos que se movían de un lado para otro en medio de la penumbra del recibidor, y una cara furiosa: la de su madre. Comprendió que estaba empuñando una sartén y lanzaba con ella estocadas a diestro y siniestro. Se trataba de su nueva sartén de fondo antiadherente con termodifusor. Cada poco, las sombras reemprendían el ataque contra ella, pero la señora Burrows no retrocedía y las repelía a base de golpes. La sartén emitía un sonido agradable cada vez que entraba en contacto con un cráneo o un codo. En medio de la confusión, Rebecca veía los destellos de la lucha mientras la batalla proseguía a un ritmo trepidante, con golpes de un lado y gemidos del otro.

—¡A muerte! —gritaba su madre—. ¡Morid, bellacos!

Una de las sombras se abalanzó sobre ella en un intento de agarrar el brazo que sostenía la sartén y la blandía dibujando ochos en el aire, pero sólo consiguió recibir un golpe tremendo que probablemente le partió algún hueso en muchos trocitos. Soltó un aullido como de perro herido y retrocedió tambaleándose, mientras sus compañeros hacían otro tanto. Después, todos a una, se dieron media vuelta y se escabulleron por la puerta de la casa, que estaba abierta. Lo hicieron a una velocidad asombrosa, como cucarachas a las que uno sorprende al accionar el interruptor de la luz.

En la calma que siguió a la tormenta, Rebecca bajó por la escalera y encendió la luz del recibidor. La señora Burrows, con el pelo enmarañado que le colgaba en oscuros mechones por su blanca cara, como cuernos fofos, dirigió a su hija una mirada de loca.

—Mamá —dijo Rebecca con suavidad.

Su madre levantó la sartén por encima de la cabeza y se acercó a ella tambaleándose. La expresión enfurecida de su rostro hizo retroceder a Rebecca, que pensó que le iba a propinar un golpe.

—¡Mamá! ¡Mamá, soy yo! Todo está bien, se han ido... ¡Ya se han ido!

El rostro de su madre adquirió una expresión de orgullo mientras se calmaba y asentía con la cabeza lentamente, reconociendo a su hija.

—Muy bien, mamá, muy bien. —Rebecca intentó tranquilizarla. Se atrevió a acercarse más a su madre, que estaba jadeando, e intentó aflojarle la mano con la que aferraba la sartén. Su madre no opuso resistencia. Rebecca suspiró con alivio y, mirando a su alrededor, vio algunas manchas oscuras sobre la moqueta. Podía ser barro o quizá (acercó la cara y frunció el ceño al comprobarlo) sangre.

—Si sangran —declaró la señora Burrows, siguiendo la mirada de su hija—, puedo matarlos. —Tensó los labios y mostró los dientes al exhalar un pequeño gruñido, y a continuación empezó a reírse de manera espantosa, con una risa extraña y chirriante.

—¿Qué te parece si nos tomamos una tacita de té? —ofreció Rebecca con una sonrisa forzada, mientras su madre recuperaba la calma. Y pasándole el brazo por la cintura, la condujo a la sala de estar.

23

A Will le despertó intempestivamente el ruido producido por la puerta del calabozo al abrirse. El primer agente lo levantó en el aire y lo obligó a ponerse en pie. Algo dormido aún, el policía lo sacó a empujones del calabozo, lo condujo por el área de recepción de la comisaría, lo hizo salir a la calle, y lo dejó allí fuera, en lo alto de la escalinata. Él se tambaleó un par de pasos antes de lograr mantenerse derecho. Estaba desorientado, aturdido. Oyó un golpe a sus pies. Era su mochila: acababan de tirársela. Sin decir una palabra, el agente se volvió y entró en la comisaría.

Después de haber permanecido tanto tiempo confinado en la celda, era una sensación extraña estar allí, bañado por la luz de las farolas. Una leve brisa le acariciaba el rostro. El aire resultaba pesado y olía a humedad pero, aun así, era un gran placer después de haber estado tanto tiempo en el claustrofóbico calabozo.

«¿Y ahora qué?», pensó, rascándose el cuello bajo la camisa que le había dado uno de los agentes. Todavía confuso, reprimió un bostezo al oír un ruido: un caballo nervioso relinchaba y coceaba contra los húmedos adoquines con el casco de una de sus patas.

Will levantó la vista de inmediato y vio un carruaje oscuro en el otro lado de la calle, un poco más abajo, al que estaban enganchados dos caballos de color blanco inmaculado. En el pescante, un cochero sujetaba las riendas. La puerta del carruaje se abrió, y Cal bajó de un salto y se dirigió hacia él, atravesando la calle.

—¿Qué significa esto? —preguntó Will con recelo, retrocediendo un paso al verlo acercarse.

—Te llevamos a casa —contestó el chico.

—¿A casa? ¿Qué quieres decir con eso? ¿Con vosotros? ¡No voy a ningún lado sin Chester! —dijo con firmeza.

—¡Shhh, no! ¡Escucha! —Cal se acercó a él, y le habló de manera apremiante—. ¡Nos están observando! —Señaló hacia la calle con un gesto de la cabeza, sin dejar de mirar a Will a los ojos. En la esquina sólo había una figura, completamente inmóvil y tan oscura como una sombra incorpórea. A duras penas, Will distinguía su cuello blanco.

—No me voy sin Chester —susurró.

—¿Qué crees que le ocurrirá si no vienes con nosotros? Piénsalo.

—Pero…

—Le pueden tratar bien o mal, depende de ti. —Cal lo miró a los ojos, implorante.

Will volvió una última vez la vista a la comisaría. A continuación, suspiró y asintió.

—Está bien.

Cal sonrió y, tras cogerle la mochila, fue delante de él hasta el coche de caballos. Le abrió la portezuela al chico, que lo seguía a regañadientes, con las manos en los bolsillos y la cabeza gacha. Aquello no le gustaba un pelo.

Al arrancar el coche, Will observó su austero interior. No estaba pensado para encontrarse cómodo: los asientos, como las paredes, eran de dura madera lacada en negro, y el conjunto olía a barniz y un poco a lejía, muy parecido al olor que tenía el gimnasio del colegio el primer día de clase. Pero era bastante mejor que el calabozo en el que había pasado tantos días encerrado con Chester. Will sintió una punzada de remordimiento al acordarse de su amigo, que seguía encarcelado y ahora solo en el calabozo. Se preguntó si le dirían que se había largado y lo había abandonado, y se juró que encontraría la manera de liberarlo, aunque fuera lo último que hiciera en este mundo.

Con desánimo, se dejó caer contra el respaldo y puso los pies en el banco de delante. Después retiró un poco la correosa cortina y miró por la ventanilla. Conforme el coche traqueteaba por las calles desiertas y tenebrosas, vio pasar con monótona regularidad edificios sórdidos y escaparates de tiendas sin iluminar.

Imitando a Will, Cal también se puso cómodo y colocó los pies en el asiento de delante, dirigiéndole ocasionales miradas de soslayo y sonriendo de satisfacción.

Permanecieron en silencio, perdidos en sus propios pensamientos, pero no hizo falta que transcurriera mucho tiempo para que empezara a reavivarse esa curiosidad que formaba parte del carácter de Will. Hizo un considerable esfuerzo por asimilar los paisajes en penumbra que pasaban a su lado, pero después de un rato los ojos empezaron a pesarle mientras la extrema debilidad y aquel mundo subterráneo que no parecía tener fin fueron más fuertes que su curiosidad. Acunado por el rítmico trote de los caballos, se quedó dormido, aunque se despertaba algo sobresaltado cada vez que el carruaje sufría una sacudida. Entonces, algo asustado, miraba hacia todos lados con aprensión, ante el regocijo de Cal, y volvía a sucumbir al cansancio y se le volvía a caer la cabeza.

No supo si había dormido minutos u horas cuando el cochero restalló el látigo, volviendo a despertarlo. El carruaje aumentó vertiginosamente la velocidad, las farolas empezaron a pasar por la ventanilla a intervalos menos regulares, y Will supuso que debían encontrarse a las afueras de la ciudad. Entre las casas se abrían espacios amplios, alfombrados por lechos verdes y oscuros, casi negros, de líquenes o algo similar. Luego vieron a cada lado de la carretera franjas de tierra que estaban divididas en parcelas por vallas destartaladas, y cultivadas con lo que parecía algún tipo grande de seta.

El coche aminoró la marcha para pasar un pequeño puente que atravesaba un canal que parecía de tinta. Will observó las aguas lentas, aletargadas, que fluían como petróleo, y sintió un inexplicable temor.

Se había vuelto a recostar en el asiento y empezaba a conciliar de nuevo el sueño cuando la carretera de pronto bajó por una escarpada pendiente y el coche viró a la izquierda. Después, mientras la carretera recuperaba la horizontalidad, el cochero gritó: «¡Sooo!», y los caballos adoptaron un tranquilo trote.

Para entonces Will se había despertado del todo, y sacó la cabeza por la ventana para ver qué pasaba. Una imponente cancela cortaba el camino, y junto a ella, un grupo de hombres se apiñaba en torno a un brasero, calentándose las manos. Separado de ellos, en pie en mitad de la carretera, un encapuchado levantaba una lámpara y la movía de lado a lado: una señal dirigida al cochero para que se detuviera. Y mientras el coche paraba, Will se quedó horrorizado al ver la figura inmediatamente reconocible de un styx que salía de las sombras. Will se apresuró a correr la cortina y esconderse lo mejor posible. Le dirigió a Cal una mirada interrogante.

—Es la Puerta de la Calavera. Es la entrada principal a la Colonia —explicó el chico en tono tranquilizador.

—Creí que ya estábamos en la Colonia.

—No —respondió Cal con cierto asombro—, eso sólo era el Barrio. Es una especie de… como si fuera… Es nuestra ciudad fronteriza.

—Entonces, ¿hay más?

—¿Que si hay más? ¡Dios mío, hay miles!

Will se quedó sin habla. Miró a la puerta con aprensión mientras se acercaba el sonido entrecortado de las botas sobre los adoquines. Cal lo cogió del brazo.

—No te preocupes. Revisan a todo el que entra. No digas nada. Si hay algún problema, deja que hable yo.

En ese preciso instante, se abrió desde fuera la portezuela del lado de Will, y el styx introdujo en el interior una lámpara de bronce. Alumbró con ella la cara de los dos y después retrocedió para mirar al cochero, que le entregó un trozo de papel. El styx lo leyó por encima. Aparentemente conforme, volvió a mirar en el interior del carruaje, dirigió la luz de la lámpara hacia los ojos de Will, y con un gesto de desprecio cerró la puerta de un portazo. Le devolvió la nota al cochero, hizo una señal al guardia de la cancela, se dio media vuelta y se alejó del carruaje. Al oír un fuerte ruido metálico, Will levantó con cautela el dobladillo de la cortina y echó un vistazo. Mientras el guardia les hacía señas de que siguieran, la luz de la linterna ponía de manifiesto que la cancela era en realidad un rastrillo como los de las puertas de los castillos medievales. Will vio cómo colgaba de un muro cuya visión le dejó anonadado: tallada en una piedra y sobresaliendo del muro por encima del rastrillo, se elevaba una inmensa y desdentada calavera.

—Es un poco escalofriante —murmuró para sí mismo.

—Es lo que se pretende. Es una advertencia —respondió Cal, sin darle importancia, mientras el cochero restallaba el látigo y el coche se ponía en marcha con una sacudida para atravesar la boca de aquella espantosa aparición y penetrar en la caverna.

Sacando la cabeza por la ventanilla, Will observó cómo se elevaba el rastrillo a trompicones detrás de ellos, hasta que la curva del túnel lo ocultó. Mientras los caballos cogían velocidad, el coche dobló una esquina, bajó a toda prisa por la pendiente y entró en un túnel gigantesco excavado en piedra arenisca de color rojo oscuro. No había ni casas ni edificios. Mientras el túnel continuaba descendiendo, el aire empezó a cambiar (comenzó a oler a humo), y por un momento el omnipresente zumbido de fondo subió de intensidad hasta hacer vibrar las paredes del coche.

Viraron bruscamente una vez más, y el zumbido perdió intensidad mientras el aire volvía a resultar más limpio. Cal se acercó a Will y a la ventana en el momento en el que se abría ante ellos un enorme espacio. A ambos lados de la carretera había filas de edificios, y un complejo bosque de conductos de ladrillo corría por los muros de la caverna, por encima de ellos, como varices. En la distancia, por los oscuros cañones de las chimeneas salían llamas azules y columnas de humo que, como no había turbulencias de aire, se elevaban en línea vertical hacia el techo de la caverna. Allí el humo acumulado formaba suaves olas en la superficie de un océano marrón invertido.

—Esto es la Colonia —dijo Cal, juntando su cara con la de Will, ante la estrecha ventanilla—. Hemos llegado a... —Will miraba asombrado, sin atreverse ni a respirar—: a casa.

24

En el preciso instante en el que Will y Cal llegaban a casa Jerome, Rebecca aguardaba con paciencia, junto a una señora de la Asistencia Social, en el decimotercer piso de Mandela Heights, una torre de viviendas destartalada y venida a menos situada en el lado más sórdido del barrio londinense de Wandsworth. La trabajadora social llamaba por tercera vez al timbre de la puerta 65 sin conseguir que le abrieran. Con un gemido bajo, como de remordimiento, el viento entraba por las ventanas rotas del hueco de la escalera y agitaba las bolsas de basura medio llenas y amontonadas en un rincón.

Rebecca tuvo un estremecimiento. No era sólo a causa del aire frío que corría, sino porque estaba a punto de empezar una nueva vida en lo que debía ser uno de los peores lugares del planeta.

La trabajadora social había dejado de llamar al sucio timbre y se había puesto a aporrear la puerta. Seguía sin haber contestación, pero se oía claramente que la televisión estaba encendida. Volvió a golpear la puerta, esta vez con más insistencia, y se paró cuando oyó toses y la voz estridente de una mujer dentro de la vivienda.

—¡Vale, vale, por el amor de Dios, vaya prisas!

La trabajadora social se volvió hacia Rebecca e intentó sonreír para darle ánimos. Sólo logró algo parecido a una mueca de lástima.

—Parece que está en casa.

—Ah, qué bien —comentó Rebecca con sarcasmo, cogiendo del suelo sus dos pequeñas maletas.

Aguardaron en un incómodo silencio mientras, con grandes dificultades, la cerradura giró y alguien quitó la cadena, todo acompañado de reniegos y murmullos y salpicado de toses. La puerta terminó abriéndose, y apareció una mujer de mediana edad, despeinada, con un cigarrillo colgando del labio inferior, que observó a la trabajadora social de arriba abajo, con recelo.

—¿Qué pasa? —preguntó, cerrando un ojo a causa del humo que despedía su cigarrillo, que cuando ella hablaba se movía con tal brío que parecía la batuta de un director de orquesta.

—Le traigo a su sobrina, señora Boswell —anunció la trabajadora social, señalando a Rebecca, que estaba a su lado.

—¿Qué? —dijo la mujer bruscamente, esparciendo la ceniza sobre los inmaculados zapatos de la trabajadora social. Rebecca se moría de vergüenza.

—¿No recuerda… lo que hablamos ayer por teléfono?

Sus ojos llorosos se posaron sobre la chica, que sonreía y se inclinaba un poco hacia delante para entrar en su limitado campo de visión.

—Hola, tía Jean —dijo esforzándose al máximo por sonreír.

—Rebecca, cielo, claro que sí. Pero mírate cómo has crecido, estás hecha una señorita.

La tía Jean tosió y abrió la puerta de par en par.

—Entrad, entrad, tengo algo en el fuego. —Se volvió y se marchó por el pasillo arrastrando los pies, y dejando a Rebecca y a la trabajadora social mirando las pilas desordenadas de periódicos amontonados a lo largo de la pared y la enorme cantidad de cartas sin abrir y de folletos tirados por la sucia moqueta. Estaba todo cubierto con una fina capa de polvo, y los rincones del recibidor estaban festoneados con telarañas. Toda la casa apestaba a los cigarrillos de la tía Jean.

Permanecieron las dos en silencio hasta que la trabajadora social, como saliendo de un trance, le dijo de repente adiós a Rebecca y le deseó buena suerte. Parecía que tenía una prisa loca por marcharse, y ella la observó mientras se dirigía a la escalera, se paraba para mirar las puertas del ascensor, como deseando que por un milagro volviera a funcionar y no tuviera que bajar andando.

Rebecca avanzó por el pasillo con aprensión, y se dirigió a la cocina, donde estaba su tía.

—No me vendría mal algo de ayuda aquí —dijo la tía Jean, encontrando un paquete de cigarrillos entre los restos de la mesa.

Rebecca contempló el sórdido espectáculo que tenía ante los ojos. Rayos de luz atravesaban el humo de tabaco que rodeaba a su tía como una nube de tormenta personal. Arrugó la nariz al percibir en el aire el olor acre de la comida quemada del día anterior.

—Si te vas a quedar en mi casa —dijo su tía entre toses—, tendrás que poner algo de tu parte.

Rebecca no se movió. Temía que si hacía cualquier movimiento, por leve que fuera, quedaría enterrada en la suciedad que lo cubría todo.

—Vamos, cielo, deja ahí tus cosas y arremángate. Puedes empezar preparando un té. —La tía Jean sonrió mientras se sentaba en la mesa de la cocina. Prendió un nuevo cigarrillo con el rescoldo del anterior antes de apagar la colilla en la superficie de la mesa de formica, olvidándose por completo del desbordado cenicero.

El interior de la casa Jerome era lujoso y confortable, con alfombras de sutiles dibujos, paneles de maderas brillantes y paredes pintadas en colores vino y verde fuerte. Cal cogió la mochila de Will y la dejó junto a una mesa pequeña en la que reposaba una lámpara de aceite con pantalla de cristal sobre un fino tapete de lino.

—Por aquí —dijo indicando a Will que lo siguiera por la primera puerta que salía del recibidor—. Éste es el salón —anunció con orgullo.

En el salón hacía calor, aunque leves soplos de aire fresco llegaban por la rejilla algo sucia que tenían encima de ellos. El techo era bajo y tenía molduras de escayola, que se habían vuelto de color hueso por el humo y el hollín del fuego que incluso en aquel momento ardía en la amplia chimenea. Delante de ésta, tendido sobre los restos de una alfombra persa, había un animal grande de aspecto sarnoso que estaba dormido boca arriba, con las cuatro patas en el aire, exhibiendo sin pudor el par de testículos que le colgaban.

—¡Un perro! —A Will le sorprendía encontrar allí abajo una mascota. El animal, de color negro sucio, era casi completamente pelón, salvo por unos pocos ralos mechones de pelo en la fofa piel, que le caía por todos lados como un abrigo demasiado grande.

—¿Perro? Este es *Bartleby*. Es un gato, una variante del *rex*. Es un excelente cazador.

Sorprendido, Will volvió a mirarlo. ¿Un gato? Tenía el tamaño de un dóberman bien alimentado pero mal afeitado. No había nada de felino en el aspecto del animal, cuya gran caja torácica ascendía y descendía lentamente, al ritmo de su acompasada respiración. Al acercarse más para examinarlo, *Bartleby* lanzó un resoplido y movió las patas.

—Cuidado, o te dejará sin cara.

Will se dio la vuelta y vio a una anciana sentada en una de las dos grandes butacas de piel con orejas que estaban colocadas a ambos lados de la chimenea. Había permanecido muy recostada desde que él entró, y por eso no la había visto.

—No pensaba tocarlo —respondió a la defensiva, poniéndose derecho.

Los ojos grises de la anciana parpadearon sin dejar de mirar a Will.

—No hay que tocarlo —explicó, y añadió—: Tiene mucho instinto, es nuestro *Bartleby*. —Su rostro expresó cariño al mirar al enorme animal.

—Abuela, éste es Will —dijo Cal.

De nuevo, la anciana volvió a mirarlo, asintiendo con la cabeza.

—De eso estoy bien segura. Es un Macaulay de los pies a la cabeza, y tiene los mismos ojos de su madre. Hola, Will.

Él estaba anonadado, paralizado por las maneras suaves y la vibrante luminosidad de los ojos de la anciana. Era como si se iluminara un vago recuerdo, una parte de él, igual que la brisa reaviva una brasa mortecina. Se sintió a gusto en su presencia desde el primer momento. Pero ¿por qué? Solía ser muy tímido cuando veía a un adulto por primera vez; y especialmente allí, en el lugar más extraño del mundo, no se hubiera permitido bajar la guardia. Se había propuesto seguirles la corriente a todos, jugar su juego, pero sin fiarse de ninguno. Sin embargo, con aquella anciana, era otro cantar. Era como si la conociera…

—Ven a sentarte conmigo, me tienes que contar un montón de cosas. Seguro que tienes mucho que explicarnos sobre tu vida allá arriba. —Levantó un momento la mirada al techo—. Caleb, prepáranos un té y nos daremos un caprichito. Will me tiene que hablar de él —dijo indicando la otra butaca con un gesto de su mano delicada pero fuerte. Era la mano de una mujer que había trabajado duro.

Él se colocó en el borde del asiento, y la hoguera le hizo entrar en calor y al mismo tiempo sentirse más relajado. Aunque no podía explicárselo, sentía como si por fin se encontrara en un lugar seguro, en una especie de refugio.

La anciana lo miró atentamente y él le devolvió la mirada con naturalidad. Esa mirada atenta le parecía tan cálida y reconfortante como el fuego de la chimenea. Todo el horror y los interrogatorios de la semana anterior quedaron por el momento olvidados. Lanzó un suspiro y se recostó en el respaldo de la butaca, mirándola con curiosidad creciente.

Tenía el pelo fino y blanco como la nieve, y lo llevaba recogido en un sofisticado moño, en lo alto de la cabeza, sujeto por una horquilla de carey. Llevaba puesto un sencillo vestido azul de manga larga, con volantes en el cuello.

—¿Por qué me parece como si ya la conociera? —le preguntó de pronto. Tenía la sensación de que a aquella extraña podía decirle cualquier cosa que se le pasara por la mente.

—Porque me conoces —respondió ella con una sonrisa—. Yo estaba contigo cuando eras un bebé, y te cantaba nanas.

Él abrió la boca para explicar que lo que acababa de decir no podía ser cierto, pero se contuvo. Frunció el ceño. De nuevo, en lo más hondo de su ser sintió un atisbo de reconocimiento. Era como si cada fibra de su cuerpo declarara que esa mujer le decía la verdad. Había algo totalmente familiar en aquella anciana. Sintió una opresión en la garganta, y tragó saliva varias veces, tratando de dominar sus sentimientos. La anciana percibió la emoción que le empañaba los ojos.

—Ella se habría sentido muy orgullosa de ti, ¿sabes? —dijo la abuela Macaulay—. Tú fuiste su primer hijo. —Señaló con la cabeza la repisa de la chimenea—. ¿Me pasas aquella foto? Aquélla, la del medio.

Will se levantó para examinar las distintas fotografías enmarcadas en diferentes tamaños y formas. En ese momento no reconoció a ninguno de los retratados. Unos sonreían exageradamente; otros tenían rostro solemne. Todos tenían el mismo aspecto etéreo que los retratados en los daguerrotipos, aquellas viejas fotografías que mostraban fantasmales imágenes de personas del lejano pasado y que había visto en el museo de su padre, en Highfield.

Como le había pedido la anciana, cogió la fotografía más grande de todas, que estaba situada en el puesto de honor, en el centro mismo de la repisa de la chimenea. Al ver que era del señor Jerome y de un Cal con menos años, vaciló.

—Sí, es ésa —confirmó la anciana.

Will se la pasó, observó cómo le daba la vuelta en el regazo, abría las presillas del marco y sacaba el cartón de la parte de atrás. Dentro había otra fotografía oculta, que ella extrajo con las uñas y le pasó a él sin hacer ningún comentario. Él la orientó a la luz y la examinó de cerca. Mostraba a una mujer joven, vestida con blusa blanca y una falda larga de color negro. En los brazos, la mujer sostenía un pequeño lío de ropa. Su pelo era del blanco más puro que se pueda imaginar, idéntico al de Will, y su cara era hermosa, una cara fuerte de ojos bondadosos y fina estructura ósea, boca grande y mandíbula cuadrada: la misma mandíbula que él, y a la que en aquel momento se había llevado la mano, sin darse cuenta.

—Sí —aseguró la anciana con voz suave—, ésa es Sarah, tu madre. Tú eres igualito a ella. Esa foto la tomaron unas semanas después de que tú nacieras.

—¿Eeh? —dijo Will, ahogando un grito, y la foto casi se le cae de las manos.

—Tu auténtico nombre es Seth… Con ese nombre te bautizaron. Es a ti a quien sostiene en los brazos.

Sintió como si se le parara el corazón. Observó el bulto detenidamente. Podía distinguir a un niño, pero no podía verle la cara a causa de toda la ropa que lo envolvía. Las manos le temblaban y las ideas y sentimientos se le agolpaban en la cabeza, mezclándose unos con otros. Pero entre toda aquella confusión, sentía que había algo definido que surgía y encajaba, como si toda su vida hubiera estado planteándose un problema irresoluble al que de repente encontrara la solución. Como si en las profundidades de su subconsciente hubiera quedado enterrada una diminuta cuestión, una sospecha no admitida abiertamente de que su familia, el matrimonio Burrows, además de Rebecca y cuanto había conocido durante toda su vida, eran de algún modo diferentes de él.

Le resultaba difícil centrar la atención en la foto, y se forzó a mirarla de nuevo, observando cada detalle.

—Sí —dijo la abuela Macaulay con voz amable, y él asintió con la cabeza sin percatarse.

Por muy absurdo que pudiera parecer, él sabía, y lo sabía con absoluta certeza, que lo que ella decía era verdad. Que aquella mujer de la fotografía, con la cara monocroma y algo borrosa, era su auténtica madre, y que aquellas personas a las que había encontrado recientemente eran su verdadera familia. No hubiera podido explicárselo ni siquiera a sí mismo, pero lo sabía.

Las sospechas de que estaban tratando de engañarlo, y de que todo era simplemente un truco muy elaborado, se esfumaban, y por la mejilla le corrió una lágrima que dibujó una línea pálida y delicada en su cara sucia. Se apresuró a secarla con la mano. Mientras le devolvía la foto a la abuela Macaulay, sabía que la cara se le había puesto colorada.

—Cuéntame cómo es el mundo allá arriba —le pidió ella para ahorrarle la turbación.

Él se lo agradeció, quedándose de pie, incómodo, junto a la butaca de ella mientras volvía a poner la foto donde estaba, para luego darle el marco para que lo colocara en su lugar, en la repisa.

—Bueno… —empezó titubeando.

—¿Sabes?, yo nunca he visto la luz del día ni sentido el sol en la cara. ¿Cómo es? Dicen que quema.

De nuevo en su butaca, Will la miró. Estaba estupefacto.

—¿No ha visto nunca el sol?

—Aquí hay muy pocos que lo hayan visto —dijo Cal volviendo a entrar en el salón y agachándose sobre la alfombrilla de la chimenea, a los pies de su abuela. Empezó a masajear la floja y costrosa piel que el gato tenía bajo la barbilla. Casi de inmediato, sonó en toda la sala un potente y vibrante ronroneo.

—Venga, Will, cuéntanos cómo es —pidió la abuela Macaulay, descansando la mano en la cabeza de Cal mientras éste se apoyaba contra el brazo de su butaca.

Así que Will empezó a contarles cosas, de manera un poco vacilante al principio. Pero después, como si se hubiera desatado un torrente, habló sin parar sobre la vida en la Superficie. Le sorprendía lo fácil que era, lo a gusto que se sentía hablando con aquellas personas a las que acababa de conocer. Les habló de su familia y del colegio, obsequiándoles con historias sobre las excavaciones que había realizado con su padre, o con el hombre a quien había considerado su padre hasta aquel momento, y otras sobre su madre y su hermana.

—Quieres mucho a tu familia de la Superficie, ¿no? —comentó la abuela, y Will sólo pudo contestar asintiendo con la cabeza. Sabía que nada de aquello, ninguna revelación referente al hecho de que tenía una familia auténtica allí en la Colonia, cambiaría lo que sentía por su padre. Y no importaba lo difícil que Rebecca le hubiera hecho la vida, tenía que admitir que la echaba muchísimo de menos. Se sintió culpable al comprender que por aquel entonces ella estaría muerta de preocupación, sin saber qué había sido de él. Su pequeño mundo, tan bien ordenado, se le tenía que estar desmoronando. Le costó trabajo tragar saliva. «¡Lo siento, Rebecca, tendría que habértelo dicho, al menos tendría que haber dejado una nota!», pensó.

Se preguntó si habría llamado a la policía al descubrir que había desaparecido, algo que no sirvió para nada tras la desaparición de su padre. Pero relegó todas esas ideas cuando recordó otra cosa aún peor: que Chester estaba solo y preso en aquel espantoso calabozo.

—¿Qué le ocurrirá a mi amigo? —preguntó de pronto.

La abuela Macaulay no respondió, sino que se quedó mirando al fuego, como ausente, pero Cal sí se apresuró a contestar:

—Nunca le dejarán volver... Ni a ti tampoco.

—Pero ¿por qué? —preguntó Will—. Prometeremos no decir ni una palabra… sobre todo esto.

Hubo unos segundos de silencio, al final de los cuales la abuela Macaulay tosió con suavidad.

—Con los styx eso no iba a colar —comentó ella—. No consentirían que nadie pudiera hablar a los Seres de la Superficie sobre nosotros. Una cosa así podría propiciar el Descubrimiento.

—¿El Descubrimiento?

—Es lo que nos enseña el Libro de las Catástrofes. Es el final de todas las cosas, cuando al final nos descubren y todo el mundo muere a manos de los de arriba —dijo Cal con voz monótona, como recitando de memoria.

—¡Dios nos libre! —murmuró la anciana, apartando la mirada y volviendo a mirar hacia la hoguera.

—Entonces, ¿qué harán con Chester? —preguntó Will, temiendo la respuesta.

—O lo ponen a trabajar, o lo destierran… enviándolo en tren a las Profundidades y dejándolo allí para que se valga por sí mismo —contestó Cal.

Will estaba a punto de preguntar qué eran las Profundidades cuando se oyó abrir la puerta principal con un golpe. La hoguera se estremeció y soltó una salva de chispas que brilló brevemente al ascender hacia el tiro de la chimenea. La abuela Macaulay miró a su lado de la butaca, sonriendo, mientras Cal y *Bartleby* se ponían en pie de un salto. Se oyó la potente voz de un hombre que gritaba:

—¿Hay alguien en casa?

Medio dormido, el gato tropezó de lado contra el pie de una mesa auxiliar, que cayó al suelo al mismo tiempo que la puerta del salón se abría bruscamente. Un hombre grande, corpulento, entró por ella como un trueno furioso, y su rostro pálido, aunque colorado en aquellos momentos, brilló con una emoción no disimulada.

—¿Dónde está? ¿Dónde está? —gritó, y clavó su fiera mirada en Will, que se levantaba de la butaca con miedo, sin saber cómo tomarse aquella impetuosidad. En un par de zancadas, el hombre cruzó el salón y apretó a Will en un abrazo digno de un oso, levantándolo del suelo como si no pesara más que una bolsa de plumas. Soltando una carcajada ensordecedora, alejó a Will todo lo que le permitían los brazos, mientras los pies del muchacho le colgaban en el aire.

—Déjame que te mire. Sí… sí, eres hijo de tu madre, no cabe duda. Tiene los mismos ojos que ella, ¿verdad, mamá? Sí, los mismos ojos y la misma barbilla. ¡Es tan guapo como ella, Dios mío! —gritó, y se echó a reír a carcajadas.

—Bájalo, Tam —dijo la abuela.

Lo bajó y lo dejó en el suelo, sin dejar de mirarlo atentamente a los ojos, sonriendo y sacudiéndole la cabeza.

—Éste es un gran día, un gran día sin duda. —Le tendió a Will una mano tan grande como un jamón—. Yo soy tu tío Tam.

El chico le dio la mano inmediatamente, y Tam se la estrechó con fuerza férrea y tiró de él hacia sí para alborotarle el pelo con la otra mano y acercar la nariz a la coronilla de Will para aspirar su olor, cosa que hizo de manera ruidosa y exagerada.

—Este rebosa sangre de los Macaulay —dijo con voz de trueno—. ¿No te parece, mamá?

—No me cabe la menor duda, Tam —respondió la mujer con suavidad—. Pero no me lo asustes con tus modales.

Bartleby frotaba su enorme cabeza contra la pernera de los pantalones negros y brillantes del tío Tam, e interponía su largo cuerpo entre el hombre y Will, sin dejar de ronronear ni de elevar unos extraños gemidos. Tam bajó un instante la mirada al animal, y luego la levantó hacia Cal, que seguía de pie junto a su abuela, disfrutando del espectáculo.

—Cal, el aprendiz de mago, ¿cómo estás, chaval? ¿Qué te parece todo esto, eh? —Pasó de un chico al otro—. Por Dios, cómo me alegra volver a veros a los dos bajo el mismo techo.

—Movió la cabeza hacia los lados, sin poder creérselo—. Hermanos, ah, hermanitos… y sobrinos míos. Esto merece ser celebrado con una bebida de verdad.

—Precisamente estábamos a punto de tomar un té —se apresuró a decir la abuela Macaulay—. ¿Te apetece una taza, Tam?

Él se volvió hacia su madre y le sonrió de oreja a oreja, con una mirada pícara:

—¿Por qué no? Vamos a tomar una taza de té y a contarnos cosas hasta que nos pongamos al día.

Entonces la anciana salió del salón y el tío Tam se sentó en la butaca que había dejado libre y que crujió al recibir su peso. Estirando las piernas, sacó una corta pipa del interior de su enorme sobretodo y la llenó del tabaco de su petaca. Después usó una astilla del fuego para prender la pipa, se dejó caer sobre el respaldo y lanzó hacia el recargado techo una nube de humo azulado, todo ello sin dejar de mirar a los dos chicos.

Durante un rato, no se oyó otra cosa que el crepitar del fuego, el ronroneo de *Bartleby* y los sonidos distantes de la abuela en la cocina. Nadie sintió la necesidad de hablar mientras la luz parpadeante del fuego jugueteaba en las caras y arrojaba temblorosas sombras sobre las paredes de detrás. Finalmente, habló el tío Tam.

—¿Sabes que tu padre de la Superficie pasó por aquí?

—¿Lo vio usted? —Will se inclinó hacia el tío Tam.

—No, pero he hablado con algunos que sí lo vieron.

—¿Dónde está? El policía dijo que estaba a salvo.

—¿A salvo? —El tío se inclinó también hacia delante, sacándose la pipa de la boca, y su cara adquirió una tremenda seriedad—. Escucha: no les creas una palabra a esos cerdos. Son todos unos ladrones y unas víboras venenosas. Son los aduladores de los styx.

—Es suficiente, Tam —dijo la abuela Macaulay entrando en el salón y haciendo tintinear en sus temblorosas manos una bandeja con el servicio de té, y un plato lleno de «caprichos», como ella los llamaba: unos terrones de forma irregular glaseados por encima. Cal se levantó a ayudarla, y les pasó las tazas a Will y al tío Tam. Entonces Will se levantó para dejarle la butaca a la abuela, tras lo cual se sentó en la alfombrilla junto a Cal.

—Hablábamos de mi padre… —recordó Will con algo de brusquedad, incapaz de contenerse.

Tam asintió con la cabeza y volvió a encender la pipa, esparciendo nubes de humo que le envolvieron la cabeza en una neblina.

—Si hubieras venido una semana antes lo habrías podido ver. Está en las Profundidades.

—¿Desterrado? —Will se irguió de repente, muy preocupado al recordar el término que había utilizado Cal.

—¡No, no! —exclamó Tam, gesticulando con la pipa—. ¡Ha ido voluntariamente! Es curioso, pero según todos los testimonios, ha ido por su propio deseo… No ha habido anuncio, ni espectáculo… Nada de la parafernalia con la que los styx acompañan los destierros. —Aspiró una bocanada de humo, y la expulsó muy despacio con el ceño arrugado—. Supongo que no hubieran podido sacarle mucho partido a la cosa, si el condenado no estaba dispuesto a ofrecerle a la gente el acostumbrado espectáculo de lamentos y maldiciones. —Miró a la hoguera sin dejar de fruncir el ceño, como si estuviera perplejo por todo el asunto—. En las semanas antes de su partida, había vagado por todas partes, garabateando en su libro, molestando a la gente con preguntas tontas. Supongo que los styx pensaron que estaba un poco… —El tío Tam se atornilló la sien con el dedo.

La abuela Macaulay carraspeó y lo miró con severidad.

—Que era inofensivo, quería decir —se corrigió—. Supongo que por eso lo dejaron ir de un lado a otro, pero te aseguro que no lo perdían de vista.

La inquietud obligó a Will a moverse, sentado como estaba en la alfombra persa. Sabía que no estaba bien hacerle tantas preguntas a aquel hombre amable y bueno que parecía ser su tío, pero no podía evitarlo.

—¿Qué son exactamente las Profundidades? —preguntó.

—Los círculos de dentro: el Interior. —Tam apuntó al suelo con la boquilla de la pipa—. Debajo de nosotros. Las Profundidades.

—Es mal sitio, ¿no? —preguntó Cal.

—No he estado nunca. No es el tipo de sitio donde uno elige ir —comentó el tío Tam dirigiéndole a Will una mirada comedida.

—Pero ¿qué es lo que hay allí? —preguntó Will con mucho interés.

—Bueno, unos ocho mil metros más abajo, hay otros… supongo que se les podrá llamar asentamientos. Hasta ahí llega el Tren de los Mineros, donde viven los coprolitas. —Aspiró la pipa haciendo ruido—. Allí el aire es acre. Es el fin de la línea, pero los túneles siguen más allá, kilómetros y kilómetros, según dicen. Las leyendas se refieren incluso a un mundo más interior, en el centro, con ciudades más antiguas y más grandes que la Colonia. —El tío Tam se rió de la idea—. No creo que sean más que paparruchas.

—Pero ¿ha estado alguien en esos túneles? —preguntó Will, esperando en lo más profundo de su corazón que le dijera que sí.

—Bueno, se cuentan historias. Dicen que en el año doscientos veinte más o menos un colono logró volver tras varios años de destierro. ¿Cómo se llamaba…? ¿Abraham qué?

—Abraham de Jaybo —apuntó la abuela en voz baja.

El tío Tam miró a la puerta y bajó la voz:

—Cuando lo encontraron en la Estación de los Mineros, se hallaba en un estado lamentable, lleno de heridas y contusiones, sin lengua… porque se la habían cortado, según dicen. Le faltaba poco para morirse de hambre, era casi un cadáver. No duró mucho: murió una semana más tarde, de una enfermedad desconocida que hacía que le saliera sangre por las orejas y la boca. No podía hablar, claro está, pero dicen que en su lecho de muerte, demasiado asustado para poder dormir, hacía dibujos, montones de dibujos.

—¿Qué dibujaba? —preguntó Will con los ojos muy abiertos.

—Parece que había toda clase de dibujos: máquinas infernales, animales extraños, paisajes imposibles y cosas que nadie entendía. Los styx dictaminaron que eran sólo el producto de una mente enferma, pero otros sostienen que las cosas que dibujó existían realmente. Hasta el día de hoy, los dibujos siguen guardados bajo llave en la Cripta de los Gobernadores. Aunque nadie que yo conozca los ha visto nunca.

—Dios mío, daría cualquier cosa por echarles un vistazo —dijo Will, cautivado.

El tío Tam se rió de buena gana.

—¿Por qué se ríe? —preguntó Will.

—Bueno, según parece, cuando a ese Burrows le contaron la historia dijo las mismas palabras… Las mismas exactamente.

25

Después de la conversación, el té, el pastel y las revelaciones, el tío Tam se levantó con un bostezo cavernoso y desperezó su poderoso esqueleto produciendo varios chasquidos que daban escalofríos. Se volvió hacia la abuela.

—Bueno, mamá, ya es hora de que te lleve a casa.

Y diciendo eso, se despidieron y se fueron.

Sin la atronadora voz de Tam y sin sus contagiosas risotadas, la casa parecía un lugar diferente.

—Te enseñaré dónde vas a dormir —le dijo Cal a Will, que respondió algo ininteligible. Era como si lo hubieran hechizado, y su mente hubiera quedado ocupada con pensamientos y sentimientos nuevos que, por mucho que lo intentara, no podía evitar que afloraran continuamente a la superficie, como un banco de peces hambrientos.

Entraron en el recibidor, donde Will se animó un poco. Fue fijándose en la sucesión de retratos que colgaban de la pared, mientras avanzaba muy despacio.

—Creí que tu abuela vivía en esta casa —le dijo a Cal con voz distante.

—Se le permite venir a visitarme aquí. —El chico apartó inmediatamente la mirada de Will, que comprendió que aquella frase encerraba más de lo que parecía.

—¿Qué quieres decir con eso de que se le permite?

—Bueno, ella tiene su propia casa, donde nacieron mamá

y el tío Tam —dijo Cal de forma evasiva, moviendo la cabeza—. ¡Vamos, por aquí! —Estaba a mitad de la escalera, con la mochila de Will colgada del brazo, cuando se dio cuenta, con exasperación, de que éste no lo seguía. Asomándose por la barandilla, vio que continuaba observando los retratos y que algo le había llamado la atención al final del recibidor.

Su curiosidad innata, su interés por todo lo nuevo y por descubrir cosas volvían a apoderarse de Will, haciendo desaparecer el cansancio y su preocupación por todo lo que acababa de saber.

—¿Qué hay aquí? —preguntó señalando una puerta negra con picaporte de bronce.

—No es nada. Sólo la cocina —contestó Cal con impaciencia.

—¿Puedo echar un vistazo rápido? —preguntó Will mientras se acercaba a la puerta.

Cal dejó escapar un suspiro.

—Vale, pero no hay nada que ver —dijo en tono resignado, y bajó la escalera, dejando la mochila al pie de ella—. ¡No es más que la cocina!

Al empujar la puerta, Will se encontró en una sala de techo bajo con aspecto de hospital victoriano. Y además también olía a hospital victoriano, con un trasfondo de ácido fénico mezclado con confusos olores de comida. Las paredes eran del color de los champiñones, sin brillo, y el suelo y las superficies de trabajo estaban alicatadas con grandes azulejos blancos, agrietados con mil arañazos y fisuras. En algunos puntos habían perdido el esmalte de tanto fregarlos durante años.

Le llamó la atención un rincón en el que las tapas repiqueteaban en una serie de cazuelas puestas sobre una cocina de aspecto antiguo que tenía su contundente armazón impregnada de manchas de aspecto cristalino provocadas por la grasa quemada durante años. Se inclinó sobre la cazuela más cercana, pero el vapor que salía y que olía vagamente apetitoso impedía ver el contenido que hervía dentro. A su derecha, detrás de una tabla de cortar de aspecto muy sólido, con un hacha de hoja grande que colgaba de un gancho, Will vio otra puerta.

—¿Y aquí qué hay?

—Mira, creo que sería mejor… —Cal se calló al comprender que no se podía discutir con su hermano, que estaba ya metiendo las narices en la pequeña habitación adyacente.

Los ojos se le iluminaron al ver lo que había allí: era como el almacén de un alquimista, con una serie de estantes llenos de tarros anchos y no muy altos que contenían encurtidos irreconocibles, todos horriblemente distorsionados por la curvatura del cristal y decolorados por el fluido oleaginoso en el que estaban metidos. Recordaban los especímenes anatómicos que se guardan en formol.

En el estante inferior, puestos en bandejas de metal sin brillo, Will vio un grupo de objetos del tamaño de balones pequeños, que tenían una pelusilla de color marrón grisáceo.

—¿Y esto qué es?

—*Boletus edulis*. Los tenemos por todas partes, pero sobre todo en las habitaciones inferiores.

—¿Para qué sirven? —Will se había agachado para examinar su piel moteada de terciopelo.

—Son setas: se comen. Seguramente los habrás probado en el calabozo.

—Ah, vale —dijo Will, poniendo mala cara mientras se levantaba—. ¿Y eso? —preguntó señalando algo que colgaba de los estantes superiores y tenía aspecto de cintas de cecina de buey.

Cal sonrió de oreja a oreja:

—Seguro que eres capaz de adivinarlo.

Will dudó un momento y acercó la nariz a una de las cintas. Sin lugar a dudas, era algún tipo de carne. Parecían como nervios alargados, y tenían el color de la costra de una herida reciente. Probó a olerlas, y después movió la cabeza hacia los lados:

—Ni idea.

—Vamos, ¿no reconoces el olor?

Will cerró los ojos y volvió a oler:

—No, no huele como nada que yo… —Abrió los ojos de repente y miró a Cal—: Es rata, ¿verdad? —dijo, orgulloso de haber sido capaz de identificarla pero, al mismo tiempo, consternado por el descubrimiento—: ¿Coméis rata?

—No sé qué tiene de malo, es deliciosa… Ahora dime de qué tipo es —le retó Cal, divertido con el evidente desagrado de Will—: ¿Común, de alcantarilla o ciega?

—No me gustan las ratas, y mucho menos comerlas. No puedo imaginármelo.

Cal meneó la cabeza lentamente, con expresión de burlona decepción.

—Es fácil: es ciega —explicó levantando con el dedo el extremo de una de las cintas y oliéndolo—. Es más fuerte que los otros tipos, un poco especial. Es comida de domingo.

Los interrumpió un traqueteo y ambos se dieron la vuelta a la vez. Allí, ronroneando con toda su fuerza, estaba *Bartleby* sentado, con los enormes ojos ambarinos fijos en las tiras de carne, y babeando.

—¡Fuera! —le gritó Cal, señalando la puerta de la cocina.

El gato no se movió ni un centímetro, sino que siguió sentado sobre las baldosas del suelo, hipnotizado por la visión de la carne.

—¡*Bart*, te he dicho que salgas! —volvió a gritar Cal, amenazando con el gesto de cerrar la puerta mientras Will y él salían de la despensa. El gato gruñó amenazador enseñando los dientes, que eran como una empalizada de estacas endiabladamente afiladas, mientras se le ponía carne de gallina.

—¡Minino maleducado! —le gritó Cal—. ¡Sabes que eso no es para ti!

El chico amagó una patada al desobediente animal, que se hizo a un lado y evitó fácilmente el golpe. Volviéndose despacio, *Bartleby* les dirigió a ambos una mirada de desdén al pasar a su lado, y se fue en silencio, con movimiento apático, moviendo su cola larga, delgada y sin pelo en gesto de desafío.

—Ése vendería el alma por un trozo de rata —dijo Cal, sonriendo mientras negaba con la cabeza.

Tras la breve visita a la cocina, Cal guió a Will por la escalera que llevaba al piso superior, cuyos escalones crujían al pisarlos.

—Ésta es la habitación de papá —dijo abriendo una puerta de color oscuro a mitad del pasillo—. Se supone que nosotros no podemos entrar. Si nos pilla, la tenemos montada.

Antes de seguirlo, Will volvió la vista hacia la escalera para asegurarse de que no había peligro. El dormitorio estaba dominado por una enorme cama con dosel, tan alto que casi tocaba el viejo techo que se combaba amenazante hacia ella. El entorno de la cama estaba vacío, y una sola luz brillaba en un rincón.

—¿Qué había aquí? —preguntó Will al ver una fila de rectángulos de color más claro en la pared gris.

Cal miró aquellos rectángulos fantasmales, e hizo un gesto de disgusto.

—Fotos… las había a montones antes de que papá las quitara todas.

—¿Por qué hizo eso?

—A causa de mamá… Ella había amueblado esta habitación; realmente era de ella —contestó Cal—. Cuando se fue, papá… —Se quedó callado y, como no parecía tener ganas de seguir con el tema, Will prefirió dejarlo por el momento. Desde luego, no se le había olvidado que la fotografía que le había mostrado la abuela estaba escondida. Ninguna de estas personas (ni el tío Tam, ni la abuela Macaulay, ni Cal) le había contado la historia completa. Fueran o no su verdadera familia (y Will no podía evitar aceptar la fantástica idea de que efectivamente lo eran), lo que era evidente es que les faltaba mucho por contar. Y estaba decidido a enterarse del resto.

De vuelta en el pasillo, Will se detuvo para admirar una

impresionante esfera de luz sostenida por una fantasmal mano de bronce que salía de la pared.

—¿De dónde sacan estas luces? —preguntó tocando la fría superficie de la esfera.

—No lo sé. Creo que las hacen en la Caverna Occidental.

—Pero ¿cómo funcionan? Mi padre pidió a unos expertos que examinaran una, pero no entendieron nada.

Cal miró la luz con expresión evasiva.

—La verdad es que no tengo ni idea. Lo que sé es que fueron los científicos de sir Gabriel Martineau los que descubrieron la fórmula…

—¿Martineau? —interrumpió Will, recordando el nombre de la anotación en el diario de su padre.

Cal siguió como si no le hubiera oído:

—No, no puedo decirte cómo funcionan. Pero me parece que llevan cristal de Amberes. Tiene algo que ver con la manera en la que interaccionan bajo presión los elementos.

—Debe de haber miles por aquí abajo.

—No podríamos sobrevivir sin ellas —respondió Cal—. Su luz es para nosotros como el sol.

—¿Cómo se apagan?

—¿Que cómo se apagan? —El chico miró a Will con una sonrisa socarrona. Su pálido rostro resplandecía a la luz de la esfera—. ¿Para qué demonios íbamos a querer apagarlas?

Empezó a andar, pero Will no se movió.

—¿Me vas a hablar de ese Martineau? —pidió.

—Sir Gabriel Martineau —dijo Cal pronunciando el nombre cuidadosamente, como si Will hubiera mostrado una clara falta de respeto—. Es nuestro padre fundador… nuestro salvador… Él construyó la Colonia.

—Pero leí que había muerto en un incendio… hace varios siglos.

—Eso es lo que han hecho creer a los Seres de la Superficie. Hubo un incendio, pero él no murió en él —contestó Cal, haciendo un gesto de desdén con la boca.

—Entonces, ¿qué sucedió?

—Bajó para vivir aquí con los Padres Fundadores, por supuesto.

—¿Los Padres Fundadores?

—¡Dios mío! —exclamó Cal, exasperado—. No te lo voy a contar ahora todo. Puedes leerlo en el Libro de las Catástrofes, si te interesa.

—¿El Libro…?

—¡Eh, ya vale! —protestó el chico.

Miró fijamente a Will y rechinó los dientes tan irritado, que éste no se atrevió a hacer más preguntas. Siguieron caminando por el pasillo y franquearon una puerta.

—Ésta es mi habitación. Papá mandó poner otra cama cuando le dijeron que te ibas a quedar con nosotros.

—¿Cuándo se lo dijeron? ¿Quién se lo dijo? —preguntó Will en un santiamén.

Cal levantó las cejas como dándole a entender que sacara sus propias conclusiones, así que se limitó a echar un vistazo a la sencilla habitación, que no era mucho más grande que la de su propia casa. Las dos estrechas camas, entre las que quedaba muy poco espacio, y el armario, casi la llenaban por completo.

Se acercó al pie de una de las camas y, viendo varias piezas de ropa sobre la almohada, le dirigió a Cal una mirada interrogante.

—Sí, es para ti —confirmó el chico.

—Creo que no me vendría mal cambiarme —murmuró Will, mirando los sucios vaqueros que llevaba puestos. Tocó la ropa nueva y pasó la mano por el tejido de los pantalones a la cera. Resultaba áspero, casi escamoso. Pensó que probablemente estaba pensado para proteger de la humedad.

Comenzó a cambiarse mientras Cal se tendía en la cama boca arriba. Al contacto con la piel, la ropa le resultaba extraña y fría. Los pantalones estaban rígidos y raspaban, y se abrochaban con botones de metal y un cinturón al que había que hacer un nudo. Se embutió la camisa sin molestarse en desabotonarla, y luego movió los hombros y los brazos como si estrenara una nueva piel. Por último, se encogió de hombros para probarse la larga chaqueta con la esclavina que todo el mundo llevaba allí. Aunque estaba encantado de poderse quitar la ropa sucia, la nueva le resultaba rígida e incómoda.

—No te preocupes, pierden la rigidez con el calor —explicó Cal al notar su incomodidad. Entonces el chico se levantó y caminó sobre la cama de Will para llegar al armario. Se arrodilló ante él y sacó de debajo una vieja lata de galletas.

—Mira esto. —Puso la lata encima de la cama de Will, y le quitó la tapa—. Es mi colección —anunció con orgullo—. Sacó de la lata un teléfono móvil abollado que le pasó a Will, que trató inmediatamente de encenderlo. No funcionaba. «Ni útil ni bonito.» Will recordó la frase habitual de su padre, que pronunciaba en ocasiones como aquélla, que resultaba irónica teniendo en cuenta que la mayor parte de las preciadas posesiones del doctor Burrows tampoco encajaban en ninguna de las dos categorías.

—Y mira esto. —Cal sacó una pequeña radio azul, la levantó para mostrársela a Will, y accionó el botón de encendido. La radio crepitaba con un leve sonido metálico al girar una de las ruedecillas.

—Aquí no pillas nada —comentó Will, pero Cal ya estaba sacando otra cosa de la lata.

—Mira esto, son fantásticos. —Y le mostró unos folletos de coches enrollados y salpicados de manchas de moho blanquecino, y se los pasó a Will como si fueran pergaminos de valor incalculable. Él hizo un gesto de suficiencia al mirarlos.

—Son modelos muy antiguos —le dijo a Cal pasando las páginas, que contenían fotos de coches deportivos y turismos—. «El nuevo Capri» —leyó en voz alta, y se rió. Miró a Cal y lo vio absorto en la tarea de colocar una selección de barras de chocolate y una bolsa de dulces envueltos en papel de celofán que había en el fondo de la lata. Parecía que trataba de encontrar la composición perfecta.

—¿Para qué son esos chocolates? —preguntó Will esperando que Cal le ofreciera alguno.

—Los guardo para alguna ocasión muy especial —dijo el chico mientras le entregaba afectuosamente una barrita de chocolate con frutas y avellanas—. Simplemente me encanta el olor. —Se puso una barrita debajo de la nariz y aspiró con fuerza—. Con esto me conformo… No necesito abrirla. —Y puso cara de éxtasis, con los ojos en blanco.

—¿Dónde has encontrado todo esto? —preguntó Will, dejando los folletos de coches, que volvieron a adoptar lentamente la curvatura de un tubo roto. Con cautela, Cal miró hacia la puerta de la habitación y se acercó un poco más a él.

—El tío Tam —dijo en voz baja—. Sale a menudo de la Colonia. Pero no se lo digas a nadie. Si se supiera, lo desterrarían. —Dudó y volvió a mirar a la puerta—. Incluso visita la Superficie.

—¿De verdad? —preguntó Will, escrutando con atención la cara de Cal—. ¿Y cuándo lo hace?

—Bastante a menudo. —Cal se lo dijo tan bajo que Will tuvo dificultades para entenderlo—. Canjea cosas que… —titubeó, comprendiendo que se estaba pasando de la raya—, cosas que encuentra.

—¿Dónde?

—En sus viajes —dijo esquivando la pregunta mientras volvía a meter las cosas en la lata, encajaba la tapa y la escondía de nuevo bajo el armario. Aún arrodillado, se volvió hacia Will—. Tú vas a irte, ¿no? —preguntó con una sonrisa pícara.

—¿Eh? —soltó Will, desconcertado por lo inesperado de la pregunta.

—Venga, me lo puedes decir. Te vas a escapar, ¿no? ¡Lo sé! —Cal temblaba de emoción esperando la respuesta de Will.

—¿Quieres decir que si volveré a Highfield?

El chico asintió enérgicamente con la cabeza.

—Puede que sí, puede que no, todavía no lo sé —dijo Will con prudencia. A pesar de la emoción y de todo lo que empezaba a sentir por su familia recién encontrada, quería evitar riesgos por el momento. En su cabeza, una vocecita seguía avisándolo de que todo podía ser parte de un sofisticado plan para atraparlo y dejarlo allí para siempre, y que hasta aquel chaval que decía que era su hermano podía estar trabajando para los styx. Aún no estaba preparado para confiar en él completamente.

Cal lo miró a los ojos.

—Bien, cuando lo hagas, iré contigo. —Sonreía, pero los ojos tenían una expresión muy seria.

Esto le pilló a Will tan desprevenido que no supo qué responder. Pero en ese instante lo salvó un gong que sonó insistentemente en algún punto de la casa.

—¡A cenar! Papá ya debe de haber llegado. ¡Vamos! —Cal se levantó de un salto, salió corriendo por la puerta y bajó hasta el comedor, seguido de cerca por Will. El señor Jerome se hallaba ya sentado a la cabecera de la mesa. El padre de Cal no levantó la vista cuando entraron, sino que sus ojos permanecieron fijos en la mesa, que era de una madera con un llamativo veteado.

El comedor no podía ser más diferente del suntuoso salón en el que Will había estado antes. Era espartano, con sólo los muebles fundamentales, y parecía que las maderas de las que estaban hechos los muebles habían soportado siglos de uso. Al observarlas con más detenimiento, se dio cuenta de que la mesa y las sillas estaban hechas de una mezcla de maderas diferentes, que tenían colores contrapuestos y veteados dispares. Había piezas barnizadas o enceradas, mientras que otras ni siquiera estaban lijadas y desprendían astillas. Las sillas de alto respaldo parecían especialmente viejas y destartaladas, con patas largas y delgadas que crujieron de forma lastimosa cuando se sentaron los chicos, cada uno a un lado del huraño señor que apenas le dirigió a Will una mirada. Éste cambió de postura en la silla intentando ponerse cómodo, al tiempo que se preguntaba cómo aquellas sillas podían aguantar a alguien del impresionante tamaño de aquel hombre sin desmoronarse.

El señor Jerome carraspeó y, sin aviso previo, él y Cal se inclinaron hacia delante, cerraron los ojos y juntaron las manos sobre la mesa. Algo incómodo, Will los imitó.

—El sol no volverá a ponerse ni se retirará la luna de los cielos, pues el Señor será tu luz duradera y los oscuros días de tu padecer llegarán a su fin —recitó con monotonía el señor Jerome.

Will no era capaz de dejar de mirar disimuladamente al padre de Cal con los ojos entornados. Todo le parecía muy extraño. En su casa, a nadie se le había ocurrido nunca bendecir la mesa. Lo más parecido que se escuchaba a una plegaria era cuando su madre gritaba: «¡Cierra el pico, por el amor de Dios!»

—Así en lo alto como aquí abajo —concluyó.

—Amén —dijeron al unísono él y Cal, demasiado rápidamente para que Will pudiera sumarse. Se incorporaron, y el señor Jerome dio la señal de empezar a comer golpeando el vaso con la cuchara.

Hubo un instante de incómodo silencio durante el cual ninguno de los comensales miró a nadie. Luego un hombre de pelo largo y grasiento entró en el comedor arrastrando los pies. Tenía la cara marcada por profundas arrugas, y las mejillas descarnadas. Llevaba un delantal de cuero, y sus ojos cansados y lánguidos, que parecían llamitas mortecinas en lo hondo de sendas cavernas, se demoraron un instante en Will antes de mirar a otro lado.

Viéndolo entrar y salir repetidas veces, y acercarse por turno a cada uno de ellos arrastrando los pies para servirles la comida, llegó a la conclusión de que debía haber sufrido grandes padecimientos, tal vez una enfermedad grave.

El primer plato consistía en una sopa rala casi transparente. Will pudo detectar un aroma especiado, tal vez una gran cantidad de curry. Venía acompañado de un plato de pequeñas cosas blancas, de apariencia similar a los pepinillos en salmuera. Cal y su padre empezaron a cenar sin pérdida de tiempo, haciendo un ruido espantoso al soplar, y mucho más al sorber el caldo de las cucharas, derramando gran cantidad de él sobre la ropa, cosa que, sin lugar a dudas, no les preocupaba en absoluto. La sinfonía de ruidos y sorbetones continuó en un *crescendo* tan ridículo que Will no podía dejar de mirarlos, sin llegar a creérselo.

Cogió finalmente su propia cuchara, y estaba a punto de llevársela a la boca cuando, con el rabillo del ojo, vio que se movía una de las cosas de su plato de acompañamiento. Pensando que serían imaginaciones, devolvió al cuenco el contenido de la cuchara y con ésta le dio vuelta a la cosa.

Se llevó un buen susto al ver que por debajo tenía una fila de diminutas patas puntiagudas cuidadosamente dobladas. ¡Era una especie de larva!

Se puso bien derecho en la silla y observó con horror cómo la larva se curvaba hacia atrás, abriendo sus diminutas patas puntiagudas como para saludarlo.

Lo primero que pensó fue que habría caído allí por error, así que miró los platos de sus compañeros de mesa, preguntándose si debía comentarles algo. En aquel mismo instante, Cal cogió una de las cosas blancas de su propio plato y la mordió, masticándola con deleite. Apresada entre su índice y su pulgar, se retorcía la otra mitad de la larva, rezumando un líquido que le caía por las yemas de los dedos.

Sintió náuseas, y dejó caer la cuchara en el plato de sopa con tal ruido que el criado acudió, pero tras comprobar que no se le requería para nada, se marchó inmediatamente. Mientras Will intentaba contener las náuseas, vio que el señor Jerome lo miraba fijamente. Era una mirada de un odio tal que Will apartó los ojos de inmediato. En cuanto a Cal, estaba muy atento al resto de su larva, que seguía retorciéndose entre sus dedos, y la succionó como si se estuviera metiendo en la boca un tallarín muy gordito. Will tuvo un estremecimiento. Le resultaba ya imposible hacerse a la idea de tomar algo de sopa, así que se limitó a permanecer allí sentado, sintiéndose incómodo y fuera de lugar hasta que el criado se llevó los platos. Entonces apareció el segundo plato, que era una papilla exactamente igual de inidentificable que el caldo. Receloso, Will empezó a removerla por todos lados para asegurarse de que no contenía nada vivo. Como parecía todo bastante inofensivo, probó un poco sin entusiasmo, sintiendo pavor ante cada bocado, y acompañado todo el tiempo por el desagradable ruido que hacían sus compañeros de mesa.

Aunque el señor Jerome no le había dirigido la palabra durante toda la comida, el resentimiento que irradiaba hacia él era demoledor. Will no sabía cuál sería el motivo, pero empezaba a preguntarse si tendría algo que ver con su auténtica madre, la persona de la que nadie parecía dispuesto a hablar. Aunque tal vez no fuera más que odio a los Seres de la Superficie. Pero, en cualquier caso, él hubiera preferido que se atreviera a decir algo, lo que fuera, tan sólo para acabar con aquel silencio torturador. Era de prever que no sería nada agradable lo que dijera, pero estaba preparado. Simplemente prefería pasar por ello lo antes posible. Había empezado a sudar, e intentó aflojarse el rígido cuello de su camisa nueva pasando un dedo por dentro. Era como si el comedor entero, en vez de aire, contuviera una gelatina fría y venenosa: sentía que se ahogaba.

La liberación llegó finalmente cuando, al terminar el plato de papilla, el señor Jerome se bebió un vaso de agua turbia y se levantó. Dobló dos veces la servilleta y la dejó caer sobre la mesa. Llegó a la puerta justo cuando el pobre criado entraba por ella con un frutero de cobre en las manos. Ante el horrorizado Will, Jerome lo apartó de un codazo brutal. El hombre dio un bandazo contra la pared y parecía que iba a caerse. Luchó denodadamente por mantener el equilibrio mientras el contenido del frutero se desparramaba. Las manzanas y naranjas rodaron por el suelo y algunas acabaron debajo de la mesa.

Como si no hubiera nada de extraordinario en el comportamiento de su amo, el criado no protestó. Will vio que tenía un corte en el labio y que la sangre le caía por la barbilla cuando el desgraciado, a cuatro patas junto a su silla, recuperaba las piezas de fruta.

Will estaba atónito, pero Cal no prestó ninguna atención al incidente. El, sin embargo, siguió al pobre hombre con la vista hasta que salió del comedor y luego, comprendiendo que no podía hacer nada, se fijó en el frutero: había plátanos, peras y un par de higos además de las manzanas y las naranjas. Se sirvió él mismo, muy contento de encontrar algo familiar y reconocible tras los dos platos precedentes.

En aquel momento la puerta de la calle se cerró con un portazo tal que temblaron las ventanas. Escucharon cómo los pasos del señor Jerome se alejaban. Fue Will quien rompió el silencio.

—No me tiene mucho cariño, ¿verdad? —Cal negó con la cabeza mientras pelaba una naranja—. ¿Por qué…? —Will se calló cuando vio que el criado volvía a aparecer y se quedaba en actitud sumisa tras la silla de Cal.

—Puedes irte —le ordenó el chico con rudeza, sin tan siquiera molestarse en mirar al criado, que salió del comedor sigilosamente.

—¿Quién es? —preguntó Will.

Watkins.

Will se quedó un momento callado. Después preguntó:

—¿Cómo has dicho que se llamaba?

—Watkins… Terry Watkins.

Will repitió el nombre para sí mismo varias veces.

—Me parece que me suena de algo. —Aunque no hubiera

puesto la mano en el fuego, aquel nombre parecía despertar en él cierta aprensión.

Cal continuó comiendo, disfrutando con la confusión de Will, y de pronto éste recordó con un sobresalto:

—¡Toda la familia desapareció!

—Sí, en efecto.

Desconcertado, Will miró a Cal.

—¡Los secuestraron!

—No hubo más remedio, se convirtieron en un problema. Watkins entró por un conducto del aire, y no podíamos permitir que fuera por ahí contándoselo a todo el mundo.

—Pero no puede ser, el señor Watkins era un hombre robusto. Lo conocí... Sus hijos iban a mi colegio —dijo Will—. No, no puede ser la misma persona.

—Los pusieron a trabajar a él y a su familia —dijo Cal con frialdad.

—Pero... —titubeó Will intentando casar su recuerdo del señor Watkins con el aspecto que tenía en aquel momento— ahora parece como si tuviera cien años. ¿Qué le ha ocurrido?

No pudo evitar pensar en su propia situación y la de Chester. ¿Iba a ser ése su destino: convertirse en esclavos de aquella gente?

—Como te he dicho, los pusieron a trabajar —repitió Cal cogiendo una pera para oler su aroma. Al ver que tenía una mancha de sangre de Watkins, la limpió en la camisa antes de darle un bocado.

Will miró a su hermano como si lo viera por vez primera, intentando comprenderlo. El cariño que había empezado a sentir hacia él se estaba esfumando casi por completo. En el hermano menor percibía algo que ni comprendía ni le gustaba: una especie de resentimiento, de hostilidad incluso. Tan pronto le decía que quería escapar de la Colonia, como, un instante después, actuaba como si se encontrara allí completamente a gusto.

Perdió el hilo de sus pensamientos cuando Cal miró la silla vacía de su padre y suspiró:

—Es muy duro para él, pero tienes que darle tiempo. Supongo que le traes demasiados recuerdos.

—¿De qué, exactamente? —preguntó Will, sin sentir un ápice de simpatía por aquel señor hosco. Con él se desmoronaba por completo el posible atractivo que tenía la idea de haber hallado una nueva familia. Si no volvía a verlo nunca, mucho mejor.

—De mamá, claro está. El tío Tam dice que ella siempre fue un poco rebelde —suspiró Cal antes de quedarse en silencio.

—Pero… ¿sucedió algo malo?

—Teníamos un hermano. Sólo era un bebé. Murió de unas fiebres. Después de eso, ella se escapó. —Al decir esto, el chico adoptó una expresión melancólica.

—Un hermano —repitió Will.

Cal lo miró, sin rastro en la cara de su habitual sonrisa.

—Intentaba huir con nosotros dos cuando le dieron alcance los styx.

—¿Pero escapó?

—Sí, pero por muy poco, y por eso estoy yo aquí. —Cal le dio otro mordisco a la pera, y no había terminado de masticarlo cuando volvió a hablar—: El tío Tam dice que mamá es la única persona que conoce que haya salido y siga allá arriba.

—¿Vive todavía?

Cal asintió con la cabeza.

—Por lo poco que sabemos. Pero ella quebrantó las leyes, y si quebrantas las leyes los styx no te dejan en paz, ni siquiera allá arriba. La cosa no termina cuando uno logra salir. Tarde o temprano los styx te encuentran y te castigan.

—¿Qué tipo de castigo?

—En el caso de mamá, la pena de muerte —dijo sencillamente—. Por eso hay que andarse con tanto cuidado.

Desde algún lejano lugar, comenzó a tañer una campana. Cal se levantó y miró por la ventana.

—Siete campanadas: tenemos que irnos.

Una vez fuera, Cal tomó la delantera y a Will le resultó difícil seguirlo, porque a cada zancada los pantalones nuevos le rozaban en los muslos. Se vieron inmersos en una riada humana. Las calles eran un hervidero de gente que caminaba con prisa en todas direcciones, como si todas las personas llegaran tarde a algún sitio. Eran como una bandada de pájaros ruidosos que, asustados por algo, hubieran levantado el vuelo de repente. Después de doblar varias esquinas se pusieron al final de una cola que empezaba a la entrada de un edificio de aspecto anodino que muy bien podía ser un almacén. Delante de cada una de las puertas de madera tachonadas de clavos, había un par de styx en sus poses características, inclinados como maestros a la antigua que se dispusieran a descargar golpes con la vara. Will agachó la cabeza, tratando de pasar desapercibido y evitar así la mirada de las negras pupilas de los styx, que sabía que se fijarían en él.

Por dentro, la nave era más o menos tan grande como la mitad de un campo de fútbol. El suelo era de enormes losas llenas de manchas oscuras y brillantes. Las paredes estaban toscamente enlucidas y encaladas. Mirando a su alrededor, vio unas plataformas de madera levantadas en los cuatro rincones de la nave, que eran como púlpitos, en cada uno de los cuales había un styx que vigilaba a la concurrencia atenta y severamente.

En el centro de las paredes de la izquierda y la derecha había dos enormes cuadros al óleo. A causa de la compacta masa que formaba la multitud, Will no veía bien el cuadro de la derecha, así que se volvió para examinar el que tenía más cerca. En primer plano aparecía un hombre vestido con levita negra y un chaleco verde oscuro, y con un sombrero de copa sobre su rostro lúgubre con enormes patillas. Posaba en actitud de estudiar una gran hoja de papel, tal vez un plano, que tenía desplegado y sujetaba con las dos manos. Y se hallaba en medio de algún tipo de excavaciones que se hacían en el terreno. A ambos lados, apiñados, había otros hombres con picos y palas, que lo observaban con arrebatada admiración. No sabía por qué, a Will le recordaba algunos cuadros que había visto de Cristo y sus discípulos.

—¿Quién es ése? —le preguntó a Cal, señalando el cuadro mientras la multitud los pasaba.

—Sir Gabriel Martineau, por supuesto. El cuadro se llama *Abriendo la tierra*.

Como en la nave había cada vez más gente, Will tenía que mover la cabeza tan pronto a un lado como a otro para poder ver una porción mayor del cuadro. Aparte del personaje principal, ya identificado como el mismísimo Martineau, los rostros fantasmales de los trabajadores le resultaban fascinantes. Sus caras estaban iluminadas por rayos plateados de lo que parecía la luz de la luna, que irradiaban una luminosidad suave y virtuosa. Añadido a este efecto, algunos de ellos parecían tener una luz aún más brillante en la cabeza, como si fuera un halo. «No», pensó Will al comprender con un sobresalto que no eran halos en absoluto, sino su propio pelo blanco.

—¿Y esos otros? —le preguntó a Cal—. ¿Quiénes son?

Cal estaba a punto de responder cuando un corpulento colono chocó contra él, haciéndole dar casi media vuelta. El hombre prosiguió su camino sin disculparse, pero a Cal no le molestó lo más mínimo su conducta. Will seguía esperando una respuesta cuando el chico se dio la vuelta para volver a mirarlo a la cara. Se dirigió a él como quien le habla a alguien irremediablemente tonto:

—Son nuestros ancestros, Will —suspiró.

—¡Ah!

Aunque lo devoraba la curiosidad, no había nada que hacer: su visión quedó completamente tapada por la multitud. Así que se volvió hacia la parte frontal de la nave, donde había unos diez bancos de madera tallada llenos de colonos muy apretujados. Al ponerse de puntillas para ver lo que había más allá, vio un gran crucifijo en la pared. Parecía formado con dos trozos de riel de la vía férrea, ensamblados con cuatro enormes pernos de remaches redondos.

Cal le tiró de la manga, y se abrieron camino por entre la multitud para colocarse más cerca de los bancos. Las puertas se cerraron con un potente estruendo, y Will comprendió que la nave se había abarrotado en muy poco tiempo. Sintió que se asfixiaba, apretado por un lado contra Cal y por los otros contra colonos de cuerpo voluminoso. La sala empezó a caldearse rápidamente, y de la ropa húmeda de la multitud se desprendía un vapor espectral que ascendía y rodeaba las luces que colgaban del techo. La algarabía se acalló cuando un styx subió al púlpito que estaba al lado de la cruz de metal. Llevaba una toga negra hasta los pies, y sus ojos brillaban en medio de aquel aire viciado. Por un breve instante, los cerró e inclinó hacia delante la cabeza. Después levantó la mirada poco a poco abriéndose la toga negra, algo que le hacía parecer una especie de murciélago a punto de emprender el vuelo. Extendió los brazos hacia la congregación y empezó a hablar con un sibilante sonsonete de aire monástico. Al principio Will no pudo entender bien lo que decía, aun cuando desde los cuatro rincones de la nave, los otros styx repetían las palabras del predicador en ásperos susurros, un sonido no muy diferente del que harían multitud de pergaminos al ser rasgados. Will escuchó con más atención mientras el predicador elevaba la voz.

—Sabed esto, hermanos, sabed esto —decía recorriendo a la congregación con la mirada mientras tomaba aliento de forma teatral—. La superficie de la Tierra está poblada por criaturas en permanente estado de guerra. En cada lado mueren millones, y no hay límites a la brutalidad de sus malos sentimientos. Las naciones caen y se alzan para volver a caer. Han acabado con los bosques y han corrompido los prados con su veneno.

En torno a Will, todos murmuraron palabras de conformidad. El predicador styx se inclinó hacia delante, aferrándose al borde del púlpito con sus pálidos dedos.

—Su avaricia sólo tiene parangón con su apetito de muerte, dolor, terror y prohibición hacia todas las cosas vivas. Y, pese a su iniquidad, todos aspiran a elevarse hacia el firmamento. Pero, tenedlo muy presente, el excesivo peso de sus pecados les hará caer. —Hubo una pausa mientras sus ojos negros recorrían al rebaño, y luego, elevando el brazo izquierdo por encima de la cabeza y apuntando hacia lo alto con un largo y huesudo dedo índice, prosiguió—: Nada queda en la superficie terrestre ni en los grandes océanos que no vaya a ser perturbado, saqueado o exterminado. Para todos los seres vivos que son masacrados por ellos, esos profanadores representan tanto la muerte como el camino de transición. Y cuando llegue el juicio... y, tenedlo muy presente, el juicio llegará —en ese momento bajó el brazo y señaló con aires premonitorios a la congregación, a través de la neblinosa atmósfera—, entonces serán arrojados al abismo y el Señor los abandonará para siempre... Y ese día, los fieles, los justos, nosotros los que seguimos el camino correcto, volveremos para reclamar la superficie del mundo, para comenzar de nuevo, para construir nuevos dominios... la nueva Jerusalén. Porque ésta es la enseñanza que nos legaron nuestros antepasados y que ha llegado a nosotros a través de los tiempos por medio del Libro de las Catástrofes.

En la nave se hizo un silencio absoluto, que no quebró ni una tos ni un arrastrar de pies. Después el predicador volvió a hablar, en un tono más tranquilo, casi de conversación:

—Que se sepa, y que se comprenda —dijo, e inclinó la cabeza.

A Will le pareció ver al señor Jerome sentado en un banco, pero no podía estar seguro porque estaba completamente rodeado de gente.

A continuación, sin previo aviso, la congregación entera se unió a la plegaria monótona del styx:

—La Tierra es del Señor y de sus seguidores; la Tierra y cuanto mora en ella. Demos gracias por siempre a nuestro Salvador, sir Gabriel, y a los Padres Fundadores por guiarnos y congregarnos, pues todo lo que sucede en la Tierra del Señor sucede también en el Reino de Dios.

Hubo un instante de pausa antes de que el styx volviera a hablar:

—Así en lo alto como aquí abajo.

La voz de los congregados tronó con un amén mientras el styx daba un paso atrás y Will lo perdía de vista. Se giró hacia Cal para hacerle una pregunta, pero no tuvo tiempo porque la congregación empezó a dirigirse hacia la puerta, vaciando la nave tan aprisa como la habían llenado. Los chicos tuvieron que dejarse llevar por aquella marea de inquietantes seres hasta que se encontraron de nuevo en la calle, donde se quedaron mirando cómo se alejaban en todas direcciones.

—Eso de «así en lo alto como aquí abajo» no lo pillo —le dijo Will a Cal en voz baja—. Creí que todos odiaban a los Seres de la Superficie.

—«En lo alto» no significa en la Superficie —explicó Cal tan fuerte y en un tono tan petulante que varios hombres fornidos que estaban cerca se giraron para dirigirle a Will un gruñido de disgusto. Él hizo una mueca de dolor. Empezaba a preguntarse si tener un hermano más pequeño sería tan maravilloso como se había imaginado.

—Pero ¿con qué frecuencia tenéis que hacer esto… ir a la iglesia? —se aventuró a preguntar Will cuando se recobró lo bastante de la anterior respuesta de Cal.

—Una vez al día —dijo éste—. También vais a la iglesia allá arriba, ¿no?

—Nuestra familia no.

—Qué extraño —comentó Cal mirando furtivamente a su alrededor para comprobar que nadie los oía—. De todas maneras, no son más que un montón de tonterías —dijo con sorna, en voz muy baja—. Venga, vamos a ver a Tam. Estará en la taberna de Low Holborn.

Al llegar al final de la calle y doblar la esquina, una bandada de estorninos blancos voló por encima de ellos y realizó movimientos helicoidales lanzándose hacia el área de la caverna a la que se dirigían Will y Cal. Saliendo de no se sabía dónde, *Bartleby* se les acercó, moviendo la cola y la mandíbula inferior al ver a los pájaros, y entonando un maullido dulce y plañidero que casaba muy mal con su apariencia.

—¡Venga, tonto, que no los vas a atrapar nunca! —le dijo Cal al animal cuando éste pasó a su lado con la cabeza en alto, persiguiéndolos.

Pasaron por delante de casuchas y de pequeños talleres: una herrería donde el herrero, un hombre ya entrado en años, iluminado a contraluz por las brasas de la fragua, daba martillazos sin descanso sobre un yunque; y de lugares con nombres como Geo. Blueskin Carreteros y Botica Erasmus. A Will le fascinó especialmente un patio oscuro, que tenía manchas de aceite por todas partes, abarrotado de carruajes y máquinas averiadas.

—¿No deberíamos volver? —preguntó Will deteniéndose a mirar las rejas de forja y los extraños artilugios.

—No, papá todavía tardará un rato en regresar a casa —dijo Cal—. Pero deberíamos darnos prisa.

Mientras avanzaban hacia lo que a Will le parecía el centro de la caverna, no podía evitar mirar a su alrededor las sorprendentes vistas y las casas apiñadas en filas que no acababan nunca. Hasta ese momento no se había dado cuenta de lo grande que era aquel lugar. Y al levantar la vista vio una neblina brillante e inquieta, casi viva, suspendida como una nube por encima del caos de tejados, y alimentada por el brillo aunado de todas las esferas de luz.

Por un momento, la neblina le recordó a Will el verano de Highfield, con su bruma bochornosa. Salvo que donde debiera haber habido cielo y sol, sólo se alcanzaba a ver algo de la inmensa cubierta de piedra. Cal apretó el paso al cruzarse con algunos colonos que, a juzgar por la manera en que prolongaban la mirada, evidentemente sabían quién era Will. Algunos se pasaban a la otra acera para evitarlos, renegando algo en voz baja, y otros se quedaban quietos y ponían mala cara. Unos pocos hasta escupían en dirección a ellos.

A Will aquella actitud le hizo sentirse bastante mal.

—¿Por qué lo hacen? —preguntó en voz baja, caminando detrás de su hermano.

—Ignóralos —respondió Cal aparentando seguridad.

—Es como si me odiaran.

—Siempre pasa lo mismo con los forasteros.

—Pero… —comenzó Will.

—Mira, no tienes que preocuparte. Se les pasará, ya lo verás. Pero de momento eres nuevo y todos saben quién es tu madre. No te harán nada. —De repente, se paró y se volvió hacia Will—: Pero a partir de aquí, mantén la cabeza gacha y no te pares. ¿Entendido? No te pares por nada del mundo.

Will no sabía a qué se refería Cal hasta que vio la entrada de un callejón por el lado de su hermano: era un pasaje por el que apenas se cabía de costado. El chico se metió por él, y Will lo siguió de mala gana. Era oscuro y claustrofóbico, y en el aire flotaba el hedor a azufre de viejas aguas sucias. Como no veían dónde ponían los pies, chapoteaban en charcos de líquidos no identificados. Will tenía cuidado de no tocar las paredes, que estaban cubiertas de un cieno oscuro, grasiento.

Respiró cuando por fin salieron a la luz, aunque fuera escasa; pero se quedó con la boca abierta al contemplar un paisaje que parecía sacado del Londres victoriano. Los edificios se cernían a ambos lados del estrecho callejón, inclinándose unos hacia otros en ángulos tan peligrosos que los tejados casi se juntaban. Eran casas de madera en un lamentable estado de conservación. Tenían la mayor parte de las ventanas rotas o tapadas con tablas.

Aunque no hubiera podido decir de dónde venían, Will oía voces, gritos y risas por todas partes. Se oían retales sueltos de música, como escalas tocadas en una cítara desafinada. En algún lugar lloraba un niño sin cesar y ladraban los perros. Al pasar rápidamente por entre las deterioradas fachadas, Will percibía olorcillos de carbón y de tabaco de pipa y, a través de las puertas abiertas, vislumbres de gente apiñada a las mesas. Asomados a las ventanas, en mangas de camisa, los hombres miraban aburridos al suelo y fumaban en pipa. Por el medio del callejón había una acequia por la que corría lentamente el agua sucia transportando restos de verduras y otros desperdicios. Will casi se cae en ella, y entonces, para evitarlo, se pegó a la pared.

—¡No! ¡Cuidado! —se apresuró a advertirle Cal—. ¡Sepárate de la pared!

Mientras caminaban a toda prisa, Will apenas parpadeaba para no perderse nada del festín para los ojos que suponía todo cuanto le rodeaba. Murmuraba «¡sensacional!» para sí una y otra vez. Estaba preguntándose si su padre habría estado allí, en aquel retazo de historia viva, cuando otra cosa le llamó la atención: había personas en los estrechos pasajes que salían a cada lado, misteriosas siluetas oscuras se movían en su interior, y oía murmullos histéricos, e incluso, en cierto momento, el lejano sonido de alguien que gritaba desesperado. En uno de aquellos pasajes vieron tambalearse una silueta oscura: era un hombre que llevaba la cabeza tapada con un manto negro, que levantó para mostrar su rostro huesudo. Estaba cubierto de una horrible capa de sudor, y su piel tenía color de hueso viejo. Agarró con la mano el brazo de Will, y sus legañosos ojos amarillos se clavaron en los del asustado muchacho.

—¿Qué buscas, mi niño? —dijo sin aliento, y su sonrisa torcida reveló una fila irregular de dientes partidos casi negros.

Bartleby gruñó mientras Cal se apresuró a interponerse entre Will y el hombre. Lo arrancó del torvo personaje y no lo soltó hasta que pasaron varios recodos del callejón y salieron de nuevo a una calle bien iluminada. Will exhaló un suspiro de alivio.

—¿Qué lugar era ése?

—Los Rookeries. Es donde viven los pobres. Y sólo lo has visto por fuera. Realmente, no te gustaría encontrarte entre sus muros —dijo Cal, caminando tan aprisa que a Will le costaba trabajo mantener su paso. Notaba las consecuencias de la terrible experiencia vivida en el calabozo: le dolía el pecho y le pesaban los pies. Pero no quería que Cal lo notara, y hacía grandes esfuerzos por disimularlo y caminar a su ritmo.

Mientras el gato iba por delante, avanzando a saltos, Will seguía a Cal, que saltaba los charcos más grandes y bordeaba algún vertido ocasional de agua. Cayendo desde las sombras del techo de la caverna, como géiseres invertidos, aquellos torrentes no parecían brotar de ninguna parte.

Atravesaron una serie de anchas calles abarrotadas de estrechas casas adosadas, hasta que, en la distancia, Will vio las luces de una taberna en el vértice de una esquina, donde confluían dos calles. Había gente apiñada a la puerta en diversos grados de embriaguez, riendo estridentemente y gritando, y en alguna parte una voz de mujer cantaba una canción de manera espantosa. Al acercarse más pudo distinguir el letrero pintado con la inscripción «The Buttock and File», acompañada por el dibujo de la locomotora más extraña que hubiera visto nunca y que tenía, al parecer, como maquinista a un típico demonio con tridente, lleno de cuernos y con la piel escarlata y cola terminada en una punta de flecha.

La fachada e incluso las ventanas de la taberna estaban pintadas de negro y cubiertas de una película de hollín gris. El sitio estaba tan lleno que la gente se desparramaba por la acera y en la calle. Todos ellos bebían de jarras de peltre abollado, y algunos fumaban, en pipa larga de arcilla, o en objetos con forma de nabo que a Will no le sonaban de nada, pero que apestaban como pañales usados durante una eternidad.

Sin despegarse de la espalda de Cal, pasó junto a un hombre con sombrero de copa que estaba de pie ante una pequeña mesa plegable. «¡Descubran la dama! ¡Descubran la dama!», retaba a un par de interesados espectadores mientras cortaba con destreza una baraja de cartas, utilizando una sola mano.

—Mi buen señor —proclamó el hombre cuando uno de los espectadores avanzó un paso y echó una moneda sobre el tapete verde de la mesa. Extendió las cartas. A Will le dio pena no quedarse a ver el resultado del juego, pero no estaba dispuesto de ningún modo a separarse de su hermano mientras se adentraban en medio de la muchedumbre. Rodeado de todas aquellas personas se sentía muy vulnerable, y estaba pensando si podría persuadir a Cal de que volvieran a casa cuando oyó tronar una voz amiga.

—¡Cal!, ¡trae para acá a Will!

De repente, toda la gente que había alrededor calló, y en el silencio todas las caras se volvieron hacia él. El tío Tam salió de entre un grupo de personas, haciendo gestos exagerados a los dos muchachos. Fuera de la taberna, los rostros de la multitud eran variados: unos sonreían, otros expresaban curiosidad y algunos perplejidad, pero la mayoría hacían un gesto de desprecio para mostrar una hostilidad sin disimulos. A Tam aquello no pareció molestarle lo más mínimo. Les pasó los brazos a los dos muchachos por los hombros y se giró para mirar a la multitud de manera desafiante.

La algarabía proseguía dentro de la taberna, como para hacer más intensos el profundo silencio y la creciente tensión que había fuera. Aquel horrible silencio le resultaba a Will atronador, y no le permitía prestar atención a ninguna otra cosa. Entonces, alguien lanzó un eructo estruendoso, el más fuerte y prolongado que Will hubiera oído nunca. Y mientras rebotaban en los edificios próximos los ecos del eructo, el hechizo se rompió y todos los presentes estallaron en carcajadas mezcladas con vítores y algún silbido de admiración.

No tardó mucho en decaer toda aquella alegría, y la gente volvió a calmarse y a retomar sus conversaciones, mientras cierto hombre pequeño recibía felicitaciones y palmadas en la espalda tan fuertes que tenía que tapar su jarra con la mano para evitar que la bebida se derramara.

Todavía con deseos de desaparecer, Will mantenía la cabeza gacha. No pudo evitar ver que *Bartleby*, tendido bajo el banco en el que se sentaban los hombres, de repente saltaba como si algún parásito lo hubiera mordido. Retorciéndose, el gato empezó a lamerse las partes pudendas, con una de las patas de atrás apuntando al cielo, y al hacerlo, adquiría un curioso parecido con un pavo mal desplumado.

—Ahora que acabáis de conocer al gran guarro —dijo el tío Tam, mirando brevemente hacia la multitud—, dejadme que os presente a la flor y nata de la sociedad. ¡Éste es Joe Waites! —dijo colocando a Will frente a un viejo arrugado. Llevaba puesto un gorro muy apretado que le comprimía la mitad superior del rostro, haciendo que los ojos se le salieran y levantándole las mejillas en una sonrisa involuntaria. Un diente solitario asomaba en la mandíbula superior, como un colmillo de marfil. Le tendió la mano a Will, que la estrechó de mala gana, algo sorprendido de encontrarla cálida y seca.

—Y éste —Tam señaló con la cabeza a un hombre atildado que llevaba un relumbroso traje de cuadros con chaleco y gafas de montura negra—, éste es Jesse Shingles. —El sujeto se inclinó cortésmente y después se rió, levantando sus espesas cejas.

—Y en último lugar, pero no por ello menos importante, el único e increíble Imago Freebone. —Un hombre con el pelo largo, sin brillo, recogido en una cola de caballo, alargó una mano enfundada en un mitón, mientras su inmenso sobretodo de piel se abría para mostrar el inmenso barril que parecía formar su cuerpo. Will se quedó tan intimidado con la enorme corpulencia del hombre que casi da un paso atrás.

—Estamos encantados de tener el honor de conocer a una leyenda consagrada, siendo nosotros personas sencillas —dijo

Imago burlonamente, inclinando hacia delante la mole de su cuerpo y levantando con la mano un sombrero inexistente.

—Eh… hola —dijo Will, no sabiendo si tomarse a chacota las palabras de Imago.

—¡Basta ya! —cortó Tam haciendo una mueca.

Imago se puso derecho, y le volvió a ofrecer la mano para decirle ya en tono normal:

—Will, me alegro de conocerte. —El chico le estrechó de nuevo la mano—. No debería bromear —añadió Imago en tono franco—, porque todos nosotros sabemos muy bien por lo que has pasado. —Su mirada era cálida y compasiva mientras sujetaba la mano de Will entre las suyas, apretando fuerte para darle ánimos—. Yo mismo he tenido el placer de conocer la Luz Oscura en varias ocasiones: una cortesía de nuestros queridos amigos —explicó.

—Sí, no hay tortura más espantosa —dijo Jesse Shingles con una sonrisa.

Will estaba bastante intimidado por los colegas del tío Tam y su extraña apariencia, pero, mirando a su alrededor, le sorprendió notar que no eran muy diferentes del resto de los que estaban a la puerta de la taberna.

—Os he pedido para cada uno una pinta doble de New London. —Tam entregó las dos jarras a los chicos—. Disfrútala, Will: no habrás probado nada como esto en tu vida.

—¿Por qué? ¿Qué tiene? —preguntó Will, mirando con recelo el líquido grisáceo que tenía una pequeña capa de espuma en la superficie.

—Mejor que no lo sepas, sobrino, mucho mejor —dijo Tam, y sus amigos se rieron; Joe Waites hizo unos peculiares gorgoritos, mientras Imago echaba atrás la cabeza y se reía en silencio pero de forma ostentosa, agitando los hombros. Bajo el banco, *Bartleby* gruñó y se relamió ruidosamente.

—Así que has asistido a tu primer oficio —comentó el tío Tam—. ¿Qué te ha parecido?

—Ha sido, eh… interesante —respondió Will sin querer comprometerse.

—Deja de serlo al cabo de unos años —repuso Tam—. Pero la asistencia regular mantiene a raya a los cuellos blancos. —Tomó un buen trago de la jarra, y exhaló un suspiro de satisfacción—. ¡Ah, si me dieran un florín por cada «Así en lo alto como aquí abajo» que he pronunciado, sería rico!

—«Así ayer como mañana» —entonó Joe Waites con voz nasal y cansina, imitando a un predicador styx—. «Así lo dice el Libro de las Catástrofes.» —Bostezó de forma muy exagerada, lo que le permitió a Will captar una inquietante vista de sus sonrosadas encías y del triste y solitario diente.

—Y cuando has oído una catástrofe, las has oído todas. —Imago le dio a Will un codazo en las costillas.

—Amén —corearon Jesse Shingles y Joe Waites, chocando las jarras y riendo—. ¡Amén, amén, amén!

—Eso les consuela porque no son capaces de pensar por sí mismos —dijo Tam.

Will miró de reojo a Cal, y vio que se reía como los demás. No lo podía comprender: en ocasiones su hermano parecía lleno de celo religioso, y otras veces no dudaba en mostrar por la religión una total falta de respeto, incluso desprecio.

—Entonces, Will, ¿qué es lo que añoras más de la vida allá arriba? —le preguntó de repente Jesse Shingles, señalando con el pulgar hacia el techo que tenían sobre la cabeza. El chico se mostró dubitativo, y estaba a punto de decir algo cuando el pequeño hombre continuó—: Yo echaría de menos el pescado con patatas fritas, y eso que no lo he probado nunca. —Y le guiñó el ojo a Imago, en gesto de complicidad.

—Ya es suficiente. —Tam frunció el ceño, preocupado, mirando a la gente que pululaba a su alrededor—. No es el momento ni el lugar.

Cal había bebido muy a gusto de su jarra, pero notó que Will no se atrevía con la suya. Se limpió la boca con el dorso de la mano y se volvió hacia su hermano, señalando con un gesto la jarra que hasta ese momento seguía entera.

—¡Vamos, inténtalo!

Will probó un sorbo del líquido de aspecto calcáreo y lo saboreó antes de tragárselo.

—¿Qué te parece? —preguntó Cal.

Will se relamió los labios.

—No está mal —reconoció.

De pronto, sintió un picor. Los ojos se le abrieron todo lo grandes que eran y se le llenaron de lágrimas, mientras le ardía la garganta. Resopló intentando detener el acceso de tos, sin conseguirlo. Cal y el tío Tam sonrieron.

—No tengo edad para beber alcohol —explicó Will con la voz ahogada, dejando la jarra en el borde de la mesa.

—¿Y quién te lo va a impedir? Aquí las normas son distintas. Mientras no te salgas de la ley, cumplas con tus obligaciones y vayas a los oficios, a nadie le importa que te desahogues un poco. Es sólo asunto tuyo —dijo Tam, dándole unas palmadas suaves en la espalda.

Como para mostrar su conformidad con estas palabras, la asamblea levantó las jarras y las chocó con gritos de:

—¡Al centro y adentro!

Y así siguieron, jarra tras jarra, hasta llegar a la cuarta o quinta ronda; Will perdió la cuenta. Tam acababa de contar un chiste intrincado e incomprensible sobre un policía con flatulencias y la hija de un malabarista ciego al que Will no encontró ni pies ni cabeza, aunque los demás se partían de risa.

Todavía riéndose, con la cerveza en la mano, Tam miró de pronto en el interior de la jarra y, metiendo en ella el pulgar y el índice, sacó algo sólido:

—Otra vez me ha tocado la maldita babosa —dijo mientras los demás volvían a estallar en risas incontroladas.

—¡Si no te la comes, te casarás antes de que termine el mes! —bramó Imago.

—¡En ese caso…! —dijo Tam riéndose y, ante el asombro de Will, se colocó aquella cosa blanda y gris en la lengua. Dentro de la boca, le dio vueltas como a un caramelo antes de masticarla y tragársela entre los vítores de sus amigos.

En la calma que siguió, Will se sintió lo bastante envalentonado por la bebida para hablar de lo que llevaba dentro:

—Tam… tío Tam… necesito que me ayudes.

—Lo que quieras, sobrino —dijo su tío, poniéndole la mano en el hombro—. Sólo tienes que pedir.

Pero ¿por dónde empezaba?, ¿por dónde? Eran demasiadas las cosas que atormentaban su mente aturdida por la cerveza: encontrar a su padre, la situación de su hermana, y de su madre… (pero ¿cuál de las dos?) En medio de todo ello, un pensamiento imperioso cristalizó en su mente, algo de lo que tenía que ocuparse antes que de ninguna otra cosa:

—Tengo que liberar a Chester.

—¡Shhh! —Tam intentó callarlo y miró a su alrededor con miedo. Los demás lo rodearon formando un corrillo hermético.

—¿Tienes idea de lo que dices? —preguntó su tío en voz bajísima.

Will lo miró perplejo, sin saber qué responder.

—¿Y dónde iríais? ¿De vuelta a Highfield? ¿Crees que te ibas a encontrar seguro allí como antes, con los styx detrás de tus pasos? No durarías ni una semana. ¿Quién te iba a proteger?

—Podría ir a la policía —sugirió Will—. Ellos…

—No te enteras. Tienen gente en todas partes —repitió Tam con voz enérgica.

—Y no sólo en Highfield —añadió Imago en voz baja—. No puedes confiar en ningún Ser de la Sperficie, ni en la policía… en nadie.

Tam asintió para confirmar lo que decía Imago.

—Tendrías que esconderte en algún lugar en el que nunca se les ocurriera buscarte. ¿Tienes idea de adónde podrías ir?

Will no sabía si era el cansancio o el efecto del alcohol, pero le costaba esfuerzo contener las lágrimas.

—¡Pero no puedo quedarme sin hacer nada! Cuando necesité ayuda para buscar a mi padre —dijo con la voz ronca de la emoción—, la única persona a la que pude recurrir fue Chester, y ahora está en el calabozo... por mi culpa. Tengo un deber con él.

—¿Tienes idea de lo que es ser un fugitivo? —preguntó Tam—. ¿Te imaginas pasándote el resto de la vida huyendo de cada sombra, sin un solo amigo que te ayude porque representas un peligro para cualquiera que esté cerca de ti?

Will tragó saliva con esfuerzo mientras iba comprendiendo las palabras de Tam, consciente de que todos los ojos del grupo estaban fijos en él.

—Si yo estuviera en tu lugar, me olvidaría de Chester —dijo Tam con voz severa.

—Pero yo... no puedo —respondió Will con la voz tensa, mirando en lo hondo de su jarra—. No...

—Así funcionan aquí las cosas, Will... Ya te acostumbrarás —dijo Tam, moviendo con énfasis la cabeza hacia los lados.

El buen humor que había reinado entre ellos hacía sólo un instante se había esfumado por completo, y en aquel momento los ojos de Cal y los de los otros lo miraban con severidad. No sabía si había metido la pata y dicho algo del todo equivocado, pero no podía dejar las cosas así simplemente... Sus sentimientos eran demasiado poderosos. Levantó la cabeza y miró a Tam a los ojos.

—Pero ¿por qué seguís aquí todos? —preguntó—. ¿Por qué no escapa todo el mundo?

—Pues porque —repuso Tam muy despacio—, a fin de cuentas, éste es nuestro hogar. Puede que no sea gran cosa, pero es lo único que conoce la mayor parte de la gente.

—Nuestra familia está aquí —dijo Joe Waites con energía—. ¿Crees que podríamos dejarlo todo e irnos? ¿Tienes idea de lo que ocurriría si lo hiciéramos?

—Que habría represalias —explicó Imago en voz muy baja y ronca.

—Los styx los matarían a todos.

—Correrían ríos de sangre —susurró Tam.

Joe Waites fue aún más allá:

—¿Y crees que seríamos felices viviendo en un lugar extraño donde todas las cosas nos fueran del todo ajeno? ¿Adónde iríamos? ¿Qué haríamos? —dijo efusivamente, temblando de emoción al hablar. Era evidente que las preguntas de Will le habían alterado de forma profunda, y sólo comenzó a recuperar la compostura cuando Tam le puso sobre el hombro una mano reconfortante.

—Nos sentiríamos fuera de lugar… y de época —explicó Jesse Shingles.

Will no fue capaz de hacer otra cosa que asentir con la cabeza, acobardado por la intensa emoción que había encendido en el grupo. Suspiró, tembloroso.

—Bueno, en cualquier caso, tengo que liberar a Chester. Aunque lo tenga que hacer yo solo.

Tam lo miró por un momento y después negó con la cabeza.

—Testarudo como una mula. Desde luego, de tal palo tal astilla —dijo, volviendo a sonreír—. ¿Sabes?, es asombroso lo que te pareces a ella. Cuando a Sarah se le metía algo en la cabeza, no había quien la hiciera cambiar de opinión. —Le alborotó el pelo con su enorme mano—. Testarudos como puñeteras mulas.

Imago le dio a Tam unos golpecitos en el brazo:

—Otra vez él.

Aliviado por dejar de ser el centro de atracción, Will fue un poco lento en averiguar por qué, pero cuando lo hizo observó que, al otro lado de la calle, un styx hablaba con un hombre corpulento que tenía el pelo blanco e hirsuto y largas patillas, y llevaba un sobretodo marrón, brillante, con un mugriento pañuelo rojo en torno a su cuello corto y grueso. El styx asintió con la cabeza, se volvió y se alejó caminando.

—Ese styx lleva bastante tiempo persiguiendo a Tam —le susurró Cal a Will.

—¿Quién es? —preguntó Will.

—Nadie sabe cómo se llaman, pero a éste nosotros lo llamamos Crawfly. No hay manera de quitárselo de encima. Libra una batalla personal con el tío Tam.

Will observó cómo se disolvía en las sombras la figura de Crawfly.

—La tiene tomada con vuestra familia desde que vuestra madre logró zafarse de los cuellos blancos y llegó a la Superficie —explicó Imago a Will y Cal.

—Y hasta el día de mi muerte juraré que él acabó con mi padre —dijo Tam, con una voz extrañamente carente de emoción—. Lo mató a propósito… Estoy seguro de que no fue ningún accidente.

Imago movió despacio la cabeza hacia los lados.

—Fue algo horrible —confirmó—. Algo horrible.

—¿Qué estará tramando con ese canalla? —preguntó Tam, volviéndose hacia Imago con el ceño fruncido.

—¿El tipo con el que hablaba Crawfly? ¿Quién es? —preguntó Will mirando al otro hombre, que en aquel momento cruzaba la calle y se dirigía hacia la multitud que había a la puerta de la taberna.

—No lo mires… Es Heraldo Walsh. Un asesino… Feo trabajo —advirtió Cal.

—Un ladrón, lo peor de lo peor —masculló Tam.

—Pero, entonces, ¿qué hace hablando con un styx? —preguntó Will, completamente desorientado.

—Todo tiene más entresijos de lo que parece —murmuró Tam—. Los styx son taimados. Pon un cinturón a su lado y se terminará convirtiendo en una serpiente. —Se volvió hacia Will—: Mira, puedo ayudarte con Chester, pero me tienes que prometer una cosa —susurró.

—¿Qué?

—Que si te cogen, nunca implicarás a Cal, ni a mí, ni a

ninguno de nosotros. Aquí tenemos nuestra vida y a nuestra familia y, nos guste o no, tenemos que compartir este lugar con los cuellos blancos... los styx. Es lo malo que tiene estar aquí, y tenemos que tragar con ello. Y te lo repito: al que les toca las narices, no lo dejan nunca en paz... Hacen todo lo que pueden para atraparlo... —De repente, Tam se calló en mitad de la frase.

Will percibió la alarma en los ojos de Cal. Se dio la vuelta. Heraldo Walsh se encontraba a menos de dos metros de distancia de él. Por detrás de éste, el grupo de borrachos se separaba para dejar paso a una falange de colonos de aspecto brutal. Evidentemente, se trataba de los hombres de Walsh. Will vio el fiero odio reflejado en los rostros. Se le heló la sangre. De inmediato, Tam se puso al lado de Will.

—¿Qué buscas, Walsh? —dijo, entornando los ojos y apretando los puños.

—Mi querido Tamarindo —dijo Heraldo Walsh con una vil sonrisa que mostraba sus dientes separados—. Sólo quería ver por mí mismo a ese Ser de la Superficie.

Will hubiera querido que se lo tragara la tierra en aquel instante.

—Así que tú eres uno de esos cerdos que nos atascan los conductos de aire y nos ensucian las casas con sus asquerosas cloacas. Mi hija murió por vuestra culpa. —Dio un paso hacia Will, levantando la mano amenazadoramente, como si fuera a agarrar al petrificado muchacho—. ¡Ven aquí, basura apestosa!

Will tuvo miedo. Su primer impulso fue echar a correr, pero sabía que su tío no permitiría que le ocurriera nada.

—Ya basta, Walsh. —Tam dio un paso hacia el hombre para cerrarle el paso.

—Te llevas bien con los impíos, Macaulay —gritó Walsh, sin dejar de mirar por un instante a Will.

—¿Y qué sabes tú de Dios? —repuso Tam, dando otro paso para ponerse entre él y Will y servir de escudo a su sobrino—. ¡Déjalo en paz, es de mi familia!

Pero Heraldo se portaba como un perro con su hueso: no pensaba soltarlo. Tras él, los suyos lo azuzaban echando maldiciones.

—¿A eso llamas familia? —tocó a Will con un dedo sucio—. ¿Al cachorro de Sarah Jerome? —Varios de sus hombres corearon el insulto con gritos y alaridos—. Ése es un bastardo hijo de una perra traidora que salió a buscar el sol —soltó Heraldo.

—¡Se acabó! —dijo Tam apretando los dientes. Le tiró la cerveza que le quedaba en la jarra, que le dio de lleno en la cara, empapándole el pelo y las mejillas—. Nadie insulta a mi familia, Walsh. A la raya —añadió enfurecido.

El círculo de Heraldo Walsh empezó a salmodiar: «¡Machácalo, machácalo!», y muy pronto no se oían más que vítores, mientras se agrupaban todos los que estaban bebiendo fuera de la taberna. Otros salieron de ella para ver qué pasaba.

—¿Qué va a ocurrir? —le preguntó Will a Cal, completamente asustado mientras los rodeaba la multitud. Justo en el centro de la muchedumbre apretada y excitada, se hallaba Tam, de pie, con aire decidido, enfrente de Heraldo Walsh. Se devoraban uno al otro con la mirada.

—Una pelea a puñetazos —dijo Cal.

El tabernero, un hombre bajo y fornido que llevaba un delantal azul y tenía la cara colorada y sudorosa, salió por la puerta y se abrió paso a través de la multitud hasta que llegó donde estaban los dos hombres. A empujones se interpuso entre Tam y Heraldo Walsh, y se arrodilló para ponerles unos grilletes en los tobillos. Mientras los dos daban un paso atrás, Will vio que los grilletes estaban unidos por una cadena oxidada, así que los dos luchadores estaban atados uno al otro. Entonces el tabernero metió la mano en el bolsillo de su delantal y sacó una tiza. Trazó una línea en la acera, que dividía por la mitad la zona de combate.

—¡Ya conocéis las reglas! —retumbó su voz teatralmente,

dirigiéndose tanto a la multitud como a los dos hombres—. ¡Está prohibido pegar por debajo del cinturón, emplear armas, dar mordiscos y meterle el dedo en el ojo al contrincante! ¡La pelea acaba cuando uno de los dos pierda el conocimiento o muera!

—¿Muera…? —le susurró tembloroso Will a Cal, que asintió con preocupación.

A continuación, el tabernero hizo retroceder a todo el mundo para formar un cerco. Eso no era tarea fácil, porque se empujaban unos a otros para conseguir el mejor sitio para contemplar la pelea.

—¡A la raya! —gritó el tabernero.

Tam y Heraldo Walsh se colocaron cada uno a un lado de la raya de tiza. El tabernero los cogió del brazo para sujetarlos. Y de pronto los soltó gritando:

—¡Ya! —Y se retiró rápidamente.

En un intento de hacer perder el equilibrio a su oponente, Walsh echó de inmediatao el pie hacia atrás, y la cadena, que tenía unos dos metros de largo, se tensó completamente, arrastrando hacia delante el pie de Tam.

Pero éste estaba preparado para aquella maniobra, y sacó provecho a su involuntario avance. Se inclinó hacia Walsh, que era más bajo que él, lanzando su potente derechazo contra su rostro. El puñetazo rebotó en la barbilla de Walsh, arrancando a la multitud una exclamación ahogada. Tam prosiguió con una rápida combinación de golpes, pero su contrincante los evitaba con aparente facilidad, agachándose y apartándose como un conejo loco, mientras la cadena que los unía traqueteaba en el suelo entre los gritos de los espectadores.

—¡Diantre, qué rápido es ese tipo! —comentó Joe Waites.

—Pero su brazo no tiene el alcance del de Tam, ¿a que no? —replicó Jesse Shingles.

Entonces Heraldo Walsh, agachándose mucho, entró por debajo de la guardia de Tam y le lanzó un golpe a la mandíbula, un gancho cortante que le sacudió la cabeza. Tam sangró por la boca, pero no dudó en tomarse la revancha propinándole un golpe en la cabeza que dio de lleno en el hueso parietal de Walsh.

—¡El martinete! —exclamó Joe emocionado, y después gritó—: ¡Vamos, Tam! ¡Vamos, valiente!

A Heraldo Walsh se le combaron las rodillas y retrocedió tambaleándose, escupiendo furioso, pero volvió inmediatamente a la carga con una frenética salva de puñetazos que golpearon a Tam en la boca. Éste retrocedió todo lo que le permitía la cadena, chocando con la multitud que tenía detrás. Mientras los de delante empujaban a los de detrás para agrandar el espacio de los luchadores, Walsh fue tras él, pero Tam aprovechó para recuperarse y reorganizar su defensa. Mientras Walsh se le acercaba, dando puñetazos en el aire, él se agachó y golpeó a su oponente con una combinación de golpes dirigidos a la caja torácica y al estómago. El sonido de los puñetazos, como el de las balas de heno cuando se arrojan al suelo desde lo alto, podía oírse por encima de los gritos y burlas de los espectadores.

—Lo está debilitando —comentó Cal con entusiasmo.

Entre los espectadores estallaban esporádicas refriegas a partir de discusiones entre los simpatizantes de un luchador y los del otro. Desde su privilegiada posición, Will veía aparecer y desaparecer cabezas en medio de la multitud, puños que se agitaban y jarras que salían volando, mientras la cerveza corría por todas partes. También vio el dinero cambiando de manos, conforme se hacían las apuestas y la gente levantaba uno, dos o tres dedos antes de poner las monedas. La atmósfera era carnavalesca.

De repente, la multitud soltó un profundo «¡Oooh!» cuando, sin previo aviso, Heraldo Walsh lanzó un potente gancho a la nariz de Tam. Se hizo entonces entre la multitud un escalofriante silencio mientras veían caer a Tam sobre una rodilla, con la cadena tensa entre los dos.

—Esto no me gusta nada —dijo Imago, con preocupación.

—¡Vamos, Tam! —gritó Cal con toda su fuerza—. ¡Macaulay, Macaulay, Macaulay! —siguió gritando, y Will se sumó a él.

Tam se quedó de rodillas. Cal y Will vieron correr la sangre por su cara y gotear en los adoquines del suelo. Entonces el hombre los miró y les guiñó un ojo, con picardía.

—¡Ése es perro viejo! —exclamó Imago en voz baja —. Ahí va.

Y así fue: mientras Heraldo Walsh permanecía de pie ante él, Tam se levantó con la gracia y velocidad de un jaguar, lanzando un terrible gancho que impactó en la mandíbula de Walsh golpeándole los dientes de abajo contra los de arriba con un crujido aterrador. Heraldo Walsh se tambaleó hacia atrás, y Tam se abalanzó sobre él, golpeándole el rostro con tal rapidez y tal fuerza que no le dejaba tiempo de reaccionar.

Algo cubierto de sangre y saliva salió disparado de la boca de Heraldo Walsh y aterrizó en los adoquines. Con sorpresa, Will vio que era la mayor parte de un diente roto. Se alargaron algunas manos para cogerlo. Un hombre con sombrero de fieltro comido por la polilla fue el más rápido, se hizo con él y después desapareció en medio de los que se lo disputaban.

—Cazadores de recuerdos —explicó Cal—. ¡Vampiros!

Will levantó la vista justo cuando Tam se cernía sobre su contrincante, al que levantaban en aquel instante algunos de los suyos, exhausto y jadeando. Escupiendo sangre, con el ojo izquierdo cerrado e hinchado, Heraldo Walsh fue impulsado hacia delante justo a tiempo de ver cómo el puño de Tam le propinaba un golpe demoledor, definitivo.

La cabeza le cayó hacia atrás mientras él lo hacía contra la multitud, que se separó para contemplar cómo bailaba, con las piernas dobladas durante unos instantes de agonía, una danza de borracho. Después, simplemente se cayó en el suelo doblando las articulaciones, como una marioneta sin sujeción, y la multitud quedó en silencio.

Tam estaba inclinado hacia delante, con los nudillos en carne viva descansando de rodillas en el suelo mientras trataba de recuperar el aliento. El tabernero se adelantó y empujó la cabeza de Heraldo Walsh con su bota. No se movió.

—¡Tam Macaulay! —gritó el tabernero a la silenciosa multitud, que estalló en un repentino clamor que se oyó en toda la caverna y debió de hacer vibrar las ventanas del otro lado de los Rookeries.

Le quitaron el grillete a Tam, y sus amigos corrieron hasta él y le ayudaron a llegar hasta el banco, donde se dejó caer, palpándose la mandíbula mientras los dos muchachos se sentaban uno a cada lado de él.

—Ese bastardo era más rápido de lo que yo creía —dijo mirándose los nudillos ensangrentados mientras trataba dolorosamente de flexionarlos. Alguien le dio una palmada en la espalda y le entregó una jarra de cerveza antes de desaparecer en la taberna.

—Qué decepción para Crawfly —dijo Jesse, mientras todos se volvían para observar al styx al final de la calle, que les daba la espalda porque se alejaba a grandes zancadas, golpeándose el muslo con un par de peculiares anteojos.

—Pero ha logrado lo que quería —repuso Tam con desánimo—. Se correrá la voz de que me he metido en otra pelea.

—No importa —dijo Jesse Shingles—. Estás justificado. Todo el mundo sabe que Walsh te provocó.

Tam observó la lastimosa figura de Heraldo Walsh, tendido tal como había caído. Ninguno de los suyos se había acercado a él para apartarlo de la calle.

—Una cosa está clara: cuando despierte se sentirá como la comida de un coprolita —se mofó Imago mientras un camarero arrojaba un cubo de agua al cuerpo inconsciente y volvía a entrar en la taberna, riéndose.

Tam asintió con la cabeza, pensativo, y bebió un gran trago de cerveza, limpiándose después los magullados labios con el antebrazo.

—Eso si despierta —comentó en voz baja.

26

En la habitación en la que había dormido Rebecca entraba el ruido del tráfico de los lunes por la mañana. Trece pisos más abajo, en la calle, las bocinas de los coches elevaban sus impacientes sonidos. Una leve brisa alborotaba las cortinas. Arrugó la nariz al percibir el hedor viejo de los cigarrillos que la tía Jean había fumado sin cesar la noche anterior. Aunque la puerta del dormitorio estaba firmemente cerrada, el humo se abría paso para llegar hasta el último rincón del piso, como una niebla sucia e insidiosa que buscara nuevos rincones que mancillar.

Se levantó, se puso la bata e hizo la cama mientras cantaba haciendo gorgoritos los primeros dos versos de *You are my sunshine*. Continuando el resto de la canción con un vago «la, la», colocó con cuidado sobre el edredón un vestido negro y una blusa blanca.

Se dirigió hasta la puerta y, poniendo la mano en el picaporte, se quedó completamente quieta, como inmovilizada por una idea. Después se volvió muy despacio y desanduvo los pasos hasta la cama. Sus ojos se posaron en el par de fotografías pequeñas, enmarcadas en portarretratos de plata, que había en la mesita de noche.

Las cogió y se sentó en la cama, mirando primero una y luego otra, y así una y otra vez. En uno de los marcos había una fotografía ligeramente desenfocada en la que aparecía Will apoyado en su pala. En la otra se veía a unos juveniles doctor y señora Burrows sentados en tumbonas de rayas en una playa no identificada. En la foto, su madre contemplaba un enorme helado mientras su padre parecía que estaba tratando de matar una mosca con su mano borrosa.

Cada uno se había ido por su lado: la familia se había deshecho. ¿De verdad creían que se iba a quedar cuidando a la tía Jean, una persona aún más perezosa y exigente que su madre?

—No —dijo Rebecca en voz alta—. Ya he tenido bastante. —Una débil sonrisa asomó un instante a su rostro. Miró las fotografías una última vez y exhaló un largo suspiro—. ¡Hay que aprender a andar sin muletas! —dijo, y las arrojó contra el descolorido rodapié con tal fuerza que se rompieron los cristales.

En veinte minutos se vistió y se preparó para salir. Llevó sus pequeñas maletas hasta la puerta del apartamento y fue a la cocina. En un cajón que había cerca del fregadero se encontraba el «alijo de tabaco» de la tía Jean, unos diez paquetes de cigarrillos. Rebecca los abrió y tiró el contenido al fregadero. Luego la emprendió con las botellas de vodka barato: desenroscó los tapones y vació el contenido de las cinco botellas en el fregadero, empapando los cigarrillos.

Finalmente cogió la caja de cerillas de cocina que había junto a los quemadores de la cocina de gas, la abrió, sacó de ella una cerilla, la encendió y prendió con ella una hoja arrugada de papel de cocina.

Manteniéndose a distancia, tiró al fregadero la bola de papel. Los cigarrillos y el alcohol levantaron una llamarada que sonó como un rugido, y las llamas acariciaron los grifos de plástico que imitaban acero cromado y los azulejos desportillados con motivos florales que había detrás. Rebecca no se quedó allí para disfrutarlo: cerró con un portazo la puerta de la casa al salir con sus maletas. Mientras empezaba a sonar la sirena de la alarma antiincendios, cruzó el rellano y empezó a bajar por la escalera.

Desde que su amigo había desaparecido como por arte de magia, Chester, inmerso en la noche permanente del calabozo, había sobrepasado la frontera de la desesperación.

—Uno, dos, tres... —Intentaba enderezar los brazos para completar la flexión, que era parte de la rutina diaria que se había impuesto.

—Tres... —Respiró hondo y tensó los brazos sin mucho entusiasmo.

—Tres... —Echó todo el aire y se dejó caer derrotado. Su rostro entró en contacto con la suciedad del pavimento de piedra que la oscuridad ocultaba. Se dio la vuelta en el suelo y se sentó, mirando la ventanilla de observación que había en la puerta para asegurarse de que no lo veían mientras juntaba las manos.

—Señor...

Para Chester, rezar era algo que hacía en el colegio, con la sensación de que todo el mundo lo miraba en el silencio puntuado por toses... Algo que iba a continuación del mal cantado himno que, para regocijo de sus compañeros, algunos chicos sazonaban cambiando la letra por otra más picante. Sólo los muy idiotas rezaban en serio.

—... te lo ruego, envía a alguien...

Apretó las manos más y más fuerte sin sentir ya ninguna vergüenza. ¿Qué otra cosa podía hacer? Se acordó de su tío abuelo, que había aparecido un día en casa y se había quedado en el cuarto de invitados. Su madre se había llevado a Chester aparte y le había explicado que aquel extraño hombre, pequeño y delgado como la rama de un árbol, estaba recibiendo quimioterapia en un hospital de Londres y, aunque Chester no lo había visto nunca hasta aquel día, ella le explicó que era de la familia, y que eso era algo importante.

El chico recordó en aquellos momentos al hombrecillo, con su boletín de las carreras de caballos y el áspero comentario de «Yo no como esa porquería extranjera» con el que había recibido un delicioso plato de espagueti a la boloñesa. Recordó la tos bronca con que acompañaba los numerosos cigarrillos que se empeñaba en seguir liando y fumando, para desesperación de su madre.

En la segunda semana de idas y venidas al hospital, el hombrecito se había debilitado y se había vuelto más retraído, como una hoja que se marchita en el árbol, hasta que dejó de hablar de la vida en el norte y ni siquiera le apetecía tomar el té. En los días previos a su muerte, aunque no había llegado a comprender el motivo, Chester había oído al hombrecito clamando a Dios en su cuarto, con espantosos sonidos sibilantes. Lo comprendía en aquellos momentos.

—… ayúdame. Te lo imploro… Te lo imploro…

Chester se sentía solo y abandonado y… ¿Por qué, ¡ah!, por qué había acompañado a Will en aquella absurda excursión? ¿Por qué no se había quedado en casa? Podía encontrarse en ella en aquel momento, arropado, seguro… Y sin embargo estaba en un calabozo porque se le había ocurrido acompañar a Will… y ya no podía hacer otra cosa que señalar el paso de los días basándose en los dos cuencos tristemente idénticos de papilla que llegaban a intervalos regulares, y los intermitentes periodos de sueño que no acababan de resultar reparadores.

Ya se había acostumbrado al continuo zumbido que invadía el calabozo: el segundo agente le había dicho que lo producían las máquinas de las estaciones de ventilación. Había empezado a encontrarlo incluso reconfortante.

Los últimos días, el segundo agente había suavizado ligeramente su trato, y de vez en cuando se dignaba responderle alguna pregunta. Era como si ya no tuviera importancia que mantuviera o no sus modales de policía, lo cual le producía a Chester la espantosa impresión de que tal vez estuviera destinado a quedarse allí para siempre o que quizá se avecinaba un acontecimiento importante. Y eso, según sospechaba, no debía ser nada bueno.

La sospecha se había hecho más fuerte cuando el segundo agente había abierto la puerta para ordenarle que se lavara, entregándole una esponja y un caldero con agua turbia. Pese a sus recelos, Chester agradeció la ocasión de lavarse, aunque al hacerlo sintió dolores infernales, porque los eccemas se habían extendido más que nunca.

En el pasado había tenido el eccema en los brazos, y sólo ocasionalmente se le había extendido a la cara; pero ahora lo tenía por todas partes, de forma que cada centímetro de su cuerpo parecía hallarse en carne viva. El segundo agente le había arrojado además algo de ropa para que se cambiara, ropa que incluía unos enormes pantalones que parecían de arpillera y que aumentaban más el escozor, si tal cosa era posible.

Aparte de esto, el tiempo avanzaba cansinamente. Chester había perdido la cuenta de cuántos días llevaba solo en el calabozo. Tal vez fuera un mes, pero no estaba seguro.

Un día, se emocionó al descubrir que palpando suavemente con las yemas de los dedos, podía leer letras grabadas en la piedra de uno de los muros de la celda. Eran nombres e iniciales, algunos acompañados de cifras que podían ser fechas. Y abajo del todo, en ese muro, alguien había grabado en grandes letras mayúsculas: «YO MORÍ AQUÍ, MUY DESPACIO». Tras encontrar aquella inscripción, Chester no tuvo ganas de leer más.

También había descubierto que, poniéndose de puntillas sobre el poyo forrado de plomo, podía llegar justo a las barras de un tragaluz estrecho como una rendija que había en lo alto del muro. Agarrado a aquellas barras, podía levantarse hasta conseguir ver el descuidado huerto de la cocina de la prisión. Tras él, había un tramo de carretera que terminaba penetrando en un túnel, iluminado por algunas farolas con esferas permanentemente luminosas.

Chester contemplaba sin descanso aquella carretera que se adentraba en el túnel, con la levísima esperanza de que tal vez, sólo tal vez, pudiera un día llegar a ver a su amigo, a Will, que volvía para sacarlo de allí, como un caballero errante que se acercara en su caballo para luchar con el dragón. Pero Will no llegaba nunca y Chester se quedaba allí colgado, esperando y rezando con fervor mientras los nudillos se le ponían blancos a causa del esfuerzo, hasta que los brazos dejaban de sostenerlo y él volvía a caer en la oscuridad y la desesperanza del calabozo.

27

—¡Vamos, despierta!

Sin contemplaciones, Cal zarandeaba a Will y le gritaba para sacarlo de su sueño. Al incorporarse en la estrecha cama, el chico notó que le estallaba la cabeza. Se sentía bastante débil.

—Levanta, Will, tenemos cosas que hacer.

No sabía qué hora podía ser, pero estaba seguro de que era muy temprano. Soltó un pequeño eructo, y la cerveza de la noche anterior le llenó la boca de un sabor agrio. Exhaló un gemido y volvió a dejarse caer sobre la estrecha cama.

—¡Te he dicho que te levantes!

—¿Tengo que hacerlo? —protestó Will.

—El señor Tonypandy está esperando, y tiene muy poca paciencia.

«¿Cómo he llegado hasta aquí?» Con los ojos firmemente cerrados, Will permaneció acostado, deseando volver a dormirse. Se sentía exactamente como el primer día de colegio en todos los sentidos, tal era la sensación de terror que lo invadía. No tenía ni idea de qué era lo que le tenían preparado, ni ganas de averiguarlo.

—¡Will! —gritó Cal.

—Vale, vale. —Con resignación y un intenso malestar, se levantó, se vistió y siguió a su hermano al piso de abajo, donde en la puerta les esperaba con expresión severa un hombre bajo y robusto. Dirigió a Will una mirada de pocos amigos antes de volverle la espalda.

—Venga, póntelo sin pérdida de tiempo. —Cal le entregó a Will un voluminoso fardo. Al desplegarlo, se convirtió en lo que sólo podría describirse como un traje de hule que le quedaba muy mal, incómodamente apretado bajo los brazos y en la entrepierna. Bajó la vista para mirarse y luego para mirar a Cal, que tenía el mismo aspecto que él.

—¡Qué ridículos nos vemos!

—Te hará falta en el lugar al que vas —repuso Cal lacónicamente.

Will se presentó al señor Tonypandy, que no pronunció palabra, y se limitó a dirigirle a Will una mirada inexpresiva. Después hizo un gesto con la cabeza para indicarle que debía seguirle.

En la calle, Cal tomó una dirección diferente. Aunque también iba a trabajar, lo hacía en otro cuadrante de la Caverna Meridional, y Will se puso nervioso al pensar que su hermano no iba a acompañarlo. Con todo lo cargante que podía resultarle a veces, Cal era su referencia, su guardián en aquel lugar incomprensible lleno de prácticas primitivas. Se sentía muy vulnerable sin tenerlo a su lado.

Siguiéndolo sin ningún entusiasmo, Will arrojaba ocasionales miradas al señor Tonypandy, que avanzaba despacio con una cojera pronunciada, pues su pierna derecha se movía según su propio capricho, y el pie golpeaba a cada paso en los adoquines. Casi tan ancho como alto, Tonypandy llevaba un peculiar sombrero negro y elástico calado casi hasta las cejas. Parecía de lana, pero al verlo más de cerca se notaba que estaba tejido con un material fibroso parecido a la pelusa del coco. Su breve cuello era tan ancho como la cabeza, y a Will se le ocurrió que, por detrás, recordaba un enorme pulgar que saliera de un abrigo.

Conforme avanzaban por la calle, otros colonos se fueron añadiendo a ellos hasta formar un grupo de una docena aproximada de chicos. La mayoría eran muy jóvenes, de entre diez y quince años, según calculaba Will. Vio que muchos llevaban palas mientras que unos pocos portaban unas extrañas herramientas de mango largo vagamente parecidas a picos, con punta a un lado, pero una especie de larga y curvada hoja de azada al otro. Por el desgaste de los mangos forrados de cuero y el estado del hierro, se veía que las herramientas habían sido muy utilizadas. La curiosidad lo invadía, y acercándose a uno de los chicos que caminaban a su lado, le preguntó en voz baja:

—Perdóname, ¿qué es esa cosa que llevas ahí?

El chaval lo miró y pareció reacio a contestar, pero al final murmuró:

—Es un zapapico, por supuesto.

—Un zapapico —repitió Will—. Eh… gracias —dijo mientras el chico aminoraba deliberadamente el paso para separarse de él. En aquel preciso instante, Will se sintió más solo de lo que recordaba haberse sentido en toda su vida, y le acometió un deseo fortísimo de darse la vuelta y regresar a casa Jerome. Pero sabía que no tenía alternativa, que en aquel lugar tenía que hacer lo que le mandaban: que tenía que obedecer.

Por fin, entraron en un túnel, y los pasos de las botas empezaron a retumbar entre las paredes, que tenían vetas, con recorridos diagonales, de una roca negra brillante que las atravesaba. Podían ser estratos de obsidiana o incluso, pensó al ver las vetas más de cerca, carbón pulido. ¿Sería eso lo que iban a hacer? A la mente de Will acudieron de pronto imágenes de mineros desnudos de cintura para arriba, arrastrándose por estrechas grietas y arrancando negro y polvoriento carbón. Se acongojó.

Tras unos minutos, salieron del túnel a una caverna más pequeña que la anterior. Lo primero que notó Will fue que allí el aire era diferente. La humedad había aumentado hasta el punto de que podía notar las gotas de agua que se condensaban en la cara, mezclándose con el sudor. Después notó que las paredes de la caverna estaban reforzadas con enormes losas de piedra caliza. Cal le había explicado que la Colonia estaba formada por una serie de cavernas interconectadas, algunas formadas por la naturaleza y otras, como aquélla, abiertas artificialmente y con muros reforzados en su mayor parte.

—¡Dios mío, espero que mi padre haya visto esto! —exclamó Will en voz muy baja, lamentando no poder detenerse para disfrutar del entorno, tal vez incluso para hacer uno o dos dibujos como recuerdo del lugar. Pero tuvo que conformarse con asimilar todo lo que pudo mientras pasaban rápidamente. Había pocos edificios en aquella caverna, lo que le daba un aspecto casi rural, y al avanzar un poco más llegaron a una zona de cobertizos con vigas de roble y casitas de una sola planta, algunas independientes, pero la mayor parte excavadas en la roca. En cuanto a los residentes de aquella caverna, vio sólo a unas pocas personas que llevaban grandes bolsas de lona a la espalda, o bien empujaban carretillas cargadas.

El grupo siguió al señor Tonypandy al dejar la carretera para descender a una profunda zanja cuyo fondo estaba lleno de arcilla húmeda. Resbaladiza y traidora, la arcilla se les pegaba a las botas, dificultando el avance por la serpenteante trayectoria. La zanja no tardó en desembocar en un cráter en la misma base del muro de la caverna, y el grupo se detuvo junto a dos sencillos edificios de piedra con el techo plano. Parecían saber que tenían que esperar allí, y lo hacían apoyados en las palas y los zapapicos mientras Tonypandy emprendía una viva discusión con dos hombres más viejos que habían salido de uno de los edificios. Los chicos del grupo bromeaban y charlaban animadamente entre ellos, dirigiendo de vez en cuando miradas de reojo a Will, que estaba apartado. Después el señor Tonypandy se alejó en dirección a la carretera, y uno de los viejos le gritó a Will:

—Tú te vienes conmigo, Jerome. A las cabañas.

Tenía una cicatriz de color rojo amoratado que le cruzaba la cara en forma de luna. Le empezaba justo encima de la boca y subía pasándole por el ojo izquierdo y la frente, dividía en dos zonas su pelo absolutamente blanco y terminaba en algún lugar en la parte de atrás de la cabeza. Pero para Will lo peor de su aspecto era el ojo, que derramaba continuas lágrimas y miraba como a través de una telaraña de manchas. Sobre el ojo, el párpado estaba tan rasgado y deshecho que, cada vez que parpadeaba, era como un limpiaparabrisas roto que no consiguiera cumplir bien su función.

—¡Allí dentro, allí dentro! —bramó al ver que Will tardaba en entender.

—Lo siento —se apresuró a responder Will. Entonces él y dos jóvenes más siguieron al hombre de la cicatriz hasta el edificio más cercano. El interior era húmedo y, salvo por algo de equipamiento que había en un rincón, parecía completamente vacío. Se quedaron de pie sin hacer nada, mientras el hombre de la cicatriz pataleaba el sucio suelo como si buscara algo que había perdido. Empezó a maldecir en voz baja hasta que su bota por fin tropezó con algo sólido. Era una argolla de metal. La cogió con ambas manos y se oyó un fuerte chirrido mientras se alzaba una plancha de acero que dejó al descubierto una abertura de un metro cuadrado.

—¡Abajo todos!

Bajaron uno a uno por una escalera húmeda y oxidada, y en cuanto llegaron al fondo, el hombre de la cicatriz cogió el farol que llevaba colgando del cinto e iluminó con él el túnel forrado de ladrillo. El túnel no era lo bastante alto para poder ponerse de pie, y a juzgar por el claro deterioro había que reparar urgentemente las zonas en las que se había caído la argamasa. Will pensó que debía llevar décadas usándose, si no siglos.

Unos diez centímetros de agua salobre anegaban el túnel, y no pasó mucho tiempo hasta que a Will, que iba detrás de los otros dos, el agua le cubrió por encima de las botas. Llevaban diez minutos chapoteando, cuando el hombre de la cicatriz se detuvo y se volvió hacia ellos.

—Aquí abajo… —el tipo se dirigía con condescendencia a Will, ante la mirada de los demás. Le explicaba las cosas como si fuera un niño pequeño— hay colectores atascados. Nosotros quitamos el sedimento… los desatascamos. ¿Entiendes?

El hombre de la cicatriz movió el farol para iluminar el suelo del túnel, que estaba lleno de barro, con pequeñas islas de piedras de caliza y pedernal que sobresalían del agua. Se desenganchó del hombro varios rollos de cuerda y Will vio cómo cada chaval, por turno, cogía un extremo y se lo ataba muy fuerte a la cintura. El hombre de la cicatriz se ataba a su propio cuerpo el otro extremo de cada una de las cuerdas, de manera que estaban unidos unos a otros como un grupo de montañeros.

—¡Tú, Ser de la Superficie! —gruñó el hombre de la cicatriz—, nos atamos la cuerda alrededor… la atamos bien. —Will no se atrevió a preguntar por qué: simplemente cogió la cuerda y se la pasó por la cintura haciendo un lazo y anudándolo lo mejor que pudo. Mientras tiraba de ella para comprobar la resistencia, el hombre le entregó un zapapico bastante viejo.

—Ahora cavamos.

Los dos chicos empezaron a picar en el suelo del túnel, y Will comprendió que se esperaba que hiciera lo mismo. Probando la desconocida herramienta, avanzó pisando con suma cautela por el agua removida hasta que llegó a un punto en el que pisaba un suelo más blando, formado por piedras y sedimentos compactados. Dudó un instante, mirando a los otros chicos para asegurarse de que hacía lo correcto.

—Seguimos cavando, no nos detenemos —gritó el hombre de la cicatriz alumbrando a Will con la luz de su farol, y él empezó a cavar inmediatamente. No era una labor fácil, ni por la angostura del lugar ni por lo extraño de la herramienta empleada, el zapapico. Y tampoco el agua facilitaba el trabajo, que rellenaba siempre la boca del colector, por mucha prisa que se diera.

No pasó mucho tiempo antes de que Will se familiarizara con la nueva herramienta y empezara a dominar su técnica. En cuanto cogió el ritmo, se sintió muy bien cavando de nuevo, y por un momento olvidó todas sus preocupaciones, mientras sacaba piedras y tierra mojada del colector. Con el agua penetrando tras cada palada, no tardó mucho en meterse en el desagüe hasta el muslo, y los otros chicos tenían que trabajar furiosamente para no quedarse atrás. Después, con una sacudida estremecedora, su zapapico pegó contra algo inquebrantable.

—¡Cavamos alrededor! —ordenó el hombre de la cicatriz.

Con el sudor corriéndole por la cara sucia y escociéndole en los ojos, Will miró al hombre de la cicatriz y después comprobó a qué altura del traje de hule le llegaba el agua, intentando comprender el sentido de aquel trabajo. Sabía que si le preguntaba el hombre de la cicatriz seguramente le respondería con una bronca, pero la curiosidad lo dominaba. Estaba buscando la manera de exponer la pregunta, cuando un grito le interrumpió antes de atreverse a formularla.

—¡Aguantad! —gritó el hombre de la cicatriz.

Will se volvió justo a tiempo de ver a uno de los chicos desapareciendo por completo, mientras caía por lo que parecía un sumidero del tamaño de una tapa de alcantarilla. A causa de los desesperados tirones del chaval la cuerda se tensó al máximo clavándosele en la cintura. El hombre de la cicatriz se inclinó hacia atrás, afianzando las botas en los escombros del suelo del túnel. Will resistía pegado contra la pared del colector en que trabajaba.

—¡Tira de ti hacia arriba! —gritó el de la cicatriz en dirección al sumidero. Will miró alarmado hasta que vio unos dedos mugrientos que subían por la cuerda mientras el chico se impulsaba luchando contra el flujo del agua. Cuando se puso en pie, vio la mirada de terror en su rostro surcado de barro.

—¡Un colector menos que desatascar! ¡Ahora los demás tenéis que daros una prisa del demonio! —exclamó el de la cicatriz, repantigándose en el muro que tenía a su espalda mientras sacaba una pipa y empezaba a limpiar la cazoleta con un cortaplumas.

Will fue picando sin mirar en el sedimento fuertemente compactado que rodeaba al objeto metido en el colector, hasta quitar la mayor parte. No sabía lo que era, pero cuando pegaba en el objeto que obstruía el desagüe, parecía hecho de un material esponjoso, tal vez madera completamente empapada en agua. Al apretar con el pie en un intento de desprenderlo, se oyó un repentino rugido, mientras el objeto se separaba y cedía toda la superficie que tenía bajo los pies. No podía hacer nada, había perdido el contacto con el suelo firme e iniciado un descenso en caída libre. El agua caía a raudales a su alrededor llevándose consigo el barro y la grava. El cuerpo de Will golpeó contra las paredes del colector. El pelo y la cara se le empaparon y cubrieron de barro.

Se movió como una marioneta mientras la cuerda corría. En menos de un segundo, controlaba la situación. Comprendió que había caído al menos seis metros, pero no tenía ni idea de qué era lo que tenía debajo, en la oscuridad.

«Ésta es mi oportunidad», pensó de repente.

Se palpó desesperadamente bajo el traje de hule, y los bolsillos de sus pantalones, tocando con la mano la navaja.

«... de escapar...»

Observó a sus pies la absoluta oscuridad en que se hallaba inmerso lo desconocido, calculando las probabilidades de que todo saliera bien al caer mientras la cuerda se tensaba porque los otros empezaban a tirar.

«... y papá está ahí abajo, en algún lugar...» La idea le cegó la mente con la fuerza de un letrero de neón.

«Ahí abajo, ahí abajo, ahí abajo…», repitió, con la intermitencia de una descarga eléctrica.

«Agua, se oye agua…»

—¡Trepa por la cuerda, chaval! —oyó gritar al hombre de la cicatriz desde lo alto—. ¡Trepa por la cuerda!

La mente de Will pensó a toda velocidad mientras intentaba discernir qué era el ruido que oía debajo de él. Débiles chapoteos y el sonido del agua agitada resultaban apenas audibles debido al chirriar de la gruesa cuerda en su movimiento pendular, la cuerda que le quemaba en la cintura, la cuerda de salvación que lo llevaba de vuelta a la Colonia.

«Pero ¿qué profundidad tendría?»

Había agua abajo, de eso estaba seguro, pero no sabía si sería suficiente para amortiguar la caída. Abrió la navaja y apretó el filo de la hoja contra la cuerda , preparado para cortarla.

«¿Sí…?, ¿no…?»

Si el agua no era lo bastante profunda, estaría saltando a la muerte en aquel lugar solitario y dejado de la mano de Dios. Como en el dibujo de un cómic, se imaginó un fondo lleno de rocas afiladas, mortales de necesidad. Y en la siguiente viñeta aparecía su cuerpo sin vida atravesado y roto mientras la sangre brotaba de él y se perdía en la oscuridad.

Pero se sentía valiente. Apretó la hoja contra la cuerda y cortó las primeras fibras.

«¡Una fuga milagrosa!», fue la idea que le pasó por la mente, más potente aún que antes, como el lema de una película de aventuras hollywoodiense. Las palabras eran orgullosas y valientes, pero entonces apareció la imagen de la cara de Chester, risueño y feliz, haciéndolas añicos. Con el cuerpo empapado y cubierto de barro, Will tembló de frío.

Volvió a bajar de lo alto el grito sordo del hombre de la cicatriz, tan vago y confuso como un do de pecho emitido a través de una tubería, y arrancó a Will de sus pensamientos. Supo que debía empezar a trepar por la cuerda, pero no logró hacerlo. Entonces lanzó un suspiro, y toda su valentía lo abandonó. En su lugar quedaba la fría certeza de que si no lo hacía en aquella ocasión, encontraría nuevas oportunidades de escapar, y la próxima la aprovecharía.

Volvió a guardarse la navaja, se colocó en posición vertical, y comenzó el laborioso trabajo de trepar por la cuerda al encuentro de los demás.

Siete horas después, había perdido la cuenta de los colectores que habían desatascado mientras avanzaban en el túnel. Finalmente, mirando el reloj de bolsillo a la luz de su farol, el hombre de la cicatriz anunció que habían terminado la jornada. Regresaron a la escalera caminando con dificultad, y Will emprendió en solitario la vuelta a casa, con las manos y la espalda muy doloridas.

Después de subir por la zanja, desandando lentamente el camino, vio un grupo de colonos a las puertas de un edificio que tenía un par de puertas grandes, como de garaje. Estaban rodeados por montones de cajas apiladas.

En el momento en el que alguien de la concurrencia dio un paso atrás, Will oyó una risa aguda y vio algo que le hizo parpadear y frotarse los ojos: un hombre que llevaba *canotier* de paja y chaqueta deportiva de colores rosa y morado hacía cabriolas en el medio del grupo.

—¡No, no puede ser! ¡Pero es él! ¡Es el señor Clarke Júnior! —exclamó en voz alta sin querer.

—¿Qué? —dijo una voz desde atrás. Era uno de los chicos que habían trabajado con Will en el túnel—. ¿Lo conoces?

—¡Sí! Pero… pero… ¿qué demonios pinta aquí? —Will estaba anonadado, mientras pensaba en la tienda de los Clarke, en High Street, y trataba de comprender la aparición en un lugar tan inopinado de Clarke Júnior, que seguía haciendo piruetas ante su audiencia de bajos y fornidos colonos.

Will observó cómo cogía cosas de las cajas haciendo florituras al exhibirlas ante sus espectadores, frotándolas con la manga como un vendedor poco de fiar antes de colocarlas en la mesa de caballetes. Entonces comprendió:

—¡No me digas que está vendiendo fruta! —exclamó Will.

—Y verdura. —El chico miró a Will con curiosidad—. Los Clarke llevan comerciando con nosotros desde…

—Dios mío, ¿qué es eso? —le interrumpió Will, señalando una extraña figura que acababa de hacerse visible al dar un paso y salir de la sombra proyectada por una torre de cajas apiladas. Sin llamar aparentemente la atención, aquel ser estaba en pie, apartado del corrillo de colonos, y examinaba una piña como si fuera un raro artefacto, mientras proseguían las ventas del gesticulante Clarke Júnior. El chico siguió la dirección que marcaba el dedo de Will hasta encontrar aquella figura detenida a la que Will acababa de referirse, que parecía humana, con brazos y piernas, pero envuelta en una especie de traje de submarinista inflado, de color hueso. Tenía forma bulbosa, como la caricatura de un hombre gordo, y la cabeza y la cara estaban completamente oscurecidas por algo que parecía una capucha. Sus grandes gafas reflejaban la luz de una farola. Parecía una babosa con forma humana, o más bien un hombre con forma de babosa.

—Por todos los demonios, ¿es que no sabes nada? —El chico se rió con un desprecio indisimulado ante su ignorancia—. No es más que un coprolita.

Will puso cara de extrañeza.

—¡Ah, vale, un coprolita!

—De allá abajo —explicó el chaval, señalando con la mirada hacia el suelo mientras se marchaba. Will se quedó un rato para observar al extraño ser, que se movía tan despacio que le recordó a las sanguijuelas que habitaban en el lodo del fondo del acuario del colegio. Era una escena increíble: el señor Clarke Júnior con su chaqueta de color rosa vendiendo su mercancía a la multitud en las entrañas de la tierra, mientras el coprolita examinaba la piña.

Estaba pensando si debía ir a hablar con Clarke Júnior, cuando vio dos policías junto al corrillo de gente. Así que siguió su camino de inmediato, incomodado por una duda que dejó en suspenso el resto de pensamientos: si los Clarke conocían la Colonia, ¿cuántos más en Highfield llevaban una doble vida?

Conforme pasaban las semanas, le asignaron a Will diversos trabajos en otras partes de la Colonia. Eso le fue proporcionando una idea del funcionamiento de aquella cultura subterránea, y decidió poner por escrito en su diario todo lo que pudiera.

Los styx estaban en la cima de la pirámide jerárquica y hacían lo que querían, y justo por debajo de ellos se encontraba una pequeña élite de colonos dirigentes, a la que el señor Jerome tenía el privilegio de pertenecer. Will no tenía ni idea de lo que hacían realmente aquellos dirigentes, y por las preguntas que le hizo a Cal, parecía que él tampoco lo supiera. Después venían los colonos ordinarios y finalmente los infortunados, que o bien no podían trabajar, o bien rehusaban hacerlo, y a los que dejaban pudrirse en guetos, el mayor de los cuales era los Rookeries.

Cada tarde, después de que Will se hubiera limpiado la suciedad y el sudor utilizando las rudimentarias posibilidades del que llamaban cuarto de baño en casa Jerome, Cal lo veía sentarse en la cama y tomar meticulosas notas a las que a veces añadía un dibujo si pensaba que merecía la pena. Podía ser de niños trabajando en algún vertedero. Era una escena impresionante: aquellos diminutos colonos, que eran poco más que bebés, escarbando entre los montones de basura y clasificándolo todo para que luego pudiera reutilizarse.

—Todo sirve —le explicó Cal—. Tengo buenos motivos para saberlo: ¡yo también realicé ese trabajo!

O podía ser un dibujo de la desolada fortaleza que estaba en el punto más apartado de la Caverna Meridional, en la que vivían los styx, que tenía una enorme verja de hierro a su alrededor. Aquel dibujo había sido el mayor reto para Will, dado que no había tenido la ocasión de acercarse. Con centinelas patrullando por las calles vecinas, no merecía la pena arriesgarse a que lo vieran mostrando demasiado interés.

Cal era incapaz de comprender por qué se tomaba tanto trabajo Will en escribir su diario. Le preguntaba una y otra vez para qué lo hacía. Él le contestaba que su padre le había acostumbrado a hacerlo cada vez que encontraban algo en las excavaciones.

Su padre. El doctor Burrows seguía siendo su padre para él. Y el señor Jerome, por más que pudiera ser su padre real, algo de lo que en realidad todavía no estaba convencido, se hallaba en un segundo puesto en la estima que Will profesaba a sus padres, y a enorme distancia del primero. Y seguía considerando de su familia a su desquiciada madre de la Superficie y a su hermana Rebecca. A pesar de lo cual, sentía tanto afecto por Cal, por el tío Tam y por la abuela Macaulay que a veces sus lealtades se le revolvían en la cabeza con la ferocidad de un tornado.

Dando los últimos retoques al dibujo de una casa de la Colonia, su mente se puso a vagar, meditando sobre el viaje de su padre a las Profundidades. Will ansiaba descubrir lo que había allá abajo, y sabía que un día no muy lejano emprendería el mismo camino que su progenitor. Sin embargo, cada vez que trataba de imaginar qué era lo que le reservaba el futuro, un duro golpe lo transportaba de nuevo a la realidad, a la difícil situación de su amigo Chester, que seguía confinado en aquel abismal calabozo.

Will dejó de dibujar y se frotó los callos medio despellejados de las manos, poniendo una palma contra la otra.

—¿Te duelen? —preguntó Cal.

—Mucho menos que antes —contestó Will. Recordó el trabajo de aquel día, desatascando canales de piedra antes de vaciar un enorme pozo comunal de aguas negras. Tuvo un estremecimiento al recordarlo. Hasta el momento, aquél había sido el peor trabajo que le habían mandado. Con los brazos doloridos, volvió a su diario, pero le sacó de su concentración el imperioso lamento de una sirena, cuyo sonido misterioso e inquietante llenó la casa. Will se puso en pie, tratando de localizar de dónde venía el sonido.

—¡Viento negro! —Cal saltó de la cama y se lanzó como una exhalación a cerrar la ventana. Will se le acercó y vio gente en la calle que corría en todas direcciones como alma que lleva el diablo, hasta que la calle quedó completamente desierta. Emocionado, Cal señaló con el dedo; a continuación retiró la mano, viendo que el vello del brazo se le había erizado a causa del rápido aumento de la electricidad estática del aire.

—¡Ahí llega! —Le tiró a su hermano de la manga—. ¡Esto me encanta!

Pero no parecía que ocurriera nada. La inquietante sirena seguía sonando mientras Will, que no sabía de qué iba la cosa, miraba a todos lados de la calle vacía para descubrir cualquier cosa que se saliera de lo ordinario.

—¡Allí, allí! —gritó Cal, mirando fijamente hacia el fondo de la caverna.

Will siguió la dirección de su mirada tratando de averiguar qué era, pero parecía como si tuviera un problema en la vista, como si los ojos no consiguieran enfocar debidamente.

Entonces vio por qué.

Una espesa nube de humo negro subía por la calle como se difunde la tinta en el agua, agitándose por dentro y oscureciéndolo todo a su paso. Mirando por la ventana, Will veía que las luces de la calle hacían el heroico esfuerzo de intentar brillar aún más fuerte mientras la niebla negra las tapaba. Era como si olas de tiniebla se cernieran sobre las sumergidas luces de un trasatlántico que se está hundiendo.

—¿Qué es eso? —preguntó, embelesado. Apretaba la nariz contra el cristal de la ventana para ver mejor la niebla oscura que se extendía con rapidez por la calle.

—Es como una nube que viene del Interior —le dijo Cal—. La llamamos Viento de Levante. Sube desde las Profundidades inferiores, como si fuera un eructo —dijo con una risita tonta.

—¿Es peligroso?

—No, no es más que polvo y suciedad, pero la gente cree que da mala suerte respirarlo. Dicen que es portador de gérmenes. —Se rió y después imitó el tono salmodiante de los styx—: «Pernicioso para aquellos que encuentra en su camino, a los cuales reseca la carne.» —Volvió a reírse—. Es un gran descubrimiento, ¿a que sí?

Petrificado, Will miraba fijamente. Conforme la calle era engullida, la ventana se ennegrecía y él sentía una incómoda presión en los oídos. La carne le vibraba y los pelos se le ponían de punta. Durante varios minutos la nube siguió inflándose y llenando el dormitorio del olor del ozono quemado y de un silencio aterrador. Al final empezó a aligerarse, y se volvieron a ver las luces de las farolas por entre el agitado polvo como cuando el sol se abre paso a través de las nubes. Y después se fue, dejando sólo unas manchas de un gris difuminado que flotaban en el aire, como si el paisaje se debiera al pincel de un acuarelista.

—¡Ahora mira esto!

—¿Centellas? —preguntó Will, sin poder creer lo que veía.

—Es una tormenta electroestática. Siempre sigue al Levante —explicó Cal, temblando de emoción—. Si te pilla una de ésas, te llevas una buena sacudida.

Will se quedó mirando como bobo mientras un batallón de bolas de fuego salía dando vueltas de las nubes que se dispersaban en la calle. Algunas eran del tamaño de pelotas de tenis, y otras tan grandes como balones de playa, pero todas silbaban con fuerza mientras su superficie desprendía chispas. Eran como girándulas de fuegos artificiales que se hubieran escapado para arrasar la ciudad.

Los dos chavales se quedaron hipnotizados mientras justo delante de ellos, una bola de fuego tan grande como un melón redondo, cuya vibrante luz les iluminaba la cara y se reflejaba en sus pupilas, iniciaba de repente una espiral descendente, dando vueltas y más vueltas y arrojando chispas al caer al suelo, haciéndose tan pequeña por el camino que al final no era mayor que un huevo de gallina.

La mortecina bola de fuego se mantuvo en el aire justo por encima de los adoquines, y brilló con más intensidad antes de estallar.

Will y Cal no podían apartar la vista del lugar en el que había estado la bola, y el recorrido de sus últimas vueltas siguió impreso en sus retinas con brillos eufóricos, como hormigueos de luz.

28

Muy por debajo de las calles y casas de la Colonia alguien se movía.

Al principio el viento había sido sólo una suave brisa, pero había aumentado rápidamente hasta convertirse en un espantoso vendaval que le llenaba la cara de polvo, con la fuerza de una tormenta de arena del desierto. Se había cubierto la cara y la boca con la camisa de repuesto mientras el vendaval cobraba fuerza, amenazando con tirarlo al suelo. Y el polvo era tan denso e impenetrable que no se veía ni sus propias manos.

No se podía hacer otra cosa que esperar a que pasara. Se dejó caer en el suelo y se hizo una bola, con los ojos llenos de un fino polvo negro que le escocía. Así se quedó, sin poder pensar a causa del lastimero aullido del viento hasta que, debilitado por el hambre, se sumió en un letárgico duermevela.

En un momento dado se despertó con un estremecimiento y, sin saber cuánto tiempo había permanecido hecho un ovillo en el suelo del túnel, levantó la cabeza para mirar a su alrededor, vacilante. La extraña oscuridad del viento había desaparecido, salvo por unas pocas nubes rezagadas. Tosiendo y escupiendo, se sentó y se sacudió el polvo de la ropa. Con un pañuelo sucio, se secó los ojos y limpió las gafas.

Después, a cuatro patas, el doctor Burrows avanzó lentamente, escarbando en la seca arenilla y utilizando la luz de una esfera para encontrar el montoncito de materia orgánica que había reunido para prender un fuego justo antes de que llegara el viento. Cuando por fin lo localizó, sacó algo que parecía una hoja de helecho encrespada. Lo miró afinando la vista, con curiosidad… No tenía ni idea de lo que era. Como todo lo que había visto en los últimos ocho kilómetros del túnel, estaba reseco y quebradizo como pergamino viejo.

Cada vez estaba más preocupado por el agua que le quedaba. A bordo del Tren de los Mineros, los considerados colonos le habían provisto de una cantimplora llena, una bolsa de verduras secas de no se sabía qué clase, unas cintas de carne y un paquete de sal. La comida podía racionarla, pero el problema era sin duda el agua. Llevaba dos días sin encontrar ninguna fuente en la que rellenar la cantimplora, y el líquido elemento se estaba agotando.

Tras volver a reunir todo lo necesario para encender una hoguera, empezó a golpear dos trozos de pedernal hasta que saltó una chispa y de ella nació una diminuta llama. Con la cabeza en el polvoriento suelo, sopló suavemente y abanicó con la mano, mimándola hasta que prendió el fuego, que lo iluminó con su luz. Después se agachó junto a su diario abierto, pasó la mano para quitar la capa de polvo de sus páginas, y retomó el dibujo que estaba haciendo antes.

¡Vaya descubrimiento! Un círculo de piedras regulares, cada una del tamaño de una puerta, con extraños símbolos grabados en la superficie. Letras talladas se mezclaban con formas abstractas. Todos sus años de estudio no le valieron para reconocer aquellos caracteres. Había jeroglíficos diferentes a cualesquiera que hubiera visto hasta aquel día. Estuvo pensando, tratando de imaginar qué tipo de gente podía haberlos hecho, gente que vivía en las entrañas del planeta, tal vez desde hacía miles de años, pero que aun así tenían el refinamiento suficiente para construir aquel monumento subterráneo.

Creyendo haber oído un ruido, de repente dejó de dibujar y se sentó bien erguido. Controlando la respiración, se quedó completamente quieto, con el corazón palpitando, intentando penetrar con la mirada en la oscuridad que había más allá de la hoguera. Pero no había nada: sólo el silencio que todo lo dominaba y que había sido su compañero desde el inicio del viaje.

—Viejo, no te pongas nervioso —se dijo, tranquilizándose. El sonido de su propia voz le hizo sentirse más seguro en los confines de la caverna—. No ha sido más que el estómago, que vuelve a quejarse. Ése es un equipaje que me gustaría haberme dejado en casa —prosiguió, y se rió de buena gana.

Se quitó la camisa con la que se había recubierto la cabeza para protegerse la boca y la nariz. Tenía la cara magullada y resquebrajada debido a que su piel estaba muy seca, y el cabello enmarañado, y los pelos de la barba desordenados. La ropa estaba sucia y rasgada por varios sitios. Parecía un ermitaño loco. Mientras el fuego crepitaba, tomó el diario y volvió a concentrarse en el círculo de piedras.

—Esto es realmente excepcional: un Stonehenge en miniatura. ¡Qué hallazgo! —exclamó olvidándose por completo del hambre y la sed que tenía. Con la cara animada y feliz, prosiguió su dibujo.

Luego depositó en el suelo el diario y el lápiz, y se sentó inmóvil durante unos segundos mientras su rostro adquiría una expresión de ensoñación. Se puso en pie y, cogiendo en la mano la esfera de luz, se alejó del fuego hasta salir del círculo de piedras. Empezó a merodear lentamente a su alrededor. Mientras lo hacía, se colocó la esfera a un lado de la cara, como si fuera un micrófono. Frunció los labios y habló en un tono más bajo que el suyo, intentando imitar la voz de un entrevistador de televisión.

—Profesor Burrows, usted acaba de ser nombrado decano de Estudios Subterráneos. Pero ahora quisiera preguntarle qué significa para usted el Premio Nobel.

Caminando ya más rápido alrededor del círculo, e imprimiendo a su andar una graciosa elasticidad, la voz retomó su tono normal mientras desplazaba la esfera de luz al otro lado de la cara. Adoptó maneras de cierta sorpresa con fingida vacilación:

—Eh… yo…yo… debo decir… que es realmente un grandísimo honor y, al principio, pensé que no era merecedor de seguir los pasos de los grandes hombres y mujeres… —En ese instante el pulgar de su pie tropezó contra una piedra y el doctor Burrows lanzó maldiciones mientras se tambaleaba. Pero, recuperando su aplomo, reemprendió su paseo, continuando al mismo tiempo con la respuesta—: Los pasos de aquellos grandes hombres y mujeres que ennoblecen la lista de los que lo recibieron antes que yo…

Cambió de lado la esfera:

—Pero, profesor, el valor de su contribución en tantos campos del saber: medicina, física, química, biología, geología y, por encima de todo, arqueología, es incalculable. Usted está considerado uno de los mayores estudiosos vivos de todo el planeta. ¿Se imaginaba algo así el día que empezó a excavar el túnel en el sótano de su casa?

El doctor Burrows emitió un teatral «ejem» mientras volvía a cambiar de lado la esfera.

—Bueno, sabía que yo estaba destinado a algo más… a mucho más que mi trabajo en el museo… —La voz del doctor Burrows se apagó de pronto. Su rostro perdió toda expresividad. Guardó la esfera, sumergiéndose en las sombras proyectadas por las piedras al pensar en su familia y preguntarse cómo se las apañarían sin él. Agitando la despeinada cabeza, penetró en el círculo de piedras, arrastrando lentamente los pies, y se abalanzó sobre el diario, con su rostro inexpresivo vuelto hacia las titilantes llamas, que se emborronaron mientras las miraba. Al final, se quitó las gafas y se secó la humedad de los ojos con el pulpejo de ambas manos.

«Tengo que hacerlo —pensó volviendo a colocarse las gafas y a coger el lápiz—. Tengo que hacerlo.» Por entre las piedras, las llamas de la hoguera proyectaban temblorosos rayos de suave luz en el suelo y paredes de la caverna. En el centro de aquella rueda, con las piernas cruzadas, totalmente absorto, rezongaba en voz baja, tachando en el diario una notación errónea.

En su cabeza, no había sitio para nadie más en el mundo. Estaba tan obsesionado que nada más le importaba, nada en absoluto.

29

El fuego chisporroteaba en la chimenea y el señor Jerome estaba reclinado en una de las butacas de orejas leyendo el periódico. Las pesadas hojas de papel de cera se empeñaban en doblarse cada poco, y tenía que imprimir a su muñeca un estudiado movimiento para volver a enderezarlas. Desde la mesa, Will no alcanzaba a leer ni un solo titular. Las líneas formaban borrones incomprensibles, como huellas que un ejército de hormigas hubiera estampado en el papel.

Cal echó otra carta y aguardó la jugada de su hermano, pero Will no lograba concentrarse en la partida. Era la primera vez que estaba en la misma habitación que el padre de Cal sin ser el blanco de miradas hostiles ni de un silencioso resentimiento. Aquello representaba todo un hito en su relación.

La puerta de la calle se abrió de repente con estrépito, y los tres levantaron la vista.

—¡Cal, Will! —gritó el tío Tam desde el recibidor, quebrando la aparente felicidad doméstica de aquella escena. Pero se calló al llegar a la sala y ver al señor Jerome, que le lanzó una mirada asesina desde la butaca.

—Lo siento, yo…

—Creí que teníamos un acuerdo —gruñó Jerome mientras se levantaba, doblaba el periódico y se lo metía bajo el brazo—. Dijimos que no entrarías en esta casa… cuando yo estuviera en ella. —Y salió del salón con paso rígido, sin dirigirle a Tam ni siquiera una mirada.

Éste hizo una mueca y se sentó junto a Will. Con un gesto de complicidad de la mano, les indicó que se acercaran. Aguardó a que se dejaran de oír en la distancia los pasos del señor Jerome antes de hablar:

—El momento ha llegado —susurró, sacando del sobretodo un cilindro de metal. Quitó la tapa de uno de los extremos y lo vieron sacar de él un mapa hecho jirones y extenderlo sobre los naipes, encima de la mesa, intentando enderezar las esquinas para que se mantuviera plano. A continuación, se volvió hacia Will:

—A Chester lo destierran mañana por la tarde.

—¡Dios mío! —Will se irguió en la silla como si hubiera recibido una descarga eléctrica—. Es muy precipitado, ¿no?

—Acabo de enterarme… Serán seis —explicó Tam—, una pequeña multitud. A los styx les encanta montar un espectáculo con estas cosas, porque piensan que el sacrificio es bueno para el alma.

Volvió a fijarse en el mapa, tarareando suavemente mientras buscaba entre la compleja maraña de líneas, hasta que al fin su dedo se posó en un diminuto cuadrado oscuro. Entonces miró a Will, como si acabara de recordar algo.

—¿Sabes? No sería difícil… que escaparas tú solo. Pero con Chester, eso ya es harina de otro costal. Sin embargo, he estado calentándome la cabeza —se detuvo, y Will y Cal lo miraron a los ojos—, y creo que he dado con la solución. Sólo hay un camino para escapar a la Superficie: a través de la Ciudad Eterna.

Will oyó a Cal ahogar un grito, y aunque sintió muchas ganas de preguntarle a su tío por aquel lugar, no le pareció apropiado hacerlo mientras seguía hablando. Tam explicó el plan de fuga, trazó la ruta en el plano mientras los chicos escuchaban embelesados, tratando de que no se les escapara nada. Los túneles tenían nombres como Watling

Street, el Gran Norte y Bosque del Obispo. Will interrumpió a su tío sólo una vez mientras hablaba, con una propuesta que, después de considerable deliberación, Tam incorporó al plan. Aunque se mostraba serio y sereno, Will estaba realmente muy nervioso, y sentía un nudo en la garganta.

—El problema de este plan —dijo Tam con un suspiro— es todo lo que no se puede prever, todas las variables insospechadas. En eso no te puedo ayudar. Si te encuentras obstáculos imprevistos, tendrás que decidir sobre la marcha... hacerlo lo mejor que puedas. —En aquel momento, Will notó que Tam parecía perder parte de su optimismo habitual, de aquella seguridad que era un rasgo de su carácter.

Volvió a repasar todo el plan de principio a fin, y al terminar sacó algo de un bolsillo y se lo dio a Will.

—Aquí tienes anotada la ruta que debes seguir en cuanto salgas de la Colonia. Si te atrapan, Dios no lo quiera, tendrás que tragarte esto.

Will desdobló con cuidado lo que le acababa de entregar su tío. Cuando estuvo completamente abierto, resultó ser un trozo de tela del tamaño de un pañuelo. La superficie estaba cubierta con una madeja de líneas en tinta marrón que era como un laberinto imposible de desentrañar. Cada una de aquellas líneas representaba un túnel. Aunque la ruta que tenía que seguir Will estaba claramente marcada en rojo claro, Tam se apresuró a explicarle todos los pasos. Después lo miró mientras el chico plegaba el mapa de tela, y dijo en voz baja:

—Todo tiene que ir como un reloj. Si los styx pensaran por un momento que yo tengo algo que ver con esto, todos tus parientes se hallarían en un espantoso peligro... No sólo sería mi fin: Cal, tu abuela y tu padre también se verían en problemas.

Estiró el brazo por encima de la mesa y agarró con fuerza a Will por el codo, apretándolo para resaltar la gravedad de su advertencia:

—Otra cosa: cuando estéis en la Superficie, Chester y tú tendréis que esconderos. No he tenido tiempo de preparar nada, así que…

—¿Y Sarah? —soltó Will según se le vino la idea a la cabeza, aunque el nombre todavía resultaba raro en sus labios—. ¿Qué pasa con mi madre real? ¿No me podría ayudar?

Por el rostro de Tam pasó velozmente un atisbo de sonrisa.

—Me preguntaba cuándo dirías eso —comentó. La efímera sonrisa desapareció, y habló escogiendo las palabras con cuidado—: Si mi hermana sigue viva, y eso nadie lo sabe, seguro que está muy bien escondida. —Bajó la vista hasta la palma de su mano mientras se la frotaba con el pulgar de la otra—. A veces, uno más uno puede sumar cero.

—¿Qué quieres decir? —preguntó Will.

—Bien, si por un milagro te la encontraras, es muy probable que los styx te estuvieran siguiendo y se enteraran de su paradero gracias a ti. Y entonces tanto ella como tú terminaríais criando malvas. —Volvió a levantar la cabeza y la movió hacia los lados sólo una vez, mientras fijaba en Will una mirada severa—: No, lo siento, pero te las tienes que apañar tú solo. Tendrás que hacer el máximo esfuerzo, por nosotros, no sólo por ti. Recuerda mis palabras: si los styx te atrapan, tarde o temprano te harán cantar, y eso nos pondrá en peligro a todos.

—Entonces tendríamos que irnos también nosotros, ¿no, tío Tam? —preguntó Cal, con la voz llena de arrojo.

—¡Estarás bromeando! —le soltó Tam—. No tendríamos ni la más leve posibilidad. Antes de que nos diéramos cuenta nos habrían atrapado.

—Pero… —comenzó Cal.

—Mira, Caleb, esto no es ningún juego. Si te pasas de la raya, no vives lo bastante para lamentarlo. Antes de que te des cuenta, estarás viviendo la peor de tus pesadillas. —Se quedó callado un momento—. ¿Sabes a qué me refiero? —Tam no esperó la respuesta—. Se trata de algo muy poco agradable: te cosen los brazos a la espalda... —se movió en el asiento con incomodidad— con hilo de cobre, te cortan los párpados y te meten en la cámara más oscura que te puedas imaginar, que está llena de hormigas rojas.

—¿De qué? —preguntó Will.

Tam tuvo un estremecimiento e, ignorando la pregunta de Will, prosiguió:

—¿Cuánto creéis que durariais? ¿Cuántos días golpeando en los muros, en la más impenetrable oscuridad, con los ojos escocidos por el polvo, antes de caer a causa del agotamiento? ¿Sintiendo los peores mordiscos en la piel mientras las hormigas empiezan a alimentarse? No le desearía tal cosa ni a mi peor... —No terminó la frase.

Los dos muchachos tragaron saliva con esfuerzo, pero luego Tam volvió a alegrar su expresión.

—Es suficiente —comentó—. Todavía tienes esa luz, ¿verdad?

Aún horrorizado por lo que acababa de oír, Will lo miró sin comprender. Pero se recobró y asintió con la cabeza.

—Bien —dijo Tam sacando un fardito de tela de un bolsillo de su sobretodo y poniéndolo en la mesa delante de Will—. Creo que esto podría venirte bien.

El chico tocó el fardito con precaución.

—Venga, échale un vistazo.

Desató las puntas. Dentro había cuatro piedras de color negro y marrón del tamaño de canicas.

—¡Piedras nodulares! —exclamó Cal.

—Sí. Son más raras que botas de babosas —dijo Tam sonriendo—. Se las describe en libros antiguos, pero nadie ha visto ninguna salvo mis amigos y yo. Éstas las encontró Imago.

—¿Para qué sirven? —preguntó Will mirando las extrañas piedras.

—Aquí abajo no es probable que puedas vencer a un colono en una lucha cuerpo a cuerpo, y todavía menos a un styx. Las únicas armas que tienes son la luz y la huida —explicó Tam—. Si te ves en un aprieto, sólo tienes que partir una de estas piedras. Tírala contra algo duro y cierra los ojos. Se producirá el resplandor más intenso que te puedas imaginar. Espero que todavía sirvan —dijo, tomando una en la mano, y después miró a Will—. ¿Crees que serás capaz?

Él asintió con la cabeza.

—Bien —dijo el hombretón.

—Gracias, tío Tam. No puedo decirte cuánto… —titubeó Will.

—Ni falta que hace, sobrino.

Tam le alborotó el pelo con la mano, bajó la vista hacia la mesa y se quedó en silencio durante un rato, algo que resultaba totalmente inesperado, porque el silencio y el tío Tam no se llevaban nada bien. Will no había visto nunca así a aquel hombretón simpático y sociable. Sólo se le ocurrió la posibilidad de que estuviera disgustado e intentara disimularlo. Pero cuando Tam levantó la cabeza, la amplia sonrisa seguía allí y su voz retumbaba como siempre:

—Lo veía venir… Tenía que ocurrir tarde o temprano. Los Macaulay somos leales y luchamos por la gente a la que queremos y en la que creemos, no importa el precio que tengamos que pagar. Con mi ayuda o sin ella, tú habrías intentado lo que fuera por salvar a Chester y por buscar a tu padre.

Will asintió con la cabeza. Los ojos se le llenaron de lágrimas.

—¡Eso me parecía! —bramó Tam—. Como tu madre… como Sarah, ¡un Macaulay de arriba abajo! —Lo agarró firmemente por los hombros—. Mi cabeza sabe que te tienes que ir, pero el corazón me dice otra cosa. —Le dio un apretón y lanzó un suspiro—. La pena es que… aquí abajo podíamos haber pasado buenos ratos los tres. Muy buenos ratos…

Will, Cal y Tam se quedaron hablando hasta altas horas de la noche y, cuando Will por fin se fue a la cama, apenas pegó ojo.

Por la mañana temprano, antes de que la casa empezara a rebullir, preparó la mochila y metió en la caña de una de sus botas el mapa de tela que le había dado el tío Tam. Comprobó que había metido en los bolsillos las piedras nodulares y la esfera de luz, y entonces se acercó a Cal y lo zarandeó para despertarlo.

—Me voy —le dijo en voz baja mientras su hermano abría los ojos. Cal se incorporó en la cama, rascándose la cabeza—. Gracias por todo —susurró Will—, y despídeme de la abuela, ¿vale?

—Claro —contestó su hermano, apenado—. ¿Sabes que daría lo que fuera por ir contigo?

—Lo sé, lo sé… pero ya has oído al tío Tam: tengo más posibilidades si voy solo. Además, tu familia está aquí —dijo finalmente, y se volvió hacia la puerta.

Bajó la escalera de puntillas. Estaba entusiasmado por volver a ponerse en marcha, pero aquella emoción estaba empañada por una inesperada punzada de tristeza que provocaba la partida. Por supuesto, podía optar por quedarse en aquel mundo al que realmente pertenecía en vez de salir al encuentro de no sé sabía qué, poniéndolo todo en peligro. ¡Hubiera sido tan fácil volver a la cama! Al llegar al recibidor, pudo oír la respiración del dormido *Bartleby*. Era un sonido reconfortante, un sonido hogareño. Si se iba, no volvería a oírlo nunca. Se detuvo ante la puerta de la calle, dudando. ¡No! ¿Cómo iba a vivir en paz si dejaba a Chester a merced de los styx? Prefería morir intentando liberarlo. Respiró hondo y, volviendo el rostro para contemplar la casa en calma, descorrió el recio pasador de la puerta. La abrió, cruzó el umbral y la cerró suavemente tras él. Ya estaba en la calle. Sabía que tenía que recorrer una considerable distancia, así que anduvo deprisa, con la mochila a la espalda, que subía y bajaba rítmicamente.

Le llevó algo menos de cuarenta minutos llegar hasta el edificio que le había descrito Tam y que se hallaba al borde mismo de la caverna. No había posibilidad de confusión porque, a diferencia de la mayoría de las casas de la Colonia, el tejado era de teja, no de piedra.

Se encontraba ya en el camino que llevaba a la Puerta de la Calavera. Tam le había dicho que tenía que mantenerse muy atento, porque los styx cambiaban de centinela al azar, y no había manera de saber si estaba a punto de aparecer uno por la esquina.

Dejando el camino, Will trepó por una verja y atravesó corriendo el patio que había delante del edificio, que era una granja destartalada. Oyó algo que le pareció el gruñido de un cerdo procedente de alguno de los edificios colindantes, y en otra parte vio que tenían pollos encerrados. Estaban flacos y mal alimentados, pero tenían las plumas muy blancas. Entró en el edificio de las tejas y vio las viejas vigas de madera calzadas en el muro, tal como lo había descrito Tam. Tuvo que agacharse para pasar por debajo de ellas, y entonces algo se acercó a él.

—¿Qué…?

Era Tam, que se llevaba el dedo a los labios para exigirle silencio. Will apenas pudo dominar su sorpresa. Le dirigió una mirada inquisitiva, pero el rostro del hombre permaneció serio, severo.

Apenas había espacio para los dos bajo las vigas, y Tam tuvo que agacharse y adoptar una posición incómoda para descorrer una gran losa del muro. A continuación, se inclinó hacia Will.

—Buena suerte —le susurró al oído, y lo empujó para ayudarlo a entrar en la irregular abertura. Después volvió a colocar en su sitio la losa, que se desplazó con un chirrido, y Will se quedó de nuevo solo.

En la oscuridad absoluta, buscó a tientas la esfera de luz que había metido en el bolsillo y a la que había atado una cuerda gruesa. Se la pasó por el cuello para tener las manos libres. Al principio se desplazó por el pasadizo con comodidad, pero después, tras recorrer nueve o diez metros, tuvo que proseguir agachado. El techo era tan bajo que terminó yendo a gatas. El pasadizo dobló hacia arriba. Al avanzar con dificultad por la irregular superficie, la mochila se le enganchaba en el techo.

Notó que algo se movía delante de él, y se quedó paralizado. Con temor, levantó la esfera de luz para ver de qué se trataba. Contuvo la respiración al advertir que algo blanco avanzaba por el pasadizo y después se paraba de golpe delante de él, a no más de dos metros de distancia: era una rata ciega del tamaño de un gato bien alimentado, con la piel blanca y unos bigotes que oscilaban como alas de mariposa. Se levantó sobre las patas traseras, moviendo el hocico y mostrando sus incisivos grandes y brillantes. No mostraba el menor signo de temor ante él.

Will encontró en el suelo del túnel una piedra y se la tiró con toda su fuerza. Falló el tiro, y la piedra pegó en la pared, al lado del animal, que ni se inmutó. Will se enfureció tanto de pensar que una simple rata le estaba haciendo perder el tiempo, que embistió contra el animal con un gruñido. Con un sencillo salto dado sin esfuerzo alguno, la rata se lanzó sobre él y se le posó en el hombro, y durante una fracción de segundo ninguno de los dos, ni él ni la rata, se movió. Will notó en la mejilla la caricia de sus bigotes, tan delicados como pestañas. Agitó los hombros frenéticamente y dio un salto. Aterrizó en los gemelos de Will y luego escapó en la dirección opuesta.

—¡Qué asco...! —murmuró, intentando recobrar el ánimo antes de seguir.

Continuó a gatas durante varias horas, y las manos empezaron a dolerle a causa de las piedras cortantes del suelo. Después, para su alivio, el pasadizo se hizo más alto y pudo ponerse casi de pie. A partir de ese momento avanzó a tal velocidad que se entusiasmó y le entraron unas irreprimibles ganas de cantar mientras doblaba las curvas del pasadizo. Pero lo pensó mejor al comprender que seguramente los centinelas de la Puerta de la Calavera no estarían muy lejos de él en aquel momento y tal vez pudieran oírle. Llegó por fin al final del pasadizo, que estaba tapado por varias capas de arpillera tiesa, que se camuflaba con la piedra. Descorrió las distintas capas y se quedó sin aliento al ver que el túnel terminaba justo debajo del techo de una caverna, a unos treinta metros en vertical del camino que pasaba por debajo. Se alegró de haber llegado tan lejos, pasada la Puerta de la Calavera, pero tuvo la certeza de que algo no estaba bien. Se encontraba a tal altura de vértigo que dio por hecho que se había equivocado de lugar. Después recordó las palabras de Tam: «Te parecerá imposible, pero tómatelo con calma. Cal lo consiguió conmigo cuando era mucho más pequeño, así que tú también podrás».

Se asomó para estudiar la serie de salientes y entrantes que tenía el muro de roca por debajo de él. Después salió con prudencia por la boca del pasadizo y comenzó el descenso, comprobando una y otra vez cada punto de apoyo tanto para los pies como para las manos antes de hacer el siguiente movimiento.

Llevaba recorridos no más de seis metros cuando oyó un ruido que venía de abajo. Era un gruñido de desolación. Se quedó quieto y escuchó con el corazón palpitante. Volvió a oírlo. Tenía un pie puesto en un pequeño saliente, y el otro oscilando en el aire, mientras agarraba con las manos un afloramiento mineral que tenía a la altura del pecho. Volvió lentamente la cabeza y miró hacia abajo por encima del hombro. Balanceando un farol en la mano, un hombre caminaba hacia la Puerta de la Calavera con dos escuálidas vacas que avanzaban un par de pasos por delante de él. Les iba gritando cosas mientras las conducía, ignorante de que Will pendía a unos metros por encima de él. El muchacho estaba completamente expuesto, pero no podía hacer nada para remediarlo. Se mantuvo inmóvil, rezando para que al hombre no le diera por pararse y mirar hacia arriba. Entonces sucedió justo lo que Will temía: el hombre se detuvo de repente.

—¡Oh, no, todo está perdido!

Desde donde estaba colgado, Will podía distinguir perfectamente la calva blanca y brillante del hombre mientras se sacaba algo que llevaba en una zamarra que le colgaba del hombro. Era una pipa de arcilla con la caña muy larga. La llenó con el tabaco que sacó de una petaca, y la encendió, lanzando al aire pequeñas nubes de humo. Will le oyó decir algo a las vacas antes de reemprender el camino.

Aliviado, el chico exhaló un suspiro silencioso y, comprobando que no había moros en la costa, terminó rápidamente de bajar, zigzagueando de saliente en saliente hasta que se encontró de nuevo en suelo firme. Entonces corrió todo lo rápido que pudo por el camino, a cuyos lados había setas de proporciones inverosímiles, con sus sombreretes ovoides y bulbosos descansando sobre gruesos pedicelos. Los reconoció como *Boletus edulis* y, mientras corría, el movimiento de la luz en la palma de su mano proyectaba una multitud de sombras danzantes sobre los muros de la caverna.

Empezó a correr más despacio al sentir una punzada de dolor en el costado. Respiró varias veces profundamente para aliviarlo, y luego se obligó a correr de nuevo, consciente de que cada segundo contaba si quería llegar donde estaba Chester a tiempo de salvarlo. Dejando atrás una caverna tras otra, los campos de *Boletus* dieron paso a negros lechos de líquenes, y se sintió mejor cuando vio la primera farola y el borroso contorno de un edificio en la distancia. Se iba acercando. Repentinamente, se encontró ante un enorme arco de piedra excavado en la roca. Cruzándolo, penetró en el corazón del Barrio.

Enseguida las viviendas abarrotaron ambos lados del camino, y él se fue poniendo más y más nervioso. Aunque no parecía haber nadie por allí, intentó que las botas hicieran el menor ruido posible, y para ello caminó casi de puntillas. Le aterrorizaba la posibilidad de que alguien saliera de repente de una de las casas y lo descubriera.

Entonces encontró lo que andaba buscando. Era el primero de los túneles laterales de los que le había hablado Tam. Recordó las palabras de su tío: «Métete por las callejuelas. Será más seguro».

«Izquierda, izquierda, derecha.» Mientras corría, Will repetía la secuencia que Tam le había hecho aprender de memoria a fuerza de repetirla.

Los túneles tenían la anchura justa para que pasara un coche de caballos por ellos. «Atraviésalos deprisa —le había dicho—. Si te encuentras con alguien, échale morro al asunto y haz como si tuvieras todo el derecho del mundo a estar allí.»

Pero no había ni rastro de nadie mientras Will corría con todas sus fuerzas, con la mochila rebotando en la espalda con cada zancada. Cuando salió a la caverna principal, estaba sudando y le faltaba la respiración. Reconoció el contorno achaparrado de la comisaría entre dos edificios más altos que la flanqueaban, y se paró para recuperarse un poco.

—La primera parte ya está hecha —musitó. El plan le había parecido muy fácil cuando se lo había explicado Tam, pero en aquel momento se preguntaba si no habría cometido un espantoso error. «No tienes tiempo de pensar —le había dicho Tam, señalándolo con el dedo para recalcar sus palabras—. Si dudas, perderás la oportunidad y todo se irá al garete.»

Will se secó el sudor de la frente y se armó de valor para emprender la siguiente fase del plan.

Al acercarse, la visión de la entrada de la comisaría le trajo recuerdos de cuando les habían hecho subir por la escalinata a él y a Chester, y los duros interrogatorios a que habían sido sometidos. Rememoró todo, e intentó apartar aquellos recuerdos de su mente mientras se internaba en la penumbra lateral del edificio y se quitaba la mochila. Sacó la cámara, y comprobó rápidamente que funcionaba antes de meterla en el bolsillo. Entonces escondió la mochila y se dirigió a la escalinata. Al subirla, respiró hondo y entró a la comisaría.

Allí estaba el segundo agente, reclinado en una silla con los pies sobre el mostrador. Se volvió para mirar al recién llegado, con movimientos tan lentos como si estuviera medio dormido. Le costó casi un segundo reconocer a la persona que tenía delante, y entonces su cara vacuna adoptó una expresión de desconcierto.

—Bueno, bueno, Jerome, ¿qué demonios haces aquí otra vez?

—He venido a ver a mi amigo —respondió Will, intentando por todos los medios que la voz no le traicionara. Tenía la sensación de estar subiendo por la rama de un árbol, y que cuanto más subía más fina y frágil se hacía. Si se partía en aquel momento, la caída sería mortal.

—Pero ¿quién te ha dejado venir? —preguntó con recelo el segundo agente.

—¿Quién cree usted? —preguntó Will a su vez, intentando sonreír con seguridad.

El segundo agente sopesó posibilidades por un momento, mirándolo de arriba abajo.

—En fin, supongo... Si te han dejado pasar la Puerta de la Calavera, será que todo está en orden —razonó en voz alta al levantarse lenta y pesadamente.

—Me dijeron que podría verlo —explicó Will— por última vez.

—Entonces, ¿sabes que va a ser esta noche? —preguntó el segundo agente con un esbozo de sonrisa. Will asintió con la cabeza y vio que aquello despejaba cualquier duda que siguiera albergando el policía. De inmediato, sus modales sufrieron una transformación.

—¿No habrás hecho todo el camino a pie, supongo? —se interesó el policía. En su rostro se abrió una sonrisa amable y generosa, como un tajo en la panza de un cerdo. Will no había visto hasta entonces aquel lado del agente, y eso hacía más difícil llevar a cabo lo que tenía planeado.

—Sí, he salido temprano.

—No me extraña que estés acalorado. Será mejor que me acompañes —invitó el segundo agente mientras levantaba la trampilla del mostrador y salía, haciendo sonar las llaves—. Tengo entendido que te has adaptado bien —comentó—. Ya me lo imaginaba… desde el momento en que te puse los ojos encima. «En el fondo es uno de los nuestros», le dije al primer agente. «Se le ve», le comenté.

Atravesaron la vieja puerta de roble y penetraron en la penumbra de los calabozos. Aquel olor que se había convertido en familiar le produjo a Will escalofríos mientras el segundo agente abría la puerta de la celda y lo invitaba a entrar. A sus ojos les costó un rato adaptarse a la oscuridad, pero luego lo vio: Chester estaba sentado en el rincón del poyo, con las rodillas bajo la barbilla. Su amigo no reaccionó de inmediato, sino que lo miró sin expresión en el rostro. Pero después, reconociéndolo de repente y sin podérselo creer, se puso en pie.

—¿Will? —preguntó, quedándose con la boca abierta—. ¡Will, no me lo puedo creer!

—Hola, Chester —dijo él, intentando contener la emoción. Estaba emocionado por volver a verlo, pero al mismo tiempo la descarga de adrenalina que experimentaba su cuerpo le hacía temblar.

—¿Has venido a sacarme, Will? ¿Puedo irme ya?

—Eh… no exactamente.

Will se volvió un poco, consciente de que el segundo agente estaba justo detrás y podía oír cada palabra. Incómodo, el hombre tosió.

—Tengo que encerrarte, Jerome. Espero que lo entiendas. Son las normas —dijo mientras cerraba la puerta y daba vuelta a la llave.

—¿Qué pasa? —preguntó Chester, notando que algo no iba bien—. ¿Traes malas noticias? —Se separó de Will un paso.

—¿Te encuentras bien? —preguntó éste a su vez, demasiado preocupado para responderle mientras oía al segundo agente abandonar la zona de calabozos atravesando la puerta de roble y cerrándola bien. Después llevó a Chester a un rincón de la celda y pegado a él le explicó los planes.

Unos minutos después, sucedió lo que Will no deseaba que sucediera: el segundo agente estaba de vuelta.

—Es la hora, caballeros —dijo por la ventanilla. Giró la llave y abrió la puerta. Will salió lentamente.

—Adiós, Chester.

Cuando el policía se disponía a cerrar la puerta, Will le tocó el brazo.

—Esperé un segundo, creo que me he dejado algo dentro —le rogó.

—¿Qué es? —preguntó el hombre.

El segundo agente lo miró atentamente mientras Will sacaba la mano del bolsillo. Vio encendida la lucecita roja que indicaba que la cámara estaba preparada. Apuntando al hombre, apretó el obturador. El flash le dio al policía de lleno en la cara. Lanzó un alarido y dejó caer las llaves, tapándose los ojos con las manos mientras caía al suelo. El flash había sido tan brillante comparado con el delicado resplandor de las esferas de luz que incluso Will y Chester, que se habían tapado los ojos, sintieron el efecto de su resplandor.

—Lo siento —le dijo Will al agente, que seguía lamentándose.

Chester estaba de pie, pero no se movía. Parecía aturdido.

—¡Date prisa! —le gritó Will acercándose, tirando de él y haciéndolo pasar por delante del agente, que empezaba a buscar la pared a tientas, sin dejar de gemir de manera espantosa.

Al llegar a la zona de recepción, Will miró por casualidad al otro lado del mostrador.

—¡Mi pala! —exclamó mientras pasaba por debajo de la trampilla y la cogía de la pared en la que estaba apoyada.

Ya se encaminaba hacia donde había dejado a su amigo cuando vio al segundo agente, que salía de la zona de calabozos tambaleándose. Casi a ciegas, el hombre agarró a Chester, y antes de que Will comprendiera lo que ocurría, lo tenía sujeto por el cuello.

Chester lanzó un grito entrecortado, tratando de soltarse.

Will no se detuvo a pensar: utilizó la pala. Con un ruido de huesos rotos, la pala golpeó en la frente al segundo agente, que cayó al suelo con un quejido.

Esta vez Chester no tardó tanto en reaccionar. Siguió a su amigo y ambos salieron corriendo de la comisaría, aminorando la marcha sólo lo justo para que Will recuperara la mochila antes de doblar y enfilar el tramo de camino que Chester había pasado tantas horas observando desde la celda. Luego volvieron a doblar una esquina y se metieron por un túnel lateral.

—¿Es por aquí? —preguntó Chester, respirando con dificultad y tosiendo.

Will no respondió, pero siguió corriendo hasta llegar al final del túnel.

Y allí estaban, tal como las había descrito Tam: tres casas parcialmente derruidas en una caverna circular. El suelo, de barro y arcilla, resultaba mullido al pisar, y el aire apestaba a estiércol. Le llamaron la atención los muros de la caverna. Lo que al principio había tomado por grupos de estalagmitas eran en realidad troncos de árboles petrificados, algunos rotos por la mitad, y otros retorciéndose en torno a alguno más antiguo. Aquellos restos fosilizados se alzaban en la oscuridad como un bosque de piedra.

Estaba cada vez más incómodo, como si algo malsano y amenazador irradiara de los antiguos árboles. Se sintió mejor cuando llegaron a la casa del medio y empujaron la puerta, que se abrió girando sobre su única bisagra.

«Pasada la entrada, sigue todo recto…»

Chester cerró la puerta con el hombro mientras Will entraba en la cocina. Era más espaciosa que la de casa Jerome. Sus pasos por el suelo embaldosado levantaron una gruesa capa de polvo. Era como una tormenta en miniatura, y al brillo de la esfera de luz, cada movimiento que ellos hacían incidía en las motas de polvo que flotaban en el aire.

«Localiza el azulejo de la pared que tiene una cruz pintada.»

Will lo encontró y empujó hacia dentro. Una pequeña trampilla se abrió debajo de su mano. Dentro había un picaporte. Lo giró hacia la derecha y se abrió toda una sección de azulejos: era una puerta muy bien disimulada. Detrás de ella había una antecámara con cajas amontonadas a cada lado, y otra puerta en la pared opuesta, que no era una puerta ordinaria: estaba hecha de hierro tachonado de remaches, y tenía a un lado una manivela para abrirla.

«Es hermética. No deja entrar los gérmenes.»

Había una portilla de inspección a la altura de la cabeza, pero no se veía ninguna luz a través del cristal.

—Encárgate de subirla mientras yo busco el equipo de respiración —le ordenó Will a Chester, señalando la manivela. Su amigo se apoyó sobre ella, y se oyó un fuerte silbido en el momento en el que se despegó del suelo la gruesa goma que cerraba herméticamente la base de la puerta. Will encontró las máscaras que Tam le había dicho: viejas capuchas de lona con unos tubos de goma conectados a cilindros. Recordaban a los equipos de submarinismo antiguos.

Entonces, proveniente de la oscuridad, Will oyó un maullido lastimero. Adivinó de qué se trataba incluso antes de darse la vuelta.

—¡*Bartleby*! —El gato entró correteando por el recibidor de la casa. Estuvo escarbando emocionado en el polvo, y se lanzó directo hacia la puerta secreta, metiendo el hocico y olfateando de manera inquisitiva.

—¿Qué es eso? —Chester se quedó tan atónito por la visión del descomunal gato que soltó la manivela, la cual giró libremente mientras la puerta se deslizaba pesada por sus rieles hasta cerrarse con un estruendo. *Bartleby* dio un salto hacia atrás.

—¡Por Dios, Chester, te he dicho que la abras! —le gritó Will.

El chico asintió con la cabeza y volvió a empezar.

—¿Necesitáis que os eche una mano? —preguntó Cal, apareciendo de repente.

—¡No! ¡Tú no! ¿Qué demonios haces aquí? —preguntó Will con la voz ahogada.

—Me voy con vosotros —respondió él, sorprendido por la reacción de su hermano.

Chester hizo un alto en su labor, y paseó su mirada de Will a Cal, y de nuevo a Will.

—¡Es igual que tú!

Will comprendió que todo se le había ido de las manos, y los acontecimientos habían entrado en una lógica absurda, azarosa y difícil de reconducir. Los planes de Tam se hacían trizas ante sus ojos, y tenía la espantosa sensación de que los iban a atrapar a todos. Tenía que intentar que las cosas volvieran a su cauce… de algún modo… y rápido.

—¡Por lo que más quieras, abre la puerta! —gritó con todas sus fuerzas, y Chester reanudó dócilmente el trabajo con la manivela. La puerta ya había subido medio metro y *Bartleby* metió la cabeza por debajo para echar un vistazo, se agachó y se deslizó hacia el otro lado, desapareciendo de la vista de inmediato.

—Tam no sabe que estás aquí, ¿verdad? —Will agarró a su hermano por el cuello de la chaqueta.

—Claro que no. He decidido que es el momento de ir a la Superficie, como mamá y tú.

—Tú no vienes —gruñó Will con los dientes apretados. Entonces, al ver el dolor en el rostro de su hermano, le soltó y suavizó la voz—. Es imposible… El tío Tam te mataría si supiera que estás aquí. ¡Vuélvete a casa…! —Will no terminó la frase. Tanto él como Cal percibían el fuerte olor a amoniaco que impregnaba el aire.

—¡La alarma! —exclamó Cal con ojos aterrorizados.

Oyeron un gran alboroto fuera de la casa, algunos gritos y después un ruido de cristales que se rompían. Corrieron a la ventana de la cocina y miraron a través de los cristales rotos.

—¡Styx! —exclamó Will con voz ahogada.

Calculó que había al menos treinta alineados en un semicírculo delante de la casa, y ésos eran sólo los que él alcanzaba a ver desde el lugar en el que se encontraba. Se estremeció al imaginar cuántos serían en total. Se agachó y lanzó una mirada a Chester, que daba vueltas a la manivela de manera desesperada. El hueco era ya lo bastante grande para permitirles pasar. Will miró a su hermano y comprendió que sólo se podía hacer una cosa, porque no lo podía dejar a merced de los styx.

—¡Vamos! ¡Por la puerta! —les apremió con un susurro.

Cal se emocionó y empezó a darle las gracias a Will, que le puso una máscara en la mano y lo empujó hacia la puerta.

Mientras Cal pasaba por el hueco, Will volvió a la ventana y vio que justo en aquel momento los styx se disponían a entrar en la casa.

Fue suficiente. Se lanzó a la puerta, gritándole a Chester frenéticamente que cogiera una máscara y lo siguiera. Al oír abrir la puerta de un golpe, supo que les quedaba el tiempo justo para escapar.

Pero entonces sucedió algo realmente espantoso, una de esas cosas destinadas a perdurar en el recuerdo, repitiéndose en él una y otra vez… Aunque uno sabe, en el fondo, que no había nada que hacer.

Fue entonces cuando la oyeron.

Una voz que ambos conocían.

30

—El Will de siempre —dijo la chica, dejándolos petrificados.

A Will lo pilló pasando por debajo de la puerta, agarrando a Chester del antebrazo para tirar de él. Fue entonces cuando miró hacia la puerta de la cocina y se quedó como congelado.

Una chica joven había entrado en la cocina, acompañada por un styx a cada lado.

—¿Rebecca? —alcanzó a preguntar Will casi sin voz, y movió la cabeza hacia los lados, pensando que los ojos lo engañaban—. ¡Rebecca! —repitió, sin poder creérselo.

—¿De excursión, por lo que veo? —preguntó ella con frialdad. Los dos styx avanzaron levemente, pero ella levantó una mano para detenerlos.

¿Era un truco? Ella llevaba la misma ropa que los styx, su uniforme: el gabán negro con la camisa impecablemente blanca. Y llevaba su cabello negro azabache de manera diferente a como lo llevaba siempre: recogido atrás y muy apretado.

—¿Qué estás…? —fue todo lo que logró decir Will antes de quedarse sin palabras.

«La han atrapado —pensó—. Tiene que ser eso. Le han lavado el cerebro, o bien la tienen de rehén.»

—¿Por qué no puedes dejar de ser siempre el mismo? —dijo exhalando un suspiro teatral, y elevando una ceja. Parecía relajada y muy segura de sí misma. No podía ser, algo no encajaba.

No.

Era uno de ellos.

—¿Tú eres...? —preguntó con la voz ahogada.

Rebecca se rió:

—Es listo, ¿a que sí?

Tras ella, otros styx iban entrando en la cocina. A Will la cabeza le daba vueltas, recordando mil cosas del pasado a velocidad de vértigo mientras intentaba asociar a Rebecca, su hermana, con aquella chica styx que tenía delante. ¿Había habido señales, pistas que no había sabido ver?

—¿Cómo? —preguntó en un grito.

Encantada al ver su confusión, ella le explicó:

—Es realmente muy sencillo. Me colocaron en tu familia cuando tenía dos años. Así lo solemos hacer... Para relacionarnos con los infieles... Es el entrenamiento que recibe la élite —dijo, y dio un paso adelante.

—¡No! —exclamó Will. Su mente volvía a funcionar, y su mano se internó subrepticiamente en el bolsillo interior de su chaqueta—. ¡No me lo puedo creer!

—Es duro de aceptar, ¿verdad? Me pusieron allí para que no te perdiera de vista, y para que pudiera, si había suerte, desenmascarar a tu madre... a tu madre auténtica.

—No es verdad.

—Da igual que no te lo creas —contestó de manera cortante—. Yo he cumplido mi misión, así que ahora estoy aquí, de nuevo en casa. Ya no tengo que seguir fingiendo.

—¡No! —balbuceó Will, aferrando el pequeño paquete de tela que Tam le había dado.

—Vamos, todo ha terminado —dijo Rebecca con impaciencia. Ante un gesto apenas perceptible de la cabeza de la chica, los styx que la flanqueaban se abalanzaron hacia ellos, pero Will ya estaba listo. Lanzó la piedra nodular contra la pared de la cocina con toda su fuerza. La piedra pasó entre los dos styx que se habían adelantado y golpeó los azulejos blancos pero sucios, convirtiéndose en algo parecido a una ventisca de nieve.

Todo se detuvo.

Durante una fracción de segundo, Will temió que no fuera a ocurrir nada, que aquello no funcionara. Vio que Rebecca se reía con una risa dura, sarcástica.

Entonces oyeron una especie de rugido, como si algo estuviera succionando el aire de la habitación. Cada una de las diminutas esquirlas, al rociar el suelo, estallaba con una luminosidad deslumbrante, lanzando rayos que se esparcían por toda la habitación como un millón de focos. Eran tan intensos que una blancura virulenta, insoportable, lo acribillaba todo.

A Rebecca extrañamente no parecía preocuparle lo más mínimo. En medio del estallido de luz, permanecía en pie como un ángel oscuro, con los brazos cruzados en su postura más característica, mientras chasqueaba la lengua en señal de desaprobación.

Sin embargo, los dos styx que se habían abalanzado sobre él se detuvieron en el acto y soltaron gritos que eran como uñas arañando una pizarra. Retrocedieron tambaleándose, cegados, tratando de taparse los ojos.

Aquello le dio a Will la oportunidad que esperaba. Agarró a Chester y tiró de él, arrancándolo de la manivela de la puerta.

Pero la luz ya estaba menguando, y otros dos styx apartaban a un lado a sus dos compañeros cegados para sustituirlos. Embistieron contra Will, amenazándolo con sus dedos como garras. Mientras él tiraba del brazo de Chester, los dos styx aferraron el otro brazo. Empezaron a tirar de ambos lados, y el aterrorizado chico, que lanzaba alaridos, servía de cuerda en aquel juego de tira y afloja. Y lo peor era que ya nadie se encargaba de la manivela de la puerta, que empezaba a dar vueltas desbocada, mientras la puerta descendía pesada y lentamente por los rieles. Chester se encontraba justo debajo.

—¡Sacúdetelos! —le gritó Will.

Chester intentó desprenderse de ellos dándoles patadas, pero no sirvió de nada. Lo tenían muy bien sujeto. Will se metió debajo de la puerta a modo de cuña en un vano intento por ralentizar su caída, pero era demasiado pesada y casi perdió el equilibrio. No había ninguna posibilidad de que pudiera ocuparse de la puerta y sujetar a Chester al mismo tiempo.

Los styx tiraban de Chester y soltaban gruñidos, y el chico intentaba resistirse con todas sus fuerzas, pero Will comprendió que no había ninguna posibilidad de vencer a los styx. Chester se le escurría de las manos y gritaba de dolor mientras los styx hundían las garras en la carne de su brazo. Entonces, mientras la puerta proseguía su descenso imparable, Will comprendió lo que iba a ocurrir: a menos que soltara a Chester, la puerta lo trituraría.

A menos que lo dejara en manos de los styx. La manivela giraba dando vueltas desbocada. La puerta se hallaba ya a poco más de un metro del suelo, y el cuerpo de Chester empezaba a doblarse con todo el peso de ésta en la espalda. Will tenía que hacer algo, y pronto.

—¡Lo siento, Chester! —gritó.

Por un instante, los ojos de Chester lo miraron, llenos de terror. Y a continuación Will le soltó el brazo y cedió a su amigo a los styx, que cayeron por su propio impulso en un barullo de brazos y piernas. Chester gritó el nombre de Will mientras la puerta caía con estruendo, terrible e irrevocable. Will no pudo hacer otra cosa que mirar anonadado a través del cristal lechoso de la ventanilla cómo Chester y los styx caían amontonados contra la pared. Inmediatamente, uno de los styx se levantó y corrió hacia la puerta.

—¡Atranca la manivela! —El grito de Cal puso a Will en movimiento. Mientras Cal sostenía una esfera de luz, Will se puso a manipular el mecanismo que había al lado de la puerta. Sacó su navaja rápidamente y, utilizando la hoja principal, intentó meterla de cuña para obstruir los engranajes.

—¡Que funcione, que funcione, Dios mío! —rogó Will.

Probó varias posiciones antes de que la hoja se deslizara entre dos de las ruedas más grandes y se quedara trabada.

Will apartó las manos, rezando para que el truco funcionara. Y funcionó: la pequeña navaja de color rojo empezó a temblar mientras los styx hacían fuerza en la manivela, por el otro lado.

Will volvió a mirar por la ventanilla. Como si fuera una macabra película de cine mudo, contempló sin poder hacer nada la desesperación del rostro de Chester mientras peleaba valientemente con los styx. De algún modo había conseguido hacerse con la pala de Will, e intentaba mantenerlos apartados a base de golpes. Pero eran demasiados para poder resistirse cuando los styx se le echaron encima como una plaga de langostas devoradoras.

Pero entonces un rostro se acercó a la ventanilla e impidió ver todo lo demás.

Era el rostro de Rebecca. Frunció los labios con severidad e hizo con la cabeza un movimiento dirigido a Will, como si tratara de regañarle. Tal como había hecho durante todos aquellos años en Highfield. Le estaba diciendo algo, pero no se oía nada a través de la puerta.

—Tenemos que irnos, Will. Conseguirán abrir —le apremió Cal. Él apartó con dificultad los ojos de la ventanilla. Rebecca seguía diciéndole algo con el movimiento de los labios. Y, de pronto, comprendió con un escalofrío lo que estaba diciendo. Lo comprendió con exactitud. Le estaba cantando una canción.

—¡*Sunshine…*! —exclamó con amargura—. *¡You are my sunshine!*

Huyeron por el pasadizo de roca, con *Bartleby* a la retaguardia, y llegaron a una especie de patio con forma de cúpula del que salían numerosos pasadizos. Todas las paredes estaban pulidas, y las aristas redondeadas como si el agua hubiera suavizado todas las superficies fluyendo por ellas durante siglos. Pero en aquel momento estaba seco, y las paredes se hallaban recubiertas de una especie de limo áspero, como vidrio en polvo.

—Sólo tenemos una máscara —dijo Will de repente, cayendo en la cuenta. Le cogió a su hermano el artilugio de goma y lona y lo examinó.

—¡Oh, no! —dijo Cal con cara abatida—. ¿Qué vamos a hacer? No podemos volver.

—El aire de la Ciudad Eterna —preguntó Will—, ¿qué tiene de dañino?

—El tío Tam dice que hubo una especie de plaga. Que mató a todo el mundo…

—Pero el aire ya no está contaminado, ¿o sí? —se apresuró a preguntar Will, temiendo la respuesta.

Cal asintió moviendo la cabeza lentamente.

—Tam dice que sí.

—Entonces la máscara te la pondrás tú.

—¡De eso nada!

Visto y no visto, Will le colocó la máscara a Cal en la cabeza, ahogando sus protestas. Su hermano se defendió intentando quitársela, pero él no se lo permitió.

—¡Te he dicho que la llevarás tú —insistió—. Soy el mayor, así que mando yo.

Entonces Cal dejó de resistirse, mirando con angustia a través de la visera de cristal mientras Will se aseguraba de que tenía la capucha bien colocada sobre los hombros. Luego abrochó la correa de cuero para asegurar los tubos y el pequeño y redondeado filtro al pecho de su hermano. Intentó no pensar qué consecuencias podía traerle cederle la máscara a su hermano, y prefirió confiar en que la plaga fuera sólo otra de las muchas supersticiones de los colonos.

Entonces Will sacó de la bota el mapa que le había dado Tam, contó los túneles que tenían delante, y señaló el que debían tomar.

—¿Cómo es que te conocía esa chica styx? —A través de la capucha, la voz de Cal sonaba confusa.

—Es mi hermana —Will bajó el mapa y lo examinó—. Ésa

era mi hermana... —declaró con desprecio—, o al menos eso es lo que yo creía.

Cal no mostró ningún signo de sorpresa, pero Will pudo notar lo asustado que estaba por su manera de mirar el tramo de túnel que habían dejado atrás.

—La puerta no los va a detener mucho tiempo —dijo Cal, mirando nervioso a Will.

—Chester... —dijo éste con voz desesperada, y se quedó en silencio.

—No podíamos hacer nada para ayudarle —corroboró Cal—. Tenemos suerte de haber salido de allí con vida.

—Tal vez —aventuró Will, volviendo a comprobar el mapa. Sabía que no tenía tiempo para pensar en Chester, al menos en aquel momento, pero después de todos los riesgos que había corrido para salvar a su amigo, la operación había fallado en su totalidad, y le costaba trabajo concentrarse en lo que debía hacer a continuación. Respiró hondo—. Entonces, supongo que debemos ponernos en camino.

Y de esa forma los dos muchachos, seguidos por el gato, se pusieron a correr con paso firme, internándose más y más en la compleja red de túneles que había de llevarlos a la Ciudad Eterna, y desde allí, según esperaba Will, podrían salir de nuevo a la luz del sol.

TERCERA PARTE

La Ciudad Eterna

31

—Uno dos, uno dos, uno, uno, uno dos…

Para atravesar los túneles, Will había adoptado el mismo ritmo rápido pero llevadero que a menudo utilizaba en sus excavaciones de Highfield para los tramos más duros de picar. Los túneles estaban secos y reinaba el silencio, no había el menor rastro de vida. Ni una sola vez la esfera iluminó una nubecilla de polvo agitada por el aire. Era como si su avance pasara desapercibido. Pero al cabo de poco tiempo empezó a notar leves centelleos ante los ojos, manchas de luz que se materializaban y después, tan repentinamente como se habían encendido, se apagaban. Observó, fascinado, hasta caer en la cuenta de que algo iba mal. Al mismo tiempo, sintió un dolor sordo en el pecho y las sienes se le humedecieron con sudor.

—Uno dos, uno dos, uno… uno… uno dos…

Aflojó el paso, sintiendo que le costaba trabajo respirar. Era algo desconcertante. No estaba seguro de qué era lo que sucedía. Al principio había pensado que no era más que cansancio; pero no: era algo más que eso. Era como si el aire, que había permanecido en aquellos túneles profundos sin que nadie lo agitara, tal vez desde tiempos prehistóricos, se comportara como un fluido lento y espeso.

—Uno dos, uno…

Se detuvo de repente, se aflojó el cuello y se masajeó los hombros por debajo de las correas de la mochila. Sintió una necesidad imperiosa, casi irresistible, de quitarse de la espalda el peso que le constreñía e incomodaba hasta lo insoportable. Le molestaban las paredes del pasadizo porque eran demasiado estrechas: lo asfixiaban. Se dejó caer de rodillas en medio del túnel y tragó varias bocanadas de aire. Después de un momento, se sintió un poco mejor e hizo el esfuerzo de ponerse en pie.

—¿Qué te ocurre? —preguntó Cal, mirándolo con preocupación por la visera de la máscara.

—¡Nada! —contestó Will, rebuscando el mapa en el bolsillo. No quería admitir que se sentía débil, no ante su hermano—. Es que… necesito comprobar nuestra posición.

Había asumido la responsabilidad de encontrar la ruta por entre todos aquellos giros y recodos, consciente de que un simple error podría confinarlos para siempre en aquel laberinto subterráneo de extraordinaria complejidad. Recordaba que Tam se había referido a aquella zona con ese nombre, el «Laberinto», y lo había comparado con una piedra pómez horadada por innumerables poros entrelazados que serpenteaban siguiendo rutas azarosas. Will no había pensado mucho en las palabras de su tío cuando las había pronunciado, pero en aquel momento comprendía muy bien su significado. El mismo tamaño del lugar resultaba sobrecogedor, y aunque habían avanzado aprisa por entre los pasadizos, Will calculaba que todavía les quedaba mucho. Los ayudaba considerablemente que el camino descendiera con una suave inclinación, pero eso mismo le causaba consternación, porque sabía que cada metro que descendieran tendrían que volverlo a subir antes de llegar a la Superficie.

Pasó la vista del mapa a las paredes del túnel. Tenían un tono rosáceo, tal vez debido a la presencia de depósitos de hierro que podían ser el motivo de que la brújula no funcionara allí abajo: la aguja se había vuelto loca, sin quedarse en el mismo punto el rato suficiente para ofrecer alguna pista.

Mirando a su alrededor, pensó que los pasadizos podía haberlos formado una burbuja de gas que hubiera quedado allí encerrada bajo una capa solidificada de cualquier material más duro, y que había buscado muchas maneras de escapar a través de la roca volcánica fundida. Sí, ésa podía ser la razón de que no hubiera túneles verticales. Y había otra posibilidad: que los hubiera ido formando el agua a lo largo del tiempo, después de que la roca se hubiera enfriado, aprovechando cualquier punto frágil por entre las rocas para irse abriendo camino.

«Me pregunto qué diría mi padre», pensó antes de darse cuenta de que seguramente no volvería a verlo nunca. Ya no.

Y por mucho que lo intentara, tampoco podía dejar de recordar la última mirada de Chester, cayendo por los suelos y en las garras de los styx, sin que ellos dos pudieran hacer nada para ayudarle... Había vuelto a fallarle...

¡Y Rebecca! La cosa era incontrovertible, lo había visto con sus propios ojos: ¡era una styx! A pesar de lo débil que se sentía, le hervía la sangre. Le entraban ganas de reírse a carcajadas al pensar lo preocupado que había estado por ella.

Pero no había tiempo para cavilaciones. Si querían salir vivos de allí, tenían que asegurarse de no equivocar la ruta. Echó una última mirada al mapa, y lo volvió a doblar antes de reemprender el camino.

—Uno dos, uno dos, uno, uno, uno dos...

La fina arena roja crujía bajo sus pies. Will esperaba que ocurriera algo, ver una señal, cualquier cosa que rompiera la monotonía y les confirmara que continuaban en el camino correcto. Empezaba a desesperar de que pudieran llegar al final alguna vez, porque era posible incluso que estuvieran caminando en círculos.

Así que sintió una enorme emoción cuando encontraron algo que parecía una pequeña lápida plana y redondeada por arriba, apoyada en la pared del túnel. Observado por Cal, se agachó para limpiar la arena de su superficie. Tras una pasada de la mano, quedó al descubierto un símbolo grabado en la piedra rosada, en mitad de la superficie. Estaba formado por tres líneas divergentes que se separaban en abanico como los rayos del sol naciente o las puntas de un tridente. Debajo había dos líneas de escritura angular. Los símbolos le resultaron desconocidos, y no pudo entender absolutamente nada.

—¿Qué será esto? ¿Algún tipo de mojón o de hito? —le preguntó Will a su hermano levantando la vista hacia él, que se encogió de hombros.

Varias horas después, la marcha se había vuelto lenta y penosa. Pasaban una bifurcación tras otra, y Will tenía que consultar el mapa aún más a menudo. Ya se habían equivocado una vez, pero por fortuna no habían llegado muy lejos antes de que Will se diera cuenta del error, y habían vuelto hacia atrás para retomar el camino correcto. Una vez en él, se dejaron caer en el suelo arenoso y descansaron lo estrictamente necesario para recuperar el aliento.

Aunque trataba de aguantar, Will se sentía muy cansado, como si estuviera corriendo con el estómago vacío. Y cuando volvieron a andar, se sintió aún más débil. Pero pese al estado en que se encontraba, no quería que su hermano sospechara que algo iba mal. Sabía que tenían que seguir; tenían que mantener la distancia con los styx para poder escapar. Se volvió a su hermano para preguntarle con respiración dificultosa:

—¿Por qué viene Tam a la Ciudad Eterna? Cuando se lo pregunté, no soltó ni prenda.

—Busca monedas y cosas así: oro y plata —dijo Cal, y luego añadió—: Sobre todo en tumbas.

—¿En tumbas?

—Sí, en enterramientos —dijo el chico asintiendo con la cabeza.

—Entonces, ¿es verdad que esto estuvo habitado?

—Hace mucho tiempo. Él piensa que lo ocuparon diversas razas, unas después de otras, y que cada una se asentó sobre los restos de la anterior. Dice que hay auténticos tesoros en la Ciudad Eterna que sólo esperan ser descubiertos.

—Pero ¿quiénes eran?

—Tam me explicó que los primeros pobladores fueron los brutianos, hace siglos. Creo que me dijo que eran troyanos. Edificaron una especie de fortaleza al mismo tiempo que se fundaba arriba el Londres de los Seres de la Superficie.

—Entonces, ¿las dos ciudades estaban conectadas?

Cal movió la cabeza de arriba abajo, pesadamente.

—Al principio sí. Después bloquearon las entradas y las piedras que las señalaban se perdieron… La Ciudad Eterna quedó olvidada —dijo, resoplando ruidosamente a través del filtro del aire. Entonces volvió la vista atrás, nervioso, como si hubiera oído algo.

Will siguió de inmediato la dirección de sus ojos, pero todo lo que pudo distinguir fue la forma de *Bartleby* en la penumbra, que caminaba impaciente de un lado a otro del túnel. Estaba claro que quería ir más aprisa que los dos chicos y de vez en cuando los pasaba a toda velocidad, pero luego se paraba a olfatear alguna grieta o el tramo de terreno que tenían ante ellos. A menudo, se ponía visiblemente nervioso y dejaba escapar un flojo lamento.

—Al menos, los styx no nos encontrarán nunca en este lugar —dijo Will con confianza.

—No estés tan seguro. Seguro que nos siguen —dijo Cal—. Y, además, todavía tenemos la división por delante de nosotros.

—La… ¿qué?

—La división styx. Son una especie de… bueno… de guardia de frontera —dijo Cal, buscando las palabras más adecuadas—. Patrullan la ciudad vieja.

—¿Para qué? ¿Pensé que estaba vacía?

—Se dice que están reconstruyendo zonas enteras y reforzando las paredes de la caverna. Se dice incluso que la Colonia podría trasladarse a la Ciudad Eterna, y corren rumores de que hay grupos de presos que son condenados a trabajar aquí como esclavos. Pero sólo son rumores, nadie está seguro de que sean ciertos.

—Tam no me mencionó nada de que hubiera más styx —comentó Will sin tratar de disimular el miedo que se traslucía en su voz—. ¡Genial! —dijo enfadado, dándole una patada a una piedra.

—Bueno, tal vez no pensó que fueran un problema. Pero teniendo en cuenta la manera en la que abandonamos la Colonia, ya es otra cosa, ¿no? Pero no te preocupes demasiado. Es un lugar muy grande, y sólo debe de haber unas pocas patrullas.

—¡Maravilloso, qué tranquilizador! —replicó Will, imaginando qué sería lo que les esperaba más adelante.

Siguieron andando durante varias horas, y al final tuvieron que bajar por una pendiente pronunciada en la que les resbalaban los pies en la arena roja hasta que llegaron por fin a una zona horizontal. Will sabía que si no se habían equivocado al seguir el mapa, tenían que estar saliendo del laberinto. Pero el túnel se estrechaba ante ellos, y parecía cegado al final. Temiendo lo peor, Will se adelantó corriendo, encorvándose para pasar por debajo del techo.

Aliviado, vio que había un pequeño pasadizo a un lado. Esperó a Cal. Ambos se miraron con aprensión mientras *Bartleby* olfateaba el aire. Will dudó, pasando la vista repetidamente del mapa de Tam a la abertura, y de ésta al mapa. Entonces miró a Cal y le sonrió de oreja a oreja mientras se internaba en el estrecho pasadizo. Estaba bañado con una tenue luz verde.

—¡Cuidado! —advirtió Cal.

Pero Will ya había llegado a la esquina, y desde ella podía apreciar un sonido que le era familiar: el golpeteo del agua que caía. Asomó la cabeza hasta que uno de sus ojos pudo atisbar por el borde. Lo que vio lo dejó anonadado, pero siguió desplazándose muy despacio para ver mejor, hasta quedar completamente al descubierto, bañado por un destello de color verde botella. Por la descripción de Tam, y por la idea que se había hecho en su imaginación, esperaba algo fuera de lo ordinario. Pero no estaba preparado para lo que sus ojos veían en aquel momento.

—La Ciudad Eterna —musitó y empezó a bajar por una enorme pendiente.

Al levantar la vista, observando con ojos como platos la inmensa cúpula del techo, el agua le salpicó en la cara que tenía vuelta hacia arriba y le provocó un estremecimiento.

—¿Lluvia subterránea? —murmuró, comprendiendo de inmediato que la idea misma sonaba ridícula. La lluvia se le metió en los ojos provocando un leve escozor, y le hizo parpadear varias veces.

—Son filtraciones de la bóveda —explicó Cal, parándose tras él.

Pero Will no le escuchaba. Encontraba difícil asimilar la magnitud descomunal de la caverna, que era tan grande que al fondo desaparecía en la bruma. La llovizna seguía cayendo en lentas y letárgicas rachas mientras bajaban por la escarpada pendiente.

No era posible asimilarlo: unas enormes columnas de basalto, como rascacielos sin ventanas, bajaban en arco desde la gigantesca cúpula en el centro de la ciudad. Otras ascendían cerca de los bordes de la bóveda, trazando curvas endiabladas y adornando la ciudad con gigantescos y caprichosos arbotantes. Al lado de aquélla, todas las cavernas que Will había visto parecían cosa de liliputienses. Ésta le hacía pensar en el corazón de un gigante descomunal, cuyas cavidades estuvieran cruzadas por los tendones que antiguamente se creía que mantenían la estructura del vital órgano.

Guardó en el bolsillo la esfera de luz y buscó por un impulso instintivo el origen de aquella luz de color verde esmeralda que daba al conjunto aquel aspecto de escena soñada. Era como observar una ciudad perdida en el fondo de un océano. No podía estar seguro, pero la luz parecía llegar de las propias paredes de manera tan sutil que al principio pensó que no hacían más que reflejarla.

Se dirigió a un lado de la pendiente para examinar más de cerca la pared de la caverna. Estaba cubierta de una gran proliferación de zarcillos, oscuros y brillantes a causa de la humedad. Se trataba de algún tipo de alga constituida por muchos brotes trepadores, que cubría la pared densamente, como la hiedra un muro viejo. Al levantar la mano notó el calor que desprendía y, sí, efectivamente, de los bordes de las hojas curvadas de la planta emanaba un destello muy débil.

—Bioluminiscencia —dijo en voz alta.

—¿Eh? —fue toda la respuesta que llegó del interior de la capucha de Cal, que se removía inquieto, vigilando por si aparecía la división styx.

Mientras seguía descendiendo la pendiente, Will volvió a contemplar la caverna, fijándose sobre todo en lo más maravilloso de todo: la propia ciudad. Desde la distancia, sus ojos devoraban los arcos, las terrazas mantenidas en equilibrios imposibles, y las escaleras de caracol que iban a dar a balcones de piedra. Abundantes columnas dóricas y corintias se alzaban para sostener galerías y pasarelas vertiginosas.

Su intensa emoción estaba empañada por la tristeza de pensar que Chester no estaba allí con él para ver nada de aquello. Y en cuanto a su padre, ¡se hubiera vuelto loco! Había demasiadas cosas que asimilar a la vez. En cualquier dirección que mirara, encontraba las más fantásticas estructuras: desde coliseos hasta antiguas catedrales con cúpulas de piedra bellamente labrada.

Después, al llegar al pie de la pendiente, sintió el impacto del olor. Al principio le pareció suave, como de agua estancada, pero con cada paso que habían descendido se había ido haciendo más fuerte. Era un olor rancio que llegaba a la garganta como un acceso de bilis. Se tapó la nariz y la boca con la mano, y le dirigió a Cal una mirada de desesperación.

—¡Es horrible! —dijo entre náuseas—. ¡No me extraña que haya que ponerse una cosa de ésas!

—Lo sé —dijo Cal rotundamente acercándose a la hondonada que había al pie de la pendiente, con la expresión de su rostro oculta por la máscara—. Ven aquí.

—¿Para qué? —le preguntó Will a su hermano acercándose a él. Para su sorpresa, lo vio meter las manos en el agua cenagosa. Levantó dos puñados de negras algas y se frotó con ellas la máscara y la ropa. A continuación cogió a *Bartleby* por el pescuezo. El animal soltó un leve aullido e intentó escapar, pero Cal logró untarlo rápidamente de los pies a la cabeza. Viendo que la suciedad le goteaba por la piel sin pelo, el gato arqueó el lomo y tembló, mirando a su amo con odio.

—Dios mío, ahora sí que huele peor que nunca. ¿Qué demonios haces? —preguntó Will, pensando que su hermano había perdido el juicio.

—La división dispone de perros rastreadores. Si perciben cualquier olor del lugar del que venimos, estamos perdidos. Este cieno ayudará a encubrir nuestro olor —dijo, volviendo a sacar nuevos puñados de la salobre vegetación—. Ahora te toca a ti.

Will se armó de valor mientras dejaba que le embadurnara con las fétidas algas el pelo, el pecho y los hombros, y después las piernas.

—Pero ¿crees que son capaces de oler alguna cosa con esta peste? —preguntó Will de manera airada, observando las manchas oleaginosas de su ropa. El hedor era apabullante—. ¡Esos perros deben de tener muy poco olfato! —dijo, haciendo esfuerzos para no marearse.

—Desde luego que lo tienen —dijo Cal sacudiéndose las manos para desprenderse de los zarcillos, y luego frotándoselas en la chaqueta—. Tenemos que conseguir pasar desapercibidos.

Primero uno y luego el otro, cruzaron un tramo de tierra cenagosa para entrar en la ciudad. Pasaron bajo un arco alto de piedra con dos gárgolas que los miraban con maligno desdén, y entraron en un callejón con altos muros a ambos lados. La dimensión de los edificios, los grandes ventanales, los arcos y las puertas, todo era enorme, como si hubiera sido construido para seres increíblemente altos. A propuesta de Cal se metieron por la abertura que había en la base de una torre cuadrada.

Ya fuera del alcance de la luz verde, Will necesitó la esfera de luz para estudiar el mapa. Al sacarla de la chaqueta, la esfera iluminó la habitación, una cámara de piedra con techo alto y varios centímetros de agua en el suelo. *Bartleby* se fue correteando hasta un rincón y, al encontrar un montón de algo podrido, lo estuvo examinando brevemente antes de levantar la pata sobre él.

—¡Eh! —exclamó Cal de repente—. ¡Mira las paredes!

Eran calaveras: una fila tras otra de cráneos tallados cubría los muros, todos mostrando los dientes en su sonrisa, todos con ojos muy hundidos. Mientras Will movía la esfera, las sombras se desplazaban y las calaveras parecían volver la cara hacia ellos.

—A mi padre le fascinaría. Apuesto a que esto era un…

—Es terrorífico —interrumpió Cal, temblando.

—Esta gente era bastante espeluznante, ¿no? —comentó Will, incapaz de reprimir una amplia sonrisa.

—Eran los ancestros de los styx.

—¿Qué? —Will lo miró con mirada inquisitiva.

—Sus antepasados. Se dice que en los tiempos de la Plaga, un grupo escapó de esta ciudad.

—¿Y adónde fueron?

—A la Superficie —respondió Cal—. Formaron allí una especie de sociedad secreta. Se dice que los styx le dieron a sir Gabriel la idea de la Colonia.

Will no tuvo ocasión de preguntar a Cal nada más, porque de repente *Bartleby* levantó las orejas y sus ojos se fijaron en la puerta sin parpadear. Aunque ninguno de los chicos había oído nada, Cal se puso nervioso.

—Vamos, Will, date prisa en consultar el mapa.

Dejaron la cámara, escogiendo con cautela su ruta por entre callejuelas antiguas. Eso le daba a Will ocasión para ver de cerca las casas. A su alrededor, por todas partes, la piedra estaba decorada con tallas e inscripciones. Se podía apreciar el pobre estado general: los sillares estaban rotos y agrietados. Por todas partes había muestras de abandono, pero aun así los edificios se alzaban con orgullo y magnificencia, y conservaban un aura de inmenso poderío. De poderío y algo más: algo como una antigua y declinante amenaza. Will se alegraba de que los habitantes de la ciudad ya no estuvieran en ella.

Mientras corrían por las antiguas calles de piedra, las botas chapoteaban en el agua turbia del suelo y agitaban las algas, dejando manchas ligeramente brillantes en su estela, como las baldosas con brillo que ponen en algunos jardines. A *Bartleby* lo excitaba el agua, y saltaba por encima de ella con la precisión de un pony amaestrado, intentando salpicarse lo menos posible.

Al cruzar un estrecho puente de piedra, Will se detuvo un momento y contempló por encima de la desgastada balaustrada de mármol el lento movimiento del río que pasaba por debajo. Con su brillo oleaginoso, serpenteaba con pereza por la ciudad, atravesada aquí y allá por otros puentes pequeños, y el agua lamía las paredes de sillería que formaban su cauce. En las orillas, las estatuas clásicas se alzaban como centinelas que guardaran el agua. Representaban a viejos de ondulante pelo blanco y barba inverosímilmente larga, y mujeres de vestido largo y vaporoso, que tendían hacia el agua conchas o esferas, o a veces tan sólo el muñón de sus brazos, como ofrendas a dioses que ya no existían.

Llegaron a una plaza rodeada de altos edificios, pero no entraron en ella porque prefirieron refugiarse tras un pequeño pretil.

—¿Qué es eso? —susurró Will. En medio de la plaza había una plataforma sostenida en lo alto por una serie de gruesas columnas. Sobre ella había figuras humanas: estatuas de aspecto calcáreo de seres en posturas retorcidas, como congeladas en su agonía, algunas con las facciones borradas y otras a las que les faltaban miembros. Unas cadenas oxidadas rodeaban las contorsionadas figuras, y las ataban a los postes que tenían al lado. Parecía una escultura que representara una antigua atrocidad, largo tiempo olvidada.

—El Tablado de los Presos. Ahí es donde recibían castigo.

—Las estatuas son horripilantes —comentó Will, incapaz de apartar los ojos.

—No son estatuas, son personas de verdad. Tam dice que los cuerpos están calcificados.

—¡No! —exclamó Will, observando las figuras aún con más atención y lamentando no disponer de tiempo para consignar todos los detalles en el cuaderno.

—¡Shhh! —advirtió Cal. Agarró a *Bartleby* y lo apretó contra él. El gato se resistió con las patas, pero el chico no lo soltó.

Will le dirigió una mirada inquisitiva.

—¡Agáchate! —susurró Cal. Parapetado tras el pretil, le tapó al gato los ojos con la mano y lo agarró aún más fuerte.

Al tiempo que los imitaba, Will se asomó para observar: al otro extremo de la plaza, silenciosos como fantasmas, cuatro figuras parecían flotar sobre la superficie del agua que cubría el suelo. Llevaban máscaras respiratorias en la boca, y gafas con grandes lentes circulares que les daban aspecto de hombres-insecto de pesadilla. Por su aspecto, Will sabía que eran styx. Llevaban casquetes de cuero y gabanes largos. No los negros y relucientes que Will les había visto en la Colonia: éstos no tenían brillo, y eran como de camuflaje, con manchas de color verde y gris, unas oscuras y otras claras.

Avanzaban en línea con eficiencia militar, uno de ellos sujetando por la correa a un inmenso perro. El animal increíblemente grande y feroz expulsaba vaho por el hocico. Era diferente de cualquier otro perro que Will hubiera visto nunca.

Los chicos se arrinconaron tras el pretil, plenamente conscientes de que no tendrían ningún sitio por el que escapar si los styx se acercaban a ellos. El ronco jadeo del perro se hacía más fuerte. Will y Cal se miraron, pensando ambos que de un momento a otro los styx aparecerían bordeando el pretil. Inclinaron la cabeza, aguzando el oído para captar el menor sonido de acercamiento de los styx, pero sólo se oía el suave borboteo del agua y el golpeteo continuo de la lluvia de la caverna.

Will y Cal se miraron a los ojos. Todo parecía indicar que los styx se habían ido, pero ¿qué debían hacer? ¿Se habría alejado la patrulla, o sólo se habría ocultado para saltar sobre ellos? Esperaron, y después de un rato que les pareció un lustro, Will le dio a su hermano una palmada en la espalda y señaló hacia arriba para indicar que pensaba echar un vistazo.

Cal negó con la cabeza violentamente, y su inquietud resultaba palpable incluso a través del cristal medio empañado de la visera. Aquellos ojos le imploraban que no se moviera, pero Will no le hizo caso y levantó un poco la cabeza por encima del pretil: los styx habían desaparecido. Alzó el pulgar como señal de que todo iba bien, y Cal se incorporó muy despacio para comprobarlo por sí mismo. Contento de que la patrulla hubiera desaparecido, soltó a *Bartleby*, que escapó de un salto, comprobó su condición de animal libre, y les dirigió a ambos una mirada de resentimiento.

Bordearon con cautela la plaza y eligieron un callejón en dirección opuesta a la que suponían que habían seguido los styx. Will se encontraba cada vez más cansado y le resultaba más difícil respirar. Le sonaban los pulmones como a un asmático, y un dolor sordo le oprimía el pecho y el tórax. Sacó fuerzas de flaqueza, y en compañía de su hermano corrió de sombra en sombra hasta que dejaron atrás los edificios y volvieron a tener ante ellos la pared de la caverna. Corrieron pegados a ella durante varios minutos, hasta que llegaron ante una enorme escalinata de piedra excavada en la roca.

—Hemos estado a punto de no contarlo —dijo Will jadeando y mirando atrás.

—¡Y que lo digas! —admitió Cal antes de mirar hacia la escalera—. ¿Es ésta?

—Creo que sí —dijo Will encogiéndose de hombros.

En aquel momento no le preocupaba demasiado: lo único que quería era poner toda la distancia posible entre ellos y la división styx.

La base de la escalera estaba muy deteriorada por un enorme pilar que se había caído y la había destrozado, y al principio los chicos se vieron obligados a trepar por varios tramos ruinosos. Cuando llegaron a los escalones, la cosa no mejoró mucho, porque resbalaban debido a las algas negras que los recubrían, y estuvieron a punto de perder el equilibrio más de una vez.

Siguieron subiendo la escalera y, olvidando lo mal que se sentía, Will se detuvo para asimilar la vista desde lo alto. Por entre la bruma, distinguió un edificio culminado por una enorme cúpula.

—Es la viva imagen de la catedral de San Pablo —comentó resoplando y tomando aliento mientras contemplaba la magnífica cúpula en la distancia—. Me encantaría verla más de cerca —añadió.

—Tienes que estar bromeando —contestó Cal.

Finalmente, la escalinata desapareció al penetrar en la roca por un arco irregular. Will se volvió para dirigir una última mirada a aquella extraña Ciudad Eterna de color esmeralda, pero al hacerlo resbaló por el borde del escalón. Se tambaleó y cayó al de abajo. Por un instante creyó que iba a desplomarse al abismo, y lanzó un grito. Se agarró desesperadamente a los negros zarcillos que cubrían la pared. Los desgarró puñado tras puñado, hasta que finalmente consiguió sujetarse y detener la caída.

—¡Dios mío!, ¿estás bien? —le preguntó Cal, acercándose a él. Como Will no le respondía, se preocupó—: ¿Qué te ocurre?

—Sólo… sólo estoy mareado —admitió Will con una voz ahogada a la que acompañaba un ligero silbido. Jadeaba. Era como si tratara de respirar a través de una pajita obstruida. Trepó algunos escalones, pero volvió a quedarse paralizado por un acceso de tos incontrolable que creyó que no iba a finalizar nunca. Retorciéndose, tosió haciendo esfuerzos por arrancar algo, y por fin escupió. Se llevó una mano a la frente, empapada de lluvia y de un sudor frío y malsano, y comprendió que ya no podía seguir disimulando ante su hermano.

—Necesito descansar —dijo con la voz ronca, apoyándose en Cal en cuanto amainó la tos.

—Ahora no —le apremió éste—. Y menos aquí.

Cogiéndolo por el brazo, le ayudó a atravesar el arco y a continuar subiendo la sombría escalera que se internaba en la roca.

32

Hay un punto en el que el cuerpo queda absolutamente agotado, cuando a los músculos y a los nervios ya no les queda nada que dar, cuando lo único que queda es la entereza de la persona, la fuerza de su voluntad, su empecinamiento.

Will había llegado a aquel punto. Su cuerpo estaba exhausto e inservible, pero él seguía caminando trabajosamente, impulsado sólo por su sentido de la responsabilidad y el deber de cuidar de su hermano. Al mismo tiempo, le atormentaba una insoportable sensación de culpa por haber abandonado a Chester, por haberlo dejado por segunda vez en manos de los colonos.

«No puedo más, no puedo ni dar un paso.» Estas palabras se repetían en la mente de Will una y otra vez. Pero no las pronunciaba, porque ni él ni su hermano hablaban mientras ascendían por la inacabable escalera en espiral. Al límite de su aguante, sacaba fuerzas de flaqueza para subir un peldaño tras otro, un tramo tras otro, mientras le ardían los muslos tanto como los pulmones. Resbalaba en los escalones empapados de agua y cubiertos de fibrosas algas que se adherían a sus pies, Will hacía inhumanos esfuerzos por negarse a comprender que no podía continuar mucho más.

—Me gustaría parar ahora —le oyó decir a Cal, jadeando.

—Imposible… no pienses… yo nunca te… vamos… un poco más —respondía Will al ritmo de sus lentos pasos.

Pasaron lentamente horas de tormento hasta que perdió toda noción de cuánto habían subido, y ya no existía ni le importaba nada en el mundo excepto la penosa obligación de dar el siguiente paso, y el siguiente, y así una y otra vez… Y justo cuando Will creyó que había llegado al límite exacto en el que ya no podía dar un paso más, notó una levísima brisa en la cara. El instinto le dijo que aquello era aire puro, sin contaminar. Se detuvo para aspirar el frescor, esperando conservar al menos las fuerzas suficientes para desembarazar a sus pulmones del peso que los agobiaba y aliviar el interminable ruido que producían al respirar.

—No la necesitas —le dijo a Cal, señalando la máscara. El chico se la quitó de la cabeza y la enganchó al cinturón. El sudor le corría por la cara y tenía los ojos enrojecidos.

—¡Uf! —resopló—. ¡Vaya calor que da este chisme!

Siguieron avanzando, y no pasó mucho tiempo antes de que los peldaños se acabaran y entraran en una serie de estrechos pasadizos. De vez en cuando tenían que subir por alguna escalera de hierro oxidado, y las manos se les teñían de naranja al impulsarse en cada uno de los precarios travesaños.

Finalmente, llegaron a un tramo casi vertical de no más de un metro de ancho. Escalaron su superficie irregular ayudándose de una gruesa soga con nudos que colgaba de lo alto. Cal estaba seguro de que era su tío Tam quien la había puesto allí. Subieron brazada tras brazada, mientras los pies encontraban acomodo en las grietas y entrantes del terreno. La inclinación se hizo más empinada y les costó un esfuerzo infernal superar el trecho de piedra cubierta de limo que les quedaba, pero pese a resbalar varias veces, terminaron llegando al final, y entraron en una cámara circular. En el suelo había una pequeña entrada de aire. Al inclinarse sobre ella, Will vio los restos de una rejilla de hierro, tan sumamente oxidada que se desprendían trozos.

—¿Qué ves? —preguntó Cal jadeando.

—Nada, no puedo ver absolutamente nada —respondió Will con desánimo, agachándose para ponerse en cuclillas. Se quitó el sudor de la cara con la mano—. Supongo que tenemos que hacer lo que dijo Tam: bajar.

Cal miró atrás y luego a su hermano, asintiendo con la cabeza. Durante varios minutos, inmovilizados por la fatiga, ninguno de los dos hizo movimiento alguno.

—Bueno, no podemos quedarnos aquí toda la eternidad —suspiró Will, metiendo las piernas por el respiradero y, con la espalda apretada contra un lado y los pies presionando fuertemente contra el otro, empezó a dejarse caer—. ¿Y qué pasa con el gato? —preguntó cuando había recorrido poca distancia—. ¿Será capaz de seguirnos?

—No te preocupes por él —dijo Cal sonriendo—. Lo que nosotros podamos hacer…

Will no oyó el final de la frase. Resbaló. Vio ascender a la velocidad del rayo las paredes del respiradero y cayó al fondo, en el que se zambulló salpicando mucha agua: estaba sumergido en algo casi helado. Braceó para salir, y luego sus pies encontraron el fondo y pudo ponerse en pie y escupir un trago de líquido helado que se le había metido en la boca. Estaba cubierto hasta el pecho, y después de secarse los ojos y echarse atrás el pelo, miró a su alrededor. No estaba seguro, pero en la distancia parecía verse una leve luz.

Oyó los gritos del desesperado Cal, desde lo alto.

—¡Will, Will!, ¿estás bien?

—¡Sólo quería darme un chapuzón! —gritó Will, riéndose sin fuerzas—. Quédate ahí, voy a comprobar una cosa. —Olvidó la fatiga y el esfuerzo mientras miraba la débil luz, intentando comprender qué era lo que tenía delante.

Calado hasta los huesos, salió de la piscina y, agachándose por el pasadizo, avanzó lentamente hacia la luz. Después de unos doscientos metros, distinguió con claridad la boca circular del túnel y, con el corazón palpitando, se lanzó corriendo en aquella dirección. Se precipitó por una cornisa de más de un metro de alto que no había visto y se hizo daño al caer. Vio entonces que estaba en una especie de embarcadero. A través de un bosque de gruesos puntales de madera cubiertos de algas, rielaba la luz en el agua.

La grava crujía bajo sus pies. Notó en el rostro el tonificante frescor del viento. Respiró hondo, llenándose los doloridos pulmones con aire puro. Era una dulzura. Poco a poco, fue asimilando el entorno.

Era de noche. Las luces se reflejaban en un río, delante de él. Era muy ancho. Un barco de recreo de dos pisos surcaba lentamente sus aguas. Las luces palpitaban en sus dos cubiertas, mientras una música bailable difícil de distinguir vibraba en las ondas del agua. Entonces vio puentes a izquierda y a derecha y, en la distancia, la cúpula iluminada de la catedral de San Pablo. San Pablo, el de siempre. Un autobús rojo de dos pisos cruzó por el puente más cercano. Se sentó en la orilla con sorpresa y alivio: aquello no era un riachuelo cualquiera.

Era el Támesis.

Se tendió en la orilla y cerró los ojos, escuchando el monótono ruido del tráfico. Intentó recordar los nombres de los puentes, pero sin hacer mucho esfuerzo. Había salido, había escapado, y nada más importaba. Lo había conseguido. Estaba en casa. ¡De vuelta en su mundo!

—¡El cielo! —exclamó Cal con voz sobrecogida—. O sea que es así. —Will abrió los ojos para ver a su hermano, que estiraba el cuello hacia un lado y hacia el otro, contemplando las nubecillas sueltas iluminadas por la luz ambarina de la calle. Aunque estaba calado por su inmersión en el pozo, sonreía de oreja a oreja, pero de pronto arrugó la nariz.

—¡Uf!, ¿qué es eso? —preguntó en voz alta.

—¿Qué quieres decir? —preguntó Will.

—¡Todos esos olores!

Will se levantó sobre un codo y olfateó:

—¿Qué olores?

—Comida… todo tipo de comida… y… —Cal hizo una mueca—. Aguas residuales, a montones, y olores químicos…

Mientras olfateaba, volviendo a apreciar lo fresco y puro que era el aire, Will se dio cuenta de que no se le había ocurrido pensar ni por un momento qué iban a hacer a continuación. ¿Adónde iban a ir? Tanto interés había tenido en escapar, que no había dedicado al resto ni un instante de reflexión.

Se levantó y miró sus ropas de colono empapadas y sucias, y las de su hermano, y el impresentable gato gigante que olfateaba en aquel momento la orilla del río como un cerdo en busca de trufas. Se había levantado un fresco viento invernal. Empezó a temblar, le castañetearon los dientes. Cayó en la cuenta de que ni su hermano ni *Bartleby* habían experimentado en su vida subterránea las extremas variaciones del clima de la Superficie. No podían quedarse allí. Tenían que irse enseguida. Pero no llevaba dinero: ni un penique.

—Tendremos que volver a casa andando.

—Bien —respondió Cal sin poner pegas, con la cabeza levantada para ver las estrellas, perdiéndose en la cúpula del cielo—. ¡Al fin las veo! —susurró para sí.

Pasó un helicóptero por el horizonte.

—¿Por qué se mueve esa cosa? —preguntó.

Will estaba demasiado cansado para dar explicaciones.

—Para eso los hacen —se limitó a decir.

Empezaron a caminar, sin apartarse de la orilla del río para no llamar la atención, y enseguida se encontraron una escalera que subía a la calle. Estaba junto a un puente. Will supo entonces dónde se encontraban exactamente: era el puente de Blackfriars. En lo alto de la escalera había una verja que les cerraba el paso, así que para llegar hasta la acera de la calle tuvieron que saltar por el muro.

Goteando agua sobre la acera, congelados en el aire de la noche, miraron a su alrededor. A Will le sobrecogió la espantosa idea de que incluso allí los styx podían tener espías que

los estuvieran vigilando. Después de ver a uno de los hermanos Clarke en la Colonia, tenía la sensación de que no podía
confiar en nadie, y observaba con creciente recelo a las pocas
personas que había a la vista. Pero nadie pasó cerca, salvo una
pareja de jóvenes que caminaban cogidos de la mano. Se cruzaron con ellos, pero iban tan atentos uno al otro que no se
fijaron en los chicos ni en su gato descomunal.

Subieron la escalinata del puente, con Will delante. Al llegar arriba vio el cine Imax a su derecha. Supo inmediatamente que no quería encontrarse en aquel lado del río. Para
él, Londres estaba constituido por un mosaico de lugares que
le resultaban conocidos de visitas a museos con su padre o de
excursiones con el colegio. El resto, las áreas que conectaban
unos puntos conocidos con otros, eran para él un misterio
absoluto. Sólo se podía hacer una cosa: confiar en su sentido
de la orientación e intentar seguir rumbo al norte.

Tras doblar a la izquierda y pasar aprisa el puente, Will vio
una señal que indicaba la dirección a la estación de King's
Cross, y se sintió seguro de que iban por el buen camino. Al
llegar al final del puente, los coches pasaban por su lado, y
Will se paró a mirar a Cal y al gato a la luz de la calle. Formaban un grupo de tres seres perdidos de aspecto tan extraño,
que era imposible no llamar la atención de cualquiera que pasara. Por más que fuera de noche, un par de chicos calados
hasta los huesos y caminando por las calles de Londres a aquellas horas de la noche con o sin un gato gigante tenía que
atraer la atención, y lo último que deseaba en aquellos momentos era que lo detuviera la policía. Intentó inventar una
historia, repitiéndosela mentalmente, por si se daba el caso:

«Bien, bien, bien —decían un par de policías imagina-
rios—. ¿Qué tenemos aquí?»

«Eh… sólo estamos paseando por el… el…», se imaginó
que respondía, pero entonces se quedaba callado, sin saber
cómo seguir. No, eso no servía. Tenía que preparar algo mejor. Volvió a empezar:

«Buenas noches, agentes. Estamos sacando de paseo la mascota del vecino.»

El primero de los policías se inclinaba para mirar a *Bartleby* con curiosidad, aguzando la vista mientras hacía una mueca de evidente disgusto.

«No sé por qué me da que es peligroso, chaval. ¿No lo deberíais llevar con correa?»

«¿De qué raza es?», intervenía el segundo policía imaginario.

«Es un… —empezaba Will. ¿Qué podía decir? ¡Ah, sí!—: Es un ejemplar muy raro… un híbrido excepcional, un cruce de perro y gato que se llama… *perrato*», informaba amablemente.

«O *gaterro*», sugería el segundo policía, mirando a Will de manera que indicaba que no se tragaba aquella explicación.

«Sea lo que sea, es feo como un demonio», comentaba el otro.

«¡Shh! No vaya a herir sus sentimientos.»

Will comprendió entonces que estaba perdiendo el tiempo. En realidad, los policías sólo les preguntarían el nombre y la dirección, y llamarían por radio para comprobar que no les mentían. Y aunque intentaran dar datos falsos, seguramente los descubrirían. No había vuelta de hoja. Los llevarían a comisaría y los mantendrían allí. Will se imaginaba que posiblemente lo acusarían de secuestrar a Chester, o de otra cosa igual de ridícula, y que terminarían enviándolo a alguna institución para jóvenes delincuentes. En cuanto a Cal, constituiría para ellos un quebradero de cabeza, porque no encontrarían ningún registro de su identidad por ninguna parte. En cualquier caso, sería preferible evitar a la policía a toda costa.

De manera un tanto morbosa, al contemplar aquella posibilidad, una parte de él casi deseaba que lo detuviera la policía, porque tal cosa le aliviaría de la pesada y espantosa carga que en aquel momento tenía que soportar sobre sus hombros. Contempló la intimidada figura de su hermano. Cal era un extraño, un monstruo en aquel lugar frío y nada hospitalario, y Will no tenía ni idea de cómo se las iba a apañar para protegerlo. Pero si se entregaba a las autoridades e intentaba que investigaran la Colonia (en el improbable caso de que dieran crédito a un adolescente escapado del hogar), podía poner en riesgo muchas vidas, la vida de los miembros de su familia. ¿Quién sabía cómo podía terminar aquello? Se estremeció al recordar lo que decían del Descubrimiento, como lo había llamado la abuela Macaulay, y se imaginó que la sacaban a ella a la Superficie después de pasar toda su larga vida en el mundo subterráneo. No podía hacerle tal cosa a su propia abuela, eso era impensable. Era una decisión demasiado importante para que la pudiera tomar él solo. Se sentía terriblemente aislado y desamparado.

Tiró de la chaqueta para taparse mejor, y apremió a Cal y *Bartleby* a meterse en un pasaje subterráneo, al final del puente.

—Aquí huele a pis —comentó su hermano—. ¿Acaso los Seres de la Superficie marcan así el territorio? —le preguntó a Will.

—Eh… normalmente no. Pero esto es Londres.

Al salir del pasaje y volver a la acera de la calle, Cal se quedó extrañado por el tráfico. No paraba de mirar a uno y otro lado. Llegaron a una avenida importante, y se detuvieron en el bordillo. Will agarró a su hermano por la manga con una mano y con la otra al gato por el pescuezo sin pelo.

Alcanzaron una isla peatonal en un momento en el que no venían coches. Desde los vehículos, la gente los miraba con curiosidad, y una furgoneta blanca, cuyo conductor hablaba muy alterado por el teléfono móvil, estuvo a punto de pararse a su lado. Para alivio de Will, volvió a acelerar.

Cruzaron los dos carriles que les quedaban y tras caminar un poco más, Will los condujo por un callejón poco iluminado. Su hermano se quedó parado, con la mano en la pared de ladrillo que tenía a su lado. Parecía completamente desorientado, como un ciego en un entorno extraño.

—¡Apesta! —dijo con vehemencia.

—No es más que el humo de los coches —respondió Will desatando la gruesa cuerda de la esfera de luz y preparando con ella una correa con nudo corredizo para el gato, que no se mostró en absoluto preocupado por ello.

—Huele mal. Esto tiene que ser ilegal —dijo Cal con total convicción.

—Me temo que no —respondió Will guiándolos por la calle. Pretendía alejarse de la avenida y hacer el camino por calles secundarias, aun cuando eso hiciera el recorrido más difícil y tortuoso.

Y de esa manera comenzó la larga marcha hacia el norte. En su camino hacia las afueras de Londres sólo vieron un coche de policía, pero Will consiguió parapetarse con Cal y *Bartleby* en una esquina en menos de un segundo.

—¿Son una especie de styx? —preguntó Cal.

—No exactamente —respondió Will.

Con el gato a un lado y Cal al otro, hechos un manojo de nervios los dos, el avance se hacía difícil. Cada poco su hermano se paraba en seco, como si le dieran en las narices con una puerta invisible.

—¿Qué pasa? —le preguntó una de las veces en las que Cal se negaba a avanzar.

—Siento como… ira… y miedo —explicó el muchacho con voz tensa mientras miraba nervioso las ventanas encima de una tienda—. Es muy fuerte. No me gusta.

—Yo no veo nada —dijo Will, sin conseguir saber qué era lo que preocupaba a su hermano. Sólo eran ventanas normales y corrientes, en una de las cuales relucía una estrecha franja de luz entre las cortinas—. No hay nada, te lo estás imaginando.

—No, no me lo imagino. Lo huelo —explicó Cal con énfasis—, y se está haciendo más intenso. Vámonos.

Tras varios kilómetros de tortuoso y furtivo caminar, llegaron a lo alto de una colina, en cuya base pasaba una concurrida avenida de seis carriles.

—Esto lo reconozco. Ya no queda lejos. Tal vez tres kilómetros, nada más.

—No podré acercarme. No puedo soportar ese hedor. Nos matará —dijo Cal retrocediendo.

—No seas tan tonto —le dijo Will. Estaba demasiado cansado para soportar ningún comportamiento absurdo, y la frustración se le transformaba fácilmente en enfado—. ¡Ya estamos cerca!

—¡No! —dijo Cal, cerrándose en banda—. ¡Aquí me quedo!

Will intentó tirarle del brazo, pero él se lo sacudió.

Había estado luchando durante kilómetros contra su agotamiento, y aún le costaba trabajo respirar. No se merecía encima que Cal se pusiera así. Sintió que no podía más, sintió que iba a darse por vencido y a echarse a llorar. No había derecho. Se imaginaba la casa y su cama limpia, acogedora. No quería otra cosa que echarse a dormir. Incluso mientras caminaba, su cuerpo insistía en ceder y abandonarse, como si pudiera dejarse caer por un agujero a un mundo soñado de calidez y descanso. A continuación, se arrancaba de aquel sueño para volver al mundo real y obligarse a seguir adelante.

—¡Está bien! —soltó Will—. ¡A tu aire! —Y empezó a descender la colina, tirando de la correa de *Bartleby*.

Al llegar a la avenida, oyó la voz de su hermano por entre el estruendo del tráfico.

—¡Will! —gritaba—. ¡Espérame! ¡Lo siento!

Cal bajaba por la colina a toda velocidad. Estaba realmente aterrorizado. Movía la cabeza a izquierda y a derecha para vigilarlo todo, como si temiera ser atacado de repente por un imaginario asesino.

Cruzaron la avenida cuando el semáforo se puso en verde, pero Cal se empeñó en taparse la boca con la mano hasta que quedó bastante atrás.

—No lo puedo soportar —dijo con tristeza—. Me encantaban los coches cuando estaba en la Colonia…, pero los folletos no decían nada de cómo huelen.

—¿Tenéis fuego?

Asustados por la voz, los dos chicos se volvieron. Se habían detenido para descansar un instante y, como si apareciera de la nada, tenían allí plantado tras ellos a un hombre de sonrisa torcida. No era muy alto, e iba bien vestido con un traje azul oscuro bastante ajustado, camisa y corbata. Tenía el pelo largo y negro y constantemente se lo echaba hacia atrás, como si le molestara, y se lo remetía detrás de las orejas.

—Me he dejado en casa el encendedor —prosiguió con voz profunda y sonora.

—Lo siento, no fumamos —respondió Will, apartándose.

Había algo forzado y siniestro en la sonrisa de aquel hombre, y en la cabeza de Will sonaron todas las alarmas.

—¿Estáis bien? Parecéis hechos polvo. Tengo un sitio donde podéis descansar. Está cerca de aquí —invitó el hombre—. Puede venir el perrito también, por supuesto. —Le tendió a Cal la mano, y Will pudo distinguir los dedos manchados de nicotina y las uñas negras de suciedad.

—¿De verdad? —preguntó Cal, devolviéndole la sonrisa al desconocido.

—No…, es usted muy amable, pero… —le interrumpió Will, mirando a su hermano, pero sin conseguir llamar su atención.

El hombre avanzó un paso hacia Cal y se dirigió a él, ignorando por completo a Will, como si no estuviera presente.

—¿Te apetece también comer algo caliente? —ofreció.

Cal iba a contestar cuando Will habló de nuevo:

—Tenemos que irnos, nuestros padres nos esperan a la vuelta de la esquina. Vámonos, Cal —dijo imperiosamente. Su hermano lo miró extrañado, y vio que agitaba la cabeza y arrugaba el ceño. Comprendiendo que algo no iba bien, Cal se acercó a Will.

—Una pena. ¿Quizá la próxima vez? —dijo el desconocido, sin apartar los ojos de Cal. No hizo intento de seguirlos, pero se sacó del bolsillo un encendedor y encendió un cigarrillo—. ¡Nos vemos! —les gritó.

—No te vuelvas —le dijo Will entre dientes, alejándose rápidamente y llevándose a su hermano al remolque—. Ni se te ocurra volverte.

Llegaron a Highfield una hora más tarde. Will evitó High Street por si lo reconocían. Eligieron callejones y vías secundarias hasta que desembocaron en Broadlands Avenue.

Allí estaba: la casa, completamente a oscuras, con un letrero de la inmobiliaria en el jardín delantero. Will guió a Cal por un lateral de la casa, para llegar al jardín de atrás a través de la cochera. Con el pie levantó el ladrillo bajo el cual dejaban siempre una llave por si acaso, y se le quitó un peso de encima cuando vio que seguía allí. Abrió la puerta y entraron con precaución en el oscuro recibidor.

—¡Colonos! —exclamó Cal de inmediato, retrocediendo mientras seguía olfateando—. Han estado aquí… y no hace mucho.

—¡Por Dios! —A Will sólo le olía un poco a cerrado, pero no quería molestarse en discutir. Como no quería llamar la atención de los vecinos, dejó las luces apagadas y utilizó la esfera de luz para mirar en todas la habitaciones, mientras Cal se quedaba en el recibidor con sus sentidos completamente despiertos—. No hay nadie… nadie en absoluto. ¿Satisfecho? —dijo volviendo del piso superior. Con cierta consternación, su hermano entró en la casa acompañado de *Bartleby*. Will cerró la puerta y corrió el pestillo. Los guió a la sala de estar y, asegurándose de que las cortinas estaban perfectamente cerradas, encendió la televisión. A continuación se dirigió a la cocina.

La nevera estaba completamente vacía, salvo por una tarrina de margarina y un tomate pasado, verde y reseco. Por un momento, observó con estupor los estantes vacíos. Nunca las había visto así, y aquello era una muestra de hasta qué punto habían cambiado las cosas. Suspiró mientras cerraba la puerta de la nevera y veía un trozo de papel de renglones pegado en ella. Estaba escrito con la letra pulcra y precisa de Rebecca: era una de sus listas de la compra.

¡Rebecca! De repente le hirvió la sangre. El recuerdo de aquella impostora disfrazada de su hermana durante todos aquellos años le hizo perder la calma. Ella lo había cambiado todo. Y ya no podía ni siquiera soñar con volver a la vida apacible y ordenada que había llevado hasta la desaparición de su padre, porque ella había estado allí, vigilando y espiando… Su sola presencia estropeaba todos sus recuerdos. La suya era una traición de la peor especie: Rebecca era un judas enviado por los styx.

—¡Perra! —gritó, rasgando la lista, arrugándola y tirándola al suelo.

Mientras caía sobre el inmaculado suelo de linóleo que Rebecca había fregado durante años con asombrosa regularidad, una semana sí y otra también, Will miró el reloj, que estaba parado, y lanzó un suspiro. Se acercó al fregadero arrastrando los pies y llenó dos vasos de agua, uno para él y otro para Cal, además de un cuenco para *Bartleby*, antes de volver a la sala de estar. Cal y el gato estaban ya acurrucados y dormidos en el sofá, el chico con la cabeza apoyada en su propio brazo. Vio que los dos estaban temblando, así que fue a buscar un par de edredones a las camas del piso de arriba y se los echó por encima. No estaba puesta la calefacción central y la casa estaba fría, pero la cosa no le parecía que fuera para tanto. Aunque estaba claro que no habían soportado nunca temperaturas bajas, y decidió que por la mañana trataría de encontrar para ellos algo de ropa de invierno.

Will se bebió el agua rápidamente y se sentó en la butaca de su madre, envolviéndose con la manta de viaje que utilizaba ella. Sus ojos apenas se dieron cuenta de las proezas mortales de los deportistas de *snowboard* que transmitía la televisión mientras, tal como lo había hecho su madre durante tantos años, se acurrucó en la butaca y se sumió en el más profundo de los sueños.

33

Tam estaba callado, erguido, desafiante. Estaba decidido a no mostrar ningún signo de temor mientras estuviera allí, frente a la larga mesa y junto al señor Jerome, las manos de ambos apretadas a la espalda, casi en posición de firmes.

Tras la mesa de roble muy pulido, estaban sentados los miembros de la Panoplia. Eran los más antiguos y poderosos miembros del Consejo styx. A los extremos de la mesa se sentaban algunos colonos de alto rango: representantes de la Junta de Gobernadores, hombres a los que el señor Jerome conocía de toda la vida y que consideraba amigos suyos. Temblaba de vergüenza viendo caer sobre él la desgracia, y apenas era capaz de levantar la cabeza para mirarlos. Nunca hubiera imaginado que llegaría el día en el que se viera en semejante situación.

Tam estaba menos intimidado. Ya se había visto metido en problemas otras veces y siempre se salvaba aunque fuera por los pelos. A pesar de que los cargos eran serios, sabía que su coartada había pasado el examen. Imago y los otros se habían asegurado de ello. Observó cómo Crawfly consultaba con otro styx, y después se echaba hacia atrás para hablar con lo que debía de ser un niño styx, que permanecía medio oculto tras el alto respaldo de su silla. Eso no era común: normalmente los styx mantenían a sus hijos lejos de la vista de los demás y apartados de la Colonia. Nadie veía a los recién nacidos, en tanto que de los niños más crecidos se decía que permanecían encerrados con sus maestros en la enrarecida atmósfera de sus colegios privados. Tam no había oído nunca que acompañaran a sus mayores en público, y mucho menos que se hallaran presentes en reuniones como aquélla.

Una áspera confrontación entre miembros de la Panoplia interrumpió las reflexiones de Tam. Como si jugaran al pásalo, los susurros iban de un extremo al otro de la mesa, y también sus delgadas manos transmitían información mediante una serie de duros gestos. Tam echó un rápido vistazo al señor Jerome, que tenía la cabeza gacha. Mascullaba una oración en silencio, y las gotas de sudor le caían por las sienes. Tenía la cara hinchada y la piel de un color rosáceo de persona enferma. Aquello le estaba haciendo mucho daño.

La confrontación cesó de repente entre gestos de asentimiento y palabras entrecortadas de conformidad, y los styx se recostaron en las sillas. Un silencio aterrador se hizo en la sala. Tam se preparó: estaban a punto de pronunciar sentencia.

—Señor Jerome —entonó el styx que estaba a la izquierda de Crawfly—, tras las debidas deliberaciones y una completa y adecuada investigación —fijó sus ojos redondos y brillantes en el estremecido acusado—, hemos decidido absolverlo.

Continuó otro de los styx:

—Comprendemos que las desgracias que determinados miembros de su familia han acarreado sobre usted, en el pasado y en el presente, son sólo un lamentable infortunio. Su honestidad no está en cuestión y su reputación no ha sido empañada. A menos que usted desee decir algo para que conste en acta, queda usted exonerado de toda culpa y libre para abandonar esta sala.

El señor Jerome hizo una lastimera inclinación y se alejó de la mesa. Tam oyó sus botas raspando en las losas, pero no se atrevió a girarse para verlo marchar. En lugar de eso, su mirada se dirigió un instante al techo del salón de piedra, y después a las antiguas cortinas que servían de fondo a la Panoplia, una de las cuales tenía pintada una escena de los Padres Fundadores cavando un túnel perfectamente redondo en la ladera de una verde colina.

Sabía que ahora todos los ojos estaban fijos en él.

Habló otro styx. Tam reconoció de inmediato la voz de Crawfly, y tuvo que mirar a su enemigo declarado. «Estará disfrutando cada minuto», pensó.

—Macaulay, usted es harina de otro costal. Aunque no podamos probarlo, estamos convencidos de que instigó y ayudó a sus sobrinos, Seth y Caleb Jerome, en su frustrado intento de liberar al Ser de la Superficie Chester Rawls para escapar con él a la Ciudad Eterna —dijo Crawfly con evidente fruición.

Prosiguió un segundo styx:

—La Panoplia ha tomado nota de que se declara no culpable, así como de sus continuas protestas. —Haciendo un sencillo y reprobatorio movimiento de cabeza, guardó silencio un momento—. Hemos estudiado las pruebas entregadas en su defensa, pero en esta ocasión somos incapaces de alcanzar una resolución. Así pues, hemos acordado que la investigación siga abierta, y que usted quede en libertad condicional y sus derechos queden suspendidos hasta nueva disposición. ¿Ha comprendido?

Tam asintió con tristeza.

—Le hemos preguntado que si ha comprendido —soltó el niño styx, que al adelantarse un paso se vio que era en realidad una niña.

Una sonrisa malvada animó el rostro de Rebecca al penetrar a Tam con su gélida mirada. Los colonos se quedaron anonadados y mudos de que un menor se hubiera atrevido a hablar, pero no hubo indicación alguna por parte de los styx de que hubiera ocurrido nada fuera de lo ordinario.

Y en cuanto a Tam, decir que estaba también anonadado sería decir muy poco. ¿Se suponía que tenía que responder a aquella niña? Como no lo hizo de inmediato, ella repitió la orden, y su dura vocecita sonó como un látigo:

—¡Le hemos preguntado que si lo ha comprendido!

—Sí —balbuceó Tam—. Lo he entendido perfectamente.

Desde luego, no se trataba de un fallo definitivo, pero significaba que viviría en una especie de limbo hasta que decidieran si quedaba absuelto o... En fin, en la alternativa era mejor no pensar.

Cuando un hosco agente se presentó para escoltarlo al exterior de la sala, Tam no pudo dejar de notar la aduladora mirada de felicitación mutua que se intercambiaron Rebecca y Crawfly.

«¡Vaya, que me aspen si no es su hija!», pensó Tam.

Will se despertó sobresaltado por el sonido atronador de la televisión. Se sentó en la butaca. De manera automática, buscó a tientas el mando a distancia y bajó el volumen. Hasta que miró a su alrededor no comprendió del todo dónde se encontraba, y cómo había llegado allí. Estaba en casa, en una sala que conocía perfectamente. Aunque se sintiera amenazado por la inseguridad con respecto al inmediato futuro, tenía por primera vez en mucho tiempo cierta capacidad de influir en su propia vida, y eso le hacía sentirse muy bien.

Flexionó los brazos y las piernas, que tenía entumecidos, respiró hondo varias veces, y tuvo un acceso de tos seca. Pese a que se moría de hambre, se sentía algo mejor que el día anterior: el sueño le había resultado reparador. Se rascó, y luego se estiró un poco el enmarañado pelo, que estaba tan sucio que ya no era completamente blanco.

Se levantó de la butaca y se dirigió con torpeza hacia las cortinas para separarlas unos centímetros y dejar pasar el sol de la mañana. Era luz de verdad. Resultaba tan agradable y acogedora, que las abrió más.

—¡Demasiada luz! —chilló Cal varias veces, enterrando la cara bajo un cojín.

Bartleby, despertado por los gritos del chico, abrió los ojos y corrió a esconderse de la luz; retrocedió con sus largas patas hasta que encontró refugio detrás del sofá. Allí se quedó, ocultándose del sol y emitiendo un sonido que se encontraba a mitad entre un maullido suave y un simple silbido.

—¡Dios mío, lo siento! —tartamudeó Will, lamentándose de su falta de delicadeza y tirando de las cortinas para volver a correrlas—. ¡Me había olvidado por completo!

Ayudó a sentarse a su hermano. Estaba gimiendo de forma apenas audible tras el cojín, empapado en lágrimas. Se preguntó si los ojos de Cal y los de *Bartleby* llegarían a adaptarse a la luz natural. Aquél era un nuevo problema con el que no había contado.

—No me he dado cuenta, perdona —dijo lamentando no poder hacer nada—. Eh… Te voy a buscar unas gafas de sol.

Empezó a rebuscar por los cajones del dormitorio de sus padres, sólo para descubrir que estaban vacíos. Al mirar el último cajón, sacó una bolsita de lavanda que se consumía dentro del envoltorio de un regalo barato de Navidad que su madre usaba como papelera, y se lo acercó para aspirar el familiar aroma. Cerró los ojos mientras el olor invocaba vívidamente la imagen de su madre. Se imaginó que adonde quiera que hubiera ido para recuperarse, para entonces ya estaría tratando al resto de los pacientes como si fuera la dueña y señora del lugar. Podía apostar a que se habría adueñado de la mejor butaca de la sala de televisión y habría conseguido que alguien le llevara a intervalos regulares una taza de té. Sonrió. Por una parte, era muy probable que fuera más feliz aquellos días de lo que había sido durante años. Y también estaría más segura en caso de que los styx quisieran hacerle una visita.

Sin razón especial, mientras revolvía en una mesita de noche, pensó en su madre auténtica. Se preguntó dónde estaría en aquel momento, si es que seguía viva. Era la única persona que en la larga historia de la Colonia había escapado de los styx con vida. Al mirarse en el espejo, compuso un gesto de determinación con la mandíbula. Bien: ya había dos Jerome más que ostentaban esa distinción.

Encontró lo que buscaba en una balda alta del armario de su madre: unas gafas de sol de plástico que ella se ponía en las raras ocasiones en las que salía a la calle en verano. Volvió donde estaba Cal, que en la sala a oscuras miraba la televisión con los ojos entrecerrados, y estaba completamente absorto con el programa matutino de entrevistas en que el presentador, obsequioso y siempre bronceado, rezumando sinceridad por los cuatro costados, consolaba a la inconsolable madre de un drogadicto adolescente. Cal seguía teniendo los ojos enrojecidos y húmedos, pero no dijo nada, y naturalmente no apartó la mirada de la pantalla mientras Will le colocaba las gafas en la cabeza, enganchando una goma en las patillas para sujetarlas.

—¿Mejor así? —preguntó.

—Sí, mucho mejor —dijo Cal, ajustándoselas—. Pero tengo mucha hambre —añadió, frotándose el estómago—. Y frío. —Y castañeó los dientes para demostrarlo.

—Lo primero una ducha, me parece. Eso te hará entrar en calor —dijo Will mientras levantaba el brazo para descubrir el olor acumulado por el sudor de varios días—. Y ropa limpia.

—¿Ducha? —Cal lo miró sin comprender a través de los cristales de las gafas de sol.

Will consiguió encender el calentador y se duchó primero. El agua caliente le ardía en la piel proporcionándole un alivio casi doloroso, mientras las nubes de vapor lo envolvían y le hacían olvidarse de todo. Entonces le tocó el turno a Cal. Will le mostró a su fascinado hermano cómo funcionaba el agua caliente, y lo dejó solo. En el armario de su dormitorio encontró mucha ropa limpia para él y para Cal, aunque la que usara éste necesitaría arreglos para que le sentara bien.

—Ahora soy un auténtico Ser de la Superficie —anunció Cal, admirando sus vaqueros holgados con los bajos vueltos y la voluminosa camisa con dos jerséis encima.

—Sí, estás como para crear tendencia —comentó Will riéndose.

Lo de *Bartleby* no era tan fácil. Cal necesitó toda su capacidad de persuasión para conseguir que se acercara a la puerta del baño, y luego tuvieron que empujarlo por detrás, como a un asno testarudo, para hacerlo entrar. Como si supiera lo que le aguardaba en aquel cuarto lleno de vapor, dio un salto e intentó esconderse debajo del lavabo.

—¡Vamos, *Bart*, so guarro, que vas a quedar reluciente! —le ordenaba Cal agotando la paciencia, y el gato entró a regañadientes en la bañera y les dirigió la mirada más triste del mundo. Dejó escapar un lamento bajito y prolongado cuando el agua empezó a caerle por la piel arrugada y, decidiendo que ya era suficiente, escarbó con las patas en la alfombrilla de plástico de la bañera, intentando salir. Pero entre Will, que lo sujetaba, y Cal, que lo lavaba, consiguieron terminar el trabajo, aunque para entonces los tres estaban completamente empapados.

Una vez fuera del baño, *Bartleby* corrió por los dormitorios dando vueltas como un derviche. A Will le encantó que entrara a saco en la habitación de Rebecca. Mientras tiraba al suelo toda su ropa increíblemente bien doblada, Will se preguntó de dónde iba a sacar algo que resultara mínimamente adecuado para vestir a un gato. Solucionó el asunto acortando unos calientapiernas marrones para las patas traseras y un viejo jersey morado de Benetton sirvió para cubrir el resto del cuerpo. Will encontró unas gafas de sol de Bugs Bunny en la bolsa de viaje de Rebecca que le sentaron de maravilla a *Bartleby* después de encasquetarle un gorro tibetano de rayas amarillas y negras.

Con su nuevo conjunto, el animal tenía un aspecto algo raro. En el pasillo, ambos hermanos se pararon a admirar su obra y les dio un ataque de risa.

—¡Pero quién es esta preciosidad! —exclamó Cal en medio de carcajadas incontenibles.

—¡Estás mejor que la mayoría de los que te rodean! —apuntó Will.

—No te preocupes, *Bart* —dijo Cal con dulzura, dando unas palmadas en el lomo al ofendido gato—. Estás… imponente —logró decir antes de que los acometiera otro ataque de risa.

El indignado *Bartleby* los miraba de soslayo con los enormes ojos ocultos tras las gafas de color rosa.

Afortunadamente, Rebecca, por muchas maldiciones que le arrojara Will, había dejado bien provisto el congelador que había junto a la lavadora. Leyó las instrucciones del microondas para calentar tres raciones de buey con acompañamiento de judías verdes y bolas de masa de pan. Las devoraron en la cocina. *Bartleby* lo hizo de pie, con las patas en la mesa, lamiendo el plato de aluminio mientras devoraba hasta el último pedacito de carne. Cal pensó que era lo mejor que había probado en su vida, pero al terminárselo aseguró que seguía con hambre, así que Will sacó otras tres raciones del congelador. Esta vez fueron de cerdo con patatas asadas. Lo tomaron con una botella de Coca-Cola que provocó en Cal espasmos de placer.

—¿Y ahora qué? —preguntó al final, siguiendo con el dedo la ascensión de las burbujas en el cristal del vaso.

—¿Para qué tanta prisa? Estaremos bien aquí por un tiempo —contestó Will. Esperaba que pudieran pasar allí escondidos al menos unos días, lo suficiente para meditar el siguiente movimiento.

—Los styx conocen este sitio. Ya han enviado a alguien aquí, y volverán. No te olvides de lo que dijo el tío Tam. No podemos quedarnos aquí.

—Supongo que tienes razón —admitió Will a regañadientes—, y si los de la inmobiliaria vienen a enseñarle la casa a alguien, nos descubrirán. —Con la vista perdida, se volvió hacia las cortinas de encima del fregadero, y habló con decisión—. Pero todavía tengo que salvar a Chester.

Su hermano se quedó aterrado.

—¿No pensarás volver allá abajo? Yo no puedo hacerlo. Ahora no, Will. Los styx me tratarían de manera espantosa.

Cal no era el único que tenía miedo de regresar al mundo subterráneo. Will a duras penas podía soportar el terror que le daba la idea de volver a enfrentarse a los styx. Tenía la sensación de que ya había tentado la suerte demasiado, y que intentar otro audaz rescate era una absoluta locura.

Pero, por otro lado, ¿qué iban a hacer si se quedaban en la Superficie? ¿Huir? Al pensar en ello, le pareció imposible. Antes o después los detendría la policía, y a continuación los separarían y los meterían en centros de protección de menores. Peor aún: él pasaría el resto de su vida con el remordimiento de la muerte de Chester, y sabiendo que podía haber acompañado a su padre en una de las más grandes expediciones del siglo, y no lo hizo.

—No quiero morir —dijo Cal con voz débil—. No de esa manera. —Se quitó las gafas y miró a Will a los ojos, implorante.

Las cosas no se iban a arreglar. Will no podía soportar mucha más presión. Negó con la cabeza. «¿Qué puedo hacer? No puedo dejar allí a Chester. No puedo. No lo haré.»

Más tarde, mientras Cal y *Bartleby* pasaban el rato delante de la tele viendo programas infantiles y comiendo patatas fritas, Will no pudo resistir la tentación de bajar al sótano. Tal como se imaginaba, al retirar los estantes no encontró ni rastro del túnel. Hasta se habían tomado el trabajo de pintar los ladrillos nuevamente colocados para que no se notara nada diferente al resto de la pared. Sabía que detrás de esa pared habrían metido el acostumbrado relleno de tierra y piedras. Habían hecho el trabajo muy bien. No serviría de nada pasar allí más tiempo.

De vuelta a la cocina, hizo equilibrios sobre un taburete

para buscar algo entre los tarros que había en las baldas superiores de los armarios. En un tarro de miel de porcelana encontró el dinero que su madre guardaba para alquilar vídeos: eran unas veinte libras en monedas.

Estaba en el recibidor, de paso hacia la sala de estar, cuando empezó a ver diminutos puntos de luz bailando ante sus ojos, y por todo el cuerpo notó pinchazos ardientes. Entonces, sin más aviso, sus piernas dejaron de sostenerlo. Dejó caer el tarro del dinero, que pegó en el borde de la mesa del recibidor y se hizo añicos; las monedas quedaron esparcidas por el suelo. Al caer, tuvo la sensación de que lo hacía en cámara lenta. Sintió un terrible dolor en la cabeza hasta que todo se oscureció y perdió la conciencia.

Al oír el ruido, Cal y *Bartleby* salieron corriendo de la sala de estar.

—¿Qué ocurre, Will? —gritó el chico arrodillándose junto a él.

Will volvió en sí poco a poco, notando dolorosas palpitaciones en las sienes.

—No lo sé —dijo con debilidad—. De pronto, me sentí fatal.

Empezó a toser, y para dejar de hacerlo tuvo que contener la respiración.

—Estás ardiendo —dijo Cal palpándole la frente.

—Estoy helado… —explicó Will con dificultad. Los dientes le castañeteaban. Hizo un esfuerzo por levantarse, pero no lo consiguió.

—¡Dios mío! —El rostro de Cal expresó una inmensa preocupación—. Podría ser algo de la Ciudad Eterna. ¡La plaga!

Will se quedó en silencio mientras su hermano lo arrastraba hasta la escalera y le apoyaba la cabeza en el primer peldaño. Fue a buscar la manta de viaje y lo tapó con ella. Después de un rato, Will dio indicaciones a Cal para que fuera al cuarto de baño a buscar aspirinas. Se las tragó con un sorbo de Coca-Cola y, tras descansar un rato, logró ponerse en pie temblorosamente con la ayuda de su hermano.

Will tenía los ojos febriles y la mirada perdida, y le temblaba la voz.

—Creo que deberíamos pedir ayuda —dijo secándose el sudor de la frente.

—¿Hay algún sitio adonde podamos ir? —preguntó Cal.

Will aspiró, tragó saliva y asintió, con la cabeza a punto de estallar.

—Sólo se me ocurre uno.

—¡Sal! —berreó el segundo agente hacia el interior de la celda. Los tendones de su cuello de buey se tensaban orgullosos, como sogas llenas de nudos.

Desde la oscuridad llegaba el sonido de sollozos, mientras Chester hacía lo que podía para dejar de llorar. Desde que lo habían vuelto a capturar y lo habían metido de nuevo en el calabozo, el segundo agente lo trataba con brutalidad: se había tomado como tarea personal convertir la vida de Chester en un infierno, quitándole la comida y despertándolo, si se quedaba dormido sobre el poyo, por el procedimiento de echarle en la cabeza un cubo de agua helada o de gritarle amenazas por la ventanilla de inspección. Todo aquello tenía probablemente algo que ver con el grueso vendaje que le rodeaba la cabeza: el golpe que Will le había dado con la pala lo había dejado sin conocimiento y, lo que era peor, al presentarse ante los styx, éstos lo interrogaron casi un día entero acusándolo de negligencia. Así que decir que el segundo agente lo trataba con odio y deseos de venganza sería explicar las cosas con mucha suavidad.

Medio muerto de hambre y agotamiento, no sabía si podría soportar mucho más aquel trato. Si la vida había sido dura para él antes del fallido intento de fuga, ahora era inmensamente peor.

—¡No me hagas entrar por ti! —gritó el policía. Antes de que acabara de decirlo, Chester arrastraba los pies desnudos hacia la pálida luz del pasillo. Protegiéndose los ojos con una mano, levantó la cabeza. Estaba surcada por chorretones grises de vieja suciedad, y tenía la camisa rasgada.

—Sí, señor —balbuceó servilmente.

—Los styx quieren verte. Tienen algo que contarte —dijo el segundo agente con la voz impregnada de maldad, antes de empezar a reírse—. Me parece que se te van a acabar las intentonas de fuga. —Seguía riéndose cuando, sin que le dijera nada, Chester comenzó a caminar por el pasillo hacia la puerta de la sala, arrastrando lentamente las plantas de los pies contra el arenoso suelo de losas.

—¡Muévete! —soltó con brusquedad el segundo agente, pegándole con el manojo de llaves en el lomo.

—¡Ay! —se quejó Chester con voz lastimera.

Al atravesar la puerta principal, tuvo que cubrirse los ojos porque se había acostumbrado a la oscuridad. Continuó arrastrando los pies, siguiendo una trayectoria que lo hubiera llevado directo al mostrador de la comisaría si el segundo agente no lo hubiera detenido.

—¿Dónde crees que vas? ¿No pensarás que te vas a casa, verdad? —Empezó a reírse a carcajadas antes de volver a ponerse serio—. No, vas derechito al corredor; sí, señor.

Chester, bajando las manos y tratando de ver a través de sus ojos entrecerrados, dio lentamente un cuarto de vuelta y se quedó quieto en el sitio.

—¿La Luz Oscura? —preguntó con miedo, sin atreverse a volver la cara al segundo agente.

—Eso ya quedó atrás. Aquí es donde te van a dar tu merecido, pequeño inútil.

Pasaron por una serie de corredores. El policía le metía prisa pinchándole y empujándole mientras se reía todo el tiempo. Se calló cuando doblaron una esquina y pudieron ver una puerta abierta. De ella salía una luz intensa que iluminaba la pared opuesta, pintada de cal.

Aunque los movimientos de Chester eran lánguidos y su

rostro inexpresivo, por dentro estaba muerto de miedo. Desesperado, se debatía sobre la posibilidad de echar a correr por el corredor. No tenía la más remota idea de adónde llevaba, ni cuán lejos podría llegar, pero al menos podría evitarle enfrentarse a lo que le esperaba en aquella sala. Al menos por un rato.

Aminoró la marcha aún más. Los ojos le dolían al forzarse a mirar hacia el resplandor que salía del hueco de la puerta. Se acercaba. No sabía lo que le esperaba dentro… ¿Otra horrenda tortura? ¿O, tal vez, un verdugo?

Todo su cuerpo se puso tenso, y cada músculo parecía deseoso de hacer cualquier cosa antes que llevarlo hacia aquella luz deslumbrante.

—Ya casi estamos —dijo el agente a su espalda, y Chester comprendió que no tenía otra posibilidad que la de cooperar. No iba a haber milagrosos aplazamientos, ni fugas de última hora.

Arrastraba tanto los pies que apenas se movía, y entonces el segundo agente le propinó un empujón tan fuerte que perdió el contacto de los pies con el suelo y entró en la sala como volando. Resbaló por el suelo de piedra hasta que se paró por fin y se quedó allí tumbado, algo aturdido.

La luz lo invadía todo y parpadeó rápidamente ante su resplandor. Oyó un portazo y luego un crujir de papeles, por lo que supo que había alguien más en la sala. Enseguida imaginó quién o quiénes serían… Lo más seguro era que se tratara de dos altos styx que lo mirarían de manera amenazadora desde detrás de una mesa, igual que en las sesiones con la Luz Oscura.

—Levántate —ordenó una voz aflautada y nasal.

Chester obedeció, y lentamente levantó los ojos hacia aquella voz. No podía quedarse más sorprendido ante lo que vio.

Se trataba de un solo styx, pequeño y arrugado, con su ralo pelo gris echado hacia atrás, y las sienes y el rostro entrecruzados con tantas arrugas que parecía una pasa blanca.

Encorvado sobre un escritorio alto y reclinado, parecía un antiguo maestro de escuela. Chester quedó completamente desarmado por aquella aparición envuelta en luz. No era lo que se esperaba. Comenzaba a sentir alivio, diciéndose a sí mismo que tal vez las cosas marcharan un poco mejor de lo que había pensado, cuando sus ojos se encontraron con los del viejo styx. Eran los ojos más fríos y oscuros que Chester había visto nunca. Eran como dos pozos sin fondo que le arrastraban hacia ellos y que por un poder sobrenatural y malsano le hacían caer en su vacío. Sintió algo helado a su alrededor, como si la temperatura de la sala hubiera descendido de repente, y tembló violentamente.

El viejo styx dejó caer los ojos sobre la mesa, y Chester intentó mantener el equilibrio sobre los pies, como si hubiera estado firmemente sujeto por algo hasta aquel momento, y de repente aquel algo lo hubiera soltado. Expulsó el aire que tenía en los pulmones, inconsciente hasta ese instante de haber estado conteniendo la respiración. Entonces el styx comenzó a leer en un tono mesurado:

—Has sido declarado culpable —dijo— de infringir la orden cuarenta y dos, edictos dieciocho, veinticuatro, cuarenta y dos…

Siguieron los números, pero eso para Chester carecía de sentido hasta que el styx se detuvo y, sin darle ninguna importancia, leyó la palabra: «Sentencia». El chico se concentró en escuchar en ese momento.

—El prisionero será alejado de este lugar y transportado por tren al Interior, y allí quedará desterrado, entregado a las leyes de la naturaleza. Así sea —concluyó el viejo styx, juntando las manos y apretándolas una contra otra, como si estuviera exprimiendo algo entre ellas. A continuación alzó lentamente la cara de los papeles, y añadió—: Que el Señor tenga piedad de tu alma.

—¿Qué… qué quiere decir? —preguntó Chester, tambaleándose ante la gélida mirada del styx y lo que acababa de oír.

Sin necesidad de consultar los papeles que tenía ante él, el styx se limitó a repetir el castigo y volvió a guardar silencio.

Chester lidiaba con la infinidad de preguntas que le venían a la mente, y movía los labios sin conseguir que saliera ningún sonido de su boca.

—¿Sí? —preguntó el viejo styx, en tono tal que parecía sugerir que se había visto ya muchas veces en idéntica situación, y que encontraba muy fatigoso tener que conversar con el humilde preso que tenía ante él.

—¿Qué… qué quiere decir eso? —preguntó otra vez.

El styx miró a Chester durante varios segundos y, totalmente impasible, dijo:

—Desterrado. Te llevarán hasta la Estación de los Mineros, que se encuentra a mucha profundidad de aquí, y te abandonarán a tu suerte.

—¿Me llevarán aún más hondo?

El styx asintió con la cabeza.

—No necesitamos a gente como tú en la Colonia. Tú has intentado escapar, y eso la Panoplia no lo perdona. No mereces seguir aquí. —Volvió a juntar las manos—: Por eso quedas desterrado.

Chester sintió de repente el inmenso peso de todos los millones de toneladas de tierra y roca que tenía por encima de la cabeza, como si estuvieran presionando directamente sobre él, exprimiendo la sangre de su cuerpo para dejarlo sin una gota de vida. Retrocedió tambaleándose.

—Pero yo no he hecho nada. ¡No soy culpable de nada! —gritó, tendiendo las manos e implorando con ellas al insensible hombrecillo. Tenía la sensación de que lo enterraban vivo, y pensó que nunca volvería a ver su casa, ni el cielo azul, ni a su familia… nada de cuanto amaba y ansiaba. La esperanza a la que se había aferrado desde el momento en el que lo habían capturado y encerrado en aquel calabozo oscuro lo abandonaba, como el aire que escapa de un globo.

Estaba condenado.

A aquel aborrecible hombrecillo le importaba un comino…

Chester miró el rostro impasible del styx y sus espantosos ojos inhumanos, que parecían de reptil. Y comprendió que no servirían de nada todos los esfuerzos que hiciera por persuadirlo, ni todo lo que pudiera implorar por su vida. Eran salvajes y despiadados, y lo habían condenado arbitrariamente al más espantoso de los destinos: a una tumba aún más profunda que aquel lugar.

—Pero ¿por qué? —preguntó Chester con lágrimas en el rostro.

—Porque es la ley —respondió el viejo styx—. Y porque yo estoy sentado aquí, y tú estás de pie ahí —dijo sonriendo y sin el más leve asomo de humanidad.

—¡Pero…! —repuso con un alarido.

—Agente, lléveselo de vuelta al calabozo —dijo el viejo styx recogiendo los papeles con sus dedos artríticos, y Chester oyó cómo se abría la puerta a su espalda.

34

Will fue impulsado hacia delante por un puñetazo que impactó de lleno en el centro de su espalda. Se tambaleó unos pasos como borracho, chocó contra la barandilla, y se dio la vuelta despacio para ver a su atacante.

—¿Speed? —preguntó, reconociendo la cara de pocos amigos del matón de la clase.

—¿De dónde sales, Copito de Nieve? Creíamos que habías estirado la pata. La gente decía que la habías espichado o algo parecido.

Will no respondió. Se encontraba aislado del mundo por efecto de la enfermedad, como en el interior de una crisálida, y cuando miraba parecía que lo hacía a través de las paredes de seda. Lo único que podía hacer era quedarse allí, temblando, mientras Speed acercaba su cara de perro hasta colocarla a sólo unos centímetros de distancia de la de él. Con el rabillo del ojo, observó a Bloggsy, que se acercaba a Cal, un poco más abajo.

Se dirigían hacia la parada del metro, y lo último que quería tener Will en ese momento era una pelea.

—¿Dónde está tu amigo el gordito? —canturreó Speed, empañando el frío aire con su aliento—. No es lo mismo sin tu gorila, ¿eh, capullo?

—¡Eh, Speed, mira esto, es Mini Yo! —dijo Bloggsy posando la mirada en Cal y Will alternativamente—. ¿Qué llevas en la bolsa, canijo?

378

Ante la insistencia de Will, Cal llevaba su ropa sucia de colonos en una de las bolsas de excursión del doctor Burrows.

—¡Tiempo para la revancha! —gritó Speed, hundiéndole a Will el puño en el estómago.

Con la respiración cortada, Will se hincó de rodillas y después cayó al suelo, encogiéndose y llevándose las manos a la cabeza para protegerla.

—Esto es demasiado fácil —cacareó Speed, dándole patadas en la espalda.

Bloggsy lanzaba gritos ridículos y se agachaba imitando una postura de kung-fu mientras apretaba dos dedos contra las gafas de Cal.

—Prepárate para encontrarte con tu Creador —dijo echando hacia atrás el otro brazo y disponiéndose a lanzar un puñetazo.

Después de esto, todo sucedió demasiado rápido para Will. Cuando *Bartleby* saltó a los hombros de Bloggsy, fue como un relámpago de colores. El impacto hizo que el chaval soltara a Cal. Cayó al suelo, y el gato seguía sin soltarse de su espalda. Tumbado boca abajo, Bloggsy se retorcía y trataba de utilizar los codos para repeler sus colmillos de perla y sus zarpas brutales, mientras soltaba espantosos alaridos y chillaba pidiendo socorro.

—¡No! —gritó Will débilmente—. ¡Ya basta!

—¡Déjalo, *Bart*! —gritó Cal.

El gato, aún encima de Bloggsy, giró la cabeza para mirar a Cal, que gritó otra orden:

—¡A él! —dijo señalando a Speed, que había permanecido de pie sobre Will todo aquel rato, sin creer lo que veían sus ojos. Se quedó con la boca abierta, y su cara adquirió una expresión de terror. A través de las extrañas gafas de color rosa, y con el gorro tibetano ligeramente ladeado en la cabeza, *Bartleby* fijó los ojos en su nueva presa.

Con un potente bufido, el gato saltó sobre el asustado matón de colegio.

—¡Cambio de planes! —gritó Speed, y salió corriendo camino arriba como si su vida dependiera de ello. Y así era. En un abrir y cerrar de ojos, el gato le dio alcance. Y poniéndose a su lado o cerrándole el paso, *Bartleby* lo rodeaba como un tornado, le saltaba a las espinillas, le rajaba los pantalones del colegio y le desgarraba la piel. Desesperado, aterrorizado, el muchacho intentaba escapar, se tambaleaba, tropezaba, los pies le resbalaban en el asfalto, y todo ello constituía una especie de danza cómica hecha de movimientos espasmódicos.

—¡Lo siento, Will, lo siento! ¡Pero quítamelo de encima, por favor! —decía tartamudeando, con los pantalones hechos trizas.

A una mirada de Will, Cal se metió dos dedos en la boca y silbó. El gato se detuvo al instante, y consintió que Speed saliera corriendo. Ni por un momento se volvió a mirar atrás.

Will miró detrás de Cal, al fondo de la cuesta por la que ascendía el camino. Bloggsy había logrado levantarse y tenía tantas prisa por escapar que huía a trompicones.

—Me parece que nos hemos librado de ellos —se rió Cal.

—Sí —dijo Will con voz débil, poniéndose lentamente en pie. La fiebre lo acometía por oleadas, y pensó que iba a volver a desmayarse. Le entraban deseos de echarse allí mismo, abrirse la chaqueta para exponerse al frío y dormirse sobre el camino cubierto de escarcha. La única forma de poder bajar el trozo de cuesta que faltaba era apoyándose en Cal, pero finalmente llegaron abajo y entraron en el metro.

—Así que hasta a los Seres de la Superficie les gusta meterse bajo tierra —comentó Cal, observando el sucio y viejo túnel, al que le hacía falta un buen remozamiento. Su comportamiento cambió enseguida. Por vez primera desde que saliera a las orillas del Támesis, parecía encontrarse a gusto, aliviado de tener a su alrededor un túnel en vez del cielo abierto.

—En realidad no —dijo Will con desgana, metiendo monedas en la máquina expendedora de billetes mientras *Bartleby* babeaba al ver un chicle con aspecto de liquen en una de las baldosas del suelo. Los temblorosos dedos de Will hurgaron en las monedas, pero se detuvo y se apoyó en la máquina—. No puedo —dijo casi sin voz.

Cal cogió las monedas de su mano y terminó de sacar los billetes siguiendo las instrucciones de Will.

En el andén, no tuvieron que esperar mucho. Una vez en el tren que se dirigía al sur de la ciudad, y mientras éste salía de la estación, ninguno de los dos habló. Conforme el convoy aceleraba, Cal observaba los cables tensados por los lados del túnel y jugaba con su billete. Lamiéndose las patas, *Bartleby* estaba sentado en el asiento contiguo al de Cal. No había mucha gente en el vagón, pero el chico era consciente de que atraían miradas de curiosidad.

Will estaba recostado contra la pared del vagón, enfrente de Cal y del gato, con la cabeza apoyada en la ventana, porque le aliviaba el contacto del frío cristal en la sien. Entre parada y parada, daba ligeras cabezadas, pero en un intervalo de vigilia vio a un par de señoras mayores que tomaban asiento junto a ellos, al otro lado del pasillo. Como en un sueño confuso, a Will le llegaban retazos de la conversación de las dos señoras mezclados con la voz de los altavoces del metro:

«Míralo… qué vergüenza… con los pies ahí encima del asiento… TENGA CUIDADO AL SUBIR AL TREN… qué chico tan extraño… EL METRO DE LONDRES LAMENTA LAS MOLESTIAS…»

Hizo un esfuerzo por abrir los ojos y mirar a las dos mujeres. Enseguida comprendió que la causa de su escándalo era *Bartleby*. La que hablaba todo el tiempo se había dado reflejos morados en el pelo y llevaba unas bifocales traslúcidas de montura blanca que descansaban torcidas sobre la nariz, colorada como la de una amapola.

—¡Shhh! Te van a oír —susurró su compañera mirando a Cal. Llevaba puesta una peluca increíblemente vieja y deteriorada. Sujetaban sendas bolsas idénticas en el regazo, como si fueran un parapeto contra los sinvergüenzas de los asientos de al lado.

—¡Qué tontería, seguro que no entienden una palabra de cristiano! Como que habrán llegado en el compartimento de carga de un camión. Fíjate cómo van vestidos. Y éste tiene pinta de estar más muerto que vivo. Estará drogado. —Will notó que se posaban en él sus cuatro ojos legañosos.

—Que los devuelvan a su país, es lo que digo yo.

—Eso, eso —dijeron las dos ancianas a la vez, y asintiendo con la cabeza en señal de acuerdo, pasaron a describir, con mórbidos detalles, la mala salud de una amiga.

Cal las miraba con cara de odio mientras hablaban atropelladamente, demasiado preocupadas ya para prestar atención a nadie. El tren se paró y, mientras las señoras se levantaban del asiento, Cal levantó la orejera del gorro tibetano de *Bartleby* y le susurró algo al oído. El gato se irguió sobre las patas de atrás y les soltó un bufido tal que Will despertó de su estado febril.

—¡Habráse visto! —soltó la señora de la nariz colorada, dejando caer la bolsa. Mientras la recogía, su compañera la empujó para que se diera prisa en salir. Las dos salieron del tren despavoridas.

—¡Lameplatos! —gritó desde el andén la mujer de la nariz roja—. ¡Animales! —dijo enfurecida a través de las puertas, cuando se cerraban.

El tren arrancó, y *Bartleby* no apartó de ellas la más demoniaca de sus miradas mientras las mujeres seguían vociferando en el andén.

—Cuéntame… ¿qué le dijiste a *Bartleby*? —preguntó Will.

—¡Bah, no gran cosa! —contestó con inocencia, sonriendo a su gato con orgullo antes de volverse a mirar por la ventana.

Will tenía pavor del medio kilómetro que quedaba hasta el bloque de apartamentos. Lo recorrió tambaleándose como un sonámbulo. Cuando ya no podía más, se paraba a descansar.

Cuando por fin llegaron al edificio, el ascensor no funcionaba. Con silenciosa desesperación, Will se quedó con la vista fija en las paredes llenas de pintadas. Aquello era el colmo. Lanzó un suspiro y, armándose de valor para la subida, se acercó a trompicones a la sórdida escalera. Después de parar en cada rellano para recuperar el aliento, llegaron a la planta y buscaron la puerta, abriéndose camino entre bolsas de basura.

Nadie respondió al timbre, así que Will aporreaba la puerta con los puños, cuando la tía Jean abrió de repente. Estaba claro que no llevaba mucho levantada. Parecía tan cansada y arrugada como la bata apolillada con la que evidentemente había dormido.

—¿Qué pasa? —preguntó de forma que casi no se le entendía, bostezando y frotándose la nuca—. No he pedido nada y no compro nada a domicilio.

—Tía Jean, soy yo..., Will —dijo. Pero en ese mismo instante se quedó pálido y la imagen de su tía empezó a desvanecerse ante sus ojos, mientras la escena entera perdía el color.

—Will —dijo con vaguedad, reprimiendo otro bostezo—. ¡Will! —Levantó la cabeza y lo miró con incredulidad—. Creía que estabas desaparecido. —Miró a Cal y a *Bartleby*, y preguntó—: ¿Quién es?

—Eh... un primo... —contestó Will casi sin voz, viendo el suelo ladearse y oscilar, y tuvo que dar un paso para apoyarse en el marco de la puerta. Fue consciente del frío sudor que le corría por el cuero cabelludo—. Del sur... vive en el sur...

—¿Un primo? No sabía que tuvieras...

—Por parte de mi padre —explicó con voz ronca.

La tía Jean examinó a Cal y a *Bartleby* con recelo y un cierto disgusto.

—Tu puñetera hermana estuvo aquí, no sé si lo sabes. ¿Está contigo?

—Ella... —comenzó Will a explicar con voz temblorosa.

—Porque esa golfilla me debe dinero. No te imaginas lo que hizo con mis...

—No es mi hermana. Es una vil... espía... Es una... —Y en ese momento cayó desmayado a los pies de la sorprendida tía Jean.

Cal estaba de pie ante la ventana, en la oscura habitación. Observaba las calles que tenía a sus pies, con sus líneas de puntos de luz ambarina y los conos movibles de los faros de los coches. Entonces, con aprensión, levantó lentamente la cabeza y miró la luna, cuya luz plateada se extendía en el cielo helado. No era la primera vez que se afanaba por captar, por comprender el vasto espacio que se abría ante él, tan diferente a cuanto hubiera visto antes en su vida. Se agarró al alféizar de la ventana, incapaz de controlar la creciente angustia. Apretó involuntariamente las plantas de los pies, con una sensación casi dolorosa de vértigo.

Separó los ojos de la ventana al oír el gemido de su hermano y acudió a sentarse junto al cuerpo tembloroso que estaba acostado en la cama, cubierto sólo con una sábana.

—¿Qué tal va? —oyó preguntar a la tía Jean con su voz nerviosa, que acababa de aparecer por la puerta.

—Hoy está algo mejor. Creo que le está bajando un poco la fiebre —explicó mojando una toallita en un balde con agua y cubitos de hielo y poniéndosela a Will en la frente.

—¿Quieres que venga alguien a verlo? —preguntó la tía Jean—. Ya lleva así mucho tiempo.

—No —dijo Cal con firmeza—. Él no quería que lo viera nadie.

—No le culpo, no le culpo en absoluto. Yo nunca he confiado en los matasanos. Y en los loqueros tampoco, la verdad. En cuanto te tienen en sus garras, da igual lo que... —Se calló de repente al ver que *Bartleby*, que había estado dormitando en un rincón, acurrucadito, despertaba con un prolongado bostezo y luego caminaba despacio y empezaba a beber el agua del balde.

—¡Fuera, tontorrón! —le dijo Cal, apartándolo.

—Tiene sed el pobrecito —dijo la tía Jean, antes de adoptar una voz ridículamente infantil—: ¡Minininino!, ¿tiene un potito de se?

Agarró por el pescuezo al asombrado animal y se lo llevó hacia la puerta:

—¡Ven con mamaíta, que te dará un premio!

Una corriente de lava avanza lentamente en la distancia. Su calor es tan intenso que Will apenas puede soportarlo en la piel. La silueta del doctor Burrows se recorta en la cascada de fuego que tiene detrás. Con desesperación, indica algo que surge de una enorme losa de granito. Grita excitado, como hace siempre que descubre algo, pero Will no consigue comprender las palabras debido al ensordecedor ruido blanco alternado con el confuso murmullo de varias voces, como si alguien intentara sintonizar una emisora al azar en una radio estropeada.

La imagen pasa a primer plano. El doctor Burrows utiliza una lupa para examinar un tallo de punta bulbosa que se eleva aproximadamente medio metro desde la sólida roca. Will ve que se mueven los labios de su padre, pero sólo puede entender pequeños retazos de lo que dice: «... una planta... se alimenta de roca... con base de silicona... reacciona a estím... observa...»

La imagen se acerca al primerísimo primer plano. Con dos dedos, el doctor Burrows arranca el tallo gris de la roca. Will se siente inquieto mientras va viendo cómo el tallo se retuerce en la mano de su padre y lanza dos hojas como agujas que se le enroscan en los dedos. «Me aprietan como si fueran de hierro... salvajemente...», dice el doctor Burrows con cara de espanto.

No hay más palabras, son reemplazadas por risas, pero su padre parece que grita mientras intenta desprenderse de aquello. Las hojas le penetran en la mano y le atraviesan la palma y la muñeca, le oprimen el antebrazo, hiriéndole la piel y reventándola, bañándola en sangre mientras se retuercen y entretejen un vals serpenteante. Le aprietan más y más el antebrazo, como dos alambres animadas por el demonio. Will trata de tender la mano hacia su padre, para ayudarlo en su lucha contra aquel horripilante ataque en el que el propio brazo se ha convertido en su enemigo.

—¡No, no…! Papá… ¡papá!

—No pasa nada, Will, no pasa nada —llegó la voz de su hermano desde la distancia.

El resplandor de la lava desapareció. En su lugar había una agradable penumbra, y pudo notar la balsámica frescura de la toallita que Cal le ponía en la cabeza. Se sentó dando un respingo.

—¡Era mi padre! ¿Qué le ha ocurrido? —gritó mirando a su alrededor como loco, sin saber dónde estaba.

—No pasa nada —dijo Cal—. Sólo era un sueño.

Will se dejó caer sobre las almohadas, comprendiendo que se hallaba en la cama de una estrecha habitación.

—Lo he visto. Era todo tan claro y real… —dijo, con una voz que se le quebraba. No pudo contener el mar de lágrimas que de repente afloró a sus ojos—. ¡Era mi padre y se encontraba en una situación horrible!

—No ha sido más que una pesadilla. —Cal hablaba con suavidad, apartando la mirada de su hermano, que sollozaba en silencio.

—Estamos en casa de la tía Jean, ¿verdad? —preguntó Will, calmándose al ver el papel pintado de flores.

—Sí, llevamos aquí casi tres días.

—¿Eh…? —Will intentó volver a sentarse en la cama, pero no pudo y volvió a dejar caer la cabeza en la almohada—. Me encuentro tan débil…

—No te preocupes, todo va bien. Tu tía nos trata bien. Y se ha quedado prendada de *Bart*.

Durante los días siguientes, Cal cuidó a Will alimentándolo con cuencos de puré, alubias con tomate sobre una tostada, e interminables tazas de té demasiado azucarado. La única contribución de la tía Jean a la curación de Will consistía en pegarse al pie de la cama y parlotear incesantemente sobre la vida «en aquellos tiempos», aunque Will estaba tan agotado que se dormía antes de que ella pudiera matarlo de aburrimiento.

Cuando se sintió lo bastante fuerte como para ponerse en pie, probó sus piernas tratando de caminar de un lado a otro del pequeño dormitorio. Cojeando por allí, descubrió algo que alguien había tirado detrás de una caja de revistas viejas. Se encorvó para recoger dos objetos. Entonces cayeron al suelo trozos de cristal. Reconoció de inmediato el par de abollados portarretratos con marco de plata: eran los que en otro tiempo tenía Rebecca en su mesita de noche. Mirando la foto de sus padres, y luego la suya, se dejó caer en la cama, respirando con dificultad. Se sentía consternado. Era como si alguien le hubiera clavado un puñal y lo removiera despacio. Pero ¿qué se podía esperar de ella? Rebecca no era su hermana, y nunca lo había sido. Permaneció en la cama durante un rato, mirando la pared sin verla. Algo después, volvió a levantarse y fue andando hasta el recibidor y desde allí a la cocina. El fregadero estaba lleno de platos sucios, y el cubo de la basura rebosaba de latas vacías y envoltorios de comida precocinada lista para calentar en el microondas. Era una imagen tan triste y sórdida que no se dio cuenta de que las llaves de plástico de los grifos estaban derretidas y ennegrecidas a causa del fuego, y tampoco vio los azulejos, que también habían adquirido un color negro. Hizo una mueca y se volvió al recibidor, donde oyó la áspera voz de la tía Jean. Su tono era vagamente reconfortante, igual que el que tenía en otros tiempos, cuando iba todas las Navidades a pasar unos días con ellos, y se estaba horas y horas charlando con su madre.

Se quedó de pie al lado de la puerta, escuchando el furioso ruido producido por el entrechocar de las agujas mientras la tía Jean hacía punto y hablaba:

—El doctorcito Burrows… En cuanto le puse los ojos encima, le advertí a mi hermana… porque lo sabía… No te quieras liar con uno de esos vagos que estudian tanto… Porque, vamos a ver, a ti te lo pregunto, ¿para qué sirve un marido que se entretiene cavando agujeros cuando hay facturas que pagar?

Will echó un vistazo cuando las agujas de la tía Jean detuvieron su tintineo de metrónomo para beber un sorbo de un vaso que tenía a su lado. El gato la miraba como adorándola, y ella le devolvía una sonrisa afectuosa, casi amorosa. Will no conocía aquella faceta de su tía. Sabía que lo correcto hubiera sido decir algo para revelar su presencia, pero no quería estropear la escena.

—De verdad te digo que es un placer tenerte aquí. La verdad es que después de que mi pequeña *Sophie* pasara a mejor vida… Era una perrita y ya sé que no te gustan mucho… pero al menos estaba aquí por mí… Y eso es más de lo que puedo decir de ningún hombre al que haya conocido.

Levantó lo que estaba tejiendo para verlo mejor: era un par de pantalones de colores chillones que *Bartleby* olfateó con curiosidad.

—Ya están casi terminados. En un momentito te los podrás probar para que veamos la talla, encanto. —Se inclinó hacia delante y le hizo cosquillas bajo la barbilla. Él levantó la cabeza y, cerrando los ojos, empezó a ronronear con la potencia de un pequeño motor.

Will se dio la vuelta para volver al dormitorio, y descansaba apoyado en la pared del recibidor cuando oyó un estrépito tras él. Cal acababa de entrar por la puerta de la casa y tenía delante el contenido esparcido por todas partes de dos bolsas de la compra que se le habían caído al suelo. Llevaba una bufanda que le tapaba la boca y las gafas de sol de la señora Burrows. Parecía el hombre invisible.

—No podré soportarlo mucho más —dijo, agachándose a recoger los alimentos.

Bartleby salió de la sala de estar, seguido por la tía Jean, de cuyos labios colgaba un cigarrillo. El gato llevaba ya puestos sus nuevos pantalones de punto y una chaqueta de *mohair*, ambos con una estridente mezcla de azules y rojos, además de un pasamontañas multicolor que hacía un efecto bastante cómico con sus costrosas orejas. Parecía el superviviente de una explosión en una tienda de Oxfam.

Cal observó la estrafalaria figura que tenía delante tratando de asimilar la sorprendente mezcla de colores, pero no comentó nada. Parecía muy abatido.

—Este lugar está lleno de odio... se huele por todas partes. —Movía la cabeza hacia los lados, lentamente.

—Bueno, así es, cielo —dijo en voz baja la tía Jean—. Y siempre ha sido así.

—La Superficie no es lo que me esperaba —dijo Cal, meditabundo—. Y no puedo volver a casa... ¿O sí?

Will le devolvió la mirada mientras buscaba algo que decir para consolar a su hermano, alguna fórmula para aliviar su angustia, pero no encontró ni una palabra.

La tía Jean se aclaró la garganta, terminando con aquella situación.

—¿Eso significa que os vais?

Al mirarla allí de pie, con su vieja y estropeada bata, Will se dio cuenta por primera vez de lo vulnerable y frágil que era.

—Creo que sí —admitió.

—En fin... —dijo con voz apagada. Le puso a *Bartleby* la mano en el cuello, acariciando tiernamente con el pulgar los pliegues de su piel—. Ya sabéis que aquí seréis bien recibidos, siempre que queráis venir. —La emoción le entrecortó la voz, y se volvió rápidamente—. Y traed al gatito con vosotros. —Se fue a la cocina arrastrando los pies, y desde allí se la oía intentando sofocar los sollozos. Y al mismo tiempo se oía también el tintineo de la botella contra un vaso.

Pasaron los días siguientes trazando planes y más planes. Will se sentía cada vez más fuerte conforme se recobraba de la enfermedad. Los pulmones parecían más limpios y volvía a respirar con normalidad. Hicieron numerosas compras: encontraron máscaras de gas en una tienda de excedentes del ejército, así como cuerdas y una cantimplora para cada uno; en una tienda de empeños compraron unos flashes antiguos de cámara de fotos de un solo uso y, como era la semana siguiente a la noche de Guy Fawkes[4], adquirieron en un puesto de prensa fuegos de artificio que habían sobrado. Will quería asegurarse de que estaban preparados para cualquier eventualidad, y pensaba que cualquier cosa que brillara con fuerza podía resultarles útil. Se aprovisionaron de comida, eligiendo cosas que pesaran poco pero que fueran muy energéticas, para no ir demasiado cargados. Después de lo buena que había sido con ellos, a Will no le gustaba tener que pagar con el dinero de los gastos de alimentación de la tía Jean, pero no tenía alternativa.

Esperaron hasta la hora de la comida para abandonar Highfield. Se pusieron la ropa de colonos, ahora limpia, y se despidieron de la tía Jean, que abrazó a *Bartleby* con lágrimas en los ojos. Después cogieron el autobús hacia el centro de Londres, y siguieron a pie hasta la entrada del río.

4. En el Reino Unido, la noche del 5 de noviembre, en conmemoración de un fallido complot contra el Parlamento que tuvo lugar en 1605, se prenden hogueras y se lanzan fuegos artificiales. *(N. del T.)*

35

Cal seguía apretándose un pañuelo contra la cara y murmurando algo sobre «gases pestilentes» mientras dejaban el
puente de Blackfriars y bajaban a la orilla. A la luz del día parecía todo tan diferente que por un momento Will dudó de
que hubieran llegado al lugar correcto. Con tanta gente paseando a orillas del Támesis, parecía descabellado pensar que
allí debajo se encontraba otro Londres primitivo y abandonado, y que los tres se disponían a bajar a él.

Pero estaban en el lugar correcto, y los separaba sólo un
breve trecho de la entrada a aquel extraño mundo paralelo.
Llegados a la verja, miraron abajo, viendo el agua marrón
que lamía la orilla.

—Parece profunda —comentó Cal—. ¿Por qué está así?

—¡Ah! —exclamó Will, llevándose la mano a la frente—.
¡La crecida! No había pensado en ella. Tendremos que esperar a que baje.

—¿Cuánto puede tardar eso?

Will se encogió de hombros, mirando el reloj.

—No lo sé. Puede que horas.

No había nada que hacer salvo matar el tiempo paseando
por las calles que rodean la Tate Modern, volviendo de vez en
cuando para comprobar el nivel del agua, e intentando no
llamar mucho la atención al hacerlo. A la hora de comer, vieron que aparecía la grava.

Will decidió que no podían perder más tiempo.

—Venga, ¡todo listo para la inmersión, cierren compuertas! —anunció.

Pasaba mucha gente que aprovechaba el descanso de mediodía para darse una vuelta por el río, pero apenas nadie se fijaba en ellos tres mientras, vestidos estrafalariamente y cargados con mochilas, saltaban el muro y bajaban por la escalera. Sólo reparó en el curioso trío un anciano que llevaba gorro de lana y bufanda a juego y empezó a gritar «¡Condenados críos!», agitando el puño con furia contra ellos. Un par de personas se acercaron a ver el motivo de aquel alboroto, pero enseguida perdieron interés y se marcharon. Esa actitud calmó la indignación del anciano, y terminó yéndose también él, arrastrando los pies y mascullando algo ininteligible.

Al pie de la escalera, el agua mojaba las piernas de los chicos mientras avanzaban lo más aprisa que podían por la orilla parcialmente sumergida, y sólo aflojaron la marcha cuando ya estuvieron fuera de la vista de la gente. Sin dudar, Cal y *Bartleby* entraron por la boca del túnel de drenaje.

Will se detuvo un momento antes de proseguir. Echó una última mirada al cielo gris pálido por entre las aberturas de las tablas del techo, y aspiró hondo, saboreando las últimas bocanadas de aire fresco.

Recobradas las fuerzas tras la enfermedad, se sentía como si fuera una persona diferente, preparada para afrontar lo que le esperaba. Como si la fiebre lo hubiera curado de dudas y debilidades, lo embargaba la seguridad algo fatalista de los aventureros avezados. Pero al mirar el río de apacible movimiento, experimentó un intenso sentimiento de pérdida y melancolía, consciente de que tal vez se hundía en las entrañas de la tierra para siempre. Naturalmente, nadie le obligaba, podía quedarse en la Superficie si quería, pero sabía que ya no volvería a ser lo mismo que antes. Demasiadas cosas habían cambiado para siempre.

—Adelante —dijo apartando aquellas ideas de su mente y entrando en el túnel, donde lo esperaba Cal, impaciente por emprender el camino. Con una simple mirada, Will vio todas las emociones que batallaban en el rostro de su hermano: aunque la preocupación era evidente, había también algo más, un intenso alivio ante la expectativa del inminente regreso al mundo subterráneo. Al fin y al cabo, aquel mundo era el suyo.

Aunque se había visto obligado por las circunstancias, Will meditaba sobre el terrible error que había sido llevar a Cal con él a la Superficie. El chico necesitaría tiempo para adaptarse a la vida de arriba, y eso era algo de lo que no disponían, porque, le gustara o no, el destino de Will pasaba por rescatar a Chester y encontrar a su padre. Y ahora el destino de Cal estaba inextricablemente ligado al suyo.

Le irritaba haber perdido tantos días a causa de la fiebre, porque no tenía ni idea de si sería ya demasiado tarde para salvar a su amigo. ¿Lo habrían mandado ya al exilio en las Profundidades? ¿Habría encontrado un fin inimaginable en manos de los styx? Fuera lo que fuera, se enteraría. De momento, necesitaba pensar que Chester seguía vivo, porque tenía que salvarlo, dado que, si no lo hacía, nunca podría vivir con aquella carga sobre los hombros.

Llegaron hasta el respiradero casi vertical, y Will, en contra de sus apetencias, se metió en el pozo de agua helada que había debajo. Cal se subió a sus hombros para alcanzar el respiradero y subió por él, llevando consigo el extremo de una cuerda. Cuando su hermano llegó arriba, Will ató al pecho de *Bartleby* el otro extremo de la cuerda, y Cal empezó a izarlo. Esto resultó completamente innecesario ya que, una vez en el respiradero, el animal utilizó sus vigorosas patas para trepar con una sorprendente agilidad. Después Cal volvió a tirar la cuerda para Will, que se internó en las sombras subiendo por ella. En cuanto llegó arriba, dio saltos para sacudirse el agua y entrar en calor.

A continuación se deslizaron por la rampa convexa como en un trampolín, aterrizando con un impacto en el borde que marcaba el comienzo de las rudas escaleras. Antes de bajar, le quitaron a *Bartleby* con cuidado toda la ropa de punto y la dejaron en un saliente: no podían permitirse llevar peso muerto. Will no tenía ni idea de qué iba a hacer cuando estuvieran de vuelta en la Colonia, pero sabía que tenía que actuar de la manera más práctica posible... Tenía que ser como Tam.

Se pusieron la máscara de gas del ejército, se miraron uno a otro por un instante, movieron la cabeza de arriba abajo en señal de acuerdo, y con Cal a la cabeza comenzaron el largo descenso.

Al principio la marcha fue ardua: la escalera era resbaladiza a causa de la constante agua que caía y, llegados más abajo, por la alfombra de algas negras. Al seguir a Cal, Will se daba cuenta de que recordaba muy poco de la ascensión, sin duda porque para entonces la enfermedad ya se había apoderado de él.

En lo que les pareció un instante, llegaron a la boca de la caverna de la Ciudad Eterna.

—¿Qué demonios es esto? —exclamó Cal al salir al extremo superior de la enorme escalera, recorriéndola con la mirada. Había algo muy extraño. Aproximadamente a treinta metros hacia abajo, la escalera se perdía de la vista.

—¡Vaya niebla! No se ve nada —dijo Will en voz baja. Los cristales de la máscara de gas reflejaban el destello verde de la caverna.

Desde el lugar en el que se encontraban, por encima de la ciudad, contemplaban lo que parecía la superficie ondulante de un enorme lago opalino. Una niebla sumamente espesa, teñida de una luz misteriosa, como si fuera una inmensa nube radiactiva, tapaba todo el paisaje. Sobrecogía pensar que toda la vasta extensión de la enorme ciudad yacía oscurecida bajo aquella manta impenetrable a la vista. Automáticamente, Will hurgó en los bolsillos en busca de la brújula.

—Esto nos lo va a poner un poco difícil —comentó, frunciendo el ceño detrás de la máscara.

—¿Por qué? —le preguntó Cal. Tras los cristales de la máscara, sus ojos se arrugaron al tiempo que sonreía—. Con toda esta niebla no podrán vernos, ¿no?

Sin embargo, a Will no le hacía ninguna gracia.

—Pero nosotros a ellos tampoco.

Cal sujetó a *Bartleby* mientras Will le ataba una cuerda al cuello. En aquellas condiciones, no podían permitir que se fuera por ahí de paseo.

—Será mejor que te agarres a mi mochila para que no nos separemos. Y pase lo que pase, no sueltes al gato —le ordenó Will a su hermano al dar los primeros pasos en la niebla, descendiendo lentamente y penetrando en ella como buzos. Pronto no pudieron ver más allá de medio metro de distancia. Ni siquiera se veían las botas, y tenían que comprobar el terreno antes de aventurarse a dar un paso.

Afortunadamente, bajaron sin percances hasta el final de la escalera, y al llegar a la ciénaga repitieron el ritual de untarse con las algas, embadurnándose uno al otro de hedionda porquería, esta vez para enmascarar los olores del Londres de la Superficie.

Por la orilla de la ciénaga, se encontraron con la muralla de la ciudad y la bordearon. La visibilidad se hacía incluso más escasa, y les costó mucho tiempo dar con una entrada.

—Un arco —susurró Will, deteniéndose tan de repente que su hermano casi cae sobre él. La antigua estructura se apareció ante ellos brevemente, y luego volvió la niebla y dejaron de verla.

—¡Ah, bien! —contestó Cal, sin un ápice de entusiasmo.

Una vez intramuros, tuvieron que ir avanzando muy despacio por las calles de la ciudad, casi pisándose los talones para estar seguros de que no se separaban en aquellas terribles condiciones. La niebla casi se podía palpar de tan espesa, y se agitaba sin parar por la acción del viento, pero se aclaraba por momentos, dejándoles entrever un fragmento de muro, un trecho de suelo empapado o los brillantes adoquines bajo los pies. El chapoteo de las botas en las algas y su dificultosa respiración a través de la máscara les sonaban preocupantemente estrepitosos. La manera en la que la niebla giraba y jugaba con sus sentidos hacía que todo les pareciera muy cercano y, al mismo tiempo, muy lejano.

Cal agarró del brazo a Will, y se detuvieron. Empezaban a oír otros ruidos a su alrededor, diferentes de los que hacían ellos. Al principio, vagos e indistintos, estos ruidos fueron haciéndose cada vez más fuertes. Mientras escuchaba, Will podía jurar que había percibido un áspero susurro, tan cercano que se estremeció. Retrocedió un par de pasos tirando de Cal, convencido de que ya había ocurrido lo que más temía: que se iban a dar de narices con la división styx. Sin embargo, Cal juraba que no había oído nada en absoluto, y después de un rato reanudaron nerviosos la marcha.

Entonces, desde la distancia, llegó el aterrador aullido de un perro. Esta vez no había lugar a dudas. Cal sujetó la correa de *Bartleby* con más fuerza, mientras el gato levantaba el hocico y enderezaba las orejas. Aunque ninguno dijo nada al otro, los dos pensaban lo mismo: que la necesidad de atravesar la ciudad lo más rápido que pudieran era cada vez más acuciante.

Avanzando con sigilo, con el corazón palpitante, Will consultaba la brújula y el mapa de Tam con manos temblorosas, tratando de comprender dónde estaban. Pero veían tan poco que sólo podía hacerse una vaga idea de la zona por la que iban. Ni siquiera estaba seguro de que no estuvieran dando vueltas. Parecía que no avanzaban, y eso le hacía angustiarse. ¡Como guía, se estaba luciendo!

Al final, se detuvieron y se refugiaron al abrigo de un muro en ruinas. Hablando en susurros, discutieron qué hacer.

—Deberíamos echar a correr, y si nos encontramos con una patrulla, podemos quitárnoslos de encima gracias a la niebla —sugirió Cal en voz baja, mirando a derecha e izquierda tras los cristales manchados de humedad de la máscara de gas—. Sólo tendremos que seguir corriendo.

—Sí, muy bien —replicó Will—. ¿Y de verdad crees que podemos correr más que uno de sus perros? Ya me gustaría verlo.

Cal se limitó a responder con un «¡bah!». Will prosiguió:

—Mira, no tenemos ni idea de dónde estamos, y si vamos corriendo lo más probable es que acabemos en un callejón sin salida o algo peor.

—Pero cuando estemos en el Laberinto, ya no nos podrán coger —insistió Cal.

—Vale, pero primero tenemos que llegar allí, y me parece que está todavía demasiado lejos. —Will no podía creerse que su hermano hiciera una propuesta tan absurda. Se dio cuenta de que un par de meses antes podía haber sido él el que defendiera la idea de una loca escapada por las calles de la ciudad. Sin darse cuenta, habían cambiado: ahora él era el sensato y Cal el impulsivo, el joven obstinado que rebosa una loca confianza y tiene la tentación de arriesgarlo todo.

La discusión prosiguió, reñida pero sin superar el nivel del susurro, y se fue haciendo más y más reñida hasta que Cal acabó por transigir. Decidieron ir «despacio, despacio» hasta el final de la ciudad, reduciendo al mínimo el ruido de los pasos y refugiándose en la niebla si oían que alguien se acercaba, ya fuera persona o animal.

Abriéndose camino entre las ruinas, *Bartleby* movía la cabeza en todas direcciones, olfateando el aire y el suelo, hasta que de repente se paró. Pese a todos los esfuerzos de Cal por tirar de la correa, no hubo manera de hacerlo avanzar. Se agachaba como si estuviera acechando algo, con su ancha cabeza pegada al suelo y su cola esquelética muy recta, como continuación de la columna vertebral. Movía las orejas como si fueran un radar.

—¿Dónde están? —preguntó Cal aterrorizado. Will no respondió, sino que buscó en los bolsillos laterales de la mochila de Cal los fuegos de artificio y sacó dos grandes cohetes. Sacó también de un bolsillo de la chaqueta el pequeño encendedor desechable de plástico de su tía Jean, y lo mantuvo preparado en la mano.

—Vamos, *Bart* —le susurraba Cal a la oreja, arrodillado a su lado—, todo está bien.

A *Bartleby* se le había erizado el poco pelo que tenía. El chico logró que el gato se diera la vuelta y se fueron en dirección contraria, caminando con el máximo sigilo. Will iba detrás con los cohetes en la mano.

Siguieron la trayectoria de un muro que trazaba una suave curva. Cal iba palpando la áspera piedra con la mano libre como si contuviera alguna incomprensible forma de braille. Will caminaba de espaldas, comprobando la retaguardia. Sólo podía distinguir la imponente nube, y llegando a la conclusión de que era tonto depositar la confianza en el sentido de la vista dadas las condiciones, se dio la vuelta y se estrelló contra un pedestal de granito. Retrocedió al tiempo que la niebla se abría un poco para permitirle ver una enorme cabeza de mármol de malévola sonrisa. Riéndose de sí mismo, la bordeó con cautela y encontró a su hermano, que lo esperaba tan sólo un metro más adelante.

Habían dado unos veinte pasos cuando la niebla se replegó misteriosamente para dejar al descubierto delante de ellos un tramo de calle adoquinada. Will limpió con rapidez la humedad de los cristales de su máscara, y sus ojos siguieron el frente de niebla en retirada. Poco a poco se hicieron visibles los lados de la calle y las fachadas de los edificios más cercanos. Los dos sintieron un inmenso alivio al ver que su inmediato entorno quedaba visible por primera vez desde que entraran en la ciudad.

Pero en ese momento vieron algo que les heló la sangre.

Allí estaban, a menos de diez metros de distancia, como

una visión horriblemente clara y real: una patrulla de ocho styx desplegados en abanico al otro lado de la calle. Estaban inmóviles, como depredadores al acecho, mirando a los chicos a través de las gafas redondas mientras ellos, anonadados, les devolvían la mirada.

Con sus gabanes largos de rayas verdes y grises, los extraños casquetes en la cabeza y las siniestras máscaras para respirar, eran como espectros de una pesadilla futurista. Uno de ellos sujetaba con una gruesa correa de cuero un perro de presa de aspecto feroz. El perro tiraba de la correa hasta casi ahogarse. La lengua le colgaba de manera obscena de las monstruosas fauces. Olfateó bruscamente, y de inmediato apuntó la cabeza en dirección a los chicos. En un instante, sus ojos negros y redondos los identificaron como presas. Con un gruñido sordo, profundo, estiró los labios para mostrar unos dientes amarillos, enormes, que chorreaban saliva de pura excitación. La correa se aflojó en el momento en el que el animal se agachaba, preparándose para atacar.

Pero nadie hizo ningún movimiento. Como si el tiempo se hubiera parado, los dos grupos se limitaron a mantenerse donde estaban y a mirarse, previendo en silencio, con horror o con ansia, lo que iba a ocurrir.

Fue como si Will despertara. Dio un grito e hizo volverse a Cal, sacándolo de su aturdimiento. Entonces empezaron a correr, volviendo a internarse en la niebla. Sus piernas se movían desesperadamente. Corrieron más y más, incapaces de saber cuánto terreno recorrían por entre sudarios de niebla. Tras ellos oían el salvaje ladrido del perro y los gritos de los styx.

Ninguno de los dos tenía ni idea de adónde se dirigían, porque lo único que les preocupaba era poner tierra de por medio. No tenían tiempo de pensar: el pánico les helaba el cerebro.

Entonces Will se acordó de los fuegos artificiales. Le gritó a Cal que siguiera corriendo mientras él aminoraba la carrera para encender la mecha azul de un cohete grande. Sin estar del todo seguro de si lo había encendido o no, lo apoyó a toda prisa contra una piedra labrada, apuntando en dirección a sus perseguidores.

Corrió unos metros y volvió a pararse. Accionó la piedra del encendedor, pero esta vez la llama se negó a salir. Echando pestes, lo intentó una y otra vez, desesperado. Nada: sólo saltaban unas chispas. Lo agitó como les había visto hacer a los Grises tan a menudo en el colegio, cuando encendían sus cigarrillos prohibidos. Respiró hondo y volvió a girar la ruedecilla. ¡Sí! La llama era pequeña, pero suficiente para prender la mecha del cohete, que era una batería de bombas que estallaban en el aire. Pero ahora los gruñidos, los ladridos y las voces estaban muy cerca. Se puso demasiado nervioso y el cohete terminó en el suelo.

—¡Will, Will! —oyó delante de él. Se dirigió en dirección de la llamada, pero le enervaba que Cal hiciera tanto ruido, aunque sabía que si no fuera así no podría encontrarlo. Will iba corriendo a toda máquina, cuando alcanzó a su hermano y casi lo derriba al suelo. Corrían los dos como locos cuando oyeron estallar el primer cohete. Silbó en todas direcciones y sus colores abrieron una multitud de heridas en la niebla, antes de terminar con dos truenos ensordecedores.

—¡No te pares! —le pidió a Cal, que se había dado de cabeza contra un muro y estaba un poco aturdido—. ¡Vamos, por aquí! —dijo tirando del brazo de su hermano y sin dejarle pensar en su herida.

Los fuegos de artificio continuaron, estallando en bolas de luz en lo alto de la caverna o trazando arcos poco elevados que iban a morir entre las calles de la ciudad. Por un instante dibujaban el contorno de los edificios, convirtiéndolos en algo parecido a la escenografía de un espectáculo de sombras chinescas. Cada uno de los rayos iridiscentes culminaba en un estallido deslumbrante y un cañonazo, retumbando una y otra vez en la ciudad como una tormenta de truenos.

De vez en cuando, Will se paraba a encender otro cohete, de la clase que fuera, y lo colocaba en alguna pared de piedra o lo tiraba al suelo con la esperanza de confundir a la patrulla sobre su situación. Los styx, si es que todavía los seguían, verían su orientación mermada por el barullo de fuegos, y en cuanto al perro, esperaba que al menos el olor del humo sirviera para hacerle perder el rastro.

Cuando estalló el último de los cohetes en un espectáculo de luz y sonido, Will imploró que eso les hubiera permitido ganar el tiempo suficiente para llegar hasta el Laberinto. Aminoraron la marcha para recuperar el aliento, y a continuación se pararon para escuchar cualquier sonido que revelara la proximidad de sus perseguidores. Ya no se oía nada: aparentemente, se habían librado de ellos. Will se sentó en el ancho peldaño de un edificio que parecía haber sido un templo, y sacó el mapa y la brújula mientras Cal vigilaba.

—No tengo ni idea de dónde estamos —admitió mientras volvía a guardarlo todo—. ¡Es inútil!

—Podríamos estar en cualquier parte —confirmó Cal.

Will se levantó, mirando a derecha e izquierda.

—Propongo que sigamos en la misma dirección.

Cal asintió con la cabeza, pero después añadió:

—¿Y si terminamos donde empezamos?

—Por lo menos nos estaremos moviendo —dijo Will poniéndose en marcha.

De nuevo el silencio los envolvió, y las misteriosas formas y sombras aparecían y se borraban como si los edificios entraran y salieran de foco en aquella ciudad invisible. Habían avanzado de forma lenta y tortuosa por entre una sucesión de calles, cuando a una señal de Cal se detuvieron.

—Creo que la niebla se está despejando —susurró.

—Algo es algo —contestó Will.

Bartleby volvió a ponerse rígido y a agacharse, lanzando bufidos mientras la niebla retrocedía delante de ellos. Los chicos se quedaron inmóviles, pasando con desesperación la vista por el entorno lechoso. Como si se levantara el telón para mostrar su presencia, allí se encontraba, a menos de seis metros de distancia, una forma oscura que se encorvaba de manera amenazante. Oyeron un gruñido bajo y gutural.

—¡Dios mío, un perro rastreador! —exclamó Cal.

El corazón les dio un vuelco. No pudieron hacer otra cosa que ver cómo se alzaba y se tensaban sus musculosas patas delanteras. Y a continuación se abalanzó contra ellos avanzando a una velocidad salvaje. No había nada que hacer: no serviría intentar correr, porque estaba demasiado cerca. Como una infernal máquina de vapor, el negro sabueso se les echaba encima, despidiendo vaho por las narices.

Will no tuvo tiempo de pensar. Mientras el animal saltaba, dejó caer la mochila y apartó a Cal. El perro se elevó por el aire para caer violentamente contra su pecho y el golpe tumbó a Will, cuya cabeza impactó contra el suelo cubierto de algas con un duro golpe. Medio aturdido, agarró con ambas manos el cuello del monstruo. Los dedos encontraron el grueso collar del animal y se aferraron a él, intentando mantener las fauces del perro lejos de su cara.

Pero el animal era demasiado fuerte. Se lanzó a la máscara mordisqueándola. Will oyó el rechinar de la goma en los colmillos mientras la máscara le aplastaba la cara, y después un mordisco del perro partió uno de los cristales de los ojos. Olió el aliento pútrido del can, que seguía desgarrando y retorciendo la máscara. Las correas que la sujetaban por detrás se tensaban tanto que estaban a punto de romperse.

Rogando que la máscara resistiera, trató con todas sus fuerzas de apartar la cabeza del atacante. Sus fauces soltaron la goma mojada, pero el éxito de Will fue breve. El animal se apartó un poco, pero volvió a embestir de inmediato. Chillando, pero sin dejar de agarrarse con todas sus fuerzas al collar, Will trataba de mantener a la fiera fuera del alcance de su cara, tensando los brazos al límite de sus fuerzas. El collar le cortaba los dedos. Era increíble la fuerza que tenía aquella bestia. Una y otra vez tuvo que echar la cara hacia atrás, librándose por un centímetro de los dientes, que eran como un cepo cerrándose.

Entonces el animal crispó y retorció el cuerpo.

Una de las manos de Will perdió el contacto con el collar, y ya más libre que antes, el sabueso descubrió rápidamente un objetivo más interesante. Apresó el antebrazo de Will y lo mordió con fuerza. Will gritó a causa del dolor, abriendo involuntariamente la otra mano y soltando el collar.

Ya no había nada que parara al perro.

Al instante, el animal buscó dónde apresar y hundió los dientes en su hombro. Entre mordiscos y gruñidos, oyó rasgarse la tela de la chaqueta mientras los enormes dientes, como filas de puñales, penetraban en su carne y la desgarraban. Will volvió a gemir mientras el animal sacudía la cabeza y lanzaba potentes gruñidos. No podía hacer nada: era como una muñeca de trapo que no ofrece resistencia a las sacudidas. Con su brazo libre, dio golpes en las ijadas y la cabeza del animal, pero no servía de nada.

De repente, el perro soltó el hombro y se irguió sobre él, inmovilizándolo con su peso. Clavó sus ojos enloquecidos en los de Will. A unos centímetros de su cara, las fauces del animal derramaban hilos de baba sobre los cristales de la máscara. Will era consciente de que Cal hacía cuanto podía: arremetía rápidamente para darle una patada, y a continuación se retiraba a la misma velocidad. Cada vez que lo hacía, el perro sólo se volvía un poco para lanzarle un gruñido, como si supiera que no representaba para él ninguna amenaza. Su pequeño cerebro salvaje sólo tenía una meta: matar aquello que tenía a su completa merced.

Will intentó desesperadamente darse la vuelta, pero la criatura lo tenía inmovilizado contra el suelo. Sabía que no era contrincante para aquella bestia imparable y demoniaca que parecía formada de bloques de músculos tan duros como una piedra.

—¡Vete! —le gritó a Cal—. ¡Escapa!

Entonces, como surgido de la nada, en la cabeza del perro apareció un bulto de carne gris.

Por un instante, parecía que *Bartleby* hubiera quedado suspendido en el aire, con el lomo arqueado y las garras extraídas como navajas justo por encima de la cabeza del perro. Al instante siguiente, aterrizó sobre su presa. Oyeron el sonido de la carne rasgada cuando los dientes de *Bartleby* se hundieron en la cabeza del perro. Un chorro de sangre oscura, que brotaba de la oreja cercenada del sabueso, salpicó a Will. La bestia soltó un gemido agudo y se desentendió de él dando corcovos. *Bartleby* seguía agarrado a su cabeza y cuello, atacándolo con mordiscos y causándole tajos con sus patas traseras.

—¡Levántate! ¡Levántate! —le gritaba Cal a Will, ayudándolo a ponerse en pie con una mano y recogiendo la mochila con la otra.

Los chicos se retiraron a una distancia segura, y entonces se detuvieron a mirar. Estaban paralizados por aquella pelea a muerte entre el perro y el gato en la que los dos cuerpos se fundían en un torbellino indistinguible de grises y rojos, dientes y zarpas.

—No podemos quedarnos aquí —gritó Will. Se oían los gritos de la patrulla que se acercaba a toda prisa hacia el lugar de la lucha.

—¡Déjalo, *Bart*! ¡Vamos!

—¡Los styx! —Will zarandeó a su hermano—. ¡Tenemos que irnos!

A regañadientes, Cal se puso en movimiento, volviendo la vista atrás para comprobar si su gato los seguía por entre la niebla.

Pero *Bartleby* no aparecía, y seguían oyéndose los gritos, bufidos y aullidos distantes.

En aquel momento se oyeron gritos y pasos por todos lados. Los chicos corrían como ciegos. Cal gemía por el esfuerzo de llevar ambas mochilas, y Will temblaba por la tensión de la lucha por la que acababa de pasar. El brazo entero le ardía de dolor. Podía sentir la sangre manando, y se asustó al ver que le caía por el dorso de la mano a chorretones y goteaba al suelo desde las puntas de los dedos.

Sin resuello, los chicos se pusieron rápidamente de acuerdo en la dirección que debían seguir, con la esperanza puesta en que por un casual les llevara a la salida de la ciudad y no de vuelta a las garras de los styx. En cuanto llegaron al perímetro pantanoso, se abrieron camino bordeando la ciudad hasta encontrar la entrada al Laberinto. Una vez allí sabían que, en el peor de los casos, si se perdían siempre podrían volver a la escalera de piedra y regresar a la Superficie.

A juzgar por los sonidos que les llegaban, la patrulla parecía ir tras ellos. Los chicos corrían a toda velocidad, pero de repente se dieron de bruces contra un muro. ¿Se habían metido sin darse cuenta en un callejón sin salida? Aquella terrible posibilidad se les planteó a los dos al mismo tiempo. Palparon desesperadamente el muro hasta que encontraron un arco cuyos lados se habían desmoronado y cuya clave se había caído de su vértice.

—Gracias a Dios —susurró Will, mirando a su hermano con alivio—. ¡Por poco!

Cal se limitó a asentir con la cabeza, jadeando. Echaron un rápido vistazo tras ellos, antes de traspasar el arco en ruinas.

A la velocidad del rayo, unas manos fortísimas los sujetaron levantándolos del suelo.

36

Utilizando el brazo que aún podía mover, Will atacó con toda la fuerza de que era capaz, pero los nudillos del puño tan sólo arañaron la lona de una capucha. El hombre lanzó una maldición mientras él le asestaba otro golpe, pero esta vez su puño quedó apresado por una mano enorme que parecía de hierro y que sin esfuerzo alguno lo inmovilizó contra el muro.

—¡Ya basta! —dijo el hombre entre dientes—. ¡Shhh!

De pronto Cal reconoció la voz y se interpuso entre su hermano y su enmascarado atacante. Will no comprendía nada. ¿Por qué hacia eso? Muy débilmente, intentó lanzar otro golpe, pero aquel individuo lo paró enseguida.

—¡Tío Tam! —gritó Cal con alegría.

—¡Mas bajo! —respondió Tam.

—¿Tam? —repitió Will, sintiéndose de pronto como un idiota, pero muy aliviado.

—Pero… ¿cómo… cómo sabías que nosotros…? —balbuceó Cal.

—Hemos estado vigilando desde que la huida se frustró —explicó su tío.

—Pero ¿cómo sabíais que estábamos aquí? —insistió Cal.

—Nos bastó con seguir la luz y el sonido. Aparte de a vosotros dos, ¿a quién más se le podía ocurrir semejante exhibición pirotécnica? Seguramente la habrán oído en la Superficie, y no digamos en la Colonia.

—Fue idea de Will —respondió Cal—. Más o menos funcionó.

—Más o menos —admitió Tam, observando con preocupación a Will, que se sujetaba contra el muro, con la goma de la máscara llena de agujeros y uno de los cristales de los ojos hecho añicos—. ¿Estás bien, chico?

—Creo que sí —respondió él entre dientes, sujetándose el hombro empapado en sangre.

Se sentía algo atontado, pero no sabía si era por las heridas, o a causa de la enorme alegría que sentía por que los hubiera encontrado Tam.

—Sabía que no podrías quedarte tranquilo estando Chester aquí.

—¿Qué le ha sucedido? ¿Está bien? —preguntó Will, reanimándose ante la mención del nombre de su amigo.

—Está vivo, al menos por ahora. Ya hablaremos de eso más tarde. Pero ahora, Imago, sería mejor que nos esfumáramos.

El enorme bulto de Imago apareció de entre las sombras moviéndose con una inesperada ligereza. Al escrutar las oscuras sombras que los rodeaban, su máscara suelta se balanceaba, como un globo medio deshinchado expuesto al viento. Se echó al hombro la mochila de Will como si no pesara nada y se puso a andar. Los demás se limitaron a seguirlo. La huida se convirtió entonces en un juego de imitar al rey, con la sombra de Imago guiándolos por entre los miasmas y los obstáculos imprevistos. Tam cerraba la marcha. Pero los chicos estaban tan contentos de encontrarse bajo la protección de Tam que casi olvidaron el aprieto en el que se encontraban. Se sentían de nuevo seguros.

Imago llevaba en el cuenco de la mano una esfera de luz, que a duras penas iluminaba para moverse por el difícil terreno. Atravesaron corriendo una serie de patios encharcados, y dejaron la niebla atrás mientras entraban en un edificio circular, marchando a un paso asombroso por corredores flanqueados por estatuas y muros pintados con frescos descascarillados. Corrieron por el barro que cubría los resquebrajados suelos de mármol, estancias abandonadas y salones llenos de piezas ruinosas, y luego subieron en volandas una escalinata de granito negro. Subieron más y más hasta salir de nuevo a un espacio abierto. Atravesando corredores de piedra fracturada, que habían perdido largas secciones de balaustrada, Will miraba hacia abajo desde una altura de vértigo y captaba fragmentos de la ciudad que tenía a sus pies, entre la niebla. Algunos de aquellos corredores eran tan estrechos que Will tenía miedo de que, si dudaba, pudiera caer al vacío y encontrar la muerte en el falso colchón de niebla. Seguía avanzando, depositando toda su confianza en Imago, que no titubeaba un instante, su voluminosa figura avanzaba sin descanso, provocando a su paso pequeños remolinos de la niebla.

Finalmente, después de bajar a la carrera varias escaleras, entraron en una gran estancia en la que resonaba el gorjeo del agua. Imago se detuvo. Parecía estar a la escucha de algo.

—¿Dónde está *Bartleby*? —le preguntó Tam a Cal en un susurro mientras esperaban.

—Nos ha salvado de un perro rastreador —respondió el chico, desconsolado, agachando la cabeza—. Y ya no nos ha seguido. Supongo que el perro lo habrá matado.

Tam le pasó un brazo por la espalda y lo estrechó en un abrazo.

—Era un príncipe —dijo. Le dio unas palmadas de consuelo a su sobrino en la espalda antes de adelantarse para consultar con Imago en voz muy baja—: ¿Crees que deberíamos escondernos y esperar?

—No, es mejor darse prisa. —La voz de Imago sonaba tranquila y lenta—. La división sabe que los chicos siguen aquí, en algún lugar, y en muy poco tiempo la ciudad estará llena de patrullas.

—Entonces seguimos la marcha —dijo Tam, coincidiendo con él.

Los cuatro salieron en fila de la estancia y recorrieron una columnata hasta que Imago saltó por encima de un muro y bajando por un resbaladizo terraplén se metió en un canal. Los chicos lo siguieron, metiéndose en el agua estancada, que les cubría hasta el muslo. El espesor de las algas negras y pegajosas dificultaba sus movimientos. Caminaron con esfuerzo, levantando aletargadas burbujas que subían y se aglutinaban en la superficie. Aunque llevaban puestas las máscaras, el hedor de la vegetación podrida los ahogaba. El canal se convirtió en una cloaca subterránea, y los cuatro se internaron en la oscuridad. El ruido de las salpicaduras retumbaba a su alrededor. Tras lo que les pareció una eternidad, volvieron a salir al aire libre. Imago les hizo un gesto para que se detuvieran, y a continuación subió por la pared del canal, salió del agua y se internó en la niebla.

—Éste es un trozo peligroso —susurró Tam como advertencia—. Es campo abierto. Tened los ojos bien abiertos y no os separéis.

Imago no tardó en volver y hacerles señas. Salieron todos del agua con las botas y los pantalones empapados y atravesaron el terreno cenagoso, con la ciudad por fin a su espalda. Subieron una cuesta y llegaron a una especie de meseta. Will se puso loco de alegría cuando vio delante las aberturas en el muro de la caverna y comprendió que habían llegado a la entrada del Laberinto. ¡Lo habían conseguido!

—¡Macaulay! —gritó una voz dura.

Se pararon en seco y se dieron la vuelta. La niebla no era tan espesa allí arriba, y entre sus flecos vieron una figura solitaria. Era un styx. Estaba allí, alto y arrogante, con los brazos cruzados por delante del angosto pecho.

—Bien, bien, bien. Es curioso cómo las ratas siguen siempre la misma senda… —gritó.

—Crawfly —dijo Tam con frialdad mientras empujaba a Cal y a Will para que fueran con Imago.

—… y dejan tras de sí un rastro de grasa y peste. Sabía que te atraparía un día. Sólo había que tener paciencia.

Crawfly abrió los brazos y los agitó como látigos. A Will le dio un vuelco el corazón cuando vio aparecer en sus manos dos cuchillas brillantes. Curvadas y de unos quince centímetros de largo, eran como pequeñas hoces.

—Durante demasiado tiempo tú has sido la espina que tenía clavada —gritó Crawfly.

Will miró a Tam y se quedó sorprendido al ver que ya tenía un arma en la mano, un machete impresionante que había sacado de no se sabía dónde.

—Ha llegado la hora de enmendar entuertos —dijo Tam con voz apremiante y grave a Imago y a los chicos, quienes percibieron la mirada de denodada determinación que brillaba en sus ojos al volverse hacia Crawfly—. Seguid la marcha, ya os alcanzaré —les dijo mientras empezaban a andar.

Pero la severa figura, rodeada de flecos de niebla no cedía un ápice. Blandiendo las hoces con destreza y agachándose un poco, el styx tenía un aspecto horriblemente sobrenatural.

—Esto no me gusta. Tam está demasiado confiado —murmuró Imago—. Será mejor que nos esfumemos.

Con sentido protector, se llevó a los chicos hasta una de las bocas de túnel del Laberinto, mientras Tam se acercaba a Crawfly.

—¡Ah, no... no...! —Imago se quedó mudo.

Will y Cal se volvieron para averiguar el motivo de su alarma.

Tras la niebla acababa de aparecer una gran cantidad de styx, que se abrían en abanico. Pero Crawfly levantó una de las guadañas y se pararon en seco, a poca distancia por detrás de él, dando muestras de impaciencia.

Tam se quedó quieto por un momento, como si estuviera sopesando posibilidades. Movió la cabeza hacia los lados sólo una vez; después se estiró en actitud desafiante. Se quitó la capucha y respiró profundamente, llenándose los pulmones de aire apestoso.

En respuesta, Crawfly se quitó las gafas y la máscara de gas, dejándolos caer a sus pies y apartándolos de una patada. Avanzaron uno hacia el otro, y se volvieron a parar. Se miraron como dos paladines enemigos. Will se estremeció al ver la sonrisa fría, sardónica, en el rostro enjuto del styx.

Los muchachos apenas se atrevían a respirar. En aquel lugar reinaba una parálisis mortal, y el silencio era tan absoluto que parecía que el sonido mismo hubiera desaparecido del mundo.

Crawfly hizo el primer movimiento, abalanzándose contra Tam mientras agitaba los brazos como si fueran látigos. Tam dio un salto hacia atrás para evitar la descarga de acero y, haciéndose a un lado, adelantó el machete en un movimiento defensivo. Las hojas se encontraron y rozaron con un chirrido estridente.

Con increíble destreza, Crawfly giró como si ejecutara una danza ritual, lanzándose contra Tam y retrocediendo, golpeando repetidas veces con sus dos cuchillos. Tam contraatacó con paradas y estocadas, y los dos oponentes atacaron y se defendieron por turnos. Los asaltos contra el enemigo eran tan vertiginosos que Cal y Will apenas se atrevían a parpadear. Hubo un ataque por ambos lados, con rápidos destellos de gris y plata, y los dos se acercaron tanto que hubieran podido abrazarse, mientras los filos de sus armas rechinaban al chocar entre ellos. Con la misma rapidez se separaron, jadeando. Siguió un periodo de calma en el que los dos hombres se miraron fijamente a los ojos, pero Tam se escoraba a un lado y se agarraba con fuerza el costado.

—Mala cosa —musitó Imago.

Will también se había dado cuenta: por entre los dedos de Tam, y chaqueta abajo, manaban chorros de sangre que a la luz verdosa de la ciudad parecían de inocua tinta negra. Estaba herido y se desangraba. Se estiró muy despacio y, aparentemente recobrándose, en una fracción de segundo lanzó el machete contra Crawfly, que lo esquivó sin esfuerzo, mientras él cruzó la cara de Tam de un lado al otro con una de sus armas.

Tam retrocedió tambaleándose. Imago y los chicos vieron el parche de sangre negra que le cubría la mejilla izquierda.

—¡Ah, Dios mío! —exclamó Imago en voz baja, apretando tan fuerte el cuello de la chaqueta de los dos chicos que Will notaba la tensión del brazo en el momento de reanudarse la lucha.

Tam volvió a atacar. Crawfly giraba avanzando y retrocediendo, a un lado y a otro, en una danza fluida y estilizada. Los golpes de Tam eran decisivos y hábiles, pero Crawfly era demasiado rápido, y la hoja del machete no encontraba otra cosa que cortar, asalto tras asalto, más que el aire y la niebla. Al retorcerse para encararse con su elusivo contrincante, Tam dio un paso en falso. Tratando de erguirse, las botas le resbalaron. Perdió el equilibrio y se encontró en una posición muy vulnerable. Crawfly no podía perder aquella ocasión. Atacó el flanco expuesto de Tam.

Sin embargo, éste estaba preparado. Había previsto el ataque. Se lanzó hacia adelante y penetró la guardia de su oponente, alzando el machete en una fracción de segundo, tan rápido que Will no vio el devastador tajo que lanzó al cuello de Crawfly. El espacio entre los combatientes se llenó de negra espuma mientras el styx se tambaleaba hacia atrás, dejando caer al suelo las dos guadañas y soltando un grito que era como un gorjeo al llevarse la mano a la tráquea cercenada.

Como un torero que entra a matar, Tam dio un paso hacia delante, utilizando ambas manos para asestar el golpe final. El machete se hundió hasta la empuñadura en el pecho de Crawfly, que soltó un bufido y se agarró a los hombros de Tam para no caer. Bajó la vista para mirar, sin podérselo creer, el mango de madera que le salía del esternón, y después levantó la cabeza. Por un instante permanecieron los dos en pie, inmóviles, como dos estatuas de un grupo trágico, mirándose el uno al otro en silencio.

Entonces Tam apoyó un pie en Crawfly y extrajo el machete. El styx se tambaleó sin desplazarse del sitio, como una marioneta suspendida de hilos invisibles, y sus labios formaron maldiciones sordas y entrecortadas.

Contemplaron cómo el styx, mortalmente herido, barboteaba un último gruñido ahogado dirigido a Tam, y cómo, tambaleándose hacia atrás, su cuerpo sin vida caía finalmente al suelo. Entre los styx corrieron murmullos de excitación. Parecían haberse quedado paralizados, sin saber qué hacer.

Tam no perdió el tiempo titubeando. Sujetándose el costado herido y haciendo una mueca de dolor, corrió hacia donde estaban Imago y los chicos. Esto puso en movimiento a los styx, que se adelantaron para rodear el cuerpo del compañero caído.

Tam iba ya delante de Imago y los chicos hacia un túnel del Laberinto. Pero apenas habían recorrido una pequeña distancia cuando se tambaleó y se apoyó en el muro. Jadeaba y sudaba a chorros. El sudor le corría por la cara, se mezclaba con la sangre de la herida y le caía al suelo por la rasposa barbilla.

—Los mantendré un rato a raya —jadeó, volviendo la vista a la boca del túnel. Eso os proporcionará algún tiempo.

—No, yo me encargaré —dijo Imago—. Tú estás herido.

—Yo estoy muerto —dijo Tam en voz baja.

Imago miró la sangre que brotaba del tajo abierto en el pecho de su amigo, y durante menos de un segundo, se miraron a los ojos. Cuando Imago le pasó su machete, estaba claro que la decisión había sido tomada.

—¡No, tío Tam! ¡Por favor, ven con nosotros! —rogó Cal con voz entrecortada por la emoción, comprendiendo lo que aquello significaba.

—Saldríamos perdiendo todos, Cal —dijo el hombretón, con una sonrisa lánguida y rodeándolo con un solo brazo. Se metió la mano bajo la camisa, tiró de algo que llevaba al cuello y se lo puso a Will en la mano. Era un colgante liso que tenía grabado un símbolo—. ¡Tómalo! —dijo rápidamente—. Podría serte útil allí donde vas. —Soltó a Cal y se alejó un paso, pero entonces cogió a Will, sin dejar de mirar al pequeño—. Y no pierdas de vista a Cal, ¿de acuerdo, Will? —Tam lo apretó con más fuerza—. Prométemelo.

Will estaba tan anonadado que antes de que pudiera encontrar las palabras, su tío se había alejado de su lado. Cal empezó a gritar, desesperado:

—¡Tío Tam… ven… ven con nosotros…!

—Llévatelos, Imago —le dijo Tam mientras volvía a grandes zancadas hacia la boca del túnel, y al hacerlo veía acercarse al espantoso ejército styx.

Cal seguía llamando a su tío, y no mostraba ni la más leve intención de ir a ninguna parte, cuando Imago lo agarró por el cuello de la chaqueta y lo obligó a ir por el túnel delante de él. El consternado muchacho no tuvo más elección que obedecer lo que el hombre le mandaba hacer, y sus gritos dieron paso inmediatamente a grandes alaridos de angustia y a un llanto incontrolable. Will recibió un trato parecido, pues Imago le empujaba por la espalda obligándolo a avanzar. Sólo los dejó detenerse un momento en una curva cerrada del túnel, y durante ese instante pareció titubear. Los tres, Will, Cal e Imago, se volvieron para ver por última vez al hombretón; su negra silueta aparecía recortada a la luz verde de la ciudad, blandiendo los dos machetes, uno en cada mano.

Entonces Imago volvió a empujar a los chicos y Tam se perdió de vista para siempre. Pero quedó grabada a fuego en sus retinas aquella última escena, aquella imagen de Tam erguido orgullosamente frente a la marea mortal que se le aproximaba. Un solo hombre frente a un campo erizado de guadañas.

Mientras huían, llegaba a ellos el sonido de sus insistentes maldiciones y del entrechocar de las armas, que perdía fuerza a cada curva del túnel.

37

Corrieron. Will mantuvo el brazo apretado contra el costado; el hombro le dolía horriblemente a cada paso que daba. No tenía ni idea de cuántos kilómetros habrían recorrido cuando, al final de una larga galería, Imago aflojó por fin el paso para que pudieran recuperar el aliento. La anchura de los túneles les hubiera permitido a los tres caminar juntos, pero preferían continuar en fila india, porque eso les otorgaba cierta privacidad, cierta sensación de encontrarse solos. Y aunque no hubieran intercambiado ni una palabra desde el instante en el que dejaron a Tam en la ciudad, cada uno sabía perfectamente en qué pensaban los demás en medio de aquel desdichado silencio que se había cernido sobre ellos como un paño mortuorio. La laboriosa marcha de los contritos miembros de la fila llevó a Will a pensar en cuánto se parecía aquella procesión a la de un cortejo fúnebre.

El chico se resistía a creer que Tam, la persona de carácter más exuberante que había conocido en la Colonia, y que no había titubeado un instante a la hora de aceptarlo en la familia, hubiera muerto.

Intentaba poner algún tipo de orden en sus pensamientos para superar la sensación de pérdida y vacío que lo abrumaba; pero no eran de mucha ayuda los frecuentes accesos de llanto contenido que acometían a Cal.

Giraron innumerables veces a derecha e izquierda, siempre para descubrir un nuevo tramo de túnel anodino e idéntico al anterior. Imago no consultó el mapa ni una sola vez, pero parecía saber con precisión hacia dónde iban, murmurando para sí bajo la máscara como si recitara un poema inacabable, tal vez una oración. Varias veces lo vio agitar una esfera de metal sin brillo del tamaño de una naranja al doblar una esquina, pero ignoraba por qué hacía semejante cosa. Se sorprendió cuando los hizo detenerse junto a lo que parecía una pequeña grieta en el suelo y luego miró con cautela a ambos lados del túnel. A continuación, agitó vigorosamente la esfera de metal en torno a la grieta.

—¿Para qué es eso? —le preguntó Will.

—Disimula nuestro olor —respondió con brusquedad Imago, y tras guardar la esfera, se descolgó la mochila de Will y la dejó caer por el agujero. Entonces se puso de rodillas y se coló de cabeza por el agujero. Por decirlo con suavidad, tuvo que apretarse un poco.

Durante unos seis metros, el agujero descendía casi verticalmente, y luego empezaba a nivelarse, estrechándose aún más, de manera que había que avanzar arrastrándose. Cal y Will seguían a Imago, avanzando despacio y oyendo los gruñidos y esfuerzos que hacía el hombre para desplazarse, con la mochila de Will delante de él. Éste se preguntaba qué harían si el guía se quedaba atascado, cuando llegaron al final y pudieron volver a ponerse en pie.

Al principio Will no pudo distinguir gran cosa a través de su máscara destartalada, con uno de los cristales de los ojos roto y el otro empañado por la condensación del aire. Sólo cuando Imago se quitó la máscara y les dijo que podían hacer lo mismo, Will vio dónde estaban.

Era una cámara de poco más de nueve metros de largo y con forma de campana casi perfecta, con paredes toscas de carborundo. En el medio de la cámara colgaban algunas pequeñas estalactitas de color grisáceo, justo encima de una plancha redonda de metal, que estaba colocada en el centro del suelo. Mientras avanzaban arrastrando los pies por los bordes de la cámara, las botas esparcían montones de bolitas lisas que había en el suelo, que eran de color amarillo sucio y cuyo tamaño variaba desde el de un guisante hasta el de canicas grandes.

—«Perlas de cueva» —murmuró Will, recordando las fotos que había visto de ellas en uno de los libros de su padre. A pesar de su estado de ánimo, inmediatamente buscó con la mirada rastros de agua corriente, un elemento necesario para que las perlas pudieran formarse. Pero las paredes y el suelo parecían tan secos y áridos como el resto del Laberinto. Y el único acceso posible que se veía era el pasadizo por el que habían llegado a rastras.

Imago observaba a Will, y contestó a la pregunta que el chico no había enunciado:

—No te preocupes… Aquí estaremos seguros por un rato —dijo, sonriendo ampliamente para transmitir confianza—. A este sitio lo llamamos el Caldero.

Mientras Cal, cansado, daba un traspié en el otro extremo de la cámara y se deslizaba en la pared con la cabeza gacha, Imago volvió a dirigirse a Will:

—Tendría que echarle un vistazo a ese brazo.

—No es nada —contestó Will. No era sólo que quisiera que lo dejara en paz, sino también que tenía demasiado miedo de descubrir lo grave que podía ser la herida.

—Vamos —dijo Imago con firmeza, indicándole con un gesto que se acercara—. Podría infectarse. Habrá que vendarlo.

Rechinando los dientes, el chico aspiró hondo y, con rigidez y torpeza, se quitó la chaqueta y la dejó caer al suelo. La tela de la camisa se le hundía en las heridas, e Imago tuvo trabajo para retirarla poco a poco, empezando por el cuello y desprendiéndola hacia la muñeca. Will se mareaba al mirar, no podía evitar los gestos de dolor cuando las heridas frescas quedaban al descubierto y veía la sangre manar y correrle por el brazo ya ensangrentado.

—Ha sido poca cosa —dijo Imago.

Will miró su cara seria y se preguntó si le decía la verdad. El hombretón asintió con la cabeza y prosiguió:

—Realmente has tenido suerte: esos perros suelen preferir partes más vulnerables del cuerpo.

El antebrazo de Will tenía verdugones lívidos y dos semicírculos de heridas a ambos lados, pero apenas sangraban ya. Imago examinó los mordiscos en el pecho y el abdomen, le palpó las costillas, que sólo le dolían si aspiraba hondo. Tampoco allí había heridas de gravedad. Pero el hombro era harina de otro costal: el animal había clavado en él los dientes más profundamente y le había desgarrado la carne. En algunos puntos el destrozo era tan grande que parecía que hubiera recibido un balazo.

—¡Aaah! —gritó Will, girando la cabeza rápidamente mientras la sangre le corría por el brazo—. Tiene un aspecto espantoso.

Después de ver la herida del hombro, se puso tenso y no pudo dejar de temblar, siendo consciente de pronto del dolor que sentía. Por un momento le abandonaron las fuerzas y se sintió débil y vulnerable.

—No te preocupes, no es tan grave como parece —dijo Imago para animarlo mientras vertía sobre las heridas un líquido claro que tenía en una petaca de plata—. Pero esto te va a escocer —le advirtió poniéndose a limpiar las heridas. Cuando acabó, se desabotonó el sobretodo para desabrochar una de las varias bolsas que llevaba al cinto. Sacó algo que parecía una petaca de tabaco de pipa y empezó a espolvorear con generosidad su contenido sobre las heridas de Will, concentrándose en las del hombro. Las pequeñas fibras secas quedaban pegadas a las heridas y absorbían la sangre—. Esto puede que te duela un poco, pero ya casi está —dijo apretando un poco para que las fibras formaran una capa espesa.

—¿Qué es eso? —preguntó Will, atreviéndose a mirar hacia el hombro.

—Rizoma rallado.

—¿Quéé? —preguntó Will asustado—. Espero que tengas idea de lo que haces.

—Soy hijo de boticario. Me enseñaron a curar una herida cuando no era mucho mayor que tú ahora.

Will volvió a tranquilizarse.

—No tienes de qué preocuparte… Hace días que no se me muere ningún paciente —dijo Imago mirándolo de reojo.

—¿Eh? —Algo lento en pillarlo, Will lo miró asustado.

—Sólo estaba bromeando —dijo el hombre, alborotándole el pelo y riéndose.

Pero pese a aquel intento por alegrar la situación en la que se enccontraban, Will podía apreciar la inmensa tristeza que reflejaban los ojos de Imago mientras continuaba curándole el hombro.

—Esta cataplasma contiene antiséptico. Hará que la herida deje de sangrar e insensibilizará los nervios —dijo al coger otra bolsa y sacar de ella un rollo de tela gris que comenzó a desenvolver. Vendó con habilidad el hombro y el brazo de Will, y haciendo un lazo con los extremos, se echó un poco hacia atrás para admirar la perfección de su trabajo.

—¿Qué tal te sientes?

—Mejor —mintió Will—. Gracias.

—Tendrás que cambiar la venda de vez en cuando. Así que deberías llevar algo de esto contigo.

—¿Qué quieres decir? ¿Dónde vamos? —preguntó Will, pero Imago negó con la cabeza.

—Todo a su tiempo. Has perdido un montón de sangre y necesitas recuperar fluidos. Tendríamos que intentar comer algo. —Imago dirigió una mirada al abatido Cal—. Vamos. Acércate, chaval.

Obediente, Cal se levantó del suelo y caminó hacia ellos mientras Imago asentaba su corpachón, estirando las piernas, y procedía a sacar numerosos botes de su cartera de cuero. Desenroscó la tapa del primero y se la ofreció a Will, que miró las grisáceas y nada apetecibles tabletas de hongos sin disimular su repulsión.

—Espero que no te moleste —dijo Will—, pero nosotros también hemos traído algo.

A Imago no le molestó en absoluto. Simplemente volvió a cerrar el bote y aguardó expectante mientras Will desempaquetaba la comida de su mochila. El hombretón se lanzó sobre ella con evidente placer, oliendo ruidosamente las lonchas de jamón asado a la miel que sostenía con delicadeza entre sus dedos sucios. Como si intentara hacer durar la experiencia eternamente, se pasaba de un lado a otro de la boca la carne antes de masticarla. Y cuando por fin se la tragaba, cerraba los ojos y lanzaba suspiros de dicha.

Cal, por su parte, apenas probó sin entusiasmo algo de comida, antes de volver al otro extremo de la cámara. Will tampoco tenía mucho apetito, y menos después de presenciar la actuación de Imago. Sacó una lata de Coca-Cola y acababa de empezar a sorberla cuando se acordó de repente del colgante de color jade que le había dado Tam. Lo encontró en su chaqueta y lo sacó para examinar su superficie mate. Aún tenía manchas de la sangre de su tío, que se había coagulado en el interior de las tres hendiduras que había en una de las caras. Lo miró y le pasó el pulgar por encima suavemente. Estaba seguro de haber visto antes aquel símbolo de tres puntas. Entonces lo recordó. Había sido en aquella especie de mojón que habían encontrado en el Laberinto.

Mientras Imago daba cuenta de una barra de chocolate negro, saboreando cada bocado, Cal habló desde el otro lado de la cámara, con voz plana y lánguida.

—Quiero volver a casa. Ya todo me da igual.

El hombre se ahogó y escupió un trozo de chocolate a medio masticar. Volvió la cara hacia Cal, y al hacerlo su cola de caballo azotó el aire.

—¿Y los styx también te dan igual?

—Hablaré con ellos, haré que me escuchen —respondió el chico con debilidad.

—Te escucharán atentamente, mientras te sacan el hígado o te cortan los brazos —repuso—. Pequeño idiota, ¿te crees que Tam dio su vida para que tú regalaras la tuya?

—Yo… no…

Cal miraba con pavor a Imago, mientras éste le gritaba.

Aferrando todavía el colgante, Will lo apretó contra la frente, cubriéndose la cara con la mano. Deseaba que se callaran los dos, no soportaba aquello. Hubiera querido que todo se detuviera, aunque fuera sólo por un instante.

—Egoísta, estúpido… ¿Qué quieres hacer, dejar que te escondan tu padre o tu abuela Macaulay… y arriesgar también su vida? Ya está todo bastante mal sin necesidad de que lo empeores —gritó Imago.

—Solo pensé…

—¡No, no pensaste! —le cortó el hombretón—. No hay vuelta posible, ¿lo comprendes? ¡Métete eso en la cabezota!
—Y tirando el resto de la barra de chocolate, se fue al otro extremo de la cámara a grandes zancadas.

—Pero yo… —comenzó a decir Cal.

—¡Échate un sueño! —gruñó Imago, con la furia reflejada en su rostro.

Se envolvió en el sobretodo y, usando como almohada su cartera, se acostó de lado con la cara vuelta hacia la pared.

Allí continuaron la mayor parte del día siguiente, comiendo y durmiendo sin dirigirse apenas la palabra. Después de todo el horror y la agitación de las anteriores veinticuatro horas, Will agradeció la posibilidad de recuperarse, y pasó gran parte del tiempo durmiendo pesadamente, sin soñar. Al final lo despertó la voz de Imago, que, aletargado, abrió un ojo para ver lo que sucedía.

—Ven aquí y échame una mano, ¿quieres, Cal? —dijo.

Rápidamente el chico se puso en pie de un salto y se acercó a él, que permanecía arrodillado en el centro de la cámara.

—Pesa una tonelada —dijo Imago sonriendo.

Cuando deslizaron la plancha redonda de metal por el suelo, resultó claro que Imago podía haberlo hecho solo, y que pedirle ayuda a Cal había sido un modo de hacer las paces con él. Will abrió el otro ojo y flexionó el brazo. El hombro estaba rígido, pero las heridas ya no le dolían como antes.

Cal e Imago estaban en ese momento tendidos en el suelo, mirando por la abertura circular con la luz que el hombre enfocaba dentro de ella. Will se arrastró para ver qué era lo que miraban. A un metro de distancia había un pozo y, bajo él, la turbia oscuridad.

—Veo algo que brilla —dijo Cal.

—Sí, vías de tren —explicó Imago.

«El Tren de los Mineros», comprendió Will al ver las dos líneas paralelas de hierro pulido que brillaban en la total oscuridad.

Se apartaron del agujero y se sentaron a su alrededor, esperando con ansia a que hablara Imago.

—Voy a ser directo, porque no tenemos mucho tiempo —explicó—. Tenéis dos opciones. O nos quedamos aquí un tiempo y después yo os ayudo a llegar a la Superficie, o...

—No, eso no —dijo Cal de inmediato.

—No digo que sea fácil llevaros —admitió Imago—. Y menos siendo tres.

—¡Ni hablar! ¡No lo podría soportar! —Cal levantó la voz hasta casi gritar.

—No te apresures tanto —le aconsejó Imago—. Si fuéramos a la Superficie, al menos vosotros podríais tratar de perderos por algún lugar en que los styx no os pudieran encontrar. Tal vez.

—No —repitió Cal con total convicción.

Entonces Imago miró a Will a los ojos.

—Debéis ser conscientes… —Se calló, como si lo que pensaba decir fuera tan terrible que no consiguiera ponerlo en palabras—. Tam piensa… —se corrigió rápidamente con una mueca—: pensaba que la chica styx que se hizo pasar por tu hermana… es la hija de Crawfly. Si es así, Tam acaba de matar a su padre.

—¿Crawfly, el padre de Rebecca? —preguntó Will, perplejo.

—¡Dios mío! —exclamó Cal con voz ronca.

—¿Por qué es eso tan importante? ¿Qué pasa…? —empezó a preguntar Will, antes de que Imago lo cortara.

—Porque los styx no olvidan. Os perseguirán allá donde vayáis. Y cualquiera que os dé cobijo, allá en la Superficie, en la Colonia o en las Profundidades, también correrá peligro. Sabéis que tienen gente por toda la Superficie. —Imago se rascó la barriga y arrugó el ceño—. Si Tam estaba en lo cierto, entonces vuestra situación, que antes era mala, ahora es peor. Os encontráis en el peor de los peligros. Estáis marcados.

Will intentó asimilar lo que acababa de oír, y movió la cabeza en un gesto de rechazo ante la idea de lo injusto que era todo.

—Así que si vuelvo a la Superficie, seré un fugitivo. Y si voy a casa de mi tía Jean, entonces…

—Entonces la matarán. —Imago cambió con incomodidad de postura sin moverse del sitio en el que estaba sentado, sobre el polvoriento suelo de piedra—. Así están las cosas.

—Pero ¿qué vas a hacer tú? —preguntó Will, incapaz de comprender la situación en la que estaba metido.

—Lo que está claro es que no puedo volver a la Colonia. Pero no os preocupéis por mí, ahora se trata de vosotros dos.

—Pero ¿qué debería hacer? —preguntó Will mirando hacia Cal, que contemplaba el agujero del suelo. Después se volvió hacia Imago, que se encogió de hombros, dejándole peor de lo que estaba. Se sintió completamente perdido. Era como jugar a un juego en el que sólo le explican a uno las reglas después de haber cometido un error—. Bien, creo que no tengo nada que hacer en la Superficie por el momento —murmuró, agachando la cabeza—. Y mi padre está aquí abajo… por alguna parte.

Imago alcanzó su cartera y hurgó en ella para sacar algo que tenía envuelto en un viejo trozo de arpillera. Se lo dio a Will.

—¿Qué es? —murmuró, plegando la arpillera.

Con tantas ideas corriéndole por la cabeza, se hallaba en tal estado de confusión que le llevó varios segundos caer en la cuenta de lo que le había dado.

Era un pegote de papel aplanado que le cabía en el puño. Con los bordes rasgados e irregulares, era evidente que había sido sumergido en agua y puesto a secar después hasta que los trozos se aglutinaron para formar un rudimentario papel maché. Le dirigió una mirada inquisitiva a Imago, que no comentó nada, así que empezó a abrir las hojas superiores como quien pela las capas resecas de una cebolla vieja. Rascando los bordes sucios con la uña, no le costó mucho trabajo separar los trozos de papel. Entonces los desplegó para examinarlos más de cerca bajo la luz.

—¡No! ¡No lo puedo creer! ¡Es la letra de mi padre! —dijo con sorpresa y placer al reconocer los característicos garabatos del doctor Burrows en varios de los trozos. Estaban manchados de barro y la tinta azul se había corrido, de tal manera que se podía leer muy poco, pero todavía podía descifrar algo de lo que ponía.

—«En resumen» —recitó Will de uno de los fragmentos, pasando rápidamente a otros y escrutando cada uno de ellos por turno—. No, este trozo está demasiado sucio. Aquí tampoco hay nada. No sé, palabras raras… no tiene ningún sentido… pero… ¡ah, aquí dice «Día 15»! —Siguió restregando varios fragmentos hasta que se detuvo con un sobresalto—. ¡Este trozo —exclamó emocionado, levantando a la luz aquel pedazo— me menciona! —Miró a Imago, con un titubeo en la voz—. «Si mi hijo Will hubiera…», dice aquí. —Con expresión de desconcierto, dio la vuelta a la hoja, pero no encontró nada—. ¿A qué se refería mi padre? ¿Qué es lo que no hice? ¿Qué era lo que tenía que hacer? —Will miró a Imago implorante.

—Buscarlo —respondió éste.

A Will se le iluminó el rostro. «Sea lo que sea, sigue pensando en mí. No me ha olvidado. Tal vez haya esperado siempre que de un modo u otro intentara seguirlo, encontrarlo. —Asentía con la cabeza ante la idea que iba tomando forma en su cerebro—. ¡Sí… eso tiene que ser!»

Algo más se le ocurrió en aquel momento, desviando el camino de sus pensamientos:

—Imago, esto tiene que pertenecer al diario de mi padre. ¿Dónde lo encontraste? —Will imaginó lo peor de repente—. ¿Se encuentra bien?

El hombretón se frotó la barbilla pensativo.

—No lo sé. Como te dijo Tam, tu padre sólo tenía billete de ida para el Tren de los Mineros. —Asomando un pulgar por el agujero del suelo, prosiguió—: Tu padre se encuentra por alguna parte allá abajo, en las Profundidades. Supongo.

—Pero ¿dónde encontraste esto? —preguntó Will con impaciencia, recogiendo los trozos de papel y levantándolos sobre la palma.

—Alrededor de una semana después de llegar a la Colonia, él iba caminando por las afueras de los Rookeries y lo asaltaron. —En este punto, la voz de Imago se tiñó ligeramente de incredulidad—. Si nos creemos la historia, solía parar a la gente y preguntarles cosas. Por esos lares no les gustan los entrometidos, y menos si son Seres de la Superficie. Le dieron una buena paliza. Según todas las versiones, se quedó tendido en el suelo, sin defenderse. Puede que eso le salvara la vida.

—¡Mi padre…! —dijo Will con lágrimas en los ojos al imaginarse la escena—. ¡Pobre papá!

—Bueno, no sería tan grave cuando salió por su propio pie. —Imago se frotó las manos y su tono cambió, haciéndose más serio—. Pero esto no tiene importancia. Tenéis que decirme lo que queréis hacer. No podemos quedarnos aquí para siempre. —Miró a un chico y luego al otro—. ¿Will? ¿Cal?

Hubo un instante de silencio, hasta que Will habló.

—¡Y Chester! —No podía creerse que con todo lo ocurrido se hubiera olvidado por completo de su amigo—. Aparte de todo lo demás, tengo que volver por él —dijo resueltamente—. Se lo debo.

—Chester estará bien —dijo Imago.

—¿Cómo lo sabes? —le preguntó Will de inmediato.

El hombre se limitó a sonreír.

—¿Dónde está? —preguntó Will—. ¿De verdad está bien?

—Confía en mí —dijo Imago enigmáticamente.

Will lo miró a los ojos y vio que hablaba en serio. Sintió un profundo alivio, como si le hubieran quitado de los hombros una carga que lo aplastaba. Se dijo que si alguien podía salvar a su amigo, ése era Imago. Respiró hondo y levantó la mano.

—Bueno, en ese caso, voy a las Profundidades.

—Y yo te acompaño —se apresuró a añadir Cal.

—¿Estáis los dos completamente seguros? —preguntó Imago, mirando a Will muy serio—. Es como el infierno. En la Superficie estaríais mejor. Al menos sabríais qué terreno pisabais.

Will negó con la cabeza.

—Mi padre es todo lo que me queda.

—Bien, si eso es lo que queréis… —La voz de Imago sonó lenta y sombría.

—En la Superficie ya no nos queda nada. Nada —respondió Will, dirigiéndole una mirada a su hermano.

—¡Vale, decidido! —dijo Imago consultando el reloj—. Ahora intentad dormir un poco. Vais a necesitar toda vuestra fuerza.

Pero ninguno pudo dormir, e Imago y Cal terminaron hablando sobre Tam. Imago deleitó al joven con el relato de las hazañas de su tío, incluso riéndose por momentos, y Cal no podía evitar reírse con él. A Imago le consolaba recordar las aventuras que habían corrido Tam, su hermana y él en la juventud, cuando les daban mil vueltas a los styx.

—Tam y Sarah fueron unos niños muy malos, te lo puedo asegurar. Un par de gatos salvajes. —Sonrió con tristeza.

—Cuéntale a Will lo de los sapos gigantes —dijo Cal, animándolo.

—¡Ah, sí, qué bueno…! —exclamó Imago riéndose al recordar el episodio—. Fue idea de vuestra madre, la verdad. En los Rookeries cogimos suficientes sapos para llenar un barril. Los pirados suelen comérselos para colocarse. Es una costumbre bastante peligrosa. Si se pasan les derrite el cerebro. —Imago levantó las cejas—. Sarah y Tam llevaron los sapos a la iglesia y los soltaron justo antes de que comenzara el oficio. Tendríais que haberlo visto… Un centenar de esos bichos viscosos saltando por todas partes… la gente corriendo y gritando, y al predicador no se le oía entre tantos graznidos… ¡brup, brup, brup! —El corpulento Imago se estremecía riéndose en silencio, pero luego frunció el entrecejo y fue incapaz de proseguir.

Como hablaban de su madre auténtica, Will había hecho esfuerzos por escuchar, pero estaba demasiado cansado y preocupado. Pensaba sobre todo en la grave situación en la que se encontraban, y le asustaba el compromiso que acababa de adquirir: un viaje a lo desconocido. ¿Estaba realmente preparado? ¿Hacía lo que le convenía a él y a su hermano?

Salió de su introspección al oír que Cal interrumpía de repente a Imago, que acababa de comenzar otra historia.

—¿No crees que podría haberlo logrado? —le preguntó Cal—. Ya sabes… escapar…

Imago apartó la vista de él rápidamente y comenzó a dibujar algo en el polvo con el dedo, como ausente, porque se había quedado sin palabras. Y en el silencio que siguió, el intenso pesar afloró de nuevo al rostro de Cal.

—No puedo creer que ya no esté. ¿Qué será de mí?

—Toda su vida luchó contra ellos —dijo Imago con la voz tensa—. No era ningún santo, eso está claro, pero nos dio algo importante: esperanza. Y eso hacía las cosas más llevaderas. —Se detuvo con los ojos fijos en algún punto distante, detrás de la cabeza de Cal—. Tras la muerte de Crawfly habrá purgas… Y la represión será como no se ha visto jamás. —Cogió una perla de cueva y se puso a examinarla—. Pero no volvería a la Colonia aunque pudiera. Supongo que ahora todos somos vagabundos sin hogar —dijo tirando con el pulgar al aire la perla, que con total precisión cayó en el centro justo del pozo.

38

—¡Por favor! —gimoteaba Chester dentro de la húmeda capucha, que se le pegaba a la cara y al cuello sudorosos.

Tras sacarlo del calabozo y llevarlo a rastras por el pasillo lo habían conducido al vestíbulo de la comisaría, donde le cubrieron la cabeza con una capucha y le ataron las manos. Después lo habían dejado allí, sumido en la sofocante oscuridad, acompañado de sonidos en sordina que venían de todas direcciones.

—¡Por favor! —gritaba desesperado.

—¡Cállate de una vez! —le soltó una voz brusca, tan sólo unos centímetros por detrás de la oreja.

—¿Qué ocurre? —imploró.

—Vas a hacer un pequeño viaje, hijo mío, un pequeño viaje —le explicó esa misma voz.

—¡Pero yo no he hecho nada! ¡Por favor!

Oyó botas que pisaban en un suelo de piedra mientras lo empujaban por detrás. Perdió el equilibrio y cayó de rodillas, incapaz de volver a levantarse debido a que tenía las manos atadas a la espalda.

—¡En pie!

Tiraron de él para que se incorporara. Permaneció entonces de pie, pero sin querer se balanceaba porque tenía las piernas como de gelatina.

Sabía que aquel momento tenía que llegar, que sus días estaban contados; pero no había tenido medio de averiguar cómo iba a ocurrir. Nadie hablaba con él en el calabozo, y tampoco él hacía muchos esfuerzos por preguntar, del miedo que le daba ganarse otro castigo del segundo agente o de cualquiera de sus compañeros. Por tanto, pasaba el tiempo como un condenado que sólo puede hacer conjeturas sobre la forma de su ejecución. Se había aferrado a cada precioso segundo que le quedaba, intentando que no se le escapara, y muriéndose un poco por dentro con cada uno que se escurría. Lo único que le consolaba levemente era la idea de tener por delante un viaje en tren. Eso significaba que aún le quedaba algún tiempo. Pero ¿luego qué? ¿Cómo eran las Profundidades? ¿Qué le sucedería allí?

—¡Muévete!

Arrastró los pies algunos pasos, inseguro de sus pisadas e incapaz de ver nada. Pegó contra algo duro, y el sonido a su alrededor cambió. Había ecos. Gritos, pero desde la distancia, en un espacio más amplio.

De pronto llegó el clamor de muchas voces.

—¡Oh, no!

Supo sin asomo de duda dónde se encontraba exactamente: a la salida de la comisaría. Y lo que oía era el alboroto de una enorme multitud. Había tenido miedo antes, pero ahora estaba aterrado. La multitud: los silbidos y las burlas crecían en intensidad. Lo cogieron de los brazos y lo levantaron. Se encontraba en la calle principal: cuando a sus pies les permitieron volver a entrar en contacto con el suelo, pudo notar la superficie irregular de los adoquines.

—¡No he hecho nada! ¡Quiero volver con los míos!

Jadeaba, haciendo esfuerzos por respirar tras la áspera tela de la capucha. Estaba empapado de saliva y lágrimas que se le metían en la boca cada vez que la abría para respirar.

—¡Que alguien me ayude! —Había tanta angustia en su voz, que le resultaba irreconocible. Pero los gritos de la multitud enloquecida seguían llegando de todas direcciones.

—¡Basura, Ser de la Superficie!

—¡Que lo cuelguen!

Un grito único fue tomando forma, repetido una y otra vez por muchas voces:

—¡Basura! ¡Basura! ¡Basura!

Se lo gritaban a él: era muchísima gente gritándole a él. Sintió náuseas al comprenderlo. No podía verlos, y eso empeoraba aún más las cosas. Estaba tan aterrorizado que creyó que iba a desmayarse.

—¡Basura! ¡Basura! ¡Basura!

—Por favor… por favor, paren… ¡Que alguien me ayude! Por favor, por favor, por favor… —Estaba haciendo esfuerzos por respirar al tiempo que lloraba. No había nada que hacer.

—¡Basura! ¡Basura! ¡Basura!

«¡Voy a morir! ¡Voy a morir! ¡Voy a morir!»

Aquella simple idea le palpitaba en la cabeza, como contrapunto a la salmodia de la multitud. Estaban tan cerca de él en aquel instante… tanto que podía oler su hedor colectivo, el hedor que emanaba el odio.

—¡Basura! ¡ Basura! ¡Basura!

Se sentía en el fondo de un pozo, en un remolino de ruidos y gritos y risas malvadas que daban vueltas en torno a él. No podía soportarlo más. Tenía que hacer algo. ¡Tenía que escapar!

Ciego de terror, intentó soltarse, retorciéndose para huir de sus guardianes. Pero las enormes manos lo agarraron con mayor rudeza que antes, y los gritos y las risas de la muchedumbre llegaron al paroxismo con aquel nuevo espectáculo. Exhausto y comprendiendo que sus esfuerzos no servían de nada, gimió:

—No… no… no…

Una voz empalagosa le llegaba de tan cerca que le parecía que los labios que la emitían le acariciaban la oreja:

—¡Vamos, Chester, ponte firme! ¿No querrás darles mala impresión a estas damas y caballeros, no?

Reconoció al segundo agente. Tenía que estar disfrutando cada instante.

—¡Que te vean! —dijo otro—. ¡Que vean cómo eres!

Chester se sentía anonadado, incapaz de comprender.

«No puedo creerlo... no puedo creerlo...»

Por un momento, fue como si se hubieran detenido los gritos, silbidos y abucheos, como si estuviera en el ojo de la tormenta, como si el tiempo mismo hubiera dejado de existir. Entonces unas manos lo agarraron por las piernas y los tobillos, guiándole para dar un paso.

«¿Y ahora qué?»

Lo tiraron sobre un banco y lo empujaron con fuerza contra el respaldo, dejándolo sentado.

—¡Que se lo lleven! —bramó alguien. La multitud coreó, silbó, gritó extasiada.

El banco donde lo habían sentado dio un bandazo. Le pareció oír cascos de caballos.

«¿Un carruaje? Sí.»

—¡No me obliguéis a ir! ¡No es justo! —imploró.

Empezó a hablar atropelladamente y sin sentido.

—¡Vas a recibir lo que mereces, muchacho! —dijo a su derecha una voz en tono casi confidencial. Era de nuevo el segundo agente.

—Y todavía es demasiado bueno para ti —dijo a su izquierda otra voz que no reconoció.

Temblaba sin poderlo evitar.

«¡Se acabó! ¡Dios mío, Dios mío, se acabó!»

Pensó en su casa, y le vino a la mente el recuerdo de tantas mañanas de sábado viendo la televisión. Momentos felices, de normalidad: su madre en la cocina preparando el desayuno, el olor de la comida, su padre preguntando desde el piso superior si ya estaba listo. Era como si recordara otra vida diferente, la vida de otra persona en otro tiempo, en otro siglo.

«No los volveré a ver nunca. Se han ido... Todo se ha acabado... ¡para siempre!»

Con la cabeza gacha, sentía el cuerpo desmadejado al ser plenamente consciente de lo que le esperaba:

«Voy a morir.»

Era presa de una desesperación total. Como si se hubiera quedado paralizado, el aliento afloró a sus labios lentamente, expulsando un involuntario sonido animal, a medio camino entre el gemido y el aullido. Un espantoso y aterrorizado sonido de resignación, de abandono.

Contuvo la respiración durante un lapso de tiempo que le pareció interminable, boqueando como un pez varado en la orilla. Los pulmones le dolían por la falta de aire, hasta que finalmente todo el cuerpo respondió con una sacudida. Aspiró con dolor a través de la tela casi impermeable de la capucha. Levantando la cabeza, pronunció un último grito de desesperación:

—¡Wiiiiiiiiiill!

Will se sorprendió al descubrir que había vuelto a dormirse. Se despertó, desorientado y sin idea de cuánto tiempo había dormido, al oír una vibración lejana, amortiguada. No podía saber de qué se trataba, y de todos modos era incapaz de pensar en otra cosa que la decisión de bajar a las Profundidades. Era como si estuviera inmerso en una pesadilla.

Vio a Imago agachado junto al pozo, escuchando e inclinando la cabeza en dirección al sonido. Entonces lo oyeron todos claramente: el estruendo distante se iba haciendo más fuerte a cada segundo hasta que retumbó en la cámara. A una seña de Imago, Will y Cal se acercaron al agujero y se prepararon. Mientras se sentaban con las piernas colgando por el borde, Imago, a su lado, inclinaba la cabeza y los hombros hacia el interior del pozo, descolgándose todo lo que podía.

—¡Disminuye la marcha: es porque está tomando la curva! —le oyeron gritar, y el ruido se hizo más y más fuerte, hasta provocar una vibración en toda la cámara—. ¡Aquí llega! ¡A la hora exacta!

Se levantó, mirando los raíles mientras se arrodillaba entre los dos chicos.

—¿Estáis seguros de vuestra decisión? —les preguntó.

Los muchacos se miraron y asintieron con la cabeza.

—Estamos seguros —confirmó Will—. Pero ¿y Chester...?

—Os he dicho que no os preocupéis por él —dijo Imago con una sonrisa desdeñosa.

Como si aporrearan mil tambores, la cámara retumbaba con el estrépito del tren que se acercaba.

—Haced lo que os diga exactamente. Hay que hacerlo en el momento preciso, así que cuando yo diga que saltéis, saltáis —explicó Imago.

La cámara se llenó con el olor acre del azufre. Luego, cuando el ruido producido por la locomotora alcanzó la máxima intensidad, un chorro de hollín subió por el agujero como un géiser. A Imago le dio en plena cara, se la manchó de negro y le obligó a cerrar los ojos. Todos tosieron mientras el humo espeso, fuerte y picante llenaba la cámara y los envolvía.

—Preparados... listos... —gritó Imago, tirando las mochilas a la oscuridad—. ¡Salta, Cal! —Como dudó una fracción de segundo, Imago lo empujó. Cayó al pozo, lanzando un aullido de sorpresa.

—¡Salta, Will! —volvió a gritar Imago, y Will se dejó caer.

Las paredes del pozo salieron disparadas hacia arriba, y él se hundió en un torbellino de ruido, humo y oscuridad agitando brazos y piernas. Se quedó sin respiración con el golpe de la caída, y una luz muy blanca se encendió a su alrededor, algo que no podía comprender en absoluto. Sobre él parecían saltar unos puntos de luz, como estrellas fugaces, y por un instante pensó seriamente en la posibilidad de haber muerto.

Se quedó quieto, escuchando el rítmico golpeteo de la locomotora en algún punto delante de él y el trepidante girar de las ruedas mientras el tren cogía velocidad. Sentía el viento en el rostro y veía las volutas de humo pasar por encima de él. No, aquello no podía ser ninguna especie de cielo: ¡estaba vivo!

Resolvió quedarse inmóvil por un momento, mientras comprobaba que no tenía huesos rotos que añadir a su ya importante lista de heridas. Por increíble que fuera, aparte de algunos rasguños, todas las partes de su cuerpo parecían hallarse intactas y dispuestas a funcionar.

Permaneció allí tendido. Si aquello no era la muerte, no podía encontrar explicación a la brillante luz que lo rodeaba por todas partes, como una aurora en miniatura. Se incorporó sobre un codo.

Incontables esferas de luz, del tamaño de canicas grandes, rodaban por el suelo lleno de arena del vagón, chocando y rebotando unas contra otras en su azaroso recorrido. Algunas quedaban atrapadas en las ranuras del suelo y se oscurecían ligeramente, hasta que volvían a liberarse y a campar a sus anchas, brillando de nuevo con toda su intensidad.

Entonces miró tras él y vio los restos de la caja de madera y la paja que habían utilizado para el embalaje. Lo comprendió todo: había caído sobre una caja de esferas de luz, que se había roto con el impacto. Estaba tan contento con su buena suerte que tuvo ganas de lanzar gritos de alegría, pero en vez de eso cogió varios puñados de esferas y se las metió en los bolsillos.

Se puso en pie, balanceando los brazos para mantener el equilibrio con el movimiento del tren. Aunque el denso y apestoso humo lo envolvía completamente, las esferas sueltas iluminaban el vagón de tal manera que podía verlo en detalle. Era grande. Debía de tener casi treinta metros de largo y la mitad de ancho: mucho más grande y sólido que ninguno que hubiera visto en la Superficie. Estaba hecho de planchas de hierro toscamente soldadas. Los paneles laterales estaban abollados y comidos por la herrumbre, y el techo, retorcido y roto, como si el vagón hubiera soportado siglos de rudo trato.

Se dejó caer, y a gatas, con la arenilla del suelo del vagón que se le clavaba en las rodillas y zarandeado por el movimiento del tren, fue en busca de Cal. Encontró varias cajas más, hechas con el mismo tipo de tablitas de madera que aquella sobre la cual había caído, y luego, cerca del final del vagón, vio la bota de su hermano sobre otra fila de cajas.

—¡Cal, Cal! —gritó, arrastrándose desesperado hacia él. El chico estaba tendido en medio de un montón de madera astillada, inmóvil. Demasiado inmóvil. Tenía la chaqueta empapada en un líquido oscuro, y su rostro era irreconocible.

Temiendo lo peor, Will gritó más fuerte. No quiso empujarlo por si estaba malherido, y pasó rápidamente por encima de las cajas que había a su lado. Con pavor ante lo que podría encontrarse, acercó una esfera de luz a su cabeza. No tenía buen aspecto. Tenía la cara y el pelo cubiertos de una pulpa roja.

Alargó la mano con cautela, y tocó aquella sustancia acuosa de color rojo de su rostro. Había trozos de algo verde esparcidos a su alrededor, y unas pepitas pegadas a la frente. Will acercó la mano y se la llevó a la boca. ¡Era sandía!

Junto a Cal había otra caja rota. Al empujarla para despejar el sitio, se cayeron mandarinas, peras y manzanas. Evidentemente su hermano había tenido una caída suave, sobre cajas de fruta.

—Gracias a Dios —repitió mientras lo agitaba suavemente por los hombros, tratando de mover su cuerpo inerte. Pero su cabeza se movía de un lado a otro sin ofrecer resistencia. Sin saber qué más hacer, le cogió la muñeca para tomarle el pulso.

—Déjame en paz, ¿quieres? —Cal retiró el brazo mientras abría los ojos lentamente y lanzaba un lamento—. La cabeza me estalla —se quejó, frotándose la frente con suavidad. Levantó el otro brazo, y miró con regocijo el plátano que tenía en la mano. Aspiró el fragante aroma de las frutas que lo rodeaban, y miró a su hermano sin comprender.

—¿Qué ha pasado? —gritó por encima del ruido del tren.

—¡Vaya potra, has caído en el vagón-restaurante! —se rió entre dientes.

—¿Eh?

—No importa. Intenta sentarte —sugirió Will.

—Dentro de un minuto. —Cal estaba aturdido, pero por lo demás sólo parecía haberse hecho unos moratones y algunos rasguños, aparte de haber tenido la ocasión de disfrutar de un baño de sandía, así que Will empezó a examinar las cajas. Sabía que tenía que recoger las mochilas, que habían caído en los otros furgones, pero no había prisa. Imago le había dicho que sería un largo viaje y, de cualquier manera, la curiosidad en aquellos momentos era más fuerte que él.

—¡Voy a…! —le gritó a su hermano.

—¿Qué? —Cal se llevó la mano a la oreja.

—¡… explorar! —dijo Will acompañándose de señas.

—¡Vale!

Will gateó entre el alocado mar de esferas de luz en la parte de atrás del vagón y se levantó al llegar al final. Echó un vistazo al enganche entre los furgones. El brillo de los viejos raíles resultaba hipnótico. Después miró el vagón siguiente, del que lo separaba un metro y, sin pararse a pensar, saltó..

Se dejó caer en el otro vagón y rodó por el suelo hasta que lo detuvo un montón de sacos de lona. No había allí nada de interés, salvo unas cajas a medio camino, así que siguió a gatas hasta la parte de atrás y se volvió a levantar. Intentó ver el final del tren, pero entre el humo y la oscuridad resultaba imposible.

«¿Cuántos vagones más habrá?», se preguntó Will. Fue saltando de un vagón a otro y al final le cogió el tranquillo a la cosa y consiguió quedarse de pie después de cada salto. Se moría de curiosidad por ver el final del tren, pero también le daba miedo lo que pudiera encontrar allí. Imago le había advertido que era muy probable que hubiera un colono en el furgón de cola, así que tenía que ir con cuidado.

Había saltado al cuarto vagón, y avanzaba a gatas por una lona, cuando algo se movió a su lado.

«¿Qué demonios…?» Pensando que lo habían descubierto, Will lanzó un puntapié a las sombras con todas sus fuerzas. Como su equilibrio era precario, la patada no fue tan efectiva como esperaba, pero desde luego golpeó contra algo que había bajo la lona. Se preparó para volver a golpear.

—¡Déjeme en paz! —dijo la voz quejumbrosa de alguien que apartó la lona para revelar una forma que se encorvaba en el rincón.

Will se apresuró a levantar su esfera de luz.

—¡Eh! —chilló, tratando de protegerse de la luz.

Will abrió y cerró los ojos varias veces sin poder creérselo: era Chester, con las mejillas tiznadas y surcadas por rastros de lágrimas. Hubo un momento de silencio y un grito ahogado en el instante en el que Chester reconoció a su amigo, y en su rostro apareció una amplia sonrisa. Era un rostro exhausto, que había perdido la saludable carnosidad de los mofletes, pero no había posibilidad de error.

—Hola, Chester —dijo Will, dejándose caer al lado de su viejo amigo.

—¿Will? —gritó el chico, incrédulo. Y a continuación, con toda la potencia de sus pulmones, volvió a gritar—: ¡Will!

—¡No creerías que te iba a abandonar!, ¿verdad? —gritó a su vez Will, que en ese momento comprendía lo que tenía Imago en mente al decirles que no se preocuparan por él. Sabía que Chester iba a ser desterrado, enviado a las Profundidades en aquel mismo tren. Sí, aquel pillo astuto lo había sabido todo el tiempo.

Era imposible hablar con todo el ruido que producía la locomotora y el estrépito del tren, pero Will estaba contento por tener a su lado a Chester. Sonrió emocionado, pues su amigo estaba a salvo. Se recostó contra el extremo del vagón y cerró los ojos, con un intenso sentimiento de alegría al comprobar que, después de las agonías y pesadillas vividas, algo había salido bien, algo funcionaba. ¡Chester estaba a salvo! Eso era lo más importante en el mundo.

Y, además, iban al encuentro de su padre, en la mayor aventura de su vida, en un viaje hacia tierras desconocidas. El doctor Burrows era la única persona de su vida pasada a la que podía aferrarse. Will estaba decidido a encontrarlo, dondequiera que estuviera. Cuando lo lograra, todo volvería a su cauce. Estarían bien: él, Chester y Cal, todos juntos con su padre. Esa idea brillaba ante él como un faro.

De repente, el futuro ya no parecía tan espantoso.

Will abrió los ojos y se acercó al oído de Chester:

—¡Mañana no hay cole! —le gritó.

Se echaron a reír; pero sus risas quedaron ahogadas por el ruido del tren, que continuaba ganando velocidad, vomitando humo negro y alejándose de la Colonia, de Highfield y de todo cuanto conocían, acelerando su marcha hacia el corazón de la Tierra.

Epílogo

El sol calentaba con suavidad aquella hermosa mañana de Año Nuevo, tan templada y agradable que parecía de primavera. Sin el obstáculo de edificios altos, en el lienzo perfectamente azul del cielo sólo se veían las gaviotas que ascendían y descendían aprovechando las corrientes verticales de aire. Si no hubiera sido por la ocasional intrusión de los coches que hacían rechinar las ruedas al dar la curva de la calle que bordeaba el canal, uno se podría haber imaginado en algún lugar de la costa, tal vez en un tranquilo pueblecito de pescadores.

Pero se trataba de Londres, y dado que el buen tiempo invitaba a disfrutar, las mesas de madera a la puerta del pub empezaban a llenarse. Tres hombres de traje oscuro con rostros anémicos de oficinistas salieron por la puerta con aire arrogante y se sentaron con sus bebidas. Inclinándose sobre la mesa, cada uno intentaba beber más aprisa que los otros, mientras hablaban alto y se reían más alto aún, como cuervos peleándose. Junto a ellos había otro grupo muy diferente, estudiantes vestidos con vaqueros y camiseta desgastada, a los que apenas se oía. Se hablaban entre susurros mientras apuraban la cerveza y liaban de vez en cuando un cigarrillo.

Solo en su banco, a la sombra del pub, Reggie sorbía su pinta, la cuarta de aquel mediodía. Se notaba algo achispado, pero como no tenía planes para la tarde, había decidido permitírselo. Estaba comiendo pescaditos de un cuenco que tenía delante de él, y los masticaba con aire pensativo.

—Hola, Reggie —dijo una de las camareras que pasaba recogiendo los vasos vacíos y los sujetaba precariamente entre los brazos.

—¿Qué tal...? —respondió dudando, porque no se le daba muy bien recordar los nombres de los camareros.

Ella le sonrió de manera agradable antes de empujar la puerta con la cadera y entrar en el pub. Durante años Reggie se había dejado caer por allí de vez en cuando, pero sólo últimamente se había convertido en un asiduo que pedía casi todos los días unos pescaditos o bacalao con patatas fritas.

Era un hombre tranquilo y reservado. Aparte de mostrarse muy generoso con las propinas, lo que le diferenciaba de los clientes normales y corrientes era su apariencia.

Tenía el pelo sorprendentemente blanco. A veces lo llevaba como uno de esos moteros entrados en años, recogido en una cola blanca que le caía por la espalda, pero otras veces se lo dejaba suelto, suave y alborotado como el de un caniche recién lavado. No salía nunca a la calle sin sus oscuras gafas de sol, hiciera el tiempo que hiciera, y su ropa era misteriosa y pasada de moda, como si la hubiera cogido del guardarropía de un teatro. Dada su estrafalaria apariencia, los camareros suponían que sería algún músico en paro, un actor a la espera de una llamada, o tal vez un artista por descubrir, de los que había tantos por la zona.

Se apoyó contra la pared, suspirando de satisfacción al ver aparecer a una chica delgada con cara agradable y un pañuelo de algodón estampado en la cabeza. Llevaba una cesta de mimbre y pasaba de mesa en mesa ofreciendo ramitas de brezo unidas por el tallo con un papel de plata. Parecía una escena sacada de la época victoriana. Sonrió, pensando lo curioso y pintoresco que resultaba que aquellas gitanas siguieran vendiendo una mercancía tan inocente cuando a su alrededor todo eran anuncios publicitarios de las grandes compañías que promocionaban sin descanso sus productos.

—Imago.

Oyó el nombre al mismo tiempo que pasaban una ráfaga de brisa y un coche abollado que dobló la curva a lo loco, haciendo rechinar las ruedas. Se estremeció, y observó con sumo recelo a un anciano que caminaba por la acera apoyado en su bastón. Tenía las mejillas cubiertas de pelo rasposo de color gris, seguramente porque aquella mañana se había olvidado de afeitarse.

Mientras pasaba la chica vendiendo el brezo de su cesta, Imago apartó la mirada del viejo y volvió a observar a la gente de las mesas. No; lo único que pasaba era que estaba un poco nervioso. Nadie lo había llamado. Se lo había imaginado.

Se acercó al regazo el cuenco de pescaditos y cogió otros pocos, ayudándolos a bajar con un trago de cerveza. ¡Aquello sí que era vida! Sonrió y estiró las piernas.

Nadie vio que un espasmo lo echaba contra la pared, y luego caía del banco hacia delante, con el rostro inmovilizado en una contorsión grotesca. Al caer al suelo, los ojos se le quedaron en blanco y la boca se le abrió una sola vez antes de cerrarse para siempre.

Tardó mucho en llegar la ambulancia. Para que no se cayera de la camilla, los dos enfermeros prefirieron cargar ellos el rígido cuerpo, cogiéndolo uno por cada lado. Una multitud de espectadores observaba con la boca abierta, murmurando algo entre ellos mientras metían por la puerta trasera de la ambulancia el cadáver de Imago, helado como una estatua en posición de sentado. Y no pudieron hacer nada para arrancarle de la mano el cuenco de los pescaditos.

¡Pobre Reggie! Los camareros, a los que habitualmente no les preocupaba mucho el bienestar de la clientela, quedaron realmente afectados por su muerte. En especial cuando se cerró la cocina y varios de ellos perdieron el empleo. Se enteraron más tarde de que habían identificado una extraña sustancia que contenía plomo en lo que estaba comiendo. Era algo sumamente infrecuente: un pez envenenado entre un millón. Por efecto del envenenamiento, su cuerpo se había apagado y la sangre se había coagulado como cemento rápido.

En la investigación, el médico forense no aclaró gran cosa sobre la naturaleza del veneno. Por el contrario, quedó bastante desconcertado por la presencia de trazas de varias sustancias químicas complejas de las que no se tenía noticia.

Sólo una persona, la chica que vendía ramitas de brezo y que había observado la ambulancia desde el otro lado de la calle, sabía la verdad. Se quitó el pañuelo y lo tiró a la alcantarilla, soltándose la melena de color negro azabache al tiempo que se ponía las gafas de sol e inclinaba la cabeza hacia el luminoso cielo. Al caminar, empezó a cantar suavemente: *Sunshine... you are my sunshine...*

No había terminado todavía...

Continuará...

*Dibujo en una página del diario de Will Burrows
durante su estancia en la Colonia.*

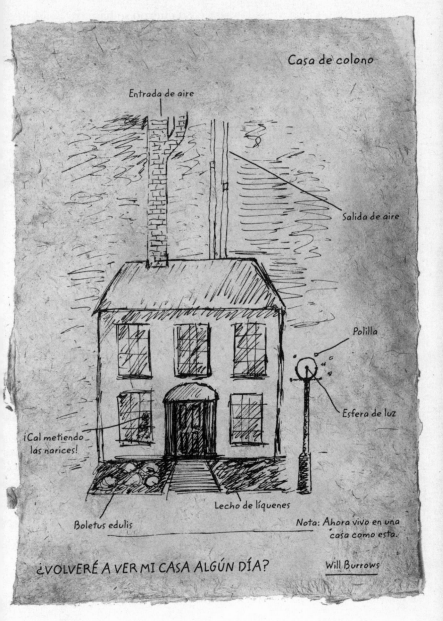